北岳山《プカクサン》
八判洞《パルパンドン》
三清洞《サムチョンドン》
光化門《クァンファムン》
社稷《サジク》
阿峴洞《アヒョンドン》
慶熙宮《キョンヒグン》
毛廛橋《モジョンギョ》
徳寿宮《トクスグン》
南大門《ナムデムン》
ソウル駅

朴景利
パク・キョンニ

完全版

土地

13巻
(全20巻)

金正出＝監修
清水知佐子＝訳

CUON

토지

完全版

土地

13巻

◉目次

第四部 第一篇 生の形

第四部　第二篇　帰去来

【凡例】

◉訳注について

短いものは本文中に〈　〉で示し、＊をつけた語の訳注は巻末にまとめた。

◉訳語について

原書では農民や使用人などの会話は方言で書かれているが、日本の特定地方の方言で訳すと、その地方のイメージが強く浮き出てしまうことから避けた。訳文は標準語に近いものとし、時代背景、登場人物の年齢や職業などに即して、原文のニュアンスを伝えられるようにした。

原書には、現在はあまり使われない「東学党」などの歴史用語や、不適切とされる表現もあるが、描かれている時代および原文の雰囲気を損ねないために、あえて活かした部分がある。

◉登場人物の人名表記について

人名は原書で漢字表記されているものは、基本的にその表記を踏襲した。また、朴景利が自ら日本語訳を試みた第一巻前半の手書き原稿が残されており、この原稿から採用した漢字表記もある。なお、漢字表記が日本語の一般名詞と重なり読者に混乱を招くものはカタカナ表記とし、翻訳者が漢字を当てたものも一部ある。

◉女性の呼称について

農家の女性の多くは子供の名前に「ネ（네）〈母〉」をつけた「〇〇の母」という呼び方をされている。子供のいない女性などは、実家のある地名に「宅《テク》」をつけて呼ばれる。たとえば「江清宅《カンチョンテク》」は、江清から嫁いできた女性である。「宅」は「誰それの妻」を意味する場合もあり、「金書房宅《キムソバンテク》」は「金書房」と呼ばれる男性の妻であることを表す。また、朝鮮では女性の姓は結婚後も変わらない。

第四部　第一篇　生の形

序

小都市や小さな町のような所は大抵そうなのだが、洋菓子店をはじめ、たばこ屋、理髪店、銭湯といった新しい商売はどこも日本人の経営だ。もちろん、ほかの商売も日本人がやっている所が多いけれど、これらは比較的日本人との接触が多いうえに、人の目にとどまらなければ商売にならないからだ。それはつまり、これらが大衆相手の商売であり、既に植民地の人々に浸透して日常化しつつあることを意味する。にもかかわらず、そういったものが朝鮮の山河や事物、人々に似合わないのは、普及し始めてまだ日が浅いせいだろうが、単純になじみが薄いからだけではなさそうだ。その新しい商売はどこから来たのか。誰が持ち込み、誰の手によって経営されているのか。それが日本から渡ってきたものであり、主に日本人たちによって経営されているという事実に対する敵対心や拒否感があるからだとも言える。

しかし、その一方で儒教思想に染まった朝鮮の人々の潜在意識の中には、礼儀とつましさを重んじる格調高い儒者《ソンビ》*精神が残っていたはずだ。ぎりぎりまで省略する洗練された美意識、数千年の間に身についた審美眼からすれば、西洋の物は仰々しく見えただろうし、日本の物は低俗で稚拙に見えただろう。だから、西洋の物と日本の物が混ざったような新しい商売を利用し、取引しながらも不満に思っていただろうし、保守派の人々であればなおさら、侮辱し、嫌悪もしていたに違いない。

少し前まで庶民は、穀物と綿布と炭と薪《たきぎ》があれば十分だった。もっとも、いつの時代も、戦乱などなかった時でも、庶民にそんなものが十分にあったはずはなく、いつも不足を感じていただろう。にもかかわらず、日本に土地を強奪され、人権を踏みにじられるという民族的受難の中で、なくても十分に生きていける余計な物や、冒頭に挙げたような物が庶民の生活に入り込んできているのは、考えてみればおかしなことだ。

朝鮮王朝が崩壊する頃までは、海を渡ってくるものは好むと好まざるとにかかわらず支配層のものであり、飴玉やせっけんのかけらですら庶民が目にすることはなかった。となると、日本人が繰り返し言うように、未開国を開化させてやったということも、もっともらしく聞こえる。どこかの軽薄な輩《やから》が、ナポレオンだってアイスクリームなど食べたことはなかっただろうと言って現代文明を満喫したらしいが、それなら、燕山君《ヨンサングン》*も電車には乗ったことがないはずで、朝鮮の庶民のくせに偉そうにするなとは言えないはずだ。しかし、悲しいことに、東から見る山と西から見る山の姿が違うのは自明なのだから、どうしようもない。王の冠や衣装も王が身に着ければ王を表し、従者が身に着ければ従者の身分を表すものになるのだ。だが、今は腹いっぱいの従者の話をしている場合ではない。今の世の中には、飢え死にしたり凍え死んだりする自由はあっても、仕えるべき国も王も皆、壊滅してしまい、従者などもう残ってはいない。

便利であること、いわゆる衛生的だということ、おいしいということを知らない者はいない。だからといって、金銀の紙に包まれた、ガラスのショーケースの中の夢のような高級菓子を、何とか屋とか何とか軒とかいう銘柄が刻まれた菓子を誰もが口にできるわけではないし、四十銭の「GGC」、十五銭の「カイダ」のような高級たばこを誰もが吸えるわけではない。思いきり背伸びしてみたところで、せいぜい明治のキャラメル、森永のミルクチョコレートぐらいで、たばこは十銭の「ピジョン」止まりだ。朝鮮人はその程度で上流に属していると錯覚している。ほとんどの人は葉たばこをきせるで吸い、若い人は「マコー」という五銭の巻きたばこを吸っている。子供たちも、小銭一枚で、香料も入っていない黒糖の飴玉とせんべいをいくつか買ってそれを口に入れれば幸せな気持ちになれるが、そんなちっぽけな幸せも、脅かされ、傷つかなければ得られない。白いエプロンを着けた菓子屋のおかみさんが小銭を差し出す子供をにらみつけるのは毎度のことで、菓子をつかむはさみが子供の手に触れないよう、飴を上の方から手のひらに落としたりもしていた。

植民地の庶民と日本人店主との関係はいつもそんな感じで、取引といってもしょせんその程度だった。それでも、「マコー」を吸い、飴玉をなめる朝鮮人が少なくなかったから、商売に無関係だとは言えないにもかかわらず、日本人店主は物乞いに対するように横柄に振る舞い、植民地の貧しい民は金を払っているのに乞うようにして商品を買わなければならなかった。

田畑から抜かれた雑草のように農村から出ていった農民たちと何も変わらない。小都市や小さな町で右往左往している貧しい庶民たちも、どうせそのうちに抜いて捨てられる雑草であり、結局は物乞いに転落するしか道はない。厳密にいえば、そうやってあちこちへと流れていったのは農民だと見るべきだ。大きな荷物を持ち、土地を求めて間島《カンド》*へ、満州へと旅立ち、鉱山などの募集に応じて日本に行く。あるいは、ハワイへ農場奴隷も同然の条件で海を渡って移民する。そうして残されたのが今ここにいる、家を持たない人たちと見るべきだ。先祖代々暮らしてきた土地から追い出され、不慣れな場所で暮らす人たちの境遇がここよりましなはずもないだろうが、小都市へ、小さな町へと追いやられてさまよう群れの惨状が見るに忍びないのは事実だ。

その群れをよく観察してみると、食べるものをもらいに道々を行く物乞いが大半で、埠頭、停車場、旅館、店が立ち並ぶ通りには、腕組みをした荷物運びの男が恋しい人を待つかのように荷物を待っている光景が目に付くばかりだ。日本人は、朝鮮人は怠け者だ、朝鮮にはどうしてこんなに物乞いが多いんだと言うが、その実情を誰よりもよく知っているはずの朝鮮総督府に行って聞いてみるがいい。朝鮮王朝五百年の間、厳しい取り立てに抗う民乱も数多くあったが、公田を耕す農民から土地を取り上げることはなかった。たとえ取り上げたとしても、結局は朝鮮の民が耕作していた。私有地の場合も、土地の文書はあいまいだったものの、文書以上に倫理、道徳が堅固で、他人の土地を盗むこともなかった。

いつも不足していたとはいえ、町には大抵、宿屋というものがあったし、民家でも旅人に寝る場所と朝晩の食事を提供するぐらいは断らなかったから、旅人はいても物乞いは少なかった。なのに、どうして、数えきれない人々が先祖代々の土地から他郷に追いやられ、物乞いたちがこの不運な国のあちこちをさまよっているのか。日本人曰く、朝鮮にはなぜこんなに物乞いが多いのか。それは、総督府に行って聞いてみるがいい。土地を略奪し、腹がはち切れんばかりに膨れた東拓*に行って聞いてみるといい。朝鮮人は怠け者だ、どうして怠けるのか。それもまた、総督府と東拓に行って聞くがいい。

先祖代々暮らしてきた土地を追い出され、日雇い、行商、他人の家での下働き、どれをとっても食べていくのに十分な収入はない。しかし、いずれにしても、そんな流れ者がまずは新しくできた店の客であることは事実だ。仕事を見つけるために、見つけた仕事を失わないために、商売をするためにまげを落としたから理髪店に行って散髪しなくてはならず、背中を流すわが家も村の小川も失ってしまったから銭湯に行かなければならない。理髪店はポマードの匂いがした。活動写真館の周辺でサイダーやラムネを飲みながら、行き来する人たちに絡んだりするオールバックのごろつきたちからもポマードの匂いがする。日本で技術を学んできた、指の間にかみそりの刃を隠したスリという新しい職種の人たちからもポマードの匂いが漂い、日本料理店の調理人や日本人商店の店員など、わずかな給料をもらっている青年たちも、給料日には散髪し、銭湯に行き、ポマードを塗って遊郭へと向かう。

日本人が入ってきてからあちこちに建てられた城郭のような巨大な遊郭。考えてみれば、スリも遊郭も新しい職種であり商売だ。刃物と情欲、それこそがまさに日本の数千年の歴史の神髄ではなかったか。銭湯では、「花王石鹸《せっけん》」と「ウテナクリーム」の匂いがした。その匂いは、背中にまで白粉を塗る日本の芸者を連想させる。銭湯にはいつも、日本の芸者の姿があった。

老婆が孫娘に聞いた。

「何を食べてるんだい」

「飴」

「誰にもらったんだ」

「父さんがおこづかいをくれたの」

「何て子だ！　米も買えないのに、そんなものを食べたって腹は膨れないよ。回虫が湧いて、虫歯になるだけだって言うじゃないか。父親も父親だ。おかゆも食べられないのに、飴だなんて」

その日暮らしの両親の自暴自棄な生活、自暴自棄な愛情のせいで、子供は腹も満たせず、虫歯になる飴を口にする。餅をつく米や煮詰めて飴にする麦芽の一握りもないことだけが理由ではない。猫の額ほどの間借り暮らしで、台所は軒下にあり、かまどにくべる薪の一本もない。しょうゆもみそも作れず、買うしかない流れ者の身で、子供の口に含ませていたのは飴だけではなかった。金が入ればまず空腹を満たそうとうどん屋に入る。それだけではない。やけになった家長は、ばくちで金を使い果たし、ポケットの小銭で酒を買って飲み、家に帰って女房、子供を殴る。明日のない流れ者。彼らは皆、虚無主義者だ。虚無主義は消費を促す。財布の底をはたきながら暮らす人々は、どんなに働いても金はたまらない。働きたくても働く場所がないから一文無しなのだ。どうにかしてありついた手間仕事が忙しいから、子供の口に飴を放り込んで空腹を紛らわさせる。彼らは王様でも客でもない、物乞いのしぐさをしてうどんやそばや餅を買って食べる消費者だ。近いうちに物乞いに転落する人々なのだ。

遊郭に身を売った女は、純潔だった時に洗顔料として使っていた緑豆の粉、小豆の粉のようなものの代わりにせっけんを使い、化粧品を消費する。舌がおかしくなるほど菓子を食べ、内臓が腐るほど酒を飲む。どうせ性病で死ぬ日は近いのだから。アヘンは言うまでもなく、低俗なそのすべてのものは、徐々に、徐々に労働力を消耗し、持っているものを消耗し、一つずつ姿を消しながら、彼らに、圧制者たちに、その場所を明け渡すだろう。

ならば、都市ではなく農村は事情が異なるだろうか。かろうじて農民は生き残れるだろうか。いや、そうではない。灰色の石塀を照らす日差しは非情で、生活は過酷だ。以前は、川辺で拾った石を積み上げて石塀を造り、かごを編み、水おけを作っていた。今も貧しいことには変わりないが、いや、もっと貧しくなったのに、石を積み、かごを編んでいた暮らしを農民たちは失った。浮き草暮らしなのは都市にいる流浪の民だけではなかった。開拓民気質のある日本人は、多くの土地を占有した。初めは、三綱五倫*をわきまえた朝鮮の農民の目には、本土に見捨てられた惨めな日本人がけだものに見えた。彼らは口にするのもはばかられる野蛮人だった。網巾《マンゴン》*を脱いだ男が来ると言って隠れていた女や子供たちが、ふんどし姿の日本人を見て腰を抜かすのも無理はない。

だが、日本の農民たちの無礼より、耕作地が広がるにつれて労働が過重になっても、収益が以前と変わらないことの方が問題だった。耕作地を広げてより多くの労働力を投入すれば、収益が増えるのが当然なのにだ。もっとも、人情が厚ければ、はなから雑草みたいに農民を間引いたりはしなかったはずだが。より多くの労働力を提供するには、ひねり出せるだけ時間をひねり出さねばならず、余暇がなくなる。機械が織り上げる幅広の綿織物や金巾《かなきん》*に押されて農家の手織り綿布が商品価値を失っていく状況もさることながら、女たちはもう織機の前に座る体力を失い、男は薪を背負子いっぱいに背負って市場で売る時間も持てなくなった。つまり、副業ができなくなってしまったのだ。

それればかりか、凶作、豊作に関係なく定められた小作料は、税金より恐ろしい。収める金が足りなければ、手当たり次第に金を借りてどうにか払わなければならない。借金が雪だるま式に増えていくのは、前にはなかった複利という魔術のせいだったが、その魔術のせいで、せめてもの口減らしのために、機織りをしていた娘を遊郭に行かせたり、住み込みで都市に働きに行かせたりして、舟の渡し場で泣きながら別れるしかなかった。

「父さん、そろそろ昼ご飯の時間みたいだけど」

「まだ早い」

振り向きもせずに草刈りをする父親と、木の枝にぶら下げておいた麦の握り飯に目をやってから恨めしそうに太陽を見つめていた息子は、ため息をつきながらまた草刈り作業に戻る。彼が前金に惑わされて潜水の仕事をしに行こうとするのを、近所の人たちが引き留める。

「こいつめ、水の中で一度体がしびれたら、そのまま死んでしまうそうじゃないか。いっそのこと日本にでも行った方がいい」

息子は振り向いて言う。

「父さんも母さんもきょうだいもここにいるのに、遠くへ行きたくはありません」

母親は、金は敵だと言って泣き、父親は手を後ろに組んで遠い山を見つめるばかりで、彼らも根がないという点では同様だ。農村で娘を売り飛ばし、息子を出稼ぎに行かせるのはもはや日常茶飯事だった。

立派な開化と知識人たち、日本の文化を受け入れ西洋から来たキリスト教にどっぷりはまった人たち、迷信打破を叫び、民族改造を叫び、朝鮮人を啓発しようと喉も裂けんばかりに叫ぶ人たち。迷信を打破し、数千年受け継いできた朝鮮の文化を道端に捨てれば、土地を取り戻すことができるのか。山菜を食べ、水を飲めば十分なのに、飴をなめ、うどんを食べれば土地を取り戻せると言うのか。

実際、巻きたばこや葉巻を吸う輩、朝鮮のものを道端に捨ててしまう輩のせいで、朝鮮民族は抹殺されてしまうかもしれない。故国を離れた人たち、パガジ〈ヒョウタンで作った器〉を手に道をさまよう人たち、背負子を背負って恋しい人を待つように立っている人たち。彼らの身の上は、村の大きな木に石を載せて願をかけたせいなのか、村の守護神にお供えをしたせいなのか。竜王に仕え、地神に仕えたせいなのか。それを総督府や東拓ではなく、どこへ行って聞けばいいのか。

一章　路上で

斜視のカンセは、理髪店でポマードを塗ったごろつきがサイダーやラムネを飲みながらうろうろしている活動写真館の方を遠くから眺めながら、にぎやかな通りを歩いていた。その活動写真館では、主に日本のチャンバラ映画を上映しているのだが、いつも看板は派手だった。頭巾をかぶって刀を持った侍や片目に刀傷のある独眼剣士、杖の先に風呂敷包みをぶら下げて担ぎ、着物の裾をまくり上げて腰の所に差し込んだ、尻が丸見えの男が看板に描かれていることもあった。高島田とか丸まげとかいう、仰々しい髪形に花やら布切れを垂らした女も時々見かけた。

カンセは朝、統営《トンヨン》から舟に乗って釜山《プサン》の埠頭に降りた後、繁華街に向かった。頭に手ぬぐいを巻き、ざるやかご、松の枝などをクズのつるで縛って肩に掛けていた。初冬の風は、波の音と相まってうら寂しかった。ちょうど活動写真館を通り過ぎようとした瞬間だった。二メートル以上もありそうな巨体の男と出くわした。白系ロシア人だった。カンセは慌てた。話でしか聞いたことのなかった西洋人を初めて見たからだ。赤ら顔で金髪で、目の周りは白く、瞳は灰色だった。手の甲にまで毛が生えていて、カンセの目には獣にしか見えなかった。男はだぶだぶの灰色のスーツを着ていて、洋服の生地をカンセと同じく肩に担いでいた。カンセも大柄だったが、それでもあごを上げて相手を見上げなければならなかった。道行く人にカンセは聞いた。あの人はどうして服地を肩に担いでいるのかと。すると、こんな返事が返ってきた。

「ラシャ〈厚手の毛織物〉の商売人ですよ」

ラシャが何なのか知らなかったが、ははあ、洋服の生地屋なんだなと、カンセは納得がいった。劇場の前を通り過ぎる人や劇場に出入りする人たちを相手に生地を売っているようだった。足を止めてぼんやり見つめるカンセの視線に気づいたのか、あちらもカンセを見つめながらにやっと笑った。親指で鼻筋を触ったロシア人は、カンセを指さした。そして、自分の肩に担いだ生地を指さす。肩に何かを担いでいる姿が似てるな。そんな意味のようだった。

「言われてみれば、俺らは似たような境遇みたいだが、俺は食べる物と関係のある物を担いでいて、あんたは着る物……」

そう言い終える前に何がどうなったのか、カンセは道端に転ぶと同時に異様な音を聞いた。倒れたまま顔だけ上げると、自転車一台がすぐそばにひっくり返っていた。鼻をつく酒のにおい。酒瓶が割れて転がり、酒がこぼれ出ていた。タンクズボン*をはいた三十過ぎの男が少し離れた所に倒れていた。

「この、間抜けが！」

タンクズボンの男が先に立ち上がり、日本語で悪態をつき始めた。かごやざるは、活動写真館の切符売り場の近くまで転がっていた。

「ああ、腰が」

脇腹を地面につけながら、カンセは起き上がる。頬骨の辺りから血がにじみ出ていた。転んだ時に擦りむいたようだ。

「こんちくしょう！　何をぼけっとしてるか！」〈太字は原文日本語〉

日本語はわからないが、悪口の一つや二つは埠頭で仕事をしていた時に聞き覚えていた。ぐっと目をむいた次の瞬間、カンセは愚鈍な行商人のふりをした。

「後ろから突っ込んできておいて、この人は何を言ってるんだ」

「何がどうしただと！　何をほざいてるんだ！　そんなことをしたって無駄だ！　弁償しろ、壊れた自転車とこぼれた酒を全部弁償するんだ！　この朝鮮野郎め！」

カンセに落ち度がないのは明らかだった。タンクズボンは、責め立てたところで一銭も巻き上げられない流れ者が相手だということに、さらに怒りが込み上げてきたようだ。猫がネズミをにらむような残忍な目つきだ。カンセとしては、ひどくついていない日だった。

「目玉が背中についてるのか。じっと立っていたのに、そっちから突っ込んできておいて、あきれたもんだ。青天の霹靂《へきれき》ってのはこういうことを言うんだな」

声を荒立てはしなかった。

「朝鮮人のくせに、ごちゃごちゃと生意気なことを言いやがって。朝鮮の奴はみんな詐欺師だ、泥棒野郎だ、野蛮人だ！　さっさと酒と自転車を弁償しろ！」

「屁をこいた奴が腹を立てるって、昔の人はよく言ったもんだ。腰の骨が折れたかもしれないのに、こっちが治療費を出してくれって言ったらどうするつもりだ」

互いに理解できない朝鮮語と日本語の押し問答だったが、それを聞いた道行く人が集まり始めた。活動写真館の周辺をうろうろしていたごろつきたちも、ズボンのポケットに手を突っ込んだまま近づいてきた。一番確かな目撃者であるロシア人は、いつの間にか姿を消していた。朝鮮人と日本人のけんかには関わらないのが賢明だという亡命者の結論だったのだろう。

「この、やぶにらみの犬ちくしょうめ！　いいさ。派出所に行こうじゃないか。朝鮮の奴が日本人に損害を与えておいて盾突いたらどうなるか、わからせてやらないとな」

「謝ってもらってもまだ足りないのに、どう見たって無実の人間を捕まえようだなんて、倭奴《ウェノム》〈日本人の蔑称〉なら何をしてもいいって言うのか」

できることなら、げんこつを何発か食らわせてやりたかったが、負けん気を起こしている場合ではなかった。日本の警察だけは避けなければならなかったからだ。カンセは最初から声を荒らげはしなかったが、ずっと便所の前で順番を待っている人のように中腰になって応酬しながら、どうにかしてこの場から早く逃げ出さなければと考えていた。脇腹が痛んだ。しかし、カンセは大げさに痛いふりをして、脚を引きずりながら歩きだす。転がったかごとざるを拾い集めようと腰をかがめると、

「こんちくしょう！　どこへ逃げる気だ。下手な芝居はやめるんだ。そうはさせないぞ。派出所に行こうと言ってるだろ！」

とタンクズボンが走り寄ってきた。思いがけない損害の代償を、気持ちの上だけでも解消しようと心に

決めたようだ。力のない貧乏人、朝鮮人なら腹いせに打ってつけの相手だと考えたのだろう。彼もまた大した身分ではなく、こんなことでもなければ暴君みたいなまねができる機会はない。カンセは、黙って散らばったものを拾い集める。タンクズボンは口でぎゃあぎゃあわめくだけだったが、それもそのはず、相手は背が高くて丸太みたいにがっしりしていて、小柄な男には振り回せない。タンクズボンは腰をかがめているカンセの耳をつまんだ。

「何をするんだ」

カンセは、耳をつまれたまま立ち上がった。

「その手を放せ！」

振り切ればたたいたと言われるだろう。体をゆすれば相手が倒れるに違いない。どちらにせよ傷害罪の口実になる。カンセにとって相手はガラスの器のように用心すべき存在だった。耳をつまんで引っ張られるままによろよろとついていく以外になすすべはない。背の高い男が背の低い男に耳をつままれたので、相手を突き飛ばさない以上、体は折れ曲がるしかない。顔も耳をつまれた方に傾いた。瞳はそれぞれ空と地面の方を向き、ごろつきたちがげらげら笑った。集まった見物人たちも笑った。そして、その次には遠慮なく全員が笑った。

（朝鮮人が朝鮮人を見て笑う。ああ！　哀れな奴らめ！　これからは朝鮮人が日本人に、墓場のカラスみたいに肺を突かれるからな。見てろよ！）

カンセは耳をつまれたまま、派出所まで引っ張られていった。朝鮮人の野郎が日本人に抵抗した、朝鮮人の野郎が自転車を壊して酒瓶を粉々にしやがったと、タンクズボンは一方的にわめき立てた。カンセがげんこつを食らわされて蹴飛ばされても、タンクズボンはわめき続けた。カンセの話には耳も貸さなかった。耳を貸さなかったのは、朝鮮語のわかる朝鮮人巡査だった。日本の巡査より多くカンセをたたいたのも朝鮮人巡査だ。大日本帝国に対する忠誠心を疑われてはいけないので、余計にたたいたのだろう。子連れで再婚した女のように夫の子の肩を持たなければならず、自分の子の言うことは絶対聞いてはならず、夫よりも先に自分の子をたたかなければならない。自分の血を否定して背反した者に対する憤りは、血のつながりを叫ぶ感情よりもっと激しいものかもしれない。そして、血痕のように消えない怨みになる。

カンセは、警察署で何日か苦しい思いをして釈放された。

(ああ、俺の目が黒いうちは、俺が生きている限りは、お前たちに抵抗してやる)

カンセは心の中で熱く誓いながら、宝水洞《ポスドン》の黒い橋の近くに隠れて住んでいる宋寛洙《ソングァンス》を訪ねた。

「いったい、どうしたんだ」

腹を立てたように言ったものの、寛洙の顔には安堵の色がありありと浮かんでいた。

「何も聞くな。ああ、ついてない」

「おじさん、父さんが首を長くして待ってたんですよ」

寛洙の娘の栄善《ヨンソン》が門の所からついてきて言った。十六歳ぐらいで、色白だ。

「体が言うことをきかなくてな。栄善、顔を洗う水を持ってきてくれんか」

「はい」

三つ編みの髪を揺らしながら、栄善はすぐにたらいに水をくんで持ってきた。カンセは、顔を洗いながら時々うめき声を上げた。栄善は眉間にしわを寄せたが、何があったのかは聞かなかった。多少鍛えられたせいでもあるけれど、元々思慮深い子だった。手拭いで顔を拭きながら、部屋に入ったカンセが声を上げる。

「あ、ああ、腰が」

座りかけてやめ、うめく。

「ひどくやられたみたいだな」

「飼い葉切りであいつらの首をはねてやりたいところだ」

「来るはずの日に来ないから、何かあったのかと思ったよ」

寛洙の顔色もさえなかった。

「ああ、やってられないよ」

「何をそんなに騒いでるんだ。年を取ったら大げさになるとは言うけど」

「お前もやられたらわかるさ」

「道連れにする気か」

「こんちくしょう！」

「衣冠はどこに脱いできたんだ。そんな格好で」

「衣冠？」

「かごがお前の衣冠だろ。なきゃ出かけられないんだから」

「何言ってんだ。かごも何も、誰が持っていっちまったのか俺だって知らないんだ。そんなことを言うから、忘れてた怒りがまた込み上げてきた」

「豪傑の金《キム》さんも、もうおしまいだな」

わかっていながら、ねちねち言う。

「俺に力があれば、約束した日に来てたさ。言っても仕方のないことはそれくらいにして、酒でもくれ」

「おーい、栄善」

返事と同時に栄善は部屋の戸の前にやってきた。

「父さん、お酒を用意しますか」

「そうした方がよさそうだ」

前もって用意していたみたいに、酒膳はすぐに運ばれてきた。

「奥さんはどこかへ出かけたのか」

栄善の母は人見知りの激しい女だったが、カンセにだけは義姉のように、時には義妹のように心を開いていた。そんな人が顔も見せないからカンセは気になったのだ。

「知らないな。寺に行ったんだろうか」

「栄善も年頃になって、いい相手がいれば嫁にやらないとな」

「いい相手がどこにいる。白丁《ペクチョン》*にでもやるさ。相手の家に見下されないようにな」

寛洙は酒をあおった。

「人によるさ」

「白丁も人によるって言いたいのか」

寛洙の目が一瞬血走った。

「お前、また食ってかかるつもりか」

「死んでも自分の嫁にするとは言えないだろう」

目が赤々と燃える。

「何だと?」

「とぼけやがって。困り果てると人っていうのは、驚いたふりをするもんだ。金カンセだって例外じゃない」

酒膳の上に酒碗を置く音が派手に響いた。

「お前、まだその癖が直ってないんだな。恵観《ヘグァン》和尚が言ってたぞ。宋寛洙はいい奴なんだが、白丁の話になると人が変わるって」

「変わらずにいられないだろう」

寛洙の声は弱々しかった。

「うちの女房はずっと、人と顔を合わせないで暮らしてきたんだ。人を見たら罪人みたいに隠れて……」

その言葉には耳も貸さずにカンセが答えた。

「うちの嫁にできないなら、できないって言うさ。怖くて驚いたわけじゃないぞ。今までそんなことは考えたこともないから、そりゃあ驚くさ。だけど、栄善は普通学校を出てるし、うちの輝《フィ》は、読み書きもできない山の人間なんだ。あまりにも違い過ぎる」

寛洙の表情が緩み、手を振った。

「今の話はなかったことにしよう。負けん気から出た言葉だ。言わないでおこうと思ってたのに」

カンセは鼻で笑った。

「酒でも飲もう。この小心者め」

カンセの言葉に寛洙は、大声で笑う。

「売れ残りだから仕方ない。それなら、お前にくれてやるかと思ったが、もったいなくてやれないな、ふん」

寛洙はまだ大声で笑っている。

「何て底意地が悪いんだ。数十年を共にしてきた仲間ですらそんなことを言うんだから、赤の他人の朝鮮人が、日本の奴になぶられている朝鮮人を見て笑うぐらいは大したことじゃない。俺がほうほうの体で来たっていうのに眉毛一つ動かさないで、自分の家族の話が出ると目の色を変えて。まったく、誰を信じて生きていけばいいやら」

「つまらん話はそれぐらいにして、何があったのか詳しく話してみろ」

酒をついでやる。

「ついてなかったんだよ。ちくしょう！　我慢しようと思ったけど、はらわたが煮えくり返って……」

「我慢しようと思ったってことは、余裕があったみたいだな」

「余裕があるもないも、そういうことじゃないんだ」

酒を飲みながら、カンセは、活動写真館の前であったことから寛洙に聞かせてやる。話が終わると、寛洙は手をたたいて大笑いした。カンセも苦笑いを浮かべる。決して愉快なことではなかった。怒りが込み上げたが、事件そのものが喜劇的であることは事実だった。

「西洋人が珍しくてよそ見してたのか。山の人間だから仕方ないか」

「この野郎。西洋人を見てたから自転車がぶつかってきたわけじゃないぞ」

「俺は何もしてない。なんで俺に腹を立てるんだ」

「こっちは腹が立って死にそうなのに、へらへら笑って余計に怒らせるようなことを言うからだ。ちくしょう！　ノミみたいなちび野郎め。あいつに振り回されたかと思うと悔しくてしょうがない。親指ですりつぶしてやる」

「もう済んだことだ。騒いだって仕方ないだろう」

「何だと」

「間違ったことを言ったか」

「じゃあ、正しいって言うのか」

「お前は両班《ヤンバン》*の子孫か。儒者の子孫だから家の体面を守ってるって言いたいのか。どいつもこいつも、罪のない民を捕まえてむちを打ち、股を裂き……それと何が違う」

「だけど、同じ朝鮮人じゃないか」

「ふん、そうだろうな。朝鮮人の巡査にたたかれたのは、一つも腹が立たないだろうよ」

言葉に詰まったカンセの顔が紅潮する。

「お前のやってることは、倒れた奴の背中を蹴ってるようなもんだ。ソウル*の奴や物知りたちと付き合ってるようだが、人の揚げ足を取るなんて大したもんだ」

「ははははっ、そうか。もっと飲め。我慢してきたんだから、最後まで我慢しろ。あんまり怒ると体に悪いぞ。ははははっ……」

「大魚も陸《おか》に上がればアリに攻められるってな。ちくしょう！　ひょいと持ち上げて倒してやるところを」

とカンセは酒をあおる。

「昔、俺が糞のついた手で巡査を殴ったことがあっただろう」

「そんな大昔のことを、今さら持ち出してどうするんだ。自慢を並べ立てる年でもないだろうに」

寛洙は酒碗を高く掲げながら言う。

「それぐらいの腹がまえだったら、えらい百姓じゃ。だが、ひどかったね。なんといっても、大日本帝国の警察じゃ。見せしめのためにも許すわけにはいかん」

「いったい何を言ってるんだ」

「当時、巡査部長に言われたことなんだが、度胸のある百姓だ、だが、大日本帝国の警察を侮辱したんだから許すわけにはいかない。まあ、そんな意味らしいが、今だったら何日か拘留されたぐらいでは済まないだろうな」

「懲役二年か三年は食らうはずだ」

「あの頃はまだ、そうだ……有象無象、いろんな奴らがこぞってやってきたが、中にはお粗末な奴らもいたし、元は侍だから度胸を重んじるってことらしいが、今はそんな間抜けはいない。厚かましくて、声を荒らげたりも笑いもしないし。三・一《サミル》運動*以来、刀は振り回さなくなったが、代わりに口で脅されて、その方がもっと怖い。銃も剣もなしにやられるんだから」

「刀か口か、そんなのは俺みたいな山の人間にはどうでもいいことだが、日増しに身動きが取れなくなっていくのだけは間違いない」

「その代わり、俺らもずる賢くなった」

「仕方ない。いくら頑張ったところで、あいつらには勝てないんだから」

「俺らが持っているのは針で、あいつらが持っているのは斧だ。斧を持っている者は針を持っている者にかなわない*ってことわざがあるだろう」

「誰もが針を持ってるわけじゃない」

「……」

「俺だってそんなことぐらいはわかってるさ。ふん、ほんとにみんなが針を持ってみろ」

　寛洙は言葉を継げなかった。二人は黙ったまま酒碗を空ける。誰か帰ってきたのか、外から栄善の高い声と別の低い声が一緒に聞こえてきた。

「恵観和尚は、一体全体どうなってるんだ？」

寛洙はうんともすんとも言わない。

「錫《ソク》の消息も全くわからないし、もどかしくて死にそうだ」

「錫は大丈夫だろう。漢福《ハンボク》が帰ってきたら詳しい話が聞けるはずだ」

と言ったかと思うと寛洙は突然、

「何を弱気なことを言ってる。金環《キムファン》と恵観がいなくたって、立派にやれるんだ！」

と何かに向かって叫ぶように言った。小さな瞳が丸くなる。

「どうしたんだ。急に」

カンセが寛洙の丸くなった目を見つめる。非難の色とともの悲しさが漂っている。

「俺はお前たちの気持ちをよくわかってる。昔は仕事のやり甲斐があったし、楽しかったと思っていることを知らないはずがないだろう。そうは見えないかもしれんが……」

「それは、そう間違った話ではない。だが、死んだ兄さんについてお前がひねくれたことを言うのはどうかと思うな。嫉妬してるのでもないだろうし、人はそれぞれ持ってるものが違うんだから」

ちょっとさげすむような口調だった。

「カンセ、お前までそんなふうだとは思わなかった。俺の腹の中をひっくり返して見せることはできないし。俺たちは何も情にほだされて仕事を始めたわけじゃない。最初から金環という男のために立ち上がったわけじゃないから」

「それはそうだろう。だが、俺は違う。兄さんの情に引かれて始めたんだから、途中で投げ出すわけにはいかない」

　酒を飲み干した寛洙は、さらにもう一杯あおった。酒の肴をつまみながら言う。

「この頃、俺は自分の手に余ると思うようになった。だから腹が立つのかもしれない」

「だったら、兄さんがいなくて仕事がうまくいかないと思っているのは、俺よりお前の方じゃないのか」

「……」

「世の中はあの時とは違う」

「そんなことはわかってる」

「兄さんが生きていたって、あの頃のように神業みたいな仕事ができたかどうか……今の時代には合わない人だ」

「合うも合わないもない。兄さんのやり方で押し通してただろうよ。だが、神業みたいに……それが問題だった。人らしく……俺は最近、尹都執《ユントジプ》*のことを思い出すんだが……」

　環が死んだ後、こんなに腹を割って話すのは多分初めてだ。

「とにかく、兄さんは一生、体一つで何とかやってきた人だ。死んでからいくら月日が流れても、兄さんのことを思うと胸が張り裂けそうになる。何だかんだ言っても、兄さんに比べたら俺たちの人生なんて楽なもんじゃないか。あんなふうに生きて死んでいくのは簡単じゃない」

「もうやめよう。やめた方がいい。死んだ人の耳がくすぐったいだろうから……俺の手に余るとは言ったが、俺たちの生きているうちにわが国が独立するだろうと信じる気持ちは、前よりずっと固くなったことだけは確かだ」

「俺たちの生きてるうちにそうなったら、どんなにいいか」

「さっきも言ったが、昔は闘いにおいては、俺たちの黄金時代だった。もちろん、俺たち東学*の立場からはそう言えただろう。だが、あの時は、独立するのだとはっきりとは考えられず、倭奴にやられるから命がけで抵抗していた。だから、その限界の中で実力以上の力を出すこともできただろう。今は、いくら腕を伸ばしても空しいだけだ。俺たちがそうなら、相手だって、倭奴だって同じに違いない。労働者や学生が闘う時代だ。それに闘い方も違うし。だからといって、死んだ兄さんもお前も俺も、東学を信じていたからこの道に進んだわけじゃない。だから、尹都執と対立もしたし、池三万《チサムマン》みたいな質《たち》の悪い奴に裏切られもしたが、俺は、東学はもう終わったとは思わない。東学と農民は最後にまた来るはずだ。今は学生、労働者だ。俺は元山《ウォンサン》*のストライキを見て希望を持った。労働者は降伏したんだと、人々は終わったことのように言うが、これからもしょっちゅうストライキは起きるだろうし、学生たちも立ち上がるだろう。倭奴が学生や労働者の息の根を止めようとするのは、それほど奴らも切羽詰まっているということだろうからな」

「お前の話で思い出したが、栄光《ヨングァン》はどうなったんだ」

寛洙の顔がみるみる暗くなった。

「この頃、学生たちが騒がしいって言うが、大丈夫なのか」

寛洙は、ひどく疲れた様子で酒碗を置き、たばこをくわえて火をつける。

(親子の間で何かあったな)

カンセはおよそ見当がついた。栄善の兄、栄光は中学の最高学年だ。カンセは、父親より賢いと思っていた。将来、何をやってもうまくいく熱血青年だ。寛洙の家族に対する人並み外れた愛情は、以前から周りの人にはよく知られていることだが、いつも息子の道を阻み、騒がしくなるのを警戒してきたのは、寛洙の場合、息子の無事を願う父の愛というよりも、自分のしていることがばれるのを恐れたからだ。それだけに寛洙は苦しかっただろうし、栄光は栄光なりに反発しながら父親の気持ちを理解していただろう。家族をとても愛しながら、しかし、いつも自分のやっていることを優先した。家族が人の目に付くのを嫌い、目立つことはするなと息子に命じた。寛洙は妻や義理の両親の身分を気にして、自らそんな生活態度を取ってきた。だが、息子の栄光が二十歳近くになるにつれ、均衡は崩れ始めた。光州《クァンジュ》学生事件*を巡って親子間で意見が衝突したのは、想像に難くない。いつもと違って寛洙が不安そうなのもそのせいだと、ようやくカンセは気づいた。寛洙は、栄光のことは一切話さず、努めて何でもないふりをし、どうでもいい話を続けた。

「俺たち朝鮮人がみんな日本人にならないと、あいつらは楽になれない。四方八方で俺たちは朝鮮人だ、朝鮮人だとわめき立てるから、安心して寝ていられないんだ。いつだって守るのは難しくて、守る人が十人いても盗む奴には勝てないって言うが、今は立場が反対だ。奴らは守る方で、労働者のストライキは倭奴に対する攻撃だ。学生の同盟休校も倭奴に対する攻撃なんだ。昔は、銃を持った奴の数だけを見て、俺たちの生きているうちに国を取り戻すのは難しいと思ったさ。難しくても闘うんだって、俺たちはみんなそう言った。だから、あちこちで義兵が捕まって、銃で撃たれて死んで、倭奴は銃を向ければそれまでだった。大砲だけを信じればよかった。だが、今はどうだ。仕事をしない、勉強をしないと言って引き下がっているようでいて、実は飛びかかっている。数百人、数千人が集まってあちこちで抵抗するから、恐ろしい力になっている。銃や大砲があっても使えず、壊してしまうこともできない力で、ほんとに戦争より難しいことなんだ。奴らは戦争に勝ったからあんなに偉そうにしてやがるが、これからは自分たちより強い奴らと戦うことになるだろう。いい気になってると自分で自分の首を絞めることになる……」

筋の通った話だったが、普段の寛洙らしくもなく心と言葉が不一致で、カンセは不安で退屈すら感じた。

「話はそれぐらいにして、酒でも飲め」

「あ、ああ」

寛洙の上体が少し揺れた。そして、酒碗を取った。

「希望だの失望だの、そんなものは一瞬だ。今までの経験だってあるし、若くもないんだから、このまま行くしかない。もっとも、ひどく苦労はしたが、学のない山の人間が運動家になったんだから出世だな。はははは……はははっ、浮かれてた時もあったし、お前の言うとおり、俺たちの生きているうちに独立すれば、生きてきた甲斐もあるってもんだろ」

「さっきは死にそうなことを言ってたのに、酒が入ったら肝っ玉が大きくなったな」

「こっちの台詞だ」

「山にはいつ帰るんだ」

「ここの仕事がうまくいくのを見届けてから」

「俺も一度あそこに行かないと。兜率庵《トソルアム》に新しい坊さんが来たって？」

「そうらしいな。俺も海《ヘ》道士に聞いたんだが、かなり学のある人らしい」

「海道士って誰だ」

「ちょっとした知り合いだ」

「占い師か」

「どこでそれを聞いた」

「それは……」

「占い師というほどじゃなくて、『土亭《トジョン》秘訣《ビギョル》』*を見てくれる程度だ」

「とにかく近いうちに、カンセ、お前も一緒に……」

「誰に会うんだ」

「行けばわかる。それより、ここのこの体たらくはどうする」

「元山のことがあってからは、警察の奴らの常軌を逸した言動のせいでゴム工場、紡績工場で運動している人たちが、身動きが取れなくなっちまった。何かやりたい気持ちはやまやまだが、お互いを信じられない。埠頭で何人か仕込んではおいたし、慎重で真面目な人たちだから心配はしてないが、それでも薄氷を踏むようだ」

「外から引っかき回すにしても、ニを出したら駄目だろう」

「その心配はない」

「ニ」というのは、米の中に混じっている稲穂のことだが、目立ってはいけないという意味だ。

「釜山だって元山みたいにできなくもないが、関釜連絡船*もそれ以外の船からも、荷物一つ解いたり載せたりできないならどうだ？　群山《クンサン》、木浦《モッポ》からは米を積み出させないようにすることさえできれば……」

　ニを出してはいけないと言った時から、寛洙は自分を取り戻していた。

「ほんとに難しいな。やれるという思いが喉まで出かかっているのに、元山のことがあってから変な気持ちだ。元山に先を越されたっていう悔しさもあるし、何か起きるだろうって待つ気持ちもあるし、誰か先頭に立つ人はいないのかっていうもどかしさもあるし、とにかく落ち着かない。一番気勢をそがれるのは、中国や日本の労働者が押し寄せてくることだが、結局、元山でもそのせいで事を起こし損ねた」

「中国や日本の奴らだけじゃない。朝鮮人も募集に応じて行ったから」

「犬にも劣る奴らめ」

「一緒に闘っていたくせに離れていく奴だっている」

「だから、それが民族反逆者だろ。それはそうと、腰が痛くて身動きできない」

二章　ああそうだよ、そうですとも

祭祀《チェサ》*の膳を用意するのに忙しく、昨夜は寝る時間がなかった。輝《フィ》の母は、布団をかぶって横になったまま、どこへ行くのか、いつ戻ってくるのか聞こうともしなかった。カンセもまた、何も言わずに家を出た。子犬がちょろちょろついてきて垣根の代わりに積んであるまきのそばで止まり、ウウーっと一度うなった。大げんかした夫婦のように、互いに知らないふりをしながら過ごして一ヵ月余り経っていた。息子の輝もそんな両親を避けて、ご飯を食べると炭焼きがまの方やチャクセの家の納屋に行ってしまった。炭焼きがまではもちろん炭を焼き、チャクセの納屋では松の木や板を削ったり、かごを編んだりすることもあった。春になったらすぐに市場に売りに出す物を、安《アン》とチャクセと一緒に作った。

「輝の奴、笛なんか吹きやがって」

この頃、ある旋律にとらわれている自分自身のおかしな状態が、まるでその笛のせいであるかのようにカンセはつぶやく。いつだったか、環《ファン》が広大《クァンデ》*から奪ってきたと言って、幼い輝に笛をくれたことがあった。生涯、自分が持っているものはもちろんのこと、人に何かをあげたことのない環にとっては、おそらくその笛が人にあげた唯一の物ではなかっただろうか。カンセは時々、それを何かの暗示のように受け止め、輝の運命に対する恐ろしさと誇りのようなものを同時に感じていた。

酒瓶を手にしたカンセは、雪に覆われた山道を過ぎ、峠を一つ、二つと越えていく。網袋や荷物なら肩に掛ければ身軽だが、酒瓶はそうはいかない。ずっと持っていると手が冷たいし、かなり厄介だ。坂道を上る時や急斜面では、滑って酒瓶を割ってしまうかもしれないので、先祖を祭るように丁重に扱わなければならない。

「五百年生きようと言ったじゃないですかーー！」*

カンセは、喉が裂けんばかりに叫ぶ。だが、空の下を隙間なく埋めるように山また山、その山の向こうにまた山と、どこを見渡しても山しかない空間は、とてつもない寂しさと無力感を呼び覚ますだけだ。もう何度目だろうか、こうして叫ぶのは。その度に歌はサビの一節で途切れ、旋律だけが心の底をぐるぐる回っている。心臓をなめるように、ついばむように、夜明けの枝折戸《しおりど》を見つめる若後家のため息のようにぐるぐる回るのだった。昨夜は山の中のすべての霊魂、墓の中のすべての亡霊たちが一斉に泣き叫ぶように、風が石壁に吹き付け、木を根こそぎ抜いてしまうかのように暴れていたかと思うと、明け方には音もなく雪が降っていた。明るくなるにつれて雪はやみ、次第に晴れてきたが、遠い峰の上に広がる冬の空はまぶしいほどに青く、綿のようにふわふわした雲が見えた。だが、気温は急激に下がり、木の枝に積もった雪は凍り付いて、樹氷の林が果てしなく続いていた。渓谷と丘陵と稜線は雪の中に深く埋もれ、永遠の眠りについてしまったようだった。春の甘い息遣いはいつのことだったか、柳の枝の淡い萌黄色は夢の中で見た色だったのか。固まってしまった寂寞の中の果てしない樹氷の林は、戦慄《せんりつ》するほど、残酷なまでに美しかった。

「ああそうだよ、そうですとも！」

意外にも、新しい節がおのずと口をついて出たが、それも一節で途切れてしまう。しかし、心の中で、耳元で、ずっと回っていた旋律が突然疾風のごとく襲ってきて、叫び声に変わった。心の底をなめたりついばんだりしていたのが、めった切りする斧に変わった。昨夜、泣き叫んでいた風が心臓を切りつけ、命を奪おうとするかのように暴れる。

「ああそうだよ、そうですとも。くそっ、もうやってられない」

カンセは酒瓶を置き、痛む腹を押さえるかのようにしながら、雪原に膝を埋める。

「ほんとに、どうしちまったんだ」

不思議なことだった。その旋律にとりつかれてもう何日も経っていた。普段は歌など歌ったことのないカンセだった。とはいえ、歌の一つや二つぐらい、歌ったことはなくてもどこかの酒幕《チュマク》〈居酒屋を兼ねた宿屋〉で聞いたことがあるはずで、何かの弾みで思い出すこともあるだろうし、一人口ずさむことだってあるはずだ。しかし、しつこく頭から離れず、忘れたかと思うとまた頭に浮かぶのはどう考えても尋常ではなく、煩わしいことだった。一昨日は、求礼《クレ》の市場に出かけていた。父の命日は陰暦十二月六日、つまり、昨日だったから、供え物を準備するために市に出かけた。市場は閑散としていた。露店にはそれなりに品物がそろっていたが、正月前に買い物をするつもりなのか、物を買いに来ている人は少なかった。

「コムシン〈伝統的な形をしたゴム製の履物〉はちょっと値が張るけど、わらじを履くのは愚かなまねですよ。

田舎者は遅れてて、足の指が抜けるわらじをどうして捨てられないのかわからない」

靴を並べながらコムシン売りが言った。

「だけど、わらじを作るのは手間がかかるから」

買い物かごを脇に置き、白いコムシン一足をひっくり返して見ていた女が言った。

「わらじを売ってコムシンを買えばいいじゃないですか」

流れ者の靴売りは冗談のように言った。

「それは……そうすると仕事ばっかり増えるしね。これは高過ぎるよ」

「高いだって？」

「高くないって言うのかい」

「わらじ数十足分にはなるけど、わらじの値段で売れって言うんですか」

「そんなことは言ってない。怒らなくたっていいでしょう。品定めしながら、安いとか高いとか言っちゃいけないって言うのかい」

「怒ってるんじゃなくて、ゴムっていうのはいつまで経っても擦り減らないから、それだけ値段も張るわけで。考えてみて下さいよ。雨や雪が降ってもポソン〈朝鮮の伝統的な靴下〉はぬれないし、履き心地も楽だし、汚れたら水でさっと洗い流せばいい。真っ白になる。うちは工場から卸してるから、流しの行商人よりはずっと安いんです。買うか買わないかは奥さんの勝手ですけど……」

「もうちょっとお金を足せば、革靴が作れるよ」

「革靴を作るだって？　お金を足して？　はははっ。奥さん、冗談もほどほどにして下さい。革靴がそんなに安けりゃ、コムシンの工場なんてできもしなかったでしょうよ。うちは、売りたくても足りないぐらいよく売れるから、そんな馬鹿げたことは言わない方がいい。今日はお客さんが少ないから退屈しのぎにああだこうだ言いましたけど、書き入れ時が目の前なのに、売れない心配なんかするもんですか」

顔が小さくて目つきの悪いコムシン売りは、女の子用の靴をぼんやり見つめて立っているカンセを横目で見る。桃色のかわいらしいコムシンで、白い布を巻いて、つま先に花びらを一枚ずつ飾った小さな靴だった。

「買う気があるんなら、そのまま網袋の中に入れたらどうです」

「……」

「売れないから言ってるんじゃありません。子供の靴の大きさは種類が多くて、大人の靴みたいにたくさん市に出ないから、探すのが大変なんです。足に合いそうだったら、見つけた時に買っとくといい」

「ええい、買ってやりたくても、もう相手がいない」

カンセは吐き捨てるように言うと、靴屋の前から立ち去った。

網袋を背負って山に帰りかけてやめたカンセは、飛燕《ピヨン》の酒幕でマッコリを何杯か飲み干した。酒卓をたたいて煩わしい旋律を吐き出してしまおうかと思ったが、立ち上がって山へ帰ると、声の限り叫んだ。

「五百年生きようと言ったじゃないですかーー！」

生きるとだったか、生きようとだったか、そんな違いはどうでもよかった。それでも、口から出たのはそのひとことだけだった。壊れた蓄音機みたいに五百年という言葉を繰り返したカンセは、自分は歌を歌っていたのではなく、慟哭《どうこく》していたのだという事実を認めるしかなかった。何日もずっと慟哭していたことに、胸に穴が開いたようにつらかったことに気づいたのだ。

「どうしてこんなに静かなんだ。つらくて死にそうだ」

雪の中に膝を埋めたまま、空を見上げる。豪傑の金カンセという呼び名はまだ健在で骨格は以前と変わらず頑強だったが、筋肉は衰え、弾力を失ったことは否定できない。池三万《チサムマン》のことを、腹が腐っているとか、マッコリで太った腹だとか、そう言っていた顔色も以前と違って黄色く濁り、口元に広がった溝みたいなしわは、表情が動くたびに揺れた。

「母さん！」

涙があふれ出る。

「母さん、なんでこんなに静かで寂しいんですか！」

カンセはむせび泣く。

「ああ、生きている時は子供たちのことをそれほど大事にしていなかったのに、どうしてあんな女の子の靴だけが目に付いたのか。俺は馬鹿です。飯だけ食わせてれば勝手に大きくなると思っていたんですから。とにかく母さんが先に死んでくれてよかった。あ、哀れな姿を見せずに済んで、母さんがいなくてよかった。ううううっ……」

どれだけそうやって泣いていたことか。

(あたしは死ぬ時が来たから死んだんだし、あの子は寿命が短かっただけだ。男が泣いたら、山の草木も泣くって言うよ。泣くのはよしなさい)

風の便りのように、葦が揺れるように、母の声が聞こえてくるようだった。

立ち上がって雪を払う。

(はい、その通りです。この世に三千甲子東方朔*なんかいませんよ。俺も行く時が来たら行くんですから)

「ふん、泣いたところで山神様も、あの世にいらっしゃる玉皇上帝〈道教の最高神〉も聞いてくれやしないぞ。はははっ、はははっ……」

酒瓶を持って歩き始めた。目の前を遮る木の枝をぎゅっとつかみながら歩く。日は中天に昇ろうとしていた。日差しが雪原にちらついていた。

「憎き金《キム》環め!」

そう叫んでおいて、大声で笑う。

「あの忌々しい金環の魂でも乗り移ったっていうのか。兄さん、兄さん! どうしてこんなにはらわたがちぎれそうなほど苦しいのか、教えて下さい」

白い稜線がうつろに感じる。洟《はな》をかんで、チョゴリ〈民族服の上衣〉で手を拭う。

(兄さん)

……ああ……。

（ほんとに耐えきれないほどつらいです）

……耐えてみろ……。

（血のつながりって何なんですか）

……ぞっとするほど強いものだ。いつだって胸が震えるもの……。

（なんで震えるんです？）

……死ななければならないから、別れなければならないから、終わりのない恨《ハン》*を残していかなければならないから……。

（俺にはちょっとわからないことがあります）

……ふむ……。

（兄さんは、さらし首にされた父上と自分を捨てた母親のせいでもあるでしょうが、俺の知る限り、それよりも一人の女を思って、一生それを恨としてきたのではないですか）

……一生、恨として……ははははっ、一生それを恨としてきただと？　カンセ、そもそも女と男がいて血のつながりは始まるんだ……。

（そう言われてみればそうですが、俺なんか女のせいで涙を流したこともない木石《ぼくせき》だし、親子の愛情は人それぞれだから。昔、一人で夜通し、ひとこともしゃべらずに酒を飲んでいた兄さんのことを思い出します。あんなに寂しい姿がこの世にあるのかって思ったけど、今の俺は、俺はあの時の兄さんにそっくりです）

……お前も一人前になったな……。

（ふん、幸せに暮らしている人は人じゃないって言いたいんですか）

……悲しみを知らなければ、心があるとは言えない。心がなければ人ではないし、泥を汚いとも思わない……。

（だけど、喜ぶのも心じゃないですか）

……そもそも生きとし生けるものは孤独で、喜びはすぐに通り過ぎていくのに、悲しみだけは終わりのない道だ。あの青空を飛ぶ寂しいシギが、つがいとなる相手と出会って狂喜する理由を考えてみろ。寂しくも悲しくもなければ、あれほど喜びはしないだろう。だがそれは、川の流れのような空しい夢に過ぎない。出会いは別れの始まりだという言葉を知らないのか……。

（それは、誰でも知っていることです）

……仏は大慈大悲と言い、イエスは愛と言い、孔子は仁と言った。その三つの中では大慈大悲が最高だ。大きな悲しみなくして愛も仁も慈悲もあり得ない。どうして大悲と言うのか。空であり無であるからであり、心身共に本当に貧しいからこそ、休んでいける峠が大慈であり、愛であり、仁なのだ。休んでいく峠もないあの生ぬるい地獄の輩たちがどうして人間であり、命であろうか……。

（兄さん！）

声明《しょうみょう》を唱えるような耳に残る環の声。カンセはあの世へ続く三途の川を渡っているような錯覚に体を震わせる。

……心で、体で苦痛を受けた者だけがぼろを脱ぎ捨てることができるのであり、腹に脂肪のついたあの人情のかけらもない輩はぼろを脱ぎ捨てることはできない。疲れた体を責めるんじゃない。苦痛の重い荷物を捨てようとするな。俺たちがいつかどこかで会うとしたらそれは、俺たちの体がガラス玉のように透き通った時だろうか……その出会いの一瞬は永遠だろうか。カンセ、それは俺にもわからない……。

(何てことを言うんですか。ああ、もし兄さんの言うとおりなら、兄さんは後悔も恨もないってことですね。ふん！　まあそれもそのはずだ。あんなに苦しみながら生きて、疲れ果てて逝ったんですから。後悔も恨もあるはずがない)

……はははっ……ははは、後悔だと？　そんなものはないさ。生きていた時も後悔はしていなかった。だが、恨は消えようがない……。

(どうして恨が残ってるんですか。後悔がないなら、恨もないはずです)

……恨は、後悔しようがしまいが、望もうが望むまいが、知らない所で命と共にあるもので、俺の知らない所、誰も知ることのできない所からやってくる命のしこりだ。押しのけても、闘っても、胸に抱えて泣いてもどうにもならない。それはいったいどこから来るのか。腹が減ったから寂しく、ぼろをまとっているから寂しく、悔しいから寂しく、病気になったから寂しく、年を取ったから寂しく、別れが寂しく、一人旅立つ黄泉路《よみ》が寂しい。死んだらどこへ行くのかもわからず、あの夜空に輝く無数の星のように一人さすらう霊魂。それが恨だ。本当に生死のすべてが恨だ……。

環が生きていた頃、少しずつ聞いた話だった。山中問答〈李白の詩〉のような話だが、生々しく、迫力をもってカンセに迫ってきた。今日初めて聞こえてきた声ではなかった。環が死んでからカンセは時々、生前のその声、その言葉を山の中で聞いたことがあった。そんな時は、環がこの山のどこかで生きているような気がした。

（首をつって死んだ。警察の留置場で死んだんだ。ずっと前のことじゃないか）

カンセは環の死を認めようと努力した。そして同時に、二十年余りの長い歳月を共にしてきた理解できないその男から、晩年になってようやく少しわかるようになったような気がしていたその男から受け継いだのは、戦術や戦略ではなく、抱負や計画でもなく、人間の道理でもなく、ただ彼が抱えていた生涯の恨だけだったと考えるに至った。最近になってカンセはよりいっそう、そう考えるようになった。

（活動写真館の前で俺がやられたのを兄さんが見ていたら、いや、兄さんがやられていたらどうしていたか。正気を失った人みたいに、ははは、はははっと笑っただろうか。古ダヌキみたいに何度も腰を曲げて謝っていただろうか。でなければ、短刀で奴の腹を刺していただろうか）

煩わしい旋律と自らをあざ笑うしかなかった涙は、決してそのことが原因ではなかったはずだ。しかしカンセは、あの時のことを繰り返し考えながら歩く。笑いが込み上げてきそうで、この野郎と大声を上げたい気もした。

釜山《プサン》であったことを恨だと思うほどカンセは暇ではない。釜山で何日か過ごして山に帰ってくると、老母は息子の顔をもう一度見てから死のうと思っていたかのようにこの世を去り、葬式が終わって十日も経たないうちに、今度は十歳の娘が崖から落ちて死んだ。それが心にわだかまっている。まるで怠けていた死神が、ああ、こんなことをしてる場合じゃないと言いながら急に走ってきて、息を整える間もなく仕事を終えてしまったようで、カンセはぼんやりと二人の死を見つめるしかなかった。一カ月余りが過ぎた。母の葬式の時は、海道士《へ》が来て段取りを手伝ってくれた。いつ智異山《チリサン》*に入ってきたのか、随分前から顔見知りだったが、二、三年に一度、住居を転々としているということ以外は知らない海道士という人物。カンセの家に続く道の角、とは言ってもかなり遠かったが、そこに海道士が越してきて一年ぐらいになるだろうか。互いに関わらなくなったのは、母の葬式を終えた後からだ。娘は、チャクセと、借金取りに追われて山に逃げてきた安《アン》トビョンが日当たりのいい斜面に埋めてくれた。墓を作り、トビョンが墓に芝をかぶせるのを見たカンセは、その場から立ち去った。チャクセは鍬《くわ》を振り上げておろおろしながら、カンセの後をついていった。

「おい、どうして死んだんだ」

墓を蹴飛ばしながら泣き叫ぶ輝《フィ》の声が後ろから聞こえてくる。

「ほほう、なんてことをするんだ。霊魂を足蹴にするなんて」

シャベルの背で芝を押し固めながらトビョンが言った。カンセは坂道を下りていき、枯れた草むらに座り込んだ。たばこを取り出し、火をつけた。チャクセもカンセと少し離れた所に腰を下ろした。カンセの目はガラス玉のようだった。魂が抜けてしまった、死んだ人の目だった。鼻の穴から、口から、煙だけを吐き出し続けた。たばこに飢えた人のように、ずっと吸い続けていた。

「だけど、土がまだ凍っていなくてよかった。日当たりの悪い所はもう凍ってしまって、鍬が入らない」

どうしていいかわからないチャクセは、そんなことしか言えなかった。

「十日ほど経ったら雪が降るだろうに……」

言いたいことがある様子だったが、チャクセはうまく言い出せず一人つぶやいた。

「それはそうとですね」

しばらく間を置いてから言う。

「兄さん」

「……」

「あの、兄さんってば」

「言いたいことがあったら、言え」

「いくら考えても……」

「……」

「ひと月に二回も葬式を出すなんて。つら過ぎて耐えられない」

「……」

「普通じゃないですよ……」

「何が言いたいんだ」

「その、こんなことを言ったら兄さんがまた怒るでしょうけど、つまりその、池三万が成仏できなくて」

「この馬鹿め。俺が池の奴を殺したわけじゃないぞ」

「そ、それはそうだけど、俺たちが殺したわけじゃないけど、殺そうと思ったのは事実で、俺たちが殺したように思える時があるんです」

「二度も墓を掘ったから頭がいかれちまったんだな。今度はお前の番になるぞ。しっかりしろ」

とは言ったものの、カンセも、池三万を自分が殺したかのように錯覚したのは一度や二度ではなかった。死んだ者に対する恐ろしさや不吉さを感じはしなかったが、それでもチャクセの言葉によってカンセは、腕の長い韓《ハン》の姿を思い出した。

ただ彼の姿を思い出しただけだ。

「ところで、ああ、その、思いがけず家族が二人も死んで、姉さんは大丈夫でしょうか。なかなか忘れられないだろうに。死んだ人にとっては、元気でいてやるのが一番だけど」

老母は年のせいでこの世を去り、子供は事故で死んだというのに、チャクセは元気でいなくてはという的の外れた慰めしか言えなかった。

カンセは歩きかけてやめると、酒瓶を足元に置く。ヌビ〈朝鮮のキルト〉のチョゴリの内ポケットから巻きたばこを出して火をつけると、また酒瓶を持って歩き始める。そしてまた、墓の近くの草むらでそうしたように、ひどく飢えた人みたいに立て続けにたばこを吸う。

(ふん、ほんとに韓の奴が成仏できずに餓鬼になったのか)

カンセは心の中でつぶやきながら苦笑いを浮かべる。韓の死をチャクセがどうやって知ったというのか。韓が死んだことは誰も知らない。死体は獣に食われてしまったか、あるいは、あの谷間で今も腐っていっているのか。腕が長くてサルみたいだった男。助けてくれと哀願したあの瞳。鳥肌の立った首筋と口元がカンセの目の前に鮮明に浮かぶ。短刀を洗った谷川、流れ落ちる赤い血、赤い夕日が悪夢のように浮かんでくる。だが、同情や罪悪感を少しも覚えないのは、それほど環の死が徹底的に隙間なくカンセの心を埋めていたからだろう。実際、カンセが韓を思い出したのはチャクセの言葉のせいではなかったし、老母の死や幼い娘の事故を韓の亡霊と結びつけようというつもりはみじんもなかった。たばこの吸い殻を投げ捨てたカンセが言った。

「ああそうだよ、そうですとも。五百年生きようと言ったじゃないですかーー!」

いきなり激しく声を上げる。歌詞を一節付け加えると、胸がはるかにすっきりした。

三章　息子の師匠

「海道士《へ》はいますか」

庭に入ったカンセは声を張り上げた。岩壁の斜面を背に、南に向かってお辞儀をするように立っているあばら屋には何の気配もなかった。庭の雪はきれいに掃かれていて、上ってくる時の雪道に足跡がなかったのを見ると、外に出てはいないようだ。

「海道士なのか、月道士《タル》なのか知らんが、いるんですか、いないんですか」

気配がないのは変わりなかった。部屋の戸の前を見つめる。見覚えのある履物が置かれていた。動物の革で作った履物だ。海道士は部屋の中にいるみたいだった。カンセは、家の周りをぐるっと見て回る。家というより山の一部みたいに目立たない小屋だが、どこか頑強な印象を与える。岩壁を背にしているせいか、丈夫そうに見える戸のせいなのか。竹ひごで編んだ戸と白い障子紙は初めて見るような気がする。

「どこか悪いんだろうか」

カンセは部屋の前に近づいて革の取っ手をつかみ、荒々しく戸を開ける。

「な、何だ」

海道士は部屋の真ん中で正座したまま、目を閉じていた。

「どこも悪くないのに、どうして人が呼んでも知らないふりをするんですか」

海道士は微動だにしない。

「人を避けるなら、枝折戸に棒切れでも渡しておくんですね。仮病はそれぐらいにして、気づいたふりでもしたらどうですか」

カンセはきまりわるかったが、入れという主人の言葉など待たずに部屋の中にすっと入っていく。

「うぉっほん！」

気合とも怒声ともつかない声を上げて、海道士はぱっと目を開いた。煌々《こうこう》と光る目、顔中が目みたいだ。力強い姿だった。肝っ玉の太いカンセも驚いた。しかし次の瞬間、鼻白む。海道士は、座ったまま片方の手のひらを床につき、こまのようにぐるりと体を回した。壁を背に机に向かって座る。とても楽に、しだれ柳のように両肩の力を抜いた姿勢で、カンセを見つめる。しらけた表情は消え、カンセの顔に怒気が浮かぶ。

「神降ろしでもしてるんですか」

低い声だ。海道士は笑う。

「ムーダン*のまねごとをしてたんですかって、聞いてるんです」

やはり、海道士は笑うだけだ。

「赤ん坊を身ごもった人だったら、流産しちまうな」

「カカシみたいに突っ立ってないで、座ったらどうだ」

「ああ、言われなくても座りますよ」

持ってきた酒瓶を脇に置いて、カンセは腰を下ろす。

「部屋の中は温かいから、そのぼろも脱ぐといい」

カンセは、海道士を一度にらんでから、丈の長いヌビチョゴリを脱ぐ。中には比較的清潔な綿入れのチョゴリを着ていた。二人はしばらく闘鶏のように頭を低くし、目をむいて相手をにらんでいたが、思わず笑ってしまう。海道士は、カンセと同い年なのか一、二歳上なのか、わからない。体格は並だった。見開かなくても目は大きく、澄んでいて、眉毛は太かった。それ以外は大した特徴のない、よく見る田舎の男だ。海道士の印象よりもずっと強烈なのは、部屋の中の雰囲気だった。少し大げさに言うと、家の中の様子は外観とは天と地ほども違っていて、大きな家の舎廊《サラン》*にも引けを取らない。それに、価値のある、由緒正しい物があるわけでもなかったが、きれいな水で洗ったように部屋の中は清潔だった。鉄瓶が陶器の火鉢の上に置かれていた。湯が沸いている。漆を塗っていない斧折樺《おのおれかんば》*の文机と文匣《ムンガプ》〈文具を入れる小さなたんす〉は、よく磨かれていてつやがあった。文匣の上には、少し古い書物と筆入れ、硯箱などが置かれていて、部屋の出入り口の向かい側は押し入れだった。しかし、部屋の中が清潔で風流を感じさせても、さっきも言ったとおり、海道士は決して儒者風の男ではなかった。うぉっほん！と言って気合のような怒声を上げる時の力強い姿とは全く違う平凡な男だった。

「春もまだ遠いのに、目の病気にかかったのか？　目尻が赤いぞ」

カンセの顔を見て海道士が言った。

「そうなんです……頭がおかしくなっちまいそうで」

と言いかけて、

「まるで、青い風呂敷包みを抱えて訪ねてきた女みたいな心情なんです。つらくて、恨めしくて、ひとしきり泣いたんですよ」

それが「ハン五百年」という歌の内容だとは説明しない。海道士も、青い風呂敷包みを抱えた女みたいだというのは何のことかは聞かなかった。

「一服どうですか」

カンセがたばこを勧めた。海道士は手を横に振った。

「たばこも吸わないで、何を楽しみに生きてるんですか。神仙になるつもりもなさそうだけど」

カンセは巻きたばこをくわえ、マッチを擦る。海道士は机の下にある素焼きの器をカンセの前に差し出す。

「なぜ神仙になれないんですか」

「わなを仕掛けて獣を捕まえて、山を下りて俗世にたっぷりまみれてきておいて、神仙になるって言うのか」

そう言って海道士は声を立てて笑い、カンセに聞く。

「それで、お隣さんは元気かな」

「元気でなくもないが、かといって元気でもありません。冬が終わらないと山菜にもありつけませんよ」

トビョンのことを言っているのだった。

「以前、私がこの家を空けてやるからここで暮らせばいいと言ったら、随分驚いていた。金《キム》さんのそばを離れたら死ぬと思っているみたいだ」

「また病気がぶり返したみたいですね」

「二年過ぎたから」

「腰を落ち着けたかと思ったらすぐに去ってしまうくせに、新婚夫婦の部屋みたいにしつらえて」

「新婚夫婦の部屋とは……」

「千年も万年も生きるみたいにつましくして、いくら考えても海道士が男だとは思えません」

「男、女と難しく考えることはない。人は人なんだから」

「難しく考えてるのはそっちです。俺は子供もいるし、女房もいるし、他人と一緒に暮らしている人間です。男なら男らしく女を一人連れてくればいいのに。哀れで見ていられません」

「人も禽獣も、自然はみんな道理に従わなければ命を守れないんだ。岩に向かって拳を振るうのはよした方がいい」

海道士はなぜかにやにや笑う。これまでとは違ってつまらない人間のようで、女性的にも思えた。

「何と言いましたか？　道理と言いましたか？　ほほう、あきれた。人も獣も草木も雄と雌があって、つがいになるのが道理だと俺は思っているが、それは違うって言うんですか。長く生きてりゃ随分変わった話を聞くもんだ」

「渡り鳥は、みんな戻ってくるわけではない」

「……？」

「途中で絶海の孤島に降り立つものもいるだろうし、中にはそこで死んでしまうもの、生き残るものもいるだろう。雄と雌の数がぴったり合うとも限らないし」

「渡り鳥が途中ではぐれたら、生き残れないでしょうよ」

「ほほう。とにかく、そうなったとしてそれは鳥の意思ではないだろうし、不毛の岩山に松の木が一本立っているのも松の木の意思ではないだろう」

「人を、鳥や木と一緒にしないで下さい」

「命なのだから、根本は同じだ。人だって、重い病気にかかるのも、幼くして両親を亡くして天涯孤独の身になるのも、一朝にして身代を棒に振るのも、家族と生き別れになるのも人の意思ではない」

（ふん、どこかで聞いた話だな。兄さんが言ってたことと似てるのか？）

「世の中というのは、自分の思いどおりにしようとしてもうまくいかないものだ。思いどおりになったとしてもそれは一時の妄想で、妄想は道理ではない」

「海道士のおっしゃるとおり何一つ自分の思いどおりにならないなら、何もしないで獣の餌食になるなり、飢え死にするなり、じっと待つだけですね」

「人の拳では岩を壊すことはできないのだから、それを強行しようとするのは道理に反する。人の手は土を掘ることができるし、道具を作って木を切ることもできるから、それらをしないのであれば道理でないと言えるが、岩を拳で殴れば命をつなぐのが難しくなり、土を掘らずに木も切らなければ、それもまた命をつなぐのが難しくなるから、どちらも道理ではない。命に執着すること、命を捨てること、そのどちらも……」

海道士は呪術にかかった人のようだった。そして、話の内容に比べて愚鈍に見えた。

「つまり、海道士が結婚しないのは岩だからだって言いたいんですか」

「え？　ああ、私の場合はそうだ」

「どういう意味ですか？」

カンセをちらりと横目で見る。

「人は水から学ばなければならない」

「逃げるつもりですね」

「山では果実を摘んで獣を捕まえながら生きていかなければならないように、海辺では魚を捕まえて海藻を採りながら生きていかなければならないように、ああ、そのとおりだ。水というのは、四角い器に入れれば四角くなり、丸い器に入れれば丸くなる。しかし、水には違いない」

「水だけじゃありません。すべてがそうです」

「そうではない。無理やり入れようとすると擦り傷ができるし、緩いと隙間だらけだし、流れるものと転がるものは違う」

「……」

「水は逆行はしないが、滴になって、洪水にもなり」

「ちょっと待って下さい。わかったようなわからないような話だが、器の形によって水の形が変わるって？　だったら一つ聞きますけど、今、俺たち朝鮮人は倭奴の器に入れられている。だとすれば、朝鮮の民が倭奴の器の形になっているのも道理だと言えなくはないですね」

「朝鮮の民を入れた倭奴の器は、どんな器だろうか」

「そんなこと、俺にわかるもんですか。海道士の方がよく知ってるはずです」

「はははははっ……はははっ、人が人を入れる器なんてない。山や川が器だ。とはいえ、人を入れる器を人の手では作れないとは言い切れない。あえて言えば、刑務所がそうだが、それは、そこで水のようになれというのとは違う。双方が道理に反した結果だから。独立運動をする人を閉じ込めるならそれは刑務所が道理に反しているのであって、泥棒を閉じ込めておくのは、泥棒が道理に反したからだ。ところが、朝鮮の民を皆、水に例えるなら、倭奴の器は皿だ。朝鮮の民は洪水を起こすほど多いのに、その平たい皿に入れておくことはできない。入れた、入れられたと思うなら、それは妄想であって、入れよう、入れられようとするなら、それは道理に反しているのだ」

カンセは耳を傾ける。

「天上天下、隙間なく嘘もなく、すべてのものは行き来する。それを皆、倭奴が治めるわけでもなく、草の葉一つ手では作れないのに、我々が彼らに従う理由はない。さっきは器と水のことだけを例えに言ったが、水が集まればあふれて洪水になり、柔らかくてもろいものであっても打ち崩す恐ろしい力になるという当然の道理を人々は忘れている。憤って土手を打ち壊した水は川になり、命の源になるのだから、水は母であり、海は命の父だ」

そう言って海道士はにたりと笑う。不快感を与える表情ではなかったが、カンセは海道士が何を考えているのか全く見当がつかなかった。目を閉じて座っていた時から今まで、どれだけ時間が過ぎたのかわからなかったものの、この間にカンセは、彼の顔が実にさまざまに変化するのを見た。倭奴に関する話は聞いていていとても気分が良かったけれど、冷や水を浴びせるような、あの気分を損なう笑いは何なのか。カンセは、

「喉でも潤しながら話しましょう。酒は持ってきたし、トウガラシみそもしょうゆも智異山《チリサン》で一番うまいと評判の、この家で作った酒の肴があれば十分です」

と言って話の腰を折る。そして、隅に置いてあった酒瓶を部屋の真ん中に持ってくる。

「それは悪くない」

海道士は部屋から出た。彼が出ていくと同時にカンセは深く考え込むような顔になる。海道士というのはもちろん、本名ではなかった。山やふもとの村人たちがそう呼んでいるだけで、彼自身が認めた呼び名なのかどうかはわからない。海が命の父だという彼の持論と、日の出の時間に岩の上に立っている姿を時々見かけたというところから、そんな神々しい呼び名を誰かが進呈したようだった。彼について人々が知っていることはあまりなかった。手先が器用で大工も顔負けだとか、しっかり者の女みたいに、家事を

切り盛りしたり、みそやしょうゆを仕込む腕前も相当なものだとか、門前の小僧が習わぬ経を読むみたいに字も覚えて、年の初めになると村に下りていって土亭秘訣も見てやって、吉日や吉方も見てやりながら小遣い稼ぎをしているとか、おおよそそんなところだった。だが、ごく少数の人、火田民*でない近隣の村の識者の中には、海道士の知識は門前の小僧が習わぬ経を読む程度のものだとは思っていない人がいて、特に地理風水に関する造詣《ぞうけい》は相当深いと認めていた。そして、彼らは海道士とは呼ばなかった。本名である成道燮《ソンドソプ》と呼んでいた。海道士は、山菜のあえ物と大根のキムチを載せた膳を手に入ってきた。

「何の酒だ」

カンセは瓶のふたを取りながら答える。

「梅花酒《メファ》〈梅の花を焼酎などに漬けた酒〉です」

「どこで手に入れた」

「どういう風の吹き回しか、葬式を終えて村に下りていったら、飛燕《ピヨン》がくれたんです。あの女にはいつも悪口ばっかり言ってるのに、ははは……」

きまりわるそうだ。

「お、うまい酒だ」

酒碗を空けた海道士が言う。

「金さん」

「何ですか」

「さっき私が言ったことはみんな、つまらない話だ。うははははっ……」

肩を揺らして笑う。

「からかってるんですか。人の気持ちをもてあそんで」

カンセは怒ったふりをしたが、その言葉を聞いたことでかえってほっとした。

「よし、そういうことなら、酒代をもらわないと」

「いいだろう。カラス麦二升で十分だな」

「そんなこと、言わないで下さい」

カンセは海道士の酒碗になみなみと酒をついでやる。

「大事な酒なんだから」

「海千山千、酸いも甘いもかみわけた飛燕が、まさか金さんをひもにしようってわけじゃないだろうに」

「だとすると」

「悪口を言ってやったお礼だよ。可哀想なあの女には悪口すら言ってくれる人はいないだろうから」

「ほほう。そう来ましたか。だったら、俺みたいに立派な体格の男が飛燕に悪口を施してやった時に、神仙になろうと道を磨く海道士におかれましては、何を施してやったんですか」

「言うまでもない。ははははっ、はははははっ……」

「だったら教えて下さい。海道士の場合は、一人で暮らすことが道理にかなっているのかどうか。ああ、どうでもいい！　水だろうが何だろうが、神仙になっていく話なんか、女房、子供のいる俺が聞いたって仕方ない」

　久しぶりに強い酒を飲んだからか、すぐに酔いが回ったようだ。カンセは両手を上げて、踊るようにして言った。

「言えないことはない。カラス麦二升よりたやすいことだ。私は、三度結婚した」

　顔から笑いが消えたが、海道士は淡々と話し始めた。

「え？　一度ならず三度も結婚したとは……」

「そうだ。三度も結婚したのは全く私の意思ではない。言ってみれば、運が悪かった。最初に結婚した相手は一年もしないうちに、二度目の女は半年もしないうちに死んでしまった。二人も女房を亡くしたわけだ。それで、結婚を考えただけでも背筋がぞくぞくして、三年ほど修行のつもりで寺を渡り歩いた。頭を剃ることも考えて。ところが、子孫が途絶えるだの、先祖の墓を守らなければならないだのと言って親がうるさくて。三度目は、器量のいい一人目、二人目よりもずば抜けてきれいな後家をもらった。ようやく人並みに子供を作って生きていくんだなと思ったのに、とんでもなかった。それまでうちは、両班ではなくとも財産はたっぷりあって、ぜいたくに暮らしていた。女はきっと、金持ちだと思って嫁いできたんだろうが、父が借金の保証人になったせいで一朝にして財産を失い、弱り目にたたり目で父は心火病《シムファピョン》*で亡くなった。私たちはすぐに家を空け渡して路頭に迷い、そうなると女はさっさと荷物をまとめて私たちの元を去っていった。だから人は、正式に結婚すべきなのだと言うのかもしれないが。とにかく、何とか雨風をしのげる程度の家を探して母と過ごした。一年後に母も亡くなって、すべて三十年前のことだ」

母親が亡くなった時、海道士がわざわざ訪ねてきてあらゆる手続きを細かいことまで手伝ってくれたことをカンセは思い出す。

「あの時以来、もう結婚はしないと心に決めた。実は、私が決心したというよりは、四度目の結婚をするのは理屈に合わないと思ったからで、それに、そう決めたら心が穏やかになった。とても」

「それならいっそ、僧侶にでもなればよかったのに」

「決まり事が多いから縛られたくなかったんだ。仏様や山神様が怖くないのも、そのせいだ。流れれば流れ、あふれればあふれ、頭を剃って寺に行かなくても天地万物は道理に従って生命を全うするのに、どうして人間だけがそうできないのか」

話は途切れ、二人は酒ばかり飲む。やがてカンセが立ち上がった。

「梅花酒を飲んだら、山ブドウ酒も飲んでいかないと」

カンセが帰ると思ったのか、海道士は引き留めるように言った。だが、襟を正したカンセは、おもむろにお辞儀をした。

「どうしたんだ。明日から千字文*を習うつもりか」

「はい、千字文でも神仙になる道でも、許していただけるなら習わせたい」

「息子のことだな」

海道士は待っていたかのように言った。

「どうしてそれを」

「私が、世間では占い師とも呼ばれているのを知らないのか」

「好きにしてもらって構わない」

「習うなら新学問にしないと」

「そんな身分じゃないですが、やれと言われてもいやです」

「だが、私には教えることはない」

「だから、好きにしてもらっていいって言ったじゃないですか」

「それはそっちの都合で」

横目で見ながら言う。

「ああ、まったく。年の初めに村に下りていって、土亭秘訣を見てやるよりましでしょう」

丁重にお辞儀した時とは違って、随分カンセは強圧的だ。

「うちだけじゃなくて、安《アン》さんとチャクセのところにも一人ずつ息子がいる。三人いれば立派な書堂《ソダン》〈私塾〉だ」

「書堂だって？　大工仕事を教えるならまだしも」

「ちょっと待って下さい。俺を馬鹿にしてるみたいだけど、海道士がそんなことでいいんですか。心の中ではやってみたいと思っているくせに、とぼけないで下さい。海道士もうちの息子は見込みがあると思ったはずだし、俺が黙っていたら、海道士の方から訪ねてきたはずです」

「ははははっ、ははははっ」

「俺ははっきりと、好きにしてもらっていいって言いましたよ。大工でも構わない」

「いいだろう。さあ、山ブドウ酒でも飲もう」

四章　帰郷

漢福《ハンボク》が平沙里《ピョンサリ》の渡し場に降り立ったのは、大みそか〈陰暦〉の昼過ぎだった。四カ月ぶりだろうか。秋夕《チュソク》*の後すぐに満州に出発したから四カ月をゆうに超えるが、これまでで一番長く滞在し、たった今、帰ってきたところだ。漢福は、よろよろと土手を越えかけると、ふと立ち止まって雪に覆われた智異山《チリサン》の峰々を見つめる。薄汚れた襟巻きがなびき、腕時計を隠す。骨に染みる冷たい風が休みなく川から吹き付ける。

(明日は正月なのに……)

型崩れして色もあせた茶色の中折れ帽を深くかぶった顔に、長旅の疲れがおりのように、垢のようにたっぷり染みついている。漢福は恐る恐る視線を移す。村と家が、あるべき所にあった。相変わらず威風堂々とした崔参判《チェチャムパン》*家を中心とし、その前に、左右に、岩の脇に生えたキノコのようなわらぶき屋根が並んでいる。村から外れた所に追いやられ、ぽつんと立っている一軒のわらぶき屋根の家には三十年前、アンズの木が一本立っていた。今は漢福の住む家だ。水車小屋も誰もいない脱穀場も、イガグリのようなカササギの巣がのっている葉っぱの落ちたエノキの木も、すべてが旅に出た時のままだったが、実感がわかない。漢福は、自分は本当にここに帰ってきたのだろうかと考える。足元から吹き上げる満州の平原の砂嵐の中を走る、希望のように思えた一台の馬車、どんどん流れていく車窓の風景や葉の落ちた木々、点々と無数に浮かんだ島の間を縫って白いしぶきを上げる波路。それらは、ページをめくれば現れる絵のように鮮明なのに、目の前にある故郷の風景は、どうしてこんなに遠く、よそよそしく感じられるのだろうか。なぜだろうか。漢福は頭を振る。薄暗い冬の日差しの中をカササギが鳴きながら飛んでいく。

（飴売りのはさみの音みたいだ）

カササギの声だけは親しみを感じる。

（こんなことを考えている場合じゃない）

風のせいで出る涙を手の甲で拭い、漢福は歩き始める。釜山《プサン》の波止場に降り立った時には既に、家がひどく恋しかった。群衆に押され、叫び声の中に埋もれながら、気持ちは家族と家に一直線に向かっていた。昼の船だったからそんなに急ぐ必要はなかったが、明け方、朝食前から旅館を出て船着き場をうろうろし、腹ごしらえも忘れたまま乗船切符を何度も見つめた。改札が始まると漢福は、まるで初めてみたいにあたふたと汽船に乗った。貨物の積み込みが終わらなくて出発が遅れている間、三等船室にうずくまった漢福は、故郷に、家に帰れないのではないかという妄想のせいで頭がおかしくなりそうだった。出発の汽笛が港に鳴り響いて船が動きだした時、うれしくて胸が弾んだ。それが今はどうしたことか。見知らぬ土地のようで、怖くて、冷たい風の中に立っているような、一年中、いや一生冷たい風の中に立っているような感覚が、つむじ風のように全身を震わせ、胸が詰まる。寂しさが、風よりも冷たく骨の髄まで染み入る。

（俺の気持ちも落ち着かないな。まるであの世とこの世を行ったり来たりするみたいに、はるか昔のことに感じられるなんて。すべてがみんな夢みたいで、俺は今、夢の中に立っているんじゃないのか。両親、兄弟、女房に子供、多くの人たちとの関係も、夢なのかうつつなのか信じられない。子供の頃、牛車《うしぐるま》に乗って咸安《ハマン》からここに、ここから咸安へと行ったり来たりしていた時も、すぐ前にあったことがはるか昔のことのようで、すぐそばにあるものも遠く感じられて……ああ、そうか！）

長い間、忘れていたと思っていたこと、いや忘れるはずがなかった。忘れたと思っていただけだ。漢福は、平沙里に降り立ってから不意に心を襲ってきた冷たい風は、幼い頃のあの胸の痛みだったことに気づく。野宿しながら平沙里を訪ねてきた少年時代、運が良い日には、牛車に乗せてもらうことができた。市場の露店の下に潜り込んで空の星を見つめながら眠った夜もそう悪くはなかった。蚊の群れに襲われて顔が真っ赤になった草むらの寝床に比べれば。松の木の根元にはヤマアリが多かった。ヤマアリは、白い松脂《まつやに》をアリの巣に運んでいた。

「アリさん、アリさん、お前たちは家があって家族が多くて、ほんとに羨ましいな」

ミルゲトク〈小麦粉の餅〉をちぎってアリに分けてやり、雲が流れる空を見上げていた。あの頃は、平和だった。

「こんなに土砂降りなんだから、雨がちょっとやんでから行きなさい」

見知らぬ女が引き留めた。漢福は行かなければならないと言った。

「親はいないのかい？」

漢福はうなずいた。

「話しぶりからして、常民《サンミン》*の子じゃなさそうだけど。罪深い人は子供を置いて逝くんだねえ」

女は屋根を覆うために編んでおいたむしろを切り、切った所を結んでくれた。

「だったら、これでもかぶっていきなさい」

漢福はむしろをかぶり、槍のように降り注ぐ雨に打たれながら歩いた。平沙里へ、雑草が生い茂るかつての家へ、矢のごとく飛んでいきたかった。しかし、平沙里に到着すると、村は遠く、見知らぬ地のように感じられ、怖かった。人殺しの子だ！　人殺しの子だ！　草むらの蚊の群れみたいに村人たちが一斉にわめき立てるような気がした。

（とても悲しい。子供も女房も俺の過去のすべては知らない。とても悲しい。俺が死んであの世に行っても、お父さんには会いたくない。本当に。顔も見たくないんだ！）

漢福は、恋しい家族や家を目の前にし、いくつものわだかまりがよみがえる理由を、空しくて寂しくなる理由をわかってはいた。息子の永鎬《ヨンホ》のせいだった。昨年、光州《クァンジュ》で発生した学生による事件の詳細は、いくら報道規制をしてもうわさによって広まっていった。その事件が抗日の学生決起ののろしとなり、全国的に連日、熾烈《しれつ》な運動が展開され、一月〈陽暦〉中旬に、つまり少し前のことだが、晋州《チンジュ》で、晋州高普*、一新《イルシン》女子高普、第一普通学校などが激しいデモを繰り広げた。晋州農業学校はデモに参加できなかったけれど、その後、同盟休校計画が発覚した。永鎬は首謀者の一人として警察に連行されて、まだ釈放されていない。こいつめ！　まだけつも青いくせにいい気になって、おとなしくしてればいいものをどうして先頭に立ったりしたんだ。そんなことをして、指導者にでもなるつもりか。お前は人殺しの孫なんだ。こいつめ、お前は人の目に付かないように、静かに生きていかなければならないんだ。格好つけてる場合じゃない。馬鹿なふりをしてたって石が飛んでくるんだ。こいつめ、侮辱に耐えて……しかし、漢福の気持ちはそれだけではなかった。そう言いたかったが、息子の問題に関しては冷静に対処していこうと決意し、漢福はその決意に悲哀を感じていた。

(明日は正月だ。俺もご先祖様に水でもお供えしようと思って帰ってきたんだから)

町の市場から帰ってきた村の男たちが、凍える体を温めるために酒幕に陣取っているらしい。がさつな男の笑い声が聞こえてくる。漢福はそのまま通り過ぎようとした。それなのに。

「おい、あれは漢福じゃないか。おい、漢福!」

小用を足して便所から出てきたバウが叫ぶ。

「漢福が帰ってきたぞ!」

今度は酒幕に向かって叫んだ。次の瞬間、若い男も年寄りも、外を見やる。

「漢福だ」

「金《キム》さん!」

何人かが駆け寄ってきた。バウは漢福の腕をつかんだ。後から追いかけてきたクッポンが風呂敷包みを持った漢福のもう一方の腕をつかむ。

「何のまねですか」

体をよじって振り払うしぐさをしながら、漢福が聞いた。そして、視線を地面に落とす。満州に行ってきた漢福がいつも取る態度だったが、村人たちの騒々しさはいつもよりひどかった。外地へ、いや釜山に行ってきただけでも面白い話はないだろうかと、好奇心と期待に満ちて誰彼なしに集まってくるのは、昔から村人たちの習性だった。

「寒いからとにかく中に入ろう」

バウが腕を引っ張る。

「そうだよ。あったかいスープでも飲んで」

綿の入ったチョゴリの短い袖からのぞく火かき棒みたいな細い手首を震わせながら、栄山宅《ヨンサンテク》が言った。それは、風に飛ばされそうなか細い声だった。

「何のまねですか」

漢福は繰り返した。酒幕に残った人たちは、顔を突き出したまま手招きをし、入ってこいと叫んだ。栄山宅が背中を押した。漢福が引きずり込まれるようにして酒幕の中に入ると、人々はそそくさと漢福の席を用意してやる。

「淑《スク》！　スープを一杯持ってきなさい」

栄山宅は、養女に向かってうれしそうに叫ぶ。騒々しかった酒幕の中が急に静まり返った。スープを飲んだ後、マッコリを一杯飲み干した漢福は、手の甲で口元を拭い、また同じことを言う。

「何のまねですか」

口をつぐんでいる村人たちを見回す。

「おやまあ、金さんは何も知らないみたいだね」

栄山宅が口を開いた。人々の視線を避け、酒碗を見下ろしていた漢福が聞く。

「何をですか」

「わしは、お前が知ってて戻ってきたと思ったんだが、そうじゃないんだな」

漢福の隣の隣に座っていた鳳基《ポンギ》爺さんが首を伸ばして言った。ほかの人たちはその出しゃばる様子を見て眉間にしわを寄せたが、代弁者の役割を黙認している表情だった。

「学生たちが万歳を叫んで、ごっそり連れていかれたらしいじゃないか。永鎬も捕まったそうだ。ほんとにお前は知らなかったのか」

漢福は戸惑いながら、首を伸ばして様子をうかがう鳳基を見つめる。ほんとにお前は知らなかったのか。その親しい口調に驚いた。挨拶をすれば、雨にぬれた子犬を蹴飛ばすような態度を示し、ふたこと目には人殺しの息子だと言ってつばを吐き、最近では農業学校に進学した永鎬を喉に刺さったとげみたいに忌み嫌い、悪口をはばからなかった鳳基だった。信じられないというように、もう一度戸惑ってみせた漢福は、思わず中途半端な笑いを浮かべた。

「見たところ、全く知らなかったわけではなさそうじゃが」

「……」

「何て世の中だ。どうしてこの国の民がこんな苦労をしなきゃならないんだ。何度殺しても殺し足りない奴ら！　将来のある他人の子を連れていって拷問して。朝鮮の子供たちは勉強しなくていい、代々、肥おけでも担いで奴らが食う米でも作ってろって言うのか。あの空はもはや雷も底をついたらしい。あちこち火をつけて燃やして、世の中をひっくり返すのが一番だ」

つばを飛ばし、ひげを震わせながら、自分の言葉に酔ったように鳳基が言った。

「そのとおりです。生意気なことを言う奴は刑務所に送って、暴力を振るう奴は共同墓地へ送って。それから、何て言ったっけ？　とにかく、学さえあれば狙われる。勉学をした若者たちが怖いんだ。だから、奴らは恐れをなして狂ったまねをするんです」

鳳基や彼と同い年ぐらいの年寄りが話の中心となる酒幕では、酒も飲めずにクッパ〈雑炊に似た料理〉を食べていた福童《ポクトン》が、勇気を振り絞った割に的外れなことを言っている。

「何を言ってるんだ。知らないなら黙ってろ」

福童の母の自殺以来、仲の良くなかったバウが小突くようにして言った。

「俺が何か間違ったことを言ったか。馬鹿にしやがって！」

「お前の言うとおりなら、学のない百姓は心配いらないってか。あきれた。両班でもない奴らがそんなことを気にするものか。おい、福童、お前の言うとおりならお前は捕まる心配がないから、駐在所の前に行って万歳を叫んでみたらどうだ」

「そ、それは」

「だから、でたらめは言わない方がいい。黙ってろってことだ。ふん。学のない百姓はもっとひどい目に遭うさ。万歳を叫んだら、焼き殺し、刺し殺し、首をはねて殺し、相手が誰だろうがお構いなしだ。学のある人は裁判を受けるだろうが」

「バウの言うとおりだ」

ひげのまばらな呉《オ》が同意した。

「日本の奴らめ、事が起きる前から大騒ぎしやがって。犬みたいに引っ張っていかれて、殺すも生かすも奴ら次第だとわかっていながら、血気盛んな学生たち以外に、このご時世に誰が反抗するもんか。一、二度やられりゃこりごりだ」

「ああ、そのとおりだ。だから最近の義兵は学生なんだな。学問っていうのは昔から国のために使うもので、紙の位牌や祝詞《のりと》を書くためにするもんじゃない」

呉の言葉を受けて鳳基が言う。

「勉強して科挙に合格したら国の忠臣になるんだし、紙の位牌や祝詞を書くのはご先祖様のためだから、どちらも同じことだが、とにかく、うちの村からも勉強しに行っている学生がいて、倭奴に負けるもんかと万歳を叫んで連れていかれたんだから、己未〈一九一九〉年の万歳の時みたいにうちの村もこの辺りじゃなかなかやるっていう証拠……」

「ちょっと、鳳基爺さん。ほかの人が言うならまだしも、恥ずかしくて聞いてられやしない」

あの爺さんめ、恥知らずにも程があると心の中では悪態をつきながら、クッポンがあてこすった。

「何だと。どうしてお前が恥ずかしいんだ」

鳳基が腹を立てる。

「ちょっと前までは、上級学校に行った永鎬のことが気に入らないみたいだったじゃないですか。こういう場では、黙ってた方がいいんじゃないかと思って」

バウが言った。

「病気なんだから仕方ないだろ。死ななきゃ治らないんだから、一人で騒がせておけ。ははは……」

上の村の康《カン》老人が笑った。

「過ぎたことを何で蒸し返すんだ。あの時はあの時で、今日は今日だ」

怒りかけてやめると、鳳基は唇をすぼめて笑う。図々しい。皆、その顔を見ても気まずそうに笑うしかないようだった。

「金さん〈漢福〉は何も言ってないのに、どうしてみんなそんなに騒ぐんだ。康さんの言うように、鳳基爺さんが一人で大騒ぎしてるだけだ。金さんが科挙に合格して帰ってきたわけでもないのに。金さんは今、あきれてものも言えないだろうよ」

実際、栄山宅も永鎬が称賛の対象になって喜ぶべきか、牢屋に入れられたのだから悲しむべきか、複雑な心境だった。漢福は自分のことではないかのように、ぼんやりと座っていた。

「とはいえ、刑務所でどれだけひどい目に遭わされてるか。親に気をもませて……将来のことだって、心配しないわけにはいかんだろう。金が有り余ってるから子供に勉強させてるわけでもないのに、途中でやめることになって勉強がみんな水の泡になったら」

呉の従兄の全《チョン》が、きせるをはたきながら言った。

「言っても無駄なことだ。国がないから科挙も受けられないんだし。仮に、倭奴に取り入って職を得たとしても、結局は下働きに過ぎない。朝鮮の奴を殺せと言われたら殺すしかないんです。生きていくには。だから、朝鮮人同士で怨みを買って、怖くて夜道も歩けない逆賊になるんです。今に始まったことじゃない。商売人ならまだしも、昔から儒者は気概を失っちゃ駄目なんだ。勉強した人ほど独立運動をするのを見ても……」

「バウにしてはえらく中身のある話をするじゃないか。豚を売り飛ばした金でばくちをしてた奴が、いつの間にか一人前になって」

「康さんもまったく。そんな昔のことを持ち出して。俺も娘を嫁にやる年になったのに、物覚えのいいことだ。年を取ると、昔のことばかりよく思い出すみたいですね」

「ええい、こいつめ！」

康が笑いながら言った。

「あの時のバウは未熟だった。大した変わりようだ」

鳳基がひねくれた口調で言った。その時、呉が突然、

「漢福、心配はいらない。うわさによると、お前の兄さんは巡査部長だそうじゃないか。それぐらい偉ければ、甥っ子の一人ぐらい助けてくれるさ」

後先考える間もなく、男たちはあっけにとられる。そして、複雑な面持ちで沈んでいく。次の瞬間、呉がなぜ突然そんなことを言ったのか、皆が気づく。何年か前、牛黄《ごおう》*のある牛を売ろうとしてうまくいかな

かったのを呉が邪魔したからだと誤解し、警察に呉が義兵だったとたれ込んだ禹《ウ》という男が入ってきたのだ。彼は元々、平沙里の人間ではなかった。趙俊九《チョジュング》が崔参判家にいた頃に、よそから流れてきてここに腰を落ち着けた人だ。村では避けるべき人物として禹と双璧を成していた、愚鈍で乱暴だったマダンセは、日本の憲兵に銃で撃たれて死んでから随分になるが、まだ生きている禹は、足の爪を隠したヤマネコみたいに凶暴だった。牛の件があってから、呉とは険悪な関係なのは言うまでもない。呉が突然、巡査部長だの何だのと言いだしたのは、集まった人たちの注意を引こうとするのと同時に防御線を張ったのであり、漢福をそういう意味で尊敬しろという禹に対する脅しでもあり、敵対視して孤立させることでずっと燃やし続けていた報復心を紛らわそうという意図もあっただろう。禹の顔はひげに埋もれていた。目は陰険で凶悪だった。網袋を肩から下ろし、人々をかき分けて席につく。

「おかみ、マッコリを一杯くれ。ああ、今日はほんとに冷えるな」

彼は誰にも話しかけなかった。一匹狼。孤独には慣れているというように、余裕の笑みが彼の口元に浮かんでいた。マッコリを一杯飲み、酒の肴をつまみながら禹が言う。

「昔々、あれはいつだったか。ちょっと役所に出入りして、巡査と言っただけであの世でお祖父さんに会ったみたいに大騒ぎしてたが、近所の人じゃなくて、遠い親戚に巡査でもいたら悪くはないだろうな」

「何だと！」

呉の体が跳ね上がりそうになると、横にいたクッポンが腰の所をつかんだ。

「ふん、それも数百里離れた所にな。いるのかいないのかはっきりしないのに、ほんとに気の毒なことだ。

はははははっ……」

「こいつめ、何てことを言うんだ。久しぶりに金さんが帰ってきて、隣人として心配して言ったことなのに」

康がとがめる。禹は何も言い返さない。

「つまらないことを言ってないで、早く金さんを帰してやらないと、家族が首を長くして待ってるんだ。話は明日でもあさってでもできる。さあ、金さん、早く帰りなさい」

栄山宅は、箕《み》を振るうように、火かき棒みたいな細い両腕を振る。漢福が最初に酒幕を出た。ほかの男たちも酒代の勘定を済ませて網袋を担ぐ。康老人と禹だけが酒幕に残った。康と鳳基は市場の帰りに立ち寄ったのではなく、酒幕に来るために町に出てきたのだったが。

「ああ、寒い。はらわたまで凍っちまいそうだ」

「そろそろ暖かくなってもよさそうなのに、朝鮮の正月も日本の正月に似ていくみたいだな」

男たちは無駄にわめきながら、漢福の後ろを急ぎ足で、指揮官に従う兵士のようについていく。彼らの中で漢福の心情を理解し、同情しているのは、優しい顔をした全だけだ。ほとんどの男たちは、つかめそうでつかめないおぼろげで小さな希望と期待に対して浮き立ち、また浮き立つうちに、もっと浮き立つことになったのかもしれない。確信できない夢、いや、ほとんど不可能だろうという漠然とした予感のせいで、浮かれ、熱狂するのかもしれない。実際、希望や期待のようなものも、それが何に対するものなのかわからない状態だというのが正確だろう。独立するだろうという希望や、もっといい時代が来て米俵をたっぷり積んで暮らせるだろうという希望ではない。今が耐え難いから希望にしがみつくほかなく、生き残ることを諦められないから希望も捨てられないのだ。貧しい者よ、行き詰まって捨てられた者よ、希望は皆のものであり、神も皆のために存在している。希望の虹はあの空と空の間にかかるもので、それは未来だ。とにかく、金永鎬は村の英雄になった。漢福は英雄の父になったのだ。金平山《ピョンサン》は、日陰のように光を失った武班《ムバン》〈武官の両班〉の子孫だったけれど、落ちぶれて市井の無頼漢と変わらなかった。中人《チュンイン》*出身の祖母と人殺しの祖父、村の作男だった父と物乞いだった母を持った金永鎬が今、希望の光として浮上したのだ。

「人殺しの孫、パガジをたたいて門前から門前へと歩き回っていた物乞いの息子が、上級学校だなんてお笑いだ。世の中もほんとに変わったもんだ」

鳳基は好き勝手に皮肉を言い、悪口もはばからなかったが、村人たちとて嫉妬や嫌悪、侮蔑の念を抱いていなかったとは言えない。永鎬が農業学校の制服と帽子をかぶって帰郷すると、善良な人ですら、

「帰ってきたのかい」

とうわべではそう言ったが、永鎬がまだ近くにいるのに、こう続けた。

「トンビがタカを生んだって言われたらいいけど」

多分そうはならないだろうにという嘆きだった。幼い頃、一緒に大きくなった永鎬と同年代の少年たちも同じだった。仲間外れにして、馬鹿にしていた幼い頃の態度を少しも変えようとはしなかった。

「永鎬、お前、英語を習ってるんだってな。いっぺんしゃべってみろよ。ほんとに英語ができるのかどう

か、見てやろうじゃないか」

　学があることに対する敬意はこれっぽっちもない。漢福親子が、妻と娘がいくら誠実で慎み深く振る舞っても決して取り戻すことのできなかった人間としての尊厳と、村の一員としての同等の権利。ようやくそれらを手に入れた。本当の意味で、漢福一家は村人たちと和解したのだ。いや、むしろ、村人たちは長い間つらく当たった分まで合わせて漢福一家を認めようとし、慌てて大げさな態度を示した。捕まった学生たちは皆、洪吉童《ホンギルトン》*だ、四溟堂《サミョンダン》*だと言って、神出鬼没の神秘的な存在と錯覚した。誇大妄想だ。かつて、義兵たちにそうしたように。それは、彼らの恨のせいであり、幻なのだ。

「とにかく、何かが起きていることには違いない。普通学校の学生たちも立ち上がったっていうし、朝鮮全土の学校が蜂の巣を突いたようになっている」

「学生たちがみんな立ち上がったなら、大人たちも黙って見てるわけにはいかない」

「わからんぞ。今頃、どこがやられてるか。警察署や面《ミョン》〈村に相当する行政区分〉事務所が壊されて、郡守*の奴の尻をたたいているかも」

「尻ぐらいじゃ済まされないぞ。じれったいな。大砲や銃剣をみんな奪って倭奴を追い詰められればすっきりするのに。昔、李舜臣《イスンシン》将軍*がやったように、海の底に全員沈めてやれたらどんなにいいか」

「世の中が変わるのはあっという間だ。世の中ってのはわからないもんだからな」

「国運がすっかりなくなってしまったわけじゃない。とにかく、大勢の民をよみがえらせる人物が出てこないとな。朝鮮の地理は世界的に見て明堂《ミョンダン》*なんだ。俺たちが生きているうちに、倭奴を従える朝鮮が見られるといいが」

「手も足も出ないだろうよ」

それぞれ気の向くまましゃべりながら行くが、呉は禹の前でひとことも言えなかったのが悔しいらしく、殺すべき奴だ何だのと、毒蛇みたいな禹の悪口ばかり言っていた。村に到着した。

「帰ってきたよ」

誰かが叫んだ。どこから聞いたのか、女や子供たちがそれぞれ家の前に出てきていた。

「兄さん」

早足で駆け寄ってきた弘《ホン》が、漢福の手を取る。弘は祭祀のために平沙里に来ていた。

「弘じゃないか。変わりないか」

漢福の顔に初めて表情が浮かんだ。弘が心を開いて付き合ってきた人のうちの一人だという理由だけではなかった。龍井《ヨンジョン》*と孔《コン》老人と弘の関係、したがって、今回の満州行きには弘の問題も大きく関係していたからだ。そして、錫《ソク》と永鎬のこともあるし、弘の人間性を知っているだけに、鳳基の百の言葉より弘のまなざし一つが漢福の心を解かしてくれた。がやがや話していると、

「漢福」

と言って泣きだした老婆は錫の母だった。

「錫の母さん！」

漢福は老婆の背中を両腕で包み込む。

（心配しないで下さい。錫は満州で無事に過ごしていますから）

その言葉を口にできたらどんなにいいだろう。漢福は胸を詰まらせる。

「泣かないで下さい。正月をこちらで過ごそうと来られたんですか」

「い、いや。引っ越してきたんだよ。子供たちを連れて弘の家に来たんだ」

「ああ、それはよかった」

「世の中がこんなふうじゃ、たまらないね。永鎬まで連れていかれてどうしたらいいか」

「しばらくしたら出てきますよ」

「知らせを聞いて帰ってきたのかい？」

「はい。町で張《チャン》さん〈延鶴《ヨンハク》〉に会いました」

「そしたら、全部詳しく聞いたんだね。崔参判家の二番目の坊ちゃんも捕まって出てきて、町の李府使《イプサ》家*の坊ちゃんも釜山で捕まって」

「そうらしいですね」

「それなら、早く帰りなさい。永鎬の母ちゃんが死にそうだ」

ヤムの母がその言葉を受けて言う。

「あんたを待ち焦がれてるよ。早く帰りなさい。永鎬の母ちゃんの具合はかなり悪い。あんたが行ったきり便りがなくて、馬賊に捕まって死んじまったに違いないって言って泣き続けて、そこへきて永鎬まであんなことになったもんだから当然だ。だけど、これであたしたちも、ひと安心だよ」

「兄さん、じゃあ俺は夜に行きます」

そう言って弘は脇によけて道を空けた。漢福が歩き始めると、多くの人が漢福の後に続いた。

「人がいいだけかと思ってたけど、永鎬の母ちゃんの強情も並じゃないですよ。家長を失って、子供を失って、生きてたって仕方ないって言って何も食べないで、あたしたちがどれだけ手を焼いたか」

福童の妻が甲高い声で叫び、暗に自分の手柄だと言いたげだ。

「金さんがもし、大みそかに間に合わなかったら、女房の顔を見られなかっただろうよ」

天一《チョニル》の母の言葉だった。

「馬鹿だな。倭奴に捕まったからって、みんな死ぬわけじゃないのに」

顔を上気させたまま漢福が言った。彼も次第に熱気にのまれ、心の底から村の人々と和解したのだという感慨に浸った。

「帰ってきたから、永鎬の心配をするのも二人一緒だ。永鎬の母ちゃんが可哀想で見ていられなかったけど、これでもう安心だ」

永鎬の母も漢福と共に既に見直されていた。漢福は熱気にのまれながらも馬引きが馬に乗るように、常民が両班の服を着るように戸惑い、居心地が悪かった。家に着く前に末っ子の成鎬《ソンホ》と二番目の康鎬《カンホ》、娘のイノが鉄砲玉のように飛び出してきた。

「父さん！」

末っ子がまとわりつく。

「ああ」

「父さん」

康鎬はそう呼ぶと、右手と左手で交互に涙を拭う。

「さ、さあ中に入ろう」

二人の息子の背中を押す。イノは素早く父の手の風呂敷包みを持つ。漢福は両腕を大きく振りながら足を速める。釜山の埠頭であれほど恋しかった家族、汽船の中では故郷に、家族の元に帰れないかもしれないという妄想に苦しめられた、あのすべての感情が胸の内によみがえる。一歩でも早く進まないと妻の顔を二度と見られないような気がして、ざわざわとついてくる村人の顔は目に入らなかった。離れた所にぽつねんと立っているわらぶき屋根の家だけがはっきりと視界に入る。永鎬の母は、板の間《マル》に座っていた。入ってきた夫を見ると曲げていた両脚を伸ばし、葬式でもあったかのようにアイゴ、アイゴーと泣き叫んだ。急いていた気持ちとは裏腹に漢福は、板の間の端に腰かけたまま慰めの言葉一つかけてやれない。

「悲し過ぎても涙が出るし、うれし過ぎても涙が出るし。人間っていうのは不思議だね」

村人たちは、お帰りなさいというひとこともなく慟哭する永鎬の母と、ぼんやりと板の間の端に座っている漢福を交互に見ていた。

「さあ帰ろう。あたしたちがいちゃお邪魔だよ」

「そうだね。あたしたちが帰らないと二人とも部屋に入れやしない。さあ」

「イノ、母ちゃんに重湯を作ってやるんだよ。それから、スープを届けさせるから、父ちゃんのご飯を用意して」

ヤムの母が念を押して出ていった。イノはパガジで米をすくって台所から出てくると、

「父さん、部屋に入って下さい。寒いから」

と言った。

「ああ」

と漢福は言うと、

「もう気が済んだろう」

と妻に向かって言った。

「ひどい人だ。あたしにこんなに心配させて、アイゴ、アイゴー。もう金も銀もいらない。どこにも行かせないよ。足を蹴飛ばされたって離れないんだから。アイゴ、アイゴー」

慟哭に怨み節が混じった。

「遊びに行ってたわけじゃないんだし……帰ってきたからいいじゃないか。部屋に入ろう」

「母さん、父さんに部屋に入ってもらわないと。さあ早く」

台所からイノが顔を出して言った。末っ子と康鎬は、台所に薪を運んでいた。部屋に入った二人は、初めて互いの顔を見つめた。永鎬の母は骨と皮ばかりになって、やつれていた。大きな瞳がぬれていた。夫にそっぽを向いたまま怨み節を並べ立てて泣き叫んでいた時とは違い、顔には恥じらいが浮かんでいた。子供を五人――一人は亡くしたが――産んで育ててきても、永鎬の母には恥じらいがまだ残っていた。

「祭祀の準備もできなかっただろう」

「はい」

「どうするんだ」

「今から、野菜だけでも準備します」

「お前は俺が死んだと思っていたのか」

「大みそかにも帰ってこなかったら、身投げして死のうと思っていました」

「子供たちはどうするつもりだったんだ」

漢福は笑みを浮かべながら、巻きたばこを取り出して火をつける。

「父親も母親も死んでしまったら、子供たちも生きていたって仕方ありません」

「永鎬のことは心配するな。一人じゃないんだし、あいつらも手を出せないはずだ。まだ学生だし」

「こんなに寒いのに、ご飯は食べさせてもらってるのか」

「不祥事があると事が大きくなるだけだから、下手なまねはできないはずだ」

「満州の皆さんは、お元気ですか」

「あそこの人たちの心配をする必要はない」

「わかりました。じゃあ」

「出かけるのか」

「今から野菜を用意して、祭器も磨かないと」

「その体じゃ、倒れてしまう」

「大丈夫です。泉の水を飲んで生き返ったみたいです。ご先祖様が守って下さったんでしょう。それに、村の人たちがどれだけ心配してくれたか。おかゆや重湯を炊いて持ってきてくれて、どうやって恩返ししたらいいかわかりません」

「生きていればいいこともあるもんだ。険しい道も上ってみれば、休む場所があるみたいに」

ため息をつく。

「イノもそろそろいい年頃だし」

と言うと永鎬の母は、夫の顔をちらりとうかがう。返事はない。実際、イノは永鎬より一歳上だった。

「じゃあ、少し休んでて下さい」

永鎬の母はたんすの戸を開けて漢福の着替えを取り出すと、外に出た。

「イノ、大釜に水を入れて火をつけなさい。康鎬、牛はどうなったんだい。おなかをすかして死んじまったんじゃないかい」

「いいえ。朝、飼い葉を煮てやりました」

裏庭から聞こえてくる康鎬の声。漢福は服を着替えて部屋の外に出た。

「何しに出てこられたんですか」

「祭器は俺が磨くよ」

五章　幻想

夜に来ると言っていた弘《ホン》は明け方にやってきた。

「祭祀を済ませてから来ました」

漢福《ハンボク》も祭祀を終えた後だった。例年のように供物が用意されていたわけでもなかったので、野菜とご飯だけ供えた祭祀だった。永鎬《ヨンホ》の母は、祭祀が終わるとすぐにざっと片付けて、千年も寝ていない人のように深く眠った。ほっとした子供たちも同じだったが、一人起きていた漢福はしばらく風の音に耳を傾け、弘を部屋に入れて戸を閉めた。人里離れた家の周辺には、風の音以外に聞こえてくる音はなかったが、時々、夜通し泣くもの悲しい声が聞こえてくることもあった。

「どうしてこんなに遅かったんですか」

弘は、腰を下ろすとすぐに聞いた。

「ああ、ちょっと事情があって。やむを得ない事情が……」

しばらくどうしようかと迷っていたが、漢福はやむを得ない事情を話すのはいったん保留するつもりのようだ。弘はたばこを取り出して漢福に勧め、自分も一本くわえて火をつけた。

「あちらの事情も知りたいな。お爺さん〈孔《コン》老人〉はまだお元気ですよね」

「元々よく鍛えられた方だから、あと何年かは。だけど、年寄りはわからないからな」

「それはそうですね」

「奥さんが亡くなられてから急に老け込んだらしいが、子供もいなくて夫婦二人が互いに頼りながら暮らしてきたんだから無理もない」

「……」

「今、望んでいるのは弘が来ること、それを待つことが唯一の楽しみみたいだ」

漢福はたばこを吸い、軽くせきをした。

「暖かくなったら行こうと思って、準備しているところです」

「行くなら早い方がいい。錫《ソク》の母ちゃんを呼び寄せたのも、よくやった」

「永鎬は」

何か言おうとして、漢福は手を振った。

「その話はやめておこう。あいつ一人がやられたわけでもないし」

「実は俺もそう言おうと思ってたんです。あんまり心配しないで下さい」

「世の中にはもっとつらい目に遭っている人が大勢いるし、朝鮮人はそういう境遇なんだと思う。そうだ、お前も日本に行く前に一度やられたことがあったよな」

弘は苦笑いを浮かべる。

「ありましたよ。万歳でも叫んだんなら悔しくもなかったでしょうけど」

「五広大《オグァンデ》*を見物してた時、天一《チョニル》の父ちゃんも殺されたしな」

「二度とあんな目には遭いたくありません。だけど、痛い目に遭ったおかげで、世の中を渡っていくのに必要な分別みたいなものがつきました。兄さんも知ってるとおり、あの頃の俺は手のつけようがなくて随分父さんを泣かせたけど、そのことがあったから大人になったんです。ははは……兄さんも、朝鮮人はそういう境遇だと言ったけど、俺が思うに、朝鮮の青年たちは誰でも一度は通らなければならない道とでも言おうか。決して許せない、奴らのけだものみたいな顔を覚えておくためにも忘れちゃ駄目なんです。あの時、どれだけ歯を食いしばったのか、今も歯が良くありません。永鎬も、出てきたら随分変わるはずです。表向きはおとなしく従うふりをしても、日本の奴らを心の底からさげすむようになりますから」

「さあ……どうだろうな。鉄の塊みたいな心になって出てきてくれるといいが。つらくて苦しくて寂しい思いをするのは、俺の代で最後にしてほしい。もう少し楽に生きていけるようにな」

弘は、漢福の小さな顔を見つめる。漢福は照れくさそうな笑みを浮かべていた。たばこを何度か吸って煙を吐き出した弘が言う。

「兄さん」

「ああ」

「兄さんは、錫兄さんの行方を知ってるんじゃないですか」

鋭く突いてきた。

「そ、それは、どうして俺にそんなことを聞くんだ」

「ちょっと聞いた話があって」

漢福はしばらく沈黙を守る。

「それは、お前が満州に行けばわかることだ」

結局、認めたのも同然だった。漢福は、弘がそれぐらい知っても構わないと判断して言ったのだ。わからないぞ。お前が間島《カンド》に行ったら偶然、道で鄭《チョン》先生〈錫〉に会うかもしれないぞと言っていた延鶴《ヨンハク》の言葉と一致すると弘は思った。錫が満州へ行ったのは間違いない。そして、自分も満州に行くことになるということも実感した。

「よかったです」

「……」

「よかったですよ」

「だけど、錫の母ちゃんには黙っとくんだぞ」

「それは」

「何もありはしないだろうけど、もしもの時に家族が知っていたら錫の行方がばれる危険もあるし、何より家族が苦しむことになるからな。知っていて痛い目に遭うのと、知らないで痛い目に遭うのとでは違う。俺も気持ちの弱い人間だから、こっそり教えてあげたくなって……成煥《ソンファン》の祖母ちゃん〈錫の母〉を見てると、気の毒で仕方ない。錫の涙も思い出すし」

「……」

「それはそうと、酒もなくて悪いな」

「祭祀はどうしたんですか」

「供え物がないからな。ご飯だけ炊いて、酒は必要なだけもらってきたんだが。一杯やるならヤムの母ちゃんところでもらってくるか」

「酒ならうちにもあります。だけど今日は、明け方から酒を飲む気にはなれません。俺も満州に行くつもりだから、ここのこともよく考えておかないと」

「父さんの墓のことか」

「いろいろと。前に日本に行った時とは訳が違うから」

「墓の話をしてると……昔のことを思い出すな。お前が生まれる前のことだから、大工の潤保《ユンボ》おじさんのことは知らないだろうが」

「話には聞きました」

「考えてみたら、あの人たちの中でまだ生きているのは永八《ヨンパル》おじさんただ一人だ。恩返しもできないまま みんな死んでしまって」

油皿の火に映る漢福の小さな顔が、少年のようにあどけなく見える。しわがないわけでもないのに小柄だからか、普段から彼は若く見える方だった。漢福が何を言おうとしたのか、弘はその内容はどうでもよかった。永八おじさん一人だけが生きているという事実に今さらながら衝撃を受けたわけではなかったが、弘は父の影が一つずつ、一つずつ消えていくと思った。大工の潤保も錫の父さんも、頭がおかしくなって物乞いをして回ったという、歌のうまいクムトル爺さんも、彼らは皆、弘にとって父の匂いであり、父の光だ。

「今までは口にもできないことだったが、うちの家のこれまでを知らない人はいない。三十年が過ぎても血痕みたいに消せないが、俺がこんな気持ちで昔のことを話すのは生まれて初めてじゃないかと思う。俺の母さんがアンズの木に首をつってこの世を去った時、崔《チェ》参判家の目が怖くてみんな避けていった時に、潤保おじさんとお前の父さん、錫の父さん、永八おじさんの四人がヨム*も何もかもやってくれた。今あるあの墓に母さんを埋めてくれたんだ。潤保おじさんが兄さんに言ったんだ。お前、今日は何日か知ってるか。十七日だ。お前らの母ちゃんが亡くなった日は、つまり二月十六日だってことだ。ここがお前の母ちゃんの墓だ。しっかりと覚えておくんだぞって。雲峰《ウンボン》〈徐《ソ》クムトル〉爺さんは、杖をついてゆっくりゆっくり休みながら墓場までついてこられた。俺が、ほんのわずかでも恩を返せたとしたら雲峰爺さんだけだったが。これで、錫の父さんにも恩返しできたってわけだ」

　油皿の火に照らされた漢福の顔までもが、消えていった人たちの話と一緒に寄せては引く波のように感じられる。父の影が消えていく。引いていく波の音と共に。

（漢福兄さんも今、俺と同じようなことを考えながら昔話をしているんだろうか。昔のことと決別しようとしているのか。もし違っていたとしても俺は、父さんが生きてきた山や川と別れるこの明け方のことを忘れないだろう）

「そうだ、弘」

「はい」

「ヨムの話で思い出したが、お前に伝えることがあったのをすっかり忘れてた。お前もあっちの様子が聞きたくて来たんだろう。周甲《チュガプ》って人のことだ」

「生きてたんですか」

「もちろんだ。まだぴんぴんしてる。お前の父さんが亡くなったことを話したら号泣して、俺が驚いてなだめようとしたら、孔老人がうなずきながら、哭をしてるつもりなんだから、放っておけ。それがあいつなりの弔いらしいって言って。お父さんも亡くなったから弘もじきに満州に来るでしょうって、俺が言ったさ。そしたら、大声で泣いてた周さんが、口を大きく開けて喜んで、それでまた孔老人に小言を言われて、あの人を見てると悲しいことも笑い話みたいに思える」

その時の光景を思い出したのか、漢福は明るく笑う。

「俺が死んだら弘にヨムをしてもらえるって言って喜んで」

「もちろんですよ」

そう言うと弘は天井を見上げる。いつの間にそんなに月日が流れたのだろうか。今では周りの人たちの死が悲しいというより、一つの儀式を待つような心境だったが、それは生に対するしぶとい執念を抱えたまま死んだ母の姿と、晩年には人生を悟ったように諦観《ていかん》の境地で死を待っていた父。その二人の死を見守ったことで得られたものだったが、自分が死んだら弘がヨムをしてくれるだろうと言ったという周甲。

弘は涙がこぼれそうで天井を見上げたまま座っていた。鶴のように長い腕を広げて踊っていた周甲。あの高く広い大空、大鵬《たいほう》*が飛ぶという所。果てしなく遠い地平と空を仰ぎ見て、「鳥打令《セタリョン》*」を絶唱していた周甲おじさん。あの美しい姿が脳裏から消えないのに、月日は勝手に流れ、死んだらヨムをしてくれだなんて、そんなに月日は過ぎてしまったのか。幼い少年だった弘は、二人の子の父となった。月日が流れたのは確かだ。

「そうやってまた、孔老人に小言を言われて、ああだこうだと口げんかをして、それもいつものことだ」

「ということは、周甲おじさんは、お爺さんの家にいるんですか」

「行ったり来たりしている。煙秋《ヨンチュ》*の廷皓《ジョンホ》、ああ、朴《パク》廷皓の家に主にいるんだが、お婆さんが亡くなってからは」

「兄さんは朴廷皓に会ったんですか」

「一度だけ。お前の友達だそうじゃないか。賢い若者で、ほんとに立派だ」

漢福は杜梅《ドゥメ》のことや宋《ソン》先生のこと、それに満州の様子などをかなり詳しく話してくれた。元々口べたの漢福にしては、これまでになく表現が的確で話も長かった。夜が明けてきた。部屋の戸の障子紙が空色へと変わり、暗闇を追いやる。弘の二十九歳〈数え年〉の初日が明けた。

「兄さん」

「ああ」

「兄さんは、ここを離れたいと思ったことはありますか」

「一度も」

「思ったことがないんですか」

「ああ。俺はここで暮らす。子供の頃、しょっちゅうこの村を訪ねてきていた。俺はどこへも行かずここで暮らしていく。子供たちは自分の好きなようにすればいいし」

「ここで、この村で暮らす……まあ、そういうもんですよね。明るくなってきたな。兄さんも少し寝て下さい。俺はこれで」

弘は立ち上がった。一緒に立ち上がりながら漢福が聞いた。

「お前はいつ晋州《チンジュ》に戻るんだ」

「兄さんは」

「明日行こうと思う」

「じゃあ、俺も一緒に行きます」

村の道は静かだった。子供たちがかび臭い正月用の晴れ着を着て村の道に出てくるには、まだしばらく時間がある。弘は父の墓に向かって歩きだす。この村を離れたいと思ったことはないのかと弘が漢福に聞いたのは、もしかすると同病相憐れむ、そんなものだったかもしれない。七星《チルソン》の妻だった任《イム》の母は弘の実母だから、弘はあの恥ずべき悲劇と多少関係していることになる。実際、七星は陰謀に加担したが、殺人事件とは無関係だ。だが、汚名をすすげないまま、弘や平沙里《ピョンサリ》の人々の意識の片隅に残っていて、かすかではあるが時には敵意、時にはさげすみの対象として思い起こされる。崔参判家に対する弘の過敏な反抗心は間島にいた頃に始まったもので、それは今でも変わっていない。父がこの世を去ってからまだ一年にならないが、帰郷はわびしく、弘にとって崔参判家の幾重にも重なった瓦屋根に対する違和感は耐えがたいものだった。

（俺はここで暮らす）

漢福の言葉が、今さらながら驚きと共によみがえる。弘は自身の満州行きを逃げだとは考えていなかった。ある面においては、故郷に帰るという意味を持っていた。しかし、漢福の場合は逃げるのではないと言い切れないだろう。三十年以上の月日を彼は逃げることなく、何度も何度も突きつけられる刃の下で、純朴でおとなしいあの姿のまま、神経を擦り減らして生きてきたのだ。

弘は父の墓の前にひざまずいた。二十九年目の元日、墓の乾いた芝の上に、まさに今昇り始めた太陽の光が差す。

（父さん、後でまた宝蓮《ポヨン》と一緒に来るけど、なぜか一人で来たくて来てみました）

松の木の上で一羽のカササギがいたずらっぽく尾を振り、頭をしきりに振りながら地面を見下ろしている。膝元から地面の冷気が伝わってきて、体がぶるっと震える。寒かった。だが、寒いことに快感を覚える。弘は父、李龍《イヨン》の人間像が、自分の中で一つの塑像みたいに完成されたのを感じる。李龍は格好いい男だったと思う。脳裏をかすめる間島の数多くの憂国の烈士たち、敬慕し、血をたぎらせていたあの多くの顔。しかし、弘は、父の李龍こそが最も格好いい男だったとためらうことなく思う。烈士でも憂国の志士でもなかった男、農民に過ぎなかった一人の男の生涯は美しかった。愛し、偽りなく愛し、人としての道理のために恐ろしいほど耐え、尊厳を破壊することのなかったあの感情と意志の光。弘は初めて鮮明に父の姿を、その真価を見たような気がした。消えていく父の影に対する最後の別れの瞬間かもしれなかった。墓の周りは屛風のような松林だ。落ちることなく残った松葉はうまく冬を越し、そのうち色が変わるだろう。去年、龍がここに埋葬された時、赤黒い松の木の根元の間から見えていた大きな岩には青いコケがきらきら輝いていた。長い冬は過ぎようとしているけれど、まだ春は遠い。だが不思議なことに、今もその大きな岩はきらきら輝く青いコケですっかり覆われている。

「弘」

「はい」

弘は、びっくりした様子でその場から立ち上がった。誰もいない。名前を呼んだ女の声、耳慣れたあの声、弘は四方を見回す。

「弘」

「はい！　どこにいるんですか」

弘はもう一度、必死に四方を見回す。

「あたしはここよ」

青いコケに覆われた岩の後ろに月仙《ウォルソン》が立っていた。白い金巾のチマ〈民族服のスカート〉に空色の絹のチョゴリを着て立っていた。

「母ちゃん！」

かすかに月仙が笑った。

「母ちゃん！」

「ああ、あたしの息子よ」

「か、母ちゃん」

「ほんとに久しぶりだね」

「か、か」

「もう、よその子の風呂敷包みを奪って川に投げたりしてないだろうね」

「うう……」

「この子ったら、いつまで経っても心配させて」

弘は何か言おうとしたが、うまく口が開かなかった。足も地面にくっついてしまったみたいで、動けなかった。弘は頭を何度も振る。激しく振ってみる。目の前には何もなかった。弘は立っていなかった。墓の前にひざまずいたままだった。そして、松の木の根元の間からのぞく大きな岩にコケは生えていなかった。どす黒くて、所々灰色っぽい岩だった。眠ってもいないのだから夢であるはずもなかった。幻だった。鮮やかな幻だった。

父の墓から村に下りてきた時、日は少し昇っていて、村全体が赤く染まっていた。特に水車小屋の方が、実際は全くそんなことはなかったけれど、真っ赤に燃えているように感じられた。新年を祝う瑞光《ずいこう》というより、やけどでもしそうなほど熱く、それでいてじめじめしていて陰鬱な、奇妙な予感がする。弘は、さっき墓でそうしたみたいに頭を何度も振る。弘は徹夜したせいで心身がすっかり疲れているのだろうと思おうとした。墓で幻想を見たからかもしれないと考えた。いつまで経っても心配だというあの言葉のせいかもしれないと思った。

弘がしばらく寝て起きると、板の間に日差しがたっぷりと差し込み、障子紙を通して部屋の中まで明るくしていた。弘は部屋の戸を開け放った。子供たちは庭で遊んでいた。弘の娘の尚義《サンイ》、息子の尚根《サングン》、そして錫の息子の成煥《ソンファン》と娘の南姫《ナミ》、錫の妹のスニョンの息子、貴男《クィナム》の五人だった。一番年上は成煥で、尚義と南姫は同い年、一番年下は尚根だ。尚義と尚根は都会の子らしく華があり、正月の晴れ着も端正でかわいらしい。貴男は、継ぎはぎこそ着ていなかったものの一番みすぼらしかったが、それでも元気に走り回っていた。尚義と尚根にも堂々と接している。しかし、尚義とままごと遊びをしている南姫は自分を主張することなく、何でも尚義の言うことを聞いて遊んでやる。晴れ着のチマは短く、袖も短くて手首がすっかり見えている。成煥も尚根が泣けばおぶってやり、散らかった物を片付けたりと優しくていい子だったが、錫の子供たちは元気がなかった。二人の両親は生きてはいたけれど、いなくなって随分になる。巡査が家を訪ねてきて祖母が彼らに連れていかれ、二人はこの間にいろんなことを経験したに違いない。

(さらに多くの人たちのために、あの子たちはまた犠牲にならなければならないのか)

弘はたばこをくわえ、火をつけかけてやめると、小さい方の部屋で錫の母と話している宝蓮に向かって叫ぶ。酒をくれと。そして、部屋の戸を閉め、たばこを吸う。満州に行けば会うことになる錫に子供たちのことをどう伝えるか。錫がどんなにたくさん涙を流したところで、あのしょげ返った子供たちには何の役にも立たない。宝蓮が酒膳を運んできた。

「尚義の父さん、どうしますか」

「何をだ」

「統営《トンヨン》に行かないんですか」

「俺があそこに何しに行くんだ」

眉をひそめる。

「何年も行かないで、礼儀に反しますよ。お葬式の時だってみんな来て下さったのに」

車庫の中であった事件以来、弘は統営に足を踏み入れていなかった。

「子供とお前だけで行ってこい」

「子供二人を連れて、私一人で？」

「俺はとても行けた義理じゃないだろう」

あからさまに文句を言う。

「じゃあ、一人でここにいらっしゃるんですか」

「俺は明日、晋州に戻る」

「それじゃあ、出かけるのを見送ってから、私は統営に行きます」

「ゆっくりしてくればいい。俺は永八おじさんの家にいるから」

宝蓮が部屋から出ようとすると、

「成煥のお祖母さんに、ちょっと来てほしいと伝えてくれ」

「何の用ですか。酒膳も用意したのに」

「言われたとおりにしろ」

しばらくすると、錫の母が腕組みをし、寒そうな表情で入ってきた。

「どうぞ」

「うむ」

座りながら錫の母は、

「何かあったのかい」

と不安そうに聞いた。

「な、何もありません。若造が呼びつけたりして申し訳ありません。母さんたちのことを思い出して、別れの酒を一杯差し上げたくなったんです」

「お前、いつの間にそんなに口が達者になったんだ。今までは聞いたことにすら答えるかどうかだったのに、別れの酒だなんていったいどういう風の吹き回しなんだか」

「今日は元日じゃないですか。別れの酒でもありますが、長寿を願って、孫たちのために長生きして下さいって、兄さんの代わりに酒を一杯差し上げたかったんです」

弘は酒をついで碗を差し出す。

「どうぞ受けて下さい」

「弘」

さっと目尻を拭う。

「今日は正月だから泣かないつもりだったのに、めでたい日にどうしてこんなに悲しいんだか」

胸を詰まらせる。

「さあ、俺の酒を受けて下さい」

「あ、ああ」

「幼い孫たちのためにも、お元気でいて下さい」

「そうだね。あの子たちが自分で稼げるようになるまでは、頑張って生きないと。あの子たちを置いて死ねるもんか。父親も母親もひどいもんだ。もう何も望むことはない。可哀想な孫たちのことで頭がいっぱいだ」

酒を少しずつ飲む。

「もう少し我慢して待っていて下さい。俺が間島に行って状況が悪くなければ、成煥のお祖母さんと子供たちを呼び寄せますから」

「いいや。あたしはいやだね。あんな遠い所へ幼い子たちを連れていくなんて。平沙里に来たからもう平気だよ」

錫の母は、息子が満州に行っているとは少しも考えていないようだった。知れば困惑するだろうが、全く知らないのも弘としては気の毒だった。

「錫兄さんの奥さんは悪い女です。たたき殺してやるべきですよ」

弘は大して飲んでいなかったが、酒に酔った人のように吐き捨てた。

「嫁だけが悪いんじゃない。あたしは、嫁だけが悪いとは思わないね」

「兄さんは男だから」

「男なら子供を捨てていいって言うのかい」

怨みに満ちた目だ。

「捨てただなんて。兄さんは子供を捨てるような人じゃない。すべて、運が悪くて国を失ったせいです」

錫の母は酒碗に残った酒を飲み干す。

「こんなことになるなら、どうして学校になんか入れたんだろう。百姓か賃仕事をしてたら、うちの孫は親のいない子にならずに済んだのに。いろんな意味で鳳順《ポンスン》が恨めしいよ」

「鳳順姉さんは、よかれと思ってやったことです」

「悲しくて……あたしは構わない。あたしは構わないんだよ。何があっても孫たちさえいてくれれば。学はないけれど、婿は娘や孫たちを大事にしてくれてるし」

「……」

「父親のいない三人の子供を育てていた時は、子供たちを見るたびに怨みが募って胸が痛くて何度も泣いたけど、一難去ってまた一難、今度は孫が……ああ、前世でどんなひどい罪を犯したんだろうね」

「兄さんの代わりに娘と婿を頼りにして、もう少し我慢して下さい」

「婿はしょせん他人だよ。娘だって嫁にやったら他人だし、孫たちがけんかしても気を使う」

「息子も婿も、人次第でしょう」

「お前だって人の婿なんだからわかるはずだ」

「いい人なんでしょう？」

「ちょっと酒癖が悪いんだけど、家族や子供を大事に思ってくれるだけでもありがたいと思わないとね」

錫の母の顔には寂しさと孤独がとめどなく押し寄せていた。その時だった。世も末のような悲鳴が聞こえてきた。

「何事だろう」

弘は部屋の戸を開けて飛び出していく。

「人殺しだ、人が殺された！」

皆、飛び出してくる。

「尚義の父さん！」

宝蓮が弘の服の裾をひっつかむ。

「みんな家にいなさい。様子を見てくるから」

下の棟の部屋の戸を開けて頭だけ突き出していた貴男の父が、弘を見るとスッポンの首のように顔を引っ込める。

「どこから聞こえたんだろう」

錫の母は孫たちを、鶏がヒヨコをかばうように両脇の下に抱え、震える声で聞いた。

「ウ、禹《ウ》さんの家みたいです」

スニョンが答えた。弘が枝折戸の外に出ると、髪を乱した女が飛び出してきた。呉《オ》の女房だった。彼女には弘の姿が目に入らないようだった。弟のクッポンの家に向かって、人殺しだと叫びながら走っていく。禹の家の前では二人の女が青ざめた顔をして、

「どうしよう、どうしよう」

と同じ言葉を繰り返しながら、同じ所をぐるぐる回っていた。

「どうしたんですか」

「そ、その」

一人の女が指さした。ハギで編んだ垣根の方だ。弘も背伸びをしながら垣根の向こうの家の庭をのぞき込んだ。弘の顔も女たちのように青ざめる。組み敷かれているのは呉で、その上に馬乗りになっているのは禹だった。禹の持っている鎌の刃が呉の目すれすれの所にあり、呉は鎌を手にした禹の手を必死に押さえていた。うめき声一つ聞こえない血みどろの闘いだ。呉の顔の辺りには血が流れていた。弘は枝折戸を蹴飛ばして飛び込んだ。禹の両肩を後ろから抱きかかえようとした瞬間、禹が振り返り、鎌を振り回した。

「あっ！」

弘が倒れた。

「ああ、何て事だ！」

女たちが悲鳴を上げる。呉が素早く体を起こし、禹の手から鎌を奪った。

髪を乱した呉の女房が弟のクッポンと一緒に駆けつけ、村の男たちが集まってきた時、庭は修羅場と化していた。弘が倒れたすぐそばに血まみれの禹が倒れていて、沓脱ぎ石の上に腰かけていた呉は正気を失ったようにぼんやりと空を見ていた。禹の女房は板の間の隅で気絶していた。呉の女房は唇を震わせながら何も言えず、クッポンが駆け寄って倒れていた弘を抱き起こすと、脇腹から血が流れた。

「生きてるわ！」

宝蓮が叫びながら追いかけてきた。クッポンは禹のそばに行く。とても目を開けて見ていられない残酷な姿だった。鎌で顔と胸を十ヵ所余り切られ、既に息絶えていた。村の若い男たちが弘を家に担いでいき、禹には取りあえずむしろを掛けて、禹の女房の顔には冷たい水を浴びせた。村の若い男たちにできるのはその程度で、それ以上どうすればいいのかわからず右往左往し、女たちは人殺しが起きた家の外に集まって、めいめいに騒いでいた。どうして真昼にこんなことが起きたのか。その言葉に対して、隣に住むヨプの母がぶるぶる震えながら説明する。

「それが、あたしがみその手入れをしようと思ってかめのふたを開けていたら、オ、呉さんが奥さんと一緒に帰ってきたんだ。奥さんの実家に行ってきたみたいなんだけど、だいぶ酔ってて、見て見ないふりをすればよかったものの、日が悪かったんだね」

「元々、仲が悪かったじゃないか」

「いつもは呉さんの方が我慢してた」

「それで、どうなったんだい」

ヨプの母と一緒に現場にいたヨプの母の義妹で、何年かぶりに実家で正月を過ごそうと来ていたメンスンが言う。

「酒に酔ってさえいなければ、こんなことは起きなかっただろうに、呉さんが通り過ぎながら大きな声で牛小屋の牛はまだ死んでないのかって言ったんです。ちょうど庭に出ていた禹さんがそれを聞いて、いつまでもそんなことを言ってたら、殺してやるって」

「日が悪かったんです。そのまま受け流してればよかったのに」

ヨプの母がそれを受けて言う。

「奥さんが止めたんだけど、あんた、相手にしないで帰ろうって言ったんだけど、呉さんが向かっていったんだよ。酔った勢いで。最初は口げんかだったのに、そばで呉さんの奥さんが止めたのに、禹さんの奥さんがたきつけるようなことを言って。そしたら、禹さんが呉さんの奥さんに向かって悪口を言ったんだよ。この女呼ばわりして。それで呉さんが殴りかかって」

「男たちは止めもしないで見てたのかい？」

「隣の家のチャングの所は、祭祀をやるのに本家に行って留守だったし、うちの人は上の村の義理の妹の家に行ってたし。もし、家にいたとしても、誰も禹さんを止められなかっただろうよ」

「それで」

「殴ったり殴られたりしてるかと思ったら、いつの間にか禹さんが鎌を持って出てきたんだよ。殺してやるって言いながら。鎌を奪おうと駆け寄った呉さんの奥さんの頭をつかんで殴りつけるんだから、ほんとに悪い奴だ。呉さんの奥さんが助けてくれって叫びながら飛び出していったんだけど、あたしたちは怖くて足が動かなくて。ああ、恐ろしい。夢に見そうだよ」

中からは禹の女房の慟哭が聞こえてきた。

「死ぬのは一人じゃない。あそこに、もう一人残ってる。一人だけ死なせはしないよ！ 人を殺した奴を、神様はちゃんと見てるんだ！」

禹の女房の叫び声が聞こえてきた。

六章　訪ねてきた人

還国《ファングク》と允国《ユングク》は真ちゅう製の火鉢に手をかざして沈黙を守っていた。さっきからずっとそうしている。家の中は静かだった。村の方からも何も聞こえてこなかった。全く個人的な事件だったとはいえ、むごたらしい事件は、浮かれていた村人たちに冷や水を浴びせる結果になった。正月一日に起こった血生臭い殺人事件は、どの村人の胸にも不吉な予告のように受け止められた。三十数年ぶりの殺人事件によって、村では忘れられていた昔のことが人々の口に上り、多かれ少なかれ漢福《ハンボク》一家と崔《チェ》参判家に衝撃を与えたのは事実だ。だが、両家では村で起きた殺人事件について話すことを避けていた。還国と允国は乾いた唇を舌で湿らせた。火鉢の火のせいか、部屋の中の空気はひどく乾燥していたが、それよりも話のきっかけを探していたのかもしれない。沈黙は続いた。

還国が東京から戻ってきたのは、陽暦の年の暮れだった。允国が警察に連行されたのは、晋州《チンジュ》高普と一《イル》新《シン》女子高普、第一普通学校の生徒が街頭デモを繰り広げた一月十七日の翌日だった。釈放されたのは、陰暦の正月前で、学校から無期停学の処分を受けた。目張りの紙が音を立て、風が通り過ぎる音が聞こえる。還国は、麗水《ヨス》だ、晋州だと言ってもめた末に晋州に連れていかれたという弘《ホン》のことをしばらく考えた。親しく付き合ったことはないが、互いの過去や関係、そして、間島《カンド》に一緒に行って故郷に帰ってきた弘のことをよく知っている。いや、ただ知っているという程度でない崔家との密接な関係をよく知っている。彼の父の李龍《イヨン》や月仙《ウォルソン》は皆、母にとって大切な人で、月仙には曽祖母との間に隠された深い縁があったし、龍は祖父が唯一信頼していた小作人の息子であり幼少時代の友達だった。そんな話を具体的に聞いたことはなかったが、何かの拍子に耳にしたことがいつの間にか物語のあらすじとなって還国の心の中で息づいていた。還国の思いは、朴《パク》医院に移った。確か、弘はそこに入院していたからだ。だが、やがて自分のことや家族のことを考える。正確に言うと、弟の允国のことだ。そこからまた別のことを考え始める。デモ現場で会った李舜徹《イスンチョル》の姿を思い出した。がっしりした体格にもこもこした毛糸のセーターを着ていたから、余計に大きく見えた。

「お前も来たんだな」

と言いながら、骨が潰れそうなほど強く手を握ったあのぶ厚い手。

「おい、お前たち。元気を出せ」

口が裂けるほど、横にではなく縦に大きく開けながら叫ぶ舜徹の声が聞こえてくるようだ。後輩たちのために行列の外から送る、猛獣の雄叫びのような声。舜徹の巨体は映画の場面のように過ぎ去った。舜徹の代わりにひ弱な金済生《キムジェセン》が現れた。骨と皮ばかりだ。頭は小さく、眼鏡をかけた顔、話に熱中すると細い指の間にはさんだ巻きたばこを震わせ、膝の上に灰が落ちた。実は、還国は金済生の顔をはっきりとは覚えていない。眼鏡と痩せた体だけが鮮明に記憶に残っていた。彼は光州《クァンジュ》学生事件が起こると、還国より一足先に故郷の光州に帰った。彼は、還国の下宿の近くで自炊をしながら大学に通っていた。同じ朝鮮人留学生なので自然と挨拶を交わすようになったが、元々還国は社交的な性格ではないし、相手は若干の敵対心のようなものを持っているように見えたので、最初はよそよそしく挨拶だけしていた。ところが、どこで誰に聞いたのか、還国の父親が独立闘士であり、鶏鳴会《ケミョンフェ》事件で服役中だという事実を知ると、済生は積極的に還国に近づいてきた。彼は過激な思想を持っていた。だが、素直な面の多い青年だった。かといって、簡単に浮つくことはなく、ロマンチックな性格でもなかった。還国は彼と親しく付き合いだした後、つまり光州学生事件が起きた十一月三日以前から、光州高普で起きたさまざまな事件について詳しく聞いていた。もちろん、光州高普だけでなく、三・一《サミル》運動後の一九二〇年代から全国各地の数多くの学校で抗日運動が続いてきたのは事実だ。表面上は日本人教師、あるいは、日本人校長の排斥、植民地の差別的な教育制度の撤廃などを掲げた同盟休校だったが、目的はもちろん、抗日闘争だった。

そして、その運動の背後には必ず秘密組織があって、学生たちを指導していたのも事実だ。全国各地の学校に火をつけた光州学生事件もまた、偶然起きた単純な事件ではなかった。通学列車の中で日本の学生が朝鮮人女学生をからかったとか、城底里《ソンジョリ》の十字路の小さな橋を挟んで、木刀や短刀などを持った日本人学生とバットを手にした朝鮮人学生がにらみ合ったというのは、日本人が言うように決して偶発的なものではなかった。それは既に、一九二四年の光州高普と光州中学校〈日本人学校〉の間で行われた野球の試合から始まっていた。安東という日本人審判が偏った審判をしたことに抗議した光州高普の生徒が審判を殴り、同盟休校に入った事件は突発的なもので、何人かの学生が退学処分にされて終わったが、しこりが残っていたことは言うまでもない。

その後、一九二六年に社会主義の波に乗って農民運動、労働運動が具体性を帯びたのと同時に光州高普を中心に農業学校の何人かの学生が加わって醒進会《ソンジンフェ》*を組織し、一九二八年の光州高普と農業学校の同盟休校を指導したのだ。一九二八年の同盟休校事件は、李景采《イギョンチェ》が発端だった。光州、松汀里《ソンジョンニ》などでまかれた檄文によって光州高普の五年生だった李景采が、朝鮮農民総同盟の幹部や醒進会関係者たちと共に検挙され、光州高普の白井校長が当局に謝罪すると同時に李景采の両親を呼んで彼に自主退学を勧告すると、彼の同級生である五年生の学生たちが中心となって李景采の自主退学勧告の理由を明らかにせよと学校に要求した。だが、そうした学生団体の要求は李景采の事件だけにとどまらず、拡大していった。というより、一九二四年のしこりが爆発したのだ。学校運営に関すること、中でも一九二七年の同盟休校の時に約束した学校施設の拡張を履行しなかったこと、校長の白井が光州高普の経費を光州中学校に譲渡したこと、学校施設に朝鮮語の書籍や新聞がないという点を挙げ、日本人校長と教師の排斥や朝鮮人本位の教育を掲げながら組織的な同盟休校闘争に突入した。学校側は退学、停学の処罰を与えて譲歩せず、学生たちは同盟休校中央本部の指揮の下、より激しく果敢に立ち向かうことで、学校当局に対する抵抗から次第に、日本の植民地政策を糾弾し民族の解放を標榜する様相を帯びていった。

しかし、保護者や同窓生たちが動員されて、より激化していく派閥と穏健な派閥に分かれ始め、同盟休校からの脱落者を取り締まる神経戦へと複雑化していく隙をつき、学校側は処罰の強化と徹底した弾圧を進めた。すると、抵抗はさらに激しくなり、妥協の糸口を見つけられない極限状況に追いやられた。そしてついに、同盟休校を裏切った数名の学生に対する糾弾事件が裁判にかけられ、実刑判決を受ける結果を招き、学校側は保護者を懐柔したり脅迫したりしながら、退学や停学になるだけでなく、将来の社会活動にも影響を及ぼすだろうという脅しを延々と繰り返した。学校と学生の間の闘いにおける特徴の一つは、いわゆる文書戦だと言える。学校当局の警告文と学生の檄文、その多くの檄文は内容からして一種の暴動だった。数多くの檄文の中には、次のような一節もあった。

(今後、学校当局からいかなる脅しや不穏な文書が出されても、断固抵抗しろ！　その文書こそ諸君を手先にしようとする奴隷教育の牙城《がじょう》への入場券だ)

同盟休校は六月に始まり、警察が介入したことで四ヵ月ぶりに十六名の学生が拘束されて実刑を受け、五十四名の退学をもっていったん終結した。それが一九二八年、つまり一昨年のことだった。

「お兄さん」

還国は允国の方を見向きもせず、返事もしなかった。

「こうして火鉢に手をかざして座っていてもいいんですか」

「……」

「お兄さんは今、逃げたいんでしょう」

「允国」

「はい。どうぞお話しになって下さい」

不満があると允国は、必要以上に敬語を使う。

「根幹と枝葉をお前は知らないようだ」

「どういう意味ですか」

「文字どおりだ。自分でもそれをうまく見分けられる自信はないが」

「だったら、僕を非難できませんね」

「非難はできるさ」

「もう少し正確に、わかりやすくお話し下さい。僕はお兄さんみたいに秀才ではありませんから」

「まさにその点だ。真理の前で秀才か鈍才かを論じるのは、秀才、鈍才にかかわらず小心者だ。秀才、鈍才なんて真理の前では取るに足らないことだから」

「ちぇっ！　のんびりしてますね」

「革命家は火鉢に手をかざしていてはいけない、氷風呂に入るべきだとでも言うのか」

允国は口をつぐんでしまう。そうしてしばらくすると、

「問題はそんなことではないでしょう。もどかしいと言っているのです。のんびりしている場合ではありません。やはり、お兄さんは逃げているのです」

「だったら、俺はどうすればいいんだ。日本に行って肉体労働をしながら労働運動をして、理論を唱えて夜を明かせば、俺はこの家から解放されるのか」

「僕はこの大きな塊みたいなものが嫌いです。最悪ですから」

「ああ、お前の悩みはわかっている。俺もそうだったし、今もそうだから。お前もトルストイの作品の一

つぐらいは読んだはずだ。俺は、ロシアの大貴族トルストイが書いた本はほとんど読んだが、そこからは何も得られなかった」

「何を得ようとしたのですか」

「個人と人生と社会、人類の問題。俺は書物を通して、尾に火がついた鳥のように広い部屋の中を何度も行ったり来たりするトルストイを見ただけだ」

「どういうことですか」

「最初から彼は、財産と由緒ある家柄を持った文壇の花形だった。次に進歩的自由主義者になったために、家柄と財産が絶えず彼を苦しめた。家柄と財産以外にもう一つあった。宗教だ。その三つがすべて未解決のまま、彼は世界救済を考え、そのために無抵抗主義を作った。彼がその所有物を捨てたのは、ずっと後になってからだ。だが彼は、死ぬ日まで自分自身を解放できなかった。まだいる。日本の作家、有島武郎もそうだ。彼もトルストイとよく似たところがあるが、トルストイほど大げさではなかった。彼も私有財産をすべて放棄したうちの一人だ。俺が思うに、それは財産を放棄するというより人間の本質との闘いだったのではないだろうか。二人とも敗北者だったから。捨てるというのも、恐ろしい執着みたいだ。なぜだかそう思える。もちろん、偉大な人生だったと言えるが、所有物を捨てる、徹底的に捨てる、それは出家以外にはあり得ないと思う。所有という亡霊は捨てても、余計なものがつきまとうはずだから。寺でなければ防げるはずがない」

「それは弁明です。どっちつかずの」

「そのとおりだ。あの人たちはまさに、どっちつかずの所で苦しんで死んでいった」

「お兄さんは卑怯です。明確なことは何一つないではありませんか」

「火鉢に手をかざすなといった明確なもののことを言ってるのか。もっと大きく、明確なものを探してみようじゃないか。俺もお前も」

と言うと、話は中断されてしまった。客が来たらしい。還国を訪ねてきたのだという。

「誰だろう」

「学生でしたけど」

オンニョンの夫が答えた。還国は李舜徹だと思った。だが、訪ねてきたのは李舜徹ではなく、金済生だった。

「これは、どうしたんですか」

済生がくすりと笑う。

「晋州の家に行ったけど、いなかったから」

「どうぞ上がって」

允国は部屋に入ってきた済生をじっと見つめる。

「弟です。允国、挨拶しろ。金済生さん、俺の友達だ」

允国は軽くお辞儀をし、また済生をじっと見つめる。済生は気に留めず、座る。

「ほんとに意外だな。変わりないですか」

「ないはずがないでしょう。変わりがなければ、こんな田舎まで訪ねてきませんよ。逃げてきたんです」

還国の顔は暗くなり、允国の目が光る。

「警察ですか」

「そうです。光州では奴らが今回のことをかなり拡大しています。徹底的に取り締まって、これを機に新《シン》幹会《ガンフェ》＊もたたき潰すつもりみたいです」

還国はゆっくりと允国に視線を移す。

「奥に行ってお客様がいらしたと伝えなさい。済生さん、昼食は」

「食べてきました」

「そしたら、夕飯の支度をしてくれと言うんだ」

意識的に允国を追い出す。客人が来れば自分から出ていくのに、今日の允国は出ていかず、粘っていたからだ。

「允国、お客様はどちらからいらしたの？」

西姫《ソヒ》が聞いた。

「わかりません。東京で知り合った友達みたいです」

允国は光州から来たという話をしなかった。

「学生です」

そう付け加えると、怒った顔つきで出ていってしまった。

済生が泊まった舎廊には夜遅くまで明かりがついていた。翌朝、舎廊から出てきた還国は、

「友達が遠いところを遊びに来てくれたから、双渓寺《サンゲサ》にでも行ってこようと思います」

西姫に言った。

（ああ、双渓寺に隠れるつもりだな）

允国は考えた。

「お母さん、僕もお兄さんについていってもいいですか」

還国に視線を向けながら允国が言った。

「好きになさい」

だが、還国はうんともすんとも言わなかった。朝食は允国も一緒に三人で舎廊で食べた。食事をしながら還国は主に聞き手になり、済生がいろいろと光州学生事件のその後について話した。そして、允国に晋州の学生の動向などを聞いたりした。済生は、友人の弟である允国に格別親しく接しはしなかった。デモがあった後、警察に連行されて何日か苦労したことについても、そうかと言っただけでそれ以上の関心を示さなかった。だからといって、年長者の権威みたいなものを振りかざすわけでもない。朝食を済ませ、いざ出かけようとなると、ついていきたがる允国の態度にはある種の熱気、強い渇望のようなものがあった。還国は冷淡だった。冷酷ですらあった。

部屋の床に置いたたばこ入れとマッチを持って立ち上がった還国は、トゥルマギ〈民族服のコート〉を着る。我慢できなくなった允国は、

「お兄さん、僕も一緒に行っては駄目ですか」

と還国に尋ねながら済生を見つめる。済生は、つれなく允国の視線を受け止めた。

「お母さんが心配するから、お前はここにいなさい」

還国の口調はいつもと少しも変わりなかった。ただ、目つきが険しかった。神経質に拒否する目つきだった。期待はしていなかったのに、允国は衝撃を受ける。そんな兄の顔は今まで見たことがなかったからだ。それで、お母さんは行っても構わないと言ったとは言い出せなかった。

「じゃあ、行きますか。済生さん」

「そうしましょう。すっかり世話になってしまって、申し訳ない」

「とんでもない」

マントの裾をなびかせながら行く済生。黒のトゥルマギに学生帽をかぶった還国は済生より少しだけ背が高い。坂道を下りていく後ろ姿を見つめる允国は、口の中がひりひりするのを感じる。

(どうして僕は行っちゃいけないんだ。何が問題だって言うんだ)

のけ者にされたのは事実だ。しかし、允国は疎外感以上の、裏切りのようなものを感じて怒りを抑えられない。

(子供扱いして。もういい。こっちから願い下げだ)

厳密にいえば、還国は同行を拒否したというより、允国が済生に近づこうとするのを阻止したのだ。もちろん、允国も済生が身を隠すために行く山中の寺には興味も関心もなかった。

二人の後ろ姿が視野から消えた。陰暦の一月八日、正月と小正月のちょうど真ん中だ。川にはまだ氷が張っているのか、薪を背負った少年が土手を行く。春は近づいているが、すべてのことが暗く希望のないのは同じで、允国は大声で叫びたかった。

「坊ちゃん、どうされたんですか」

オンニョンが聞いた。

「寒いから、どうぞ中に入って下さい」

「……」

允国は両肩をすくめるようにして、坂道を下りていく。

「あらあら、へそ曲がりな坊ちゃんだこと」

オンニョンはぼそっとつぶやいた。川辺の砂原まで行った允国は、ズボンのポケットに両手を入れて川の流れを見下ろす。氷はほぼ解けていたが、所々にまだ薄氷が残っていた。允国は父の顔を知らない。父が恋しいのかどうか、自分の感情も実ははっきりしない。だからなのか、三つ上の兄に父性のようなものを感じることがたまにあった。兄は細やかで愛情深く、いつも寛大だった。一時は粗野で乱暴な李舜徹を尊敬したりもしたが、兄に失望したことはなかった。

今も失望しているのではない。怒りだった。裏切られたという怒りだった。なぜのけ者にするのか、僕も学生運動の先頭に立って留置場の世話にまでなった。高跳びで一位になって自慢している子供だと思っているのか。允国は兄も腹立たしかったが、済生の冷たい視線は不快で、ひどく自尊心を傷つけられた。

還国が肉親として、年長者として允国を大事に思い、守ろうという気持ちからそうしたのだということぐらいわかっている。そして、允国の怒りは、実は今さら始まったことではなかった。この間ずっと心の中で渦巻いていたから、悲痛だった。感情の泉はあふれ、抑えようがなかった。家はよそよそしく感じられ、垣根をつかんで大声を上げて泣きたかった。むせび泣きはしないけれど、涙の海の底へ消え入りそうな果てしなく深い悲しみ。もしかするとそれは、允国の十七年の生涯で最も美しく成熟した感情の躍動だったかもしれない。僕は将来が約束された秀才らしく、おとなしく均衡を保つような生き方はしない。爆弾を抱えて生きるんだ！　允国は、心の中でその言葉を何度繰り返したかわからない。爆弾を抱えて生きるんだ——一人の男の顔が浮かんだ。下あごに溝のような傷跡が刻まれていた。平べったい顔に眼鏡をかけ、首は短かった。五十には届かないだろうが、四十は過ぎているように見え、ぱっと見は人がよさそうで、インテリのにおいを漂わせていた。市川刑事、彼は深夜に学生たちを引きずり込んだ留置場に入ってきた。

「間抜けどもめ、自分の国を守る力があるなら、最初から併合などされなかったはずだ。今になってぎゃあぎゃあ騒いだところで無駄なんだ。現実を直視しろ、騒ぎ立てても現実は解決しない。それは力じゃない。弱い者はいつも泣く。赤ん坊もいつも泣く。力がないからだ。だから、乳をやらなければ死ぬ。お前たちは学問をしたからわかるはずだ。大英帝国がインドをどうやって統治しているのか、白人が有色人種をどう扱っているのか。それに中国では、白人の食堂に、中国人と犬の出入りを禁じるという立て札が公然と掲げられているそうだ。歴史というのは、強者が弱者を支配することだ。エジプト、ローマ、ギリシャの人々は、征服した他民族を奴隷として扱った。奴隷は一生、支配者のむちに打たれながら働かなければならなかった。お前たちも既に知っていることだ。では、大日本帝国がお前たち朝鮮人を犬扱いしたか。奴隷としてこん棒でたたきながら働かせたか。俺の目の前に座っているお前たちは誰だ。奴隷か？犬か？　明らかに奴隷でも犬でもない。高等教育を受けている学生だという事実を否定できないはずだ。

お前たちが学生であることは、大日本帝国の恩寵だ。昔は書堂がせいぜいで、それも何人かの両班の子息が正座して、古臭い文字を少し習う程度だった。しかし今は、身分の区別なく多くの青少年たちが平等に新しい学問の恩恵を受けている。さあ、見てみろ！　この留置場を照らす電灯を。油皿に火をつけて暮らしていたお前たちの生活は、電灯のあるものに変わった。道には自動車が走り、汽車が走り、わらぶき屋根の家があった場所には二階建ての建物が立ち並んだ。晋州は地方都市だ。ソウルはいうまでもなく、釜山《プサン》より小さい都市だ。にもかかわらず、現代文明が一つ残らず入ってきた。部屋の中に尿瓶を置いて、長きせるをくわえてがに股で通りを歩いているお前たち朝鮮人は、衛生観念が全くなく、怠け者だ。そのような民族性と、文明とはかけ離れた未開の状態からは百年かかっても成し遂げられない発展を、我々大日本帝国が実現させてやったのだ。俺の言うことは間違ってるか？」

頭を真っすぐ立て、目は伏せたまま固い沈黙にふけっていた学生たちの間から突然、ううっ、うううと大きな声が沸き起こった。髪の毛一本、動かさなかった。口も閉じられていた。うううというのは奇声であり、うめきであり、憤怒であり、怨みのこもった呪いの声だった。市川刑事の顔が真っ赤になる。ちょっと弁が立つからと、学生たちの説得作戦に出たようだったが、ひょっとすると彼は穏健派に属するのかもしれない。あるいは、辛酸をなめつくした古ダヌキか。もっとも、警察の職に就いていて五十代に差しかかろうとしているなら、老練なのも当然だ。

「尻尾を巻いて吠えながら逃げる犬の声みたいだな。そして俺はお前たちに、お前たちはミツバチだという言葉を贈ろう。敵に針を刺すと、ミツバチは死ぬ。もう一度刺す替えの針がないだけでなく、蜂は死ぬしかないのだ。刺された人は多少の痛みとかゆみを感じるだけだ。力は歴史上いつも正義であり、美しいものだった。そして、豊かなものだ！　力がないというのはいつも不義であり、醜悪であり、貧困だ！　薄のろどもめ！　何？　大日本帝国主義を滅亡させるだと？　植民地教育を撤廃しろ？　独立を勝ち取ろう？　ふざけやがって。よく聞け。大日本帝国にとって朝鮮は血の代償だ！　日清戦争、日露戦争、特に日露戦争は国をかけた戦争だった！　我々が若者たちの死体の山と血の海から得た補償をお前たちが取り戻すだと？　道端で拾った金貨じゃないんだ。

しかし、俺はお前たちの若い意気を尊敬している。男児たるもの、それぐらいの勇気がなければ人間のくずだ。俺は十分理解する。若者はいつでもどこでも問題があって、不満があるものだ。極楽浄土でも不満はなくならないだろう。だが、現実を直視して認めることも勇気の一つだ。とりわけ、お前たちのような立場の者は、より大きな勇気が必要だ。現実というのはもちろん、大日本帝国が置かれている現実だ。数千年の歴史と文化を誇ってきた中国は今や、老いぼれた、役立たずの虎だ。満身創痍で自身の運命も予測できないでいることは、世界中に知れ渡っている。ロシアはいうまでもない。国勢が衰えたのもそうだが、共産主義国として世界から孤立しているし、何よりも彼らは白人種だ。水と油、大日本帝国に歯ぎしりしているお前たちも、白人の支配は望まないだろう。

とにかく、アジアにおいてその二つの国を除けばそれこそ無風地帯、大日本帝国の進出を遮る者はいない。近いうちに大日本帝国は東洋の盟主になる。そして、世界に雄飛するだろう。夢ではない。目の前に迫っている現実だ。お前たち朝鮮民族が生き残るには、子孫の穏やかで幸せな暮らしが保障されるためには、大日本帝国に同化しなければならない。おそれ多くも天皇陛下におかれては一視同仁を諭示されたのだ。その大きな恩寵にお前たちは何をもって報いるのか。決死の思いで報いるべきなのに、ミツバチの針で謀反を試みるとは。独立を勝ち取るだと？　いつ朝鮮が独立国だったというのだ。日清戦争の頃まで朝鮮は清国の属国だったではないか！」

「それは事実とは異なります！」

五年生の洪秀寛《ホンスグァン》が、がばっと立ち上がって叫んだ。

「何だと？」

「それは事実とは異なります。朝鮮全土のどんな辺境にも清国人の官吏は一人もいませんでした。朝鮮の地に居住する清国人もいませんでした。ただ、彼らの使臣が客館に来て泊まり、貢物を受け取って帰っただけです。いわば、隣国同士の親善を図るための儀礼に過ぎなかったのです。彼らは領土が大きいだけに、兄弟国の兄を名乗っていたに過ぎません」

「生意気な奴め。だからそれが属国ではないか！」

「では、伺います。日本料理屋から時々芸者たちの歌が聞こえてきますが、ヨイヤサットというはやし言葉をご存じですよね」

市川は面食らった。学生たちが大声で笑う。わざとらしい大きな笑い声だった。

「黙れ！　静かにしないか！」

声を張り上げてから市川は、秀寛をにらみつける。

「言いたいことがあったら言ってみろ！」

「はい。ヨイヤサットのサットはどういう意味かご存じですか。たぶん、日本人はその意味を知らないでしょう。サットは朝鮮語ですから。サットは、地方を治める高級官吏に対する尊称です。昔、中国がそうだったように、朝鮮も日本にいわゆる通信使を送り、日本が通信使を歓迎して歌った歌がヨイヤサットです。だとしたら、日本は朝鮮の属国だったのですか」

「何をほざいてるんだ！」

市川はゆでダコのように真っ赤になった。

「誰がそんなことを言ったんだ！　誰がそんなことを！」

市川はそう言いながら、秀寛の頬を殴りつけ、足で腹を蹴飛ばした。学生たちは一斉に立ち上がった。腹を蹴られて倒れていた秀寛も立ち上がった。秀寛の両頬には、日の丸を写したように鮮やかな赤い丸ができ、顔のそれ以外の部分は白ろうのように白かった。目には怒りの火が燃えていた。もの悲しく怪異な光景だった。白髪交じりの市川の頭が、電灯の下で激しく揺れた。

「なぜ殴るのですか！」

「ううむ、この野郎！」

「私は独立万歳を叫んではいません。植民地の奴隷教育を撤廃しろとも言っていません。歴史的事実を述べたまでです。あなたたち日本は、露日戦争の時に大英帝国と同盟を結びました。国力で見れば、明らかにイギリスの方が強かったでしょう。あなたの国は、その超大国から代償を約束されて宣戦布告したのです。そうして、イギリスの土地でもロシアの土地でもない我々の土地が日本の手に渡ったのです。過去に朝鮮も、野蛮な女真族とさげすんでいた清国と戦ったことがありました。明国との友誼《ゆうぎ》のために戦ったのです。代価も支援もない寂しい戦いです。もし、今言ったように属国や植民地だったとしたら、誰に指図されたわけでもない戦争をするはずがありません。抑圧から解放された喜びで、万歳を叫ぶには叫んだでしょう。剣が嫌いだから抜いたのです。野蛮を嫌う剣、侵略を嫌う剣、これでも朝鮮は未開国ですか」

市川は激怒し、うめき声を上げながら飛びかかろうとして思いとどまった。何を思ったのか眼鏡を外し、ハンカチを出して拭き始めた。秀寛は視線を落とした。絶望的な姿だった。

年は二十歳、将来を嘱望された秀才で、寡黙で人とあまり付き合おうとせず、いつも寂しそうに見えた秀寛。日本人教師たちも彼の人柄を愛し、明晰な頭脳に敬意を表した。しばらく沈黙が続き、石みたいに固まっていた同室の同級生や下級生たちは次第に息を詰まらせる。秀寛の反抗に驚きもしたが、この後の展開に対する緊張は、今にも爆発しそうなほど張りつめた。ハンカチをポケットの中に押し込み、眼鏡をかけた市川は、にやりと笑った。ヘビが尾をくねらせながら通り過ぎるような、ぞっとする笑いだった。

「お前の言い方をまねるなら、それは歴史的事実としての現在の話ではない。歴史というのは、歴史家によって異なり、立場によっても異なるが、お前が歴史をどう見るかはさておき、現在の話をしようじゃないか。お前はさっき、独立万歳を叫んでいないのになぜ殴るのかと言ったな。植民地の奴隷教育を撤廃しろとも言っていないのに、なぜ殴るのかと」

真っ赤になっていた秀寛の両頬から血の気が引いていく。真っ青になる。市川の意図に気づいたのだ。

「この先、独立万歳を叫ばない、植民地の奴隷教育を撤廃しろとも言わないということか」

「……」

「歴史に対する見解は、今後変わるかもしれん。それにもう過ぎたことだ。お前はとても賢い。惜しい。だから俺は確認したいんだ。捕まってここに連れてこられるようなまねは、二度と繰り返さない、そういう意味と受け取っていいんだな」

「……」

「行為だけでなく、そういう考え自体をしないと信じていいのか。理由があるから殴るんだ。言っていないのになぜ殴るのかという抗議は、とても重要なお前の心情だからだ」

「秀寛兄さん、何も言うな。あと二カ月で卒業だ！」

允国は思わず叫んでいた。

聞こえなかったふりをして、市川は油を搾るように追い詰めていく。

「お前の抗議は希望を感じさせる。人材はいつどこでも必要だからな。この先、大日本帝国に逆らう行為や考えはしない、そうだな？　答えろ」

「いいえ。心の中でしないわけにはいきませんから」

「いいだろう。では、行為はしないという意味だな」

秀寛の顔が青ざめた。ほかの学生たちは皆、頭を垂れて歯を食いしばった。

「心の中でしないわけにはいかない。だが、行為はしない。そういうことになるが」

「いいえ」

小さい声だった。だが次の瞬間、

「いいえ、違います！」

と叫び、話を続ける。

「心と行為はいつも同じです。わが国の独立のために死ぬその日まで！　たとえ命をかけた針一本しか持っていないとしてもです」

秀寛は床にしゃがみこんだ。両手で頭をつかみ、嗚咽する。允国も泣いた。皆泣いた。二カ月すれば秀寛は卒業だ。学校の近くでよろず屋をしながら女手一つで育ててくれた母のために、秀寛は泣いたのだろう。彼の家が貧しいということ、苛性ソーダや炭や飴などを家の前に並べて売っている彼の母親、夏には洗濯糊を作って売り、冬には薪を並べて売る。いつも頭に手拭いをかぶり、デモの日に一番に学校に駆けつけたのも彼の母親だった。

「秀寛、万歳を叫んだら連れていかれるっていうのに、お前は何をしてるんだい」

「心配しないで下さい、母さん」

秀寛は笑った。そして、母の背中を押した。

「だったら、あたしも一緒についていくよ。お前だってやってるんだ。あたしにできないことはない」

秀寛の母は、デモ隊の列について歩いた。息子の前を、ずっと歩いた。手拭いをかぶったまま、チマの裾をまくって鼻水を拭いながら。友達と後輩たちは、秀寛が貧しかったので泣き、彼の母親を知っているから泣いた。

「お前はもうおしまいだ。退学はもちろん、臭い飯を食うことになる。それが終わっても、お前は俺の目の前から逃げられないだろう。歴史的事実がどうのこうのと言ったことだけでも、お前の反逆罪は十分だがな。はははははっ……ははははっ……」

広大のように、聞こえるように大声で笑いながら市川は出ていった。

允国は石を拾い、市川の顔の下あごの深い傷跡を狙うように、川面に向かって投げる。

(秀寛兄さん、何も言うな！　あと二ヵ月で卒業だ！)

普段から親しいわけではなかった。先輩、後輩の礼儀作法は厳しかった。だが、允国は秀寛を実の兄と錯覚した。ぞんざいな言葉遣いをしたのは、一瞬、肉親だと錯覚したからだ。

川の流れが強い所は、氷は解けていた。しっとりぬれた砂は女の肌のように柔らかかった。允国は乾いた砂を一つかみ手に取る。なぜか温かいような気がした。晋州の南江《ナムガン》*の砂と蟾津江《ソムジンガン》*の砂は違う。蟾津江の砂は純白で、粉のように細かくて柔らかく、南江の砂はほんのり赤く、かすかに水色っぽくもあり、そして、少しざらざらしていた。允国は、幼い頃に隣に住んでいたウォンジョを思い出す。いつも洟を垂らしていて、鼻の下が赤かった。南江の砂原で一緒に遊んだ時のことだ。

「おい、允国！　これを見てみろ。砂がきらきらしてるだろ？　きらきらしてるのは、みんな金《きん》だ。南江の砂はこんなに多いんだ。だったら、金もうんとたくさんあるに違いない。だろ？　いつか俺はこの砂を掘って金をざくざく集めて、お前んちみたいな金持ちになるんだ」

そう言っていたウォンジョは、普通学校も二年で中退し、田舎を回る塩売りになったと聞いた。允国より二歳上だったから、今は十九歳だろう。なぜウォンジョを思い出したのか、允国もわからなかった。貧しさのせいかもしれない。秀寛の貧しさのせいかも。允国は川に沿って下りていく。砂原が狭くなり、岩がそびえる所、休みの時に来たらよく釣りをする所に出た。昔、あばたの大工がいて、ここで釣り竿を投げて世の中について考えていたそうだ。允国は岩に沿って歩いた。

「……？」

岩に隠れて土手からはよく見えない所だったが、允国は足を止める。女の子が泣いていた。灰色のソクパジ*に黒いチマを重ねてはき、両膝に顔を埋めてむせび泣いていた。灰色の人絹に刺し縫いしたヌビチョゴリの裾が、泣いている女の子の心臓のように揺れる。時々顔を上げて、チマの裾で涙を拭ったりする。ぞうきんを洗いに来たのか、足元に置かれた小さなおけの中には、砧《きぬた》としっかり絞られたぞうきんが何枚か入っていた。允国が見下ろしているのを知らない女の子はまだ、チマの裾で涙を拭っては泣いている。手首は荒れてかさぶたができていた。しかし、服は暖かく着込んでいて、黒いコムシンの中のポソンも綿をたくさん詰めてあるのか、ぶ厚かった。やがて、女の子は両手で水をすくって顔を洗い始めた。またチマの裾をまくり、座ったまま顔を拭く。からかうようにカラスが鳴き、川を横切って飛んでいく。

「まあ」

おけを頭に載せ、背を向けかけてやめた女の子は、倒れそうになりながら後ずさりする。

「どうして泣いてたんだい」

唇が震える。逃げることもできず、瞳は痛々しげに揺れている。泣いたからか、川の水で顔を洗ったからか。いや、あまりにも驚いたからに違いない。顔は日が落ちる直前の、あの濃い桃色だった。皮膚が裂けそうなほど、血がたぎっているようだった。

「どうして泣いてたんだい」

「あの」

帰るから道を空けてくれというしぐさをする。

「なぜ泣いてたか言えば帰してやるよ」

「あの」

「どこの家の子だい？」

その言葉にまた驚いて後ずさりするが、女の子は允国のことを知っているようだった。

「どこの家の子なの？」

「チュ、酒幕の」

「ああ、あのお婆さんの娘さん？　いや違うな。孫かな」

「いいえ」

目を伏せる。栄山《ヨンサン》宅の養女の淑《スク》だ。

「すると」

「父ちゃんがあたしを捨てて、い、行ったんです」

「だったら、お婆さんにいじめられて泣いてたのか？」

「ち、違います」

小さいおけを頭に載せたまま目を伏せると、涙がまたあふれる。

「正直に言えばいい。俺が行って懲らしめてやるから」

「そうじゃなくて、ううう……そうじゃないんです」

「言わないと、どいてやらないぞ。どうして泣いてたんだ」

允国は、淑が頭に載せていたおけをひょいと下ろす。淑はうずくまってむせび泣く。

「と、父ちゃんと弟に、あ、会いたくて、うわああ……」

泣きながら淑は、もうすぐ死んでしまう病気にかかった父親と弟の三人で放浪した話をした。放浪中にここの酒幕で一晩泊まったのだが、翌朝目が覚めると父親は幼い弟を連れて行ってしまった後だった。もう、父親は死んでしまったに違いなく、幼い弟はこの寒い冬をどこで過ごしているのか、無事でいるのか、大体そんな話だった。

「じゃあ、母さんは？」

「知りません」

「死んではいないってことか」

「それも知りません」

　頑固だった。允国は淑に道を空けてやった。淑は遅くなったと思ったのか、土手道を飛ぶように早足で歩いていった。頭のてっぺんが揺れるのが遠くからも見えた。決して思春期の好奇心ではなかった。泣く姿が心に引っかかり、なぜ悲しいのかが気になっただけだ。だが、日が落ちる直前の濃い桃色の夕日みたいな顔は、とても印象的だった。淑の姿が見えなくなると、ポケットに両手を突っ込み、川を見下ろす。ゆらゆら揺れる水の中に允国は、日の丸を押されたような秀寛の顔を見る。

「あれは何色だろう。発疹の色だろうか」

　はしかの発疹がどんな色か知らないが、赤という色と病からそんなことを連想しただけだった。

七章　山寺

遊びに来た友達だということ以外一切説明はなかったが、西姫《ソヒ》が気づかないはずはない。だが、息子の還国《ファングク》を信じていたから、どういう友達なのかと追及しなかったし、疑うそぶりも見せなかった。還国は既に成人していて、家長ともいえる家の柱だ。慎重で責任感が強いから善処するだろうと思い、西姫は息子を尊重したのだ。わずかな不安はあった。もう、ああしろこうしろと指図できない、懐から離れてしまった息子に対する母親としての寂しさもある。暗い現実と輝かしい未来を前に、自分一人の世界を構築し、あの闘争の準備をしている允国《ユングク》も西姫に寂しさをもたらした。夫の存在は、春が過ぎ、夏が来れば出所する金吉祥《キムキルサン》は実感できないほど遠く、何かを得る過程で何かを失う過程を、いや、手にしたために失わざるを得ない過程を、西姫は刻々と感じる。自身の体が年老いていくのを自覚すると共に。あの恐ろしい執念はどこへ行ったのか。歯を食いしばり、十本の指の爪が擦り減って抜けてしまっても、必ず奪い返してみせると誓った平沙里《ピョンサリ》の家。思い出は隅々まで鮮明に残っている。ノウゼンカズラが咲いていた垣根も柳の葉が落ちていたハス池も、痕跡はいたる所に散在しているが、広大な家は時々、古い喪輿《サンヨ》*のように、荒涼として魂の抜けた死体のように感じられる。まぶしい日差しが降り注ぐ田畑もそうだ。すべて崔《チェ》参判家が所有する肥沃な土地、夏の夜にはカエルが鳴き立てる懐かしい土地だが、果てしない満州の平原に日が落ちる頃のように、荒漠たる砂漠のように感じられる時がある。それはどういうわけだろうか。

(子供たちはこの財産を望んでいない。重荷のように考えている。ああ、そうでなくてはいけない。死んでも金持ちの放蕩者になってはいけない)

鏡の前で髪をすきながら、西姫はもの悲しい笑みを浮かべる。何かを得て失うことはすべて夢のようで、短い生涯の中の一瞬のことなら手放してもいいけれど、手放すのもつかむのも結局は同じことだ。だから、過ぎ去った日々の熾烈で不吉な出来事はともかく、今胸を押さえつけている石臼を取り除いて苦痛から放たれてもよさそうなものだが、思うようにならない。それが人間の本質なのかと西姫はため息をつく。

(私に財産を残してくれた人は、本当にお祖母様一人だけだったのだろうか。私のお祖母様、そして、お祖母様のお母様、またそのお母様が若くして寡婦になっていなかったら、昔も今も、崔参判家にはこれほどの財産はできなかったはずだ。財産を残したのはいつも無慈悲で寂しい人だった。この家の寡婦たちは最後まで財産を守った無慈悲な郡守だったというのか。若い寡婦は人から物をもらってもいけないし、軽く見られてもいけないから、秋の収穫のたびに穀物の俵の数を数えた寡婦たちは残酷にならずにはいられなかっただろう。それは与えられた運命なのだ)

「奥様」

戸の外でオンニョンが呼んだ。

「何の用?」

「薬をお持ちしました」

「そう」

薬の器を持って入ってきた。西姫の目元がぬれているのを見たオンニョンは驚き、戸惑う。やろうと思えばできないことのないこの女にも涙があったのか。オンニョンはそう思ったかもしれない。西姫の涙を見たことがなかったから。

「こぼれそうだわね」

「はい。ちょうど良い加減に冷めています。の、飲んで下さい」

薬の器を置いて待つ。西姫は苦い薬を飲む。

（よくしてやると見くびられ、よくしてやらないと怨まれる。私が泣くと、下女たちは何日かの間、笑ったり、不安になったり、反抗的になったりするのだろう）

薬の器を置く。

「張《チャン》書《ソ》房《バン》*〈延鶴《ヨンハク》〉はまだ帰ってこないの」

「はい」

オンニョンはそう答え、すぐに出ていこうとすると、西姫が呼び止める。

「待って」

「え？」

「お前の父さんは年だから、村に行って李《イ》府使家を知っている若い男を呼んできなさい」

「はい」

「牛車も準備するように言いなさい」

日が中天に昇る頃、米十俵を載せた牛車は陸路を行き、西姫は乳母と一緒に渡し舟に乗った。頭に巻いた灰色の絹のスカーフが激しく風になびく。紫色のトゥルマギが西姫の顔を青ざめて見せる。船頭はおそれ多くて西姫の方を見ることもできず、一生懸命櫓《ろ》をこいでいる。川面は輝いていた。日差しが宝石のようにきらめき、舟べりから水中を泳ぐ魚の群れが見えた。上流の方から舟に乗ってきた二人の男は、商売人みたいだった。小正月を控えて栗やナツメの値段が高騰しているとか、昨年はナツメがあまり採れなかったからだとか、そんなことを話しているうちに話題は世の中のことに移った。

「無駄なことをするもんだ、無駄なことを。三・一万歳事件はちょうど十年前になるか。いや、もう十一年になるんだな。あの時は全国の至る所で人々が立ち上がった。市場とか人が集まる所ならどこでもな。すぐに独立がかなうみたいだった。それでも、凶暴な倭奴はまばたき一つしなかったのに、下手に動いたらまたどれだけ多くの人が痛い目に遭うか」

「ひよこみたいに手際よく捕まえて閉じ込めるらしいぞ。退学させられて、臭い飯を食わされて、悔しい思いをするだけだ」

「そうだろうな。うちなんてずっと悔しい思いをしているのに、そんなことをしたらもっと悔しくなるだけだ。無駄口をたたくのはやめとこう。着る物と食べる物に困らなきゃ、国を治めるのは幽霊だろうが化け物だろうが関係ない」

男は指で片方の鼻の穴を押さえ、川に向かってふんと洟をかむ。

「着る物と食べる物に困ってるのはいつものことだ。苦しんで死んでしまったらそれまでで、どうしようもない。あ、そうだ。思い出した」

「何だよ、急に元気になって」

「麗水《ヨス》でな」

「麗水で何かあったのか」

「そうじゃなくて、麗水から光州《クァンジュ》まで鉄道が通るって、お前も聞いただろ」

「ああ、聞いた。それがどうしたんだ」

「俺たち、鉄道を使って干物の商売をしないか」

「ふん、こりゃまた利口なことだ」

「どういう意味だ」

「お前、元手がたっぷりあるんだな」

「なんでそんなことを言うんだ。お互いの懐事情はよく知ってるじゃないか」

「とぼけたことを言ってるんじゃない。そんな商売をする金があるなら、俺は土地を買って気楽に百姓でもやって暮らすよ」

「気楽に百姓ができるなら、そんなことを必死に考えるわけないだろ」

「麗水と光州の間に鉄道が通るっていう話は、誰でも知ってる」

「はっ、まったく。言いたいことがあるならさっさと言え。ああ、もどかしい。だからおいしい話も逃しちまうんだ。それで、お前が言いたいのは、誰も彼もが飛びつくだろう、だからその商売はできないってことみたいだが、まあ、それもそうだろうな」

「わからない奴だな。お前と付き合ってると、胸が詰まって病気になりそうだ。ああ、それで、鉄道ができたら人を乗せた汽車しか走らないのか」

「さあ……」

「貨物車は走らないで?」

「走るのかな」

「のんきなことを言いやがって。たっぷり資本のある奴らが貨物車に荷物をいっぱい載せていって、光州で二束三文で売っ払うだろうに、行商人が割り込む隙なんかないさ。いずれ小資本の商売人も山に追いやられるだろう。そうすれば高い値がつけられる。手も使わないで洟をかむってわけだ。まあ言ってみれば、売るのは物じゃなくて金だ」

男は反対側の鼻の穴を押さえ、川に向かってふんと洟をかむ。

「聞いてると、行商するしかなさそうだな」

「百姓は物を買うのが難しくなるだろう」

「人情がだんだん薄れていくな」

「そりゃあ、使う機会がなけりゃ薄れていくんじゃないか」

西姫の耳に入ってくる商売人たちの会話は、聞き慣れたものだった。二十年前に既に、資本の魔力を振りかざした張本人だったから。河東《ハドン》の渡し場で降りた。

(探せるはずだわ)

何度も行き来していたが、李府使家を訪ねていくのは十六歳の時、間島《カンド》へ発つ前に何日か泊まってから今日が初めてだ。なぜそんなに疎遠になったのか、はっきりとした理由はわからない。そしてまた今日、家を出てここを訪ねてきた自分の行動についても、なぜなのか西姫にはわからなかった。

(もっとも、時雨《シウ》の母さんも私に会いに来たことはなかった)

西姫は、毎年秋になると、少なくない穀物を李府使家に送ってきたが、相鉉《サンヒョン》の妻、つまり時雨の母は、一度も顔を見せたことはなかった。それは礼儀を欠いていた。葉っぱの落ちた柿の木が見える。わけもわからず黙ってついてきていた乳母は、西姫が足を止めると自分も足を止める。腕のように、手首のように、指のように、太さがまちまちの柿の木の枝が、虚空を突くように寂しげに伸びていた。どす黒い古木。オクセがよろよろと歩いてきて西姫を見ると、とても驚いた。陸路を行かせた穀物を載せた牛車はまだ到着していないようだ。

「あ、ああ、いやこれは。本当に」

と言いかけて家の中に入っていく。虫に食われてあばたみたいに穴がぽつぽつ開いた灰色の柱は、そのうち崩れそうだった。しばらく待っても時雨の母は現れなかった。

(あの時、私が間島に行かなかったら、李府使家の旦那様は夫人をこんなふうに放ってはおかなかっただ

ろうか）

　オクセは気がもめて、中庭を行ったり来たりしている。両家の長い付き合いも付き合いだが、欠かさず穀物を送ってくれる救世主のような西姫がお出ましになったのに、時雨の母がぐずぐずしているように思われそうでオクセは心配になったのだ。歯が抜けて両頬がへこんだユウォルが言う。

「門前でこうしていらしては、恐縮です。どうぞお入り下さい、奥様」

　ぺこぺことお辞儀をした。やがて、時雨の母が現れた。服を着替え、ポソンもはき替え、髪もなでつけたみたいだった。

「むさくるしい所へ何の御用ですか」

　衝撃を受けているらしく、顔が真っ青だった。

「近くにいながら一度も訪ねてこず、お許し下さい」

　丁寧に陳謝する。

「いいえ。謝らなくてはならないのは私の方です。多くの恩恵を受けながら何のお返しもできず、礼を欠くとわかっていながら、弁解の余地もありません」

　時雨の母も頭を下げ、うわべだけの挨拶をした。

「どうぞお入り下さい。むさくるしくてお恥ずかしいですが」

　部屋に入り、二人の女は向かい合って座る。火鉢には火のし*が挿されていた。急いで片づけたようだが、針仕事をしていた跡がありありとしていた。

「お義父様が亡くなられた時も……」

「そんなことばかりおっしゃられては、私も面目ありません。お連れ合いがひどい目に遭われたと聞いて晋州《チンジュ》に行こうと何度も考えたのですが、かえってご面倒をおかけするだけかと思い……私どもの暮らし向きが」

時雨の母はかすかに笑った。ご主人様、旦那様という慣例的な言葉は使わなかった。お連れ合い。一瞬だったが非難と侮蔑が垣間見えた。

「私どもの次男は釈放されましたが、お宅の息子さんは」

ぎこちない雰囲気を追い払うように西姫が聞いた。

「まだ……」

表情が暗くなった。

「どうしてそんなことになったのですか」

「休みだから釜山《プサン》に出かけて、運が悪かったんです。卒業生だから陰で操ったんだろうとか何とか言われて。学校に通っていた頃にちょっとそんなこともあって、疑われたみたいです」

時雨は還国より一年遅く高普を出て、ソウルの京城《けいじょう》医学専門学校に入った。

「学費はどうしてるんですか。大変ではありませんか」

「義弟の家が、それに私の弟も助けてくれて何とか。さほど困ってはいません」

時雨の母は床を見つめながら答えた。ユウォルがお茶を入れて持ってきた。ちょうど喉が渇いていた西姫は、湯飲みを手に取った。熱い茶をひと口すする。

「考えてみれば、両家は並々ならぬ災厄に見舞われているみたいです。あの時私が間島に行かなければ」

時雨の母はさっと顔を上げた。疑いのこもった目が西姫を見つめる。西姫は微笑を浮かべていた。

「そのことは……そうではありません。義父があちらにいなければ、うちの人は行かなかったでしょうから」

女を感じさせる。二十年余りの歳月がなかったかのように、生々しく苦しい敵対意識だ。時雨の母は、尹《ユン》氏夫人〈西姫の祖母〉が相鉉を孫の婿にと考えていた昔のことを知っているだろう。事情はどうあれ、十六歳の美少女と十八歳の美少年が遠い北の果てのよその国へと旅立ったということ、そのことだけでもつらかったはずだ。実際、西姫は相鉉の人生に大きな影響を及ぼした。それを否定することはできない。時雨の母の心の中にしこりが残っているのは、あまりにも当然のことだ。怨もうと思えば怨むこともできる。衰えはしたけれど西姫の天性の美貌《びぼう》はまだその名残がはっきりしていて、貴婦人としての振る舞いが板についていた。時雨の母は、落ちぶれた両班家の嫁のやつれて頑なな姿でありながら、泣くそぶりすら見せず、あの古い柿の木を連想させる。しかし西姫は、相鉉に対してはもう何のわだかまりもなかった。異性に、あるいは夫に対する愛情を切り捨ててしまったのは、時雨の母も西姫も違いはなかったが、西姫が相鉉に対する愛情を切り捨てたのは遠い遠い昔のことだった。夫、吉祥に対しても、西姫はその愛情を運命的なものとみなしてきたが、吉祥はそれよりも息子たちの父親として大きな意味を持っていた。とにかく、女の対面は互いを、表現できない複雑な窮地に追いやる結果をもたらした。

「時雨のお父様の消息はおわかりなんですか」

「知りません。忘れて暮らさないと」

「ええ……」

(良絃《ヤンヒョン》の存在を知ったら、時雨の母はどうするだろう。私に対する長年の苦しみをぶつけてくるだろうか。だが、それは言えない。良絃のために……ずっと後に知ることになっても)

西姫の目の前に明姫《ミョンヒ》と鳳順《ポンスン》の顔が交互に現れた。義兄妹になろうと言った時、吉祥と結婚すると言った時、激怒していた相鉉の顔が浮かぶ。鬼ごっこで捕まり、捕まえた人は誰もいない。三人の女と一人の男の顔だけが暗い空の寂しい月のようにぽつん、ぽつんと浮かんでいるだけだ。

西姫は米俵を載せた牛車が到着する前に帰らなければと思った。

翌朝、夜遅くに着いたと言って延鶴が現れた。

「けがをした人はどうなりましたか」

「幸い命に別状はないようです。手術も無事に終わって、先生がよろしくお伝え下さいとおっしゃっていました」

「正月早々何てこと」

「村も騒がしいみたいです」

「それはそうと、一昨日、友達だと言って還国を訪ねてきた学生がいて」

「はい、晋州に来ていたと聞きました」

「隠れに来たんじゃないかと思うんだけど、張さんはどう思いますか」

「私もそうじゃないかと思っていました」

「双渓寺《サンゲサ》を見に行くと言って昨日家を出たから、張さんがうまく取り計らって下さい」

「はい。ソウルにはいつ行かれますか」

「還国が戻ってきたら行きます」

「それから、その、鄭《チョン》先生〈錫《ソク》〉が間島で無事に過ごしているという知らせがありました」

漢福《ハンボク》が帰ってきたということは省略する。

「そうですか」

そう言うと西姫は沈黙を守る。何を考えているのかわからない、例の沈黙だ。延鶴は待つ。待つのは何かしてあげてくれという圧力でもあった。崔家を再建するにあたって、末端ではあるが鄭錫も功労者の一人だ。錫としては、父親を死なせた趙俊九《チョジュング》を破滅させるという一念から幼いながらも加担し、それがきっかけとなって今、困難な道を歩んでいるが、とにかく結果的には功労者だ。だが、そういう点を気にかけるのを西姫は嫌っていた。錫もまた助けられることを望んでいなかった。そうはいっても、互いに違う立場から助け合ってきたことは否定できない。西姫は沈黙を守り、延鶴は待っているが……。

「かわいそうな女……」

西姫はため息をつく。鳳順のことだと延鶴もわかっている。

「耕して生きていけるぐらいの土地をあげたと聞いたけど」

やっと錫の家族の話に戻った。

「直接耕すのではなく、婿が」

「それは私も知っています」

「はい」

「張さんが鄭先生のために気を使ってくれるのはありがたいことです。でも、あまり急き立てないで。私だって疲れます。一つか二つではなく、たくさんのことを考えて処理しなければならないから、いつも至らない点があって怨みを買うんですよ」

「そ、そういうことではなく」

「何が違うというのです」

眉間にぐっとしわを寄せて押さえる。

「鄭先生の息子が学校に上がる年なら、町の学校に入れるようにして下さい」

延鶴は西姫の前から下がった。ふうと、ため息をつく。錫の母にすら知らせられないことを西姫に報告したのは、これまでの慣例のためだ。望もうが望むまいが、積極的だろうが消極的だろうが、西姫はずっとこの事に関わってきて、苦境にある時には大きな力になってきたのも事実だ。丁未〈一九〇七〉年、日本軍によってこの国の軍隊が解散し、参領《チャムニョン》、朴星煥《パクソンファン》が解散を拒否して自決することで最後の抵抗をした。平沙里では大工の潤保《ユンボ》が率いる村の若い男たちが崔参判家を襲撃した。幼い女主人の西姫を追い出して一つ残らず横領し、当主として君臨していた親日派の趙俊九を懲らしめるために、金銭や品物、兵糧米を運び出して軍資金に充てるためだ。当初から自らの意思であれ他意であれ、西姫が彼らの盾になってきたことは事実だ。運命と言ってもいいかもしれないが、それもまた必然だった。絡み合ってもつれた、一筋の因縁の糸から次々と伸びる新しい糸は複雑で多難だった。一本の木に例えるなら、小枝が生い茂っていた。もはや、崔氏の木は肥料をやらなくても自然と育つようになっていたが、だからといって小枝が出なかったわけではない。寂しい木には小枝が生い茂っていた。果実は未知数だが。二人の息子を除けば、最後の血縁者だった金環《キムファン》、尹氏夫人の苦しみの種だった金環の存在と夫の金吉祥が、小枝を落とさずに持ちこたえている大きな理由かもしれない。

延鶴が双渓寺に着いた時、日はまだ少し残っていた。寺の門が遠くに見える小川のほとりに、還国は一人立っていた。

トゥルマギを脱いだパジチョゴリ〈男性の民族服。パジはズボン〉姿だった。葉の落ちた木の枝を手に、ぼんやりと流れる小川を見下ろしている。憂鬱そうだった。延鶴はたばこを取り出してくわえる。人の気配を感じた還国は、枝をつかんだまま振り返った。

「明日、家に帰ろうと思うんですが」

うれしそうな顔つきだったが、つっけんどんな物言いだった。

「用事があって求礼《クレ》まで来たら、お母様がここにいらっしゃるというので」

延鶴はとぼける。

「晋州に連れていかれた人はどうなりましたか」

「大丈夫だそうだ。手術もうまくいって」

「不幸中の幸いです。その程度で済んで」

「四方八方に穴が開いて、気が気でない。正月から何でこんなことになるんだ」

延鶴は還国の様子を探る。

「慌ただしくて……心がざわざわして……いっそ坊主にでもなってやろうかな」

苦笑いする。

「坊主になって慌ただしいのが解決するなら、今すぐにでも頭を剃るところだ。還国は苦労の何たるかをまだ知らない。鼓膜が震えるような強風の中に立って初めて、人が生きるとはどういうことかがわかるようになるんだ」

幼い頃から同居も同然に過ごしてきた延鶴は、還国の性格をよく知っていた。そして、言うべきことを言わないことはほとんどなかった。

「そうですよね、そうだと思います」

「友達はどこへ行った」

「部屋にいるのを見て出てきましたから、部屋にいるはずです」

「その友達は長くいることになりそうなのか」

「わかってるくせに。知っててここに来たんでしょう」

還国もまた、延鶴には遠慮しない。

「気分が良くないみたいだな」

「良くありません。四方八方、壁だらけですから。少しでも動けば額がぶつかって、もう少し動けば頭が粉々になります。いったい、人は鍵をいくつ持って生きなければならないのですか」

「……」

「仏教のことはよくわかりませんが、縁を一つ残らず断ち切らなければ財産も完全に諦められないでしょう。張さんはどう思いますか」

遠慮しないだけでなく、もどかしい心の内までぶちまけるのは、延鶴が単なる管理人ではないことを還国も知っているからだ。互いにそれを聞いたり明かしたことはなく、還国は延鶴にいつもそんな態度を取っていたわけではない。自分の中に抱えている矛盾、自分の周りを覆い隠している矛盾に対する深刻な悩みを、還国は吐き出す場所がなかった。狙いがあって言ったのではなかった。思いつきだったが、新学問はもちろん従来の学問もほとんど身につけていない延鶴にそんなことを言ったのは、誰よりも崔氏の家のことに深く関与してきた人だということと、漠然とではあるが、大きな事に加担しているということからで、還国は経験豊かな延鶴から何か答えを得たかったのかもしれない。事の大小にかかわらず、緻密で正確な彼の推進力といおうか能力といおうか、そういうものについて還国は尊敬と信頼を寄せてきたからだ。

「つまらない話はそれぐらいにしておけ。それは解決じゃない。必要に応じて切るのであって、何でもかんでも切るもんじゃない。誰だって、もどかしいとそんなことを考えるもんだがな。それよりも友達はどうするんだ」

「何をですか?」

「ここにいるのはよくないだろう。恵観《ヘグァン》和尚でもいれば別だが」

「では、どこならいいんですか。追い出しますか?」

緻密で正確だから信頼し、尊敬もしながら、一方で正確であるがために感情の欠如を感じてきた還国は反発する。ひょっとすると、腹を立てた相手は延鶴ではなく、自分自身と同じぐらい愛している母親だったかもしれない。二人の息子と良絃以外に母が愛情を示した人を還国は見たことがない。それでも還国は、允国みたいに一刀両断にすることなく、同情もせずに、母が愛情を示さなかった延鶴にどこまでいけば近づけるのか、いつも悩んでいた。

「兜率庵《トソルアム》はどうだろう。静かだし、あそこならよく知ってるから、安心して過ごせるだろう」

還国は黙ってしまう。金済生《キムジェセン》を双渓寺まで連れてはきたものの、困り果てていた。腹を割って話せる僧侶もおらず、済生を一人置いて家に帰ろうと思ったが、心配だしあまりにも自分勝手みたいで、悩んでいたところだった。

「どうする」

「兜率庵はどこにあるんですか」

「ここからそう遠くはないが、近いとも言えない。還国はソウルに行かなければならないから、俺に任せて帰ったらどうだ」

「そうはいきません。友達というよりお客さんに近いですから」

「そんなことじゃ、縁をすっかり絶つなんて無理だな。還国は弱いのが欠点だ。心を鬼にしないと。日がすっかり暮れてしまう」

「張さん」

延鶴は横目で見る。

「僕が弱いのは、いつも相手が弱い立場にあるからです。僕は強くなりたくてなったわけではありませんが、金持ちの息子で、首席で卒業して、東京に留学し、男前だとも何度も言われました。僕の弱点は、昔父さんが下人だったということだけです。そのせいで、子供の頃に舜徹《スンチョル》の頭を割ったことがありました。張さんもよく知ってることですが」

しばらくしてから続ける。

「僕は罪人です。人より多くのものを持っているから罪人です。だから僕は、もっともっと弱くならなければなりませんでした。僕は、優越感よりも疎外感をより多く感じながら育ちました。つまり、弱かったのではなく卑怯だったんです。だけど、自分たちの弱い面をわざとさらけ出して武器にするのも卑しいことではありませんか」

還国は木の枝をつかんで引き寄せたかと思うと、ぱっと離してしまう。枝はびゅんと音を立てて元の所に戻った。還国は、腹を立てたように延鶴に背中を向けて寺の門に向かって歩く。延鶴がついていく。しばらく歩くと還国はまだ言い足りなかったのか、振り返った。

「僕はこう言いたかったんです。張さんも、どうしてお前は人よりそんなに多くのものを持っているのかと繰り返し聞く側にいるのかもしれません。おなかがすいて泣く人、ぼろを着て寒くて泣く人、冷たくあしらわれて泣く人、僕の話はそんな次元から始まったものではありません。そんな人たちを担ぎ上げて抵抗する力を集めるべきだということもわかっています。だけど、その力が弱者を押さえつけて疎外する方向に向けられたら、何も希望はありません。もちろん、自分の立場で、自分のことばかり話していると言われるでしょう。だからといって、僕が嘘をつかなければならないのでしょうか。幼い頃のことですが、独りぼっちの子が飴を持ってきて分けてくれました。そうすると、飴を分けてくれた子と仲の良くなかった子は独りぼっちになってしまったんです。今度は、その独りぼっちになってしまった子がお菓子を持ってきて分けてくれました。最初に飴を分けてくれた子はまた独りぼっちになりました。何かをもらって食べる子供たちはいつも命令に服従しました。命令に服従する子、独りぼっちの子はいついなくなりますか。本当に歴史がそんなふうに繰り返されるだけなら、何の希望もありません」

延鶴は何も言わずに歩く。

「心の底からにじみ出る敵対心、憤怒、悲しみは純粋であれば力になります。純粋な力は優越感ではありません。優越感を打ち破るのです。優越感を打ち破る理論をもって自らは優越感に浸っていたら、こちら側に立っていようが、あちら側に立っていようが、友達になろうが敵《かたき》になろうが、何の意味もありません」

「筋道を立てて話すことも考えることもできないが、お前の言いたいことはわかった。だが、すべてがそうではない。それに、人のすることだから神様みたいに完璧ではない。断じてはならない。明日もあり、あさってもあり……」

「それでは、ぐずぐずと何もしないで座っていることになります。ええ、そうです。手をこまねいて座っているんです」

と言って還国は力なく笑う。

「さあ、日が沈む。大きなことも小さなことも一つずつ処理しながら、考えるのはその合い間にするのが良さそうだ。寺に戻って友達を連れてきなさい。家に帰ると言って。俺はここで待ってるから、三人で兜率庵へ行って一晩泊まろう」

還国は寺の門に向かい、延鶴は乾いた草の上に座り込む。たばこをくわえて火をつける。

（鉄の箸みたいに真っすぐだが、革のように丈夫ではない。苦労を知らずに育って、この先生きていくのがどれだけ大変か。言ってることは正しいが。学のある奴も、でたらめばっかり言ってる出来損ないも……金環のことも知らないで偉そうに言う奴は、十中八九いんちき野郎だ）

八章　麗玉《ヨオク》を見送って

洪成淑《ホンソンスク》の事件があって以来、趙容夏《チョヨンハ》はやや謹慎中みたいな生活態度を取っているようだった。明姫《ミョンヒ》に申し訳なく思ったのか、あるいは、成淑をもてあそんでいる間、明姫の良さが際立って見えたからか、新婚の頃と同じような雰囲気を醸し出そうとしたりした。

「近頃、会社の状況が良くない。君の兄さんが学校を辞めたのも衝撃だったし、会社に出てきて僕をちょっと助けてくれたらと思うんだが」

任明彬《イムミョンビン》が中学校長を辞めたことに対しては不安を感じているようだった。

「時々、僕が神経質に振る舞っても、君は理解してくれないかな。外であったことを家に持ち込むのは、仕方ないだろう」

だが、神経質に振る舞うことはあまりなかった。巧妙に明姫を苦しめる癖もだいぶ和らいだ。そして、時々洋服も着るようにと言ってダイヤモンドをはめ込んだプラチナのネックレスを買い与えたりもした。しかし、意図的ではなく、心が乾ききっているために感情表現ができなくなった明姫は時々、いや頻繁に、絶望的なしぐさや表情をした。まるで逃げるタイミングを逃した囚人のような絶望がにじんでいた。確信していたわけではなく、断定もしていなかったが、容夏は明姫が絶望を感じると、成淑のことで傷ついたからだと思い、明姫を何とかなだめようと決意したようだ。

「家の中にばかり閉じ込もっていないで、ちょっと出歩いたらどうだい。友達にも会って、百貨店にも行って」

しょっちゅうそんなことを言った。しかし、それは愛ではなかった。所有物の一つが前より少し貴重になっただけだ。社会の制約を受けることがなく、新しい教育を受けた教養ある紳士であるという自負がなければ、容夏はさまざまな女を集めてガラス戸棚の中に入れておき、吟味して、所有の快感で有り余る倦怠を相殺するような人間だった。

半月が過ぎ、本家と分家の人々が集まって気ぜわしかった家の雰囲気は落ち着いた。燦夏《チャンハ》は日本から帰ってこなかった。燦夏のことを持ち出したのは親戚の男だけだった。

「よりによって日本の女と結婚して」

燦夏が帰ってこられない理由が、まるでそのことであるかのように。彼も日本の恩恵で高級官吏に属する職にあったが、軽蔑するかのようにそう言った。朝鮮王朝の血が流れ、現在は大日本帝国の貴族である趙炳模《チョビョンモ》一家。光り輝く子孫たちは皆同じような肩書きを持っていて、どこへ行っても上座が用意されていて、自動車でなければ人力車にでも乗って移動しなければならなかった人々。一介の訳官*の娘としてこの一族に嫁ぎ、剥製の鶴のようになってしまった明姫は別として、趙家の人々は最初から、人間は人間でも剥製にされた人間だった。むしろ、彼らは身につける物を重視していて、衣服や装身具についてフランス製だのイギリス製だのイタリア製だのと言いながら熱中していた。日帝という言葉は使わなかった。反日派にはなれなくても、親日派ではないという、いやそれより彼らは日本人を常民の中に含めなければプライドが許さなかったのかもしれない。とにかく、人間の剥製が四方に散らばっていった後、常緑樹は真っ黒で、裸木は芽を出す気配すら見せない趙炳模氏の庭は、風の音を除けば完璧な静けさに包まれていた。陰暦の正月十八日だった。

「体面があるから、出かけるなら必ず車に乗っていきなさい」

朝、容夏が言った。姜善恵《カンソネ》の誕生日パーティーの招待を受け、行かなければならないと言った明姫の言葉に対する返事だった。容夏は以前のように、妻が善恵と会うのをいやがらなかった。善恵が家庭の主婦に収まったからだろうか、相変わらず麻浦《マポ》*の船頭の娘だと軽蔑するような態度を取ってはいたが。十二時ちょうどに自動車が来た。トゥルマギは茶色とグレーの模様が大胆で、本物のキツネの襟巻きは最高級品で濃褐色だ。明姫は手袋をはめながら車に乗った。彼女らしくなく化粧が濃かった。恵化洞《ヘファドン》のそこそこ立派な瓦屋根の家の前に車が止まると、門ががらがらと開き、いっそう太った善恵がチマの裾をずるずる引きずりながら飛び出してきた。

「いらっしゃい、任女史！」

「まあ、任女史だなんて」

引っ張られるように中に入りながら明姫は笑う。

「任女史だろうが明姫先生だろうが、あたしには同じよ。あんた一人だけを招待したんだ。恵化洞であたしの誕生日を祝ってくれる人もいないけど。黙って過ごすのもしゃくに障るから、あんたと二人でお昼を食べながら独裁者の悪口でも思いきり言おうかと思って」

相変わらずおしゃべりだ。

「あ、そうだ。吉麗玉《キルヨオク》があんたを待ってる」

「え？　あの子がどうしてここに？」

明姫は戸惑う。

「うちの隣の隣が親戚の家らしい。偶然会ってね。あんたが来るって言ってあたしが引っ張ってきたんだ」

麗玉と善恵は先輩、後輩の関係ではなかった。東京にいた時、麗玉の前夫である呉宣権《オソングォン》の今の妻と面識があり、善恵は比較的、麗玉の離婚の内幕を詳しく知っていて、帰国後には明姫を通じて二回ほど会ったことがあった。

「子供たちは？」

「みんな学校に行ったわよ」

麗玉は内房《アンパン》〈主婦の居室〉で明姫を待っていたが、明姫が入っていくと魂が抜けたようにぼんやりと見つめた。

「夢にも思わなかったわ、あなたにここで会えるなんて」

明姫は襟巻きをほどいて投げ置くと、麗玉の両手を握る。

「うん、あたしもうれしい」

「いつソウルに来たの?」

「ソウルに来たのは……今日、帰るわ」

善恵は台所をのぞいて何かひとしきりしゃべっていたかと思うと、ようやく部屋に入ってきた。

「あたし、言ったのよ。伝道師は辞めてお嫁に行きなさいって。そしたら何て答えたと思う。姜善恵氏は、自分から夫を嫌って遠ざけたから再婚する資格はあるけど、吉麗玉は夫に嫌われたからその資格はないって」

「善恵姉さんったら」

「違うわよ、あたしが言ったんじゃないってば」

「麗玉もすっかり図々しくなったわね。そんなことを言うなんて」

「もっと言えるわよ。神様しか知らない女伝道師なんて、みんな偽物よ」

麗玉の顔から魂が抜けたような表情が消える。

「痩せたみたいね。変わりはなくて?」

「あちこちかけずり回ってたから。痩せてよかったわ。スタイルが良くなった」

善恵は、チマの裾を引きずりながら、気ぜわしく部屋を出ていく。

「全州《チョンジュ》宅、全州宅!」

と言うと、履物を引きずる音を立てながら台所に行く様子だ。

「それで、大丈夫なの?」

「このままだと悲鳴を上げそうだわ。家の門を閉めておくと仕事にならないし、開けたら開けたでいろいろ大変で。田舎でも、伝道するには寡婦や出戻りより行かず後家の方がまだいいの。朝鮮人は純潔が大層好きだからね」

「それは、神様の新婦になる資格を失ったわけだから当然よ」

明姫は冗談のつもりで言ったが、冗談では済まされない深刻なものを麗玉から感じる。

「あたしのことはさておき、明姫、あなたどうかしたの？　初め見た時、あなただってわからなかった」

「あまりにも老けたから？」

「あなたはお婆さんになるまでそんなお化粧はしないと思ってたのに、そんなに自信がないの？」

「お化粧を濃くするぐらい何てことないわ」

「この子ったら、良くない兆候だわ」

昼食の膳が運ばれてきた。

「さあさあ、やっとあたしの誕生日のお膳が来たわよ。正月生まれの女なんて、運がいいはずがない。男に生まれてたら、匪賊の頭《かしら》ぐらいにはなってただろうけど」

三人は食膳の前に座る。

「おいしそうだわ」

麗玉が料理を見下ろしながら言った。

「当然よ。実家から料理の上手い全州宅を連れてきたから。うちの人も、そのことについてだけは、何も言わない」

「妻の実家の財産をのぞき込む馬鹿ではないみたいね」

麗玉は前からそうだったが、男のようにずけずけとものを言った。その口ぶりには、資産家の娘をもらうために離婚を強要した呉宣権に対する怨みが染みついているようだった。

「姉さん、誕生日の贈り物です」

明姫は、ハンドバッグの中から小さな箱の包みを一つ取り出した。

「何？」

「見るまでもなく、香水ね。私は通りすがりの旅人だから、許して下さい。姜女史」

麗玉はまた、ずけずけと言った。

「気にしないで。スープが冷めないうちに食べてちょうだい」

皆、さじを手に取る。

「あら、すっかり板についた口ぶりだこと」

麗玉はスープを飲んでからタコの蒸し物をつまむ。善恵が言う。

「ここに座っているのはみんな、食べ物の味がわかる人だよね」

「それがどうしたの？」

明姫が聞いた。

「両班の家の人じゃないってことよ」

「食べ物の味がわかることと身分と何の関係があるの？」

「特に、両班の本家の料理はひどい」

「姉さんにどうしてそれがわかるの？」

「わかるよ。常識でしょ。百結《ペッキョル》先生*を敬い、山菜を食べて水を飲んで、ますらおの暮らしがこれぐらいなら十分だって言うのを知らないの？　清廉潔白な官吏は錐みたいな細い便をするって言うじゃない」

「だから？」

「食べ物は中人が楽しむもので、中人よりお金を持ってる商売人の方がもっと食べることを楽しんでる。いくらお金を稼いだところで、それしか楽しみのない人たちだから」

「そうでしょうね」

麗玉が同意する。食膳が下げられ、果物とコーヒーが運ばれてきた。

「ごちそうを食べ過ぎて、何か良くないことが起きるんじゃないか心配だわ」

麗玉が黒いチマの上からおなかをさする。

「ああ、久しぶりに昔のあの頃に戻ったみたい。もう少ししたら、トノサマガエルみたいな、他人が産んだあたしの子たちが帰ってくるけど」

善恵は両脚をぐっと伸ばす。

「後悔してるんですか、姜女史？」

「後悔してたら、伝道師を辞めて結婚しろなんて言わないよ」

大きな体に似合わず、かつての善恵からは想像できないような恥じらいを見せながら笑う。

「男は偉大なのね。男女平等を叫んでいた姜女史が、こんなに変わってしまうなんて信じられない」

「男が偉大だって？　権五松《クォンオソン》が偉大なのよ。はははははっ……」

「権先生は、姉さんのどこが良くて結婚したんだろう」

くだらない話でもしなければならない場だった。麗玉の代わりに明姫が続ける。

「ずる賢いからよ。初婚ならまだしも、再婚なんだからずる賢くなくちゃ。子供のことを考えたんでしょ。保母さんじゃなくて、家庭教師ぐらいはできるから。結婚の動機なんか聞いたって仕方ない」

「実家はどうするの？」

「権先生の言葉どおりに言うなら、財産を増やしたり守ったりする才能はないから遠慮する。養子をもらえってこと」

意気揚々と言った。善恵はいつも、その話になると得意げになる。

「麻浦の荷舟はもう大したことないってこと？」

「とっくの昔から大したことない。それぐらい前もって手を打ってなきゃ、麻浦の姜さんがあんなに稼げたわけがない。分別がないのはあたし一人で、だから権先生がもらってくれた。考えてみれば、みんなそれぞれいい所も悪い所もあるってわけ。お金持ちで高貴な身の明姫には子供がいなくて、代わりに麗玉さんには神様がいいて」

「時の経つのは速いものね」

「ほんと。ところで明姫」

「何ですか？」

「あんた、洪成淑のせいで相当胸を痛めたんじゃない？」

「胸を痛めたって？」

「ん？　この子ったら、あたしをからかうつもりだね。だけど、もう済んだこと、浮気だったたって思えば傷つくこともない」

「済んだことだからつらいわ」

「裏切られたから？」

「どうかしら」

「格好を見ると、二度とあんな目に遭わないって覚悟がありありとしてるけど、あんたはそんな格好をしない方がきれいだよ」

「粉でもかぶったのかって言いたいんでしょ、姉さん」

善恵は首をかしげた。そして、不快な気持ちになったようだ。

「おかしなことを言うね。さっきから感じてたんだけど、あんたの言葉にはとげがあるみたい。あたしがあんたの不幸を望んでるとでも言いたいの？」

「何てことを言うんですか」

「そんな子じゃないのに、適当なことを言ってあたしをからかうつもりだね。あんた、何か誤解してるんじゃないの？　それに前はそんなじゃなかった。ものすごく下品な物言いよ。あたしは元々そうだけど、あんたが急にそんな言い方をするなんておかしい。俗物的で、何かひねくれてるみたいで。麗玉さん、そう思わない？　変わったって」

「あたしから見ても、明姫はちょっと」

と言って口ごもる。

「でしょ」

「確かに私は変わったかもしれない。だけど、姉さんは何か誤解してるわ」

明姫は、そんな話はしたくないとばかりに壁の方に視線を向ける。絶望の色がかすめる。

「洪成淑が天下を取ったみたいに傍若無人に振る舞ってた時も、あんたはそんなじゃなかった。あたしは、あの時ずっとあんたを見守ってたんだから」

「いやだ、そんな話はやめて下さい」

「いいえ、あたしはあの時、あんたは毒のある男でなきゃ愛せないのかと……。二つの可能性がある。だけど、事がすべて片付いた今になって、あたしを不審がらせるんだね。物の言い方もそうだし、さっきあんたに会った瞬間もそうだった」

「少しは変わらないと。そうでしょう、姉さん？　死ぬわけにもいかないし……」

「それは、まあ」

と言いかけて善恵は慌てる。李相鉉《イサンヒョン》のことを考えたのだ。

「ちょっと難しい年齢になりつつはある」

あやうく相鉉のことを持ち出しそうになった。麗玉がいたからかろうじて我慢したが、車の急ブレーキをかけたみたいに善恵は慌て、これまで何度も話してきたことを繰り返す。もちろん、それはぎこちなかった。

「子供の一人でもいればよかったのに。あんたの旦那に原因があるんじゃない？」

「そんなの、わかりません」

明姫もいつもの答えだ。

「趙容夏さんに原因がなければ、今頃、いやとっくの昔に大騒ぎになってるはずだけど」

「他人が産んだ自分の子がいるからって、自慢してるの？　私だって子供はいます。遠くに」

「遠くに？　夢の中の故郷に？」

「他人が産んだ私の子供がです」

善恵は冗談だと思い、明姫自身も冗談のつもりで言ったことだったが、彼女は良絃《ヤンヒョン》を思い出したのだ。

不満そうに黙っていた麗玉が言う。

「神様しかいない女が、俗世の人の幸せをねたみでもしているみたいで下手なことは言えないけど、それに、明姫が幸せだとは信じていなかったけど、いったい女たちは何のために勉強をしたのかって思うわ。悪口を言いたくなるほど失望した。姜女史、申し訳ありません」

「謝ることはない。あたしも同感だから。正直いって、敗残兵の隠れ家が結婚でしょ。女が能力を認められるようになるのはまだまだ先のこと。あたしは別に大した才能もなかったけど。結婚してよかったって思うのは、それだけ一人で耐え忍ぶのは難しいってことよ。学のある女がっていう言葉はいつも叱責で、はなから売女扱いされることもある。周りを見渡しても学のある女が飛び出していくべき扉は一つも開かれていなくて、朝鮮人が保守的なのは本当に徹底してる」

気炎を上げているのか嘆いているのか、善恵は久しぶりに熱を上げた。

「姜女史は華やかな中央舞台でやられたから、さほど悔しくないでしょう。あたしみたいに髪をお団子にして木綿のチマをはいてる女なんて……一時は昔風のまげを結ってしまおうかと思いました。山里に入っていけば、まだこの髪形は見世物ですから。正直に打ち明けると、本当の意味で神様の御言葉を伝えられた人が何人いるか、疑問です。初めは大豆を植えた所には大豆が生え、小豆を植えた所には小豆が生える*って思ってましたが、そうではありません。初めは純朴で情に厚かった信者たちは、教会という団体になじんで関係を築いた後、しばらくすると変わっていきます。一本道のはずの神様の言葉に人間の雑音が交じるんです。信者たちが集まる社会においてもです。彼らはずるくなって、他人の顔色をうかがうようになり、見栄を張るようになる。そうやって腐っていくんだと心の中で叫んだこともあります。なぜなのか、なぜなんだろうと夜ごとに考えてみて、結局思いついたのは階級でした。衣服にも容姿にも学歴、出自と何もかも階級ばかり。まさにこれだったんだって。ようやくあたしはイバラのやぶの中に立っていることに気づきました。

素朴な信者の中に福音が伝わると、真理は形式化してしまい、本来そうあるべきではない色が染みつき始めるんです。無限の奉仕と犠牲、それだけでは駄目だというのは絶望です。聖職者は皆、無限の奉仕と犠牲の精神で仕えていて、それでもまだ足りないのに、小都市に出ていくと、極端に言うなら教会が社交場に、特権階級をひけらかす場所になっていて、素朴だった人々が卑しくなっていくんです。もちろん全員がそうだというわけではありませんが、根を張ってはびこれば、朝鮮の教会が将来どんな姿になるか、わかりやすく言えば俗物教会です。迷信と変わりありません。わかりやすく言えばですよ、わかりやすく、それは素朴さではありません。俗物的なんです。迷信と変わりありません。夜中に目覚めて一人笑ってしまいます。真の伝道を受けた人は何人いるだろうか、イエス様の苦しみに近づいていっている人は果たして何人いるだろうか、胸を打って慟哭するけれど、その慟哭もイエス様の苦しみとの距離がそれぞれ違っているのです。慟哭をしながら泣かない人より軽薄な信心の方がまだましで、結局は仲間同士で虚栄を分かち合うことになり、宗教はうわべだけのものになってしまう……」

麗玉の体の中から何かがしきりに弾け出てくるようだった。善恵はあくびをかみ殺し、明姫は麗玉の話に引き込まれないよう努めていた。

「あたし」

麗玉の声がぽとんと落ちたように低くなった。

「この頃いつもこんなふうだから、頭がおかしくなったと思われてるんです」

「そうよ、興奮したら人に馬鹿にされる。あたしも飽き飽きするぐらい経験した」

あくびをかみ殺していた善恵が言った。

「ああ、こんなことしてる場合じゃないわ」

麗玉が慌てて立ち上がり、時計を見る。

「汽車の切符を買ってあるの。明姫、また今度ね。あたし先に帰るわ」

「私もそろそろ帰らないと」

「帰るにしたって、ひと呼吸置いてからにしなさいよ。急に追い立てられるみたいにして。心臓に悪いじゃないの」

「あたしはいつもこうなんですよ。ごめんなさい、姜女史。そうだ、明姫。仁実《インシル》はあなたの教え子でしょ」

「え、ええ」

「捕まったらしいわよ」

「また？」

善恵と明姫が同時に叫んだ。

「あたしも詳しいことは知らない。ちらっと聞いただけなんだけど、直接学生運動に関わったのか、ただ新幹会《シンガンフェ》と関係があるのか」

「一度捕まったら、目をつけられるからね」

善恵は眉間にしわを寄せる。

「『青い鳥』にも刑事が何度も来てたみたいだけど、面倒なことはごめんよ。こんなに太っちゃって、刑務所に差し入れになんか行けない」

外に出た明姫は、遠慮する麗玉を車に乗せた。

「同じ方向なんだから乗っていけばいいじゃない。時間もないんでしょう?」

「いいえ、時間は十分あるの。あの家から出たかったから」

「だったら、どこか別の所でお茶でもどう?」

「結構よ、駅へ行くわ」

「じゃあ、そうしましょう。駅の二階にも食堂があるから。あんまり意地を張るのもよくないわよ」

「あんたがあたしに説教するつもり?」

「そんな立場じゃないけど」

車でソウル駅に向かいながら、二人は会話を交わす。

「あなたが何て言おうと、私はあなたに会えてうれしい」

「昔みたいな話し方ね」

「今度いつソウルに来るの?」

「わからないわ。あたしは、それほどあんたに会いたくないけど」

「じゃあ、さっきはどうして善恵姉さんの家で待ってたのかしら」

「断れなかったのよ。姜女史って人はいいけど、俗物中の俗物ね」

「それは、あなたが一面しか見てないからよ。麻浦の姜さん、姜さんって、自分からそう言うから先入観もあったでしょうし」

「権五松って人は演劇人だそうだけど、随分素朴なんでしょうね」

「素朴だなんて。カミソリの刃みたいな人よ」

「だったら話が違うじゃない」

「善恵姉さんの実家の財産のことを言ってるの？」

「そうよ」

「カミソリの刃みたいだから、そうなの。あの方は、子供たちのことを考えて今の生活を選んだのよ。善恵姉さんは声が大きいだけで、純粋な所があるから。裏表がない。だから、家の中が散らかってても、権先生は気持ちが楽なはずよ」

「あんたのお兄様は学校を辞めたそうじゃない」

「うん」

「何をしてるの？」

「瓦工場を建てるんだって東奔西走してるけど、あの家にもしょっちゅう刑事が来て、頭が痛いでしょうね。それに、学校の問題が尾を引いてるみたい」

「難しい時代ね。あれやこれやと……学校は辞めてよかったわよ。あんたの鎖が一つ外れたってことかしら」

「随分兄さんを過少評価してるのね。私が監獄暮らしさせたのも同然なのに」

麗玉はソウル駅の広場で車を降りた。

「あんたはもう帰って。あたしはここで一人で待って、汽車に乗るから」

麗玉はそう言ったが、明姫はあえて車から降りる。

「食堂に行って、お茶を飲みながら汽車を待ちましょう」

「あたし、あんたと一緒にこの人混みの中を歩くと萎縮しちゃうわ」

「あなたにとっても、神様は遠くにいらっしゃるのね」

明姫は麗玉の腕を引っ張る。キツネの襟巻きを外して車の中に置いてきたが、それでも人々の視線は明姫に、そして麗玉に注がれた。全く釣り合わない二人の女の身なりのせいだ。麗玉は明姫を振り切って一人で帰りたかったが、善恵の前でできない話、運転手が聞いている所でできない話があるのかもしれないと思った。駅構内の食堂に向かい合って座った。階段を上る時は、まるで女学校時代に手をつないで校舎の階段を上り下りしていた時のように振る舞っていた明姫だったが、いつの間にか沼底のような沈鬱な表情に変わっていた。

「明姫」

「うん」

「あんた、あたしに何か話があるの？」

「どうして？　こうしてちゃ駄目？　家に帰りたくないのよ」

「そんなことだと思ったわ。だけど、あんたが昔とあんまり変わってなくてよかった。変わったのはあたしの方ね」

「ほんとに結婚しないつもり？　勧めたくもないけど」

「さっき、姜女史が言ってたことの中で、一つだけなるほどと思ったことがある。結婚してよかったと思うのはそれだけ、一人では耐えがたいっていうこと。田舎はもっと難しい。教会を背負って立っていてもね。だけど、それよりもっと難しいのは結婚、いや、結婚って言うよりは男かな。多分あたしは結婚できないと思う」

「……」

「自分が大変な時にどうしてなのか、仁実を思い出したの。強い、とても強い子よ。教会とは何の関係もないけど……独立運動だの社会主義革命だのって大げさなことを言う、先駆者と言われる女性たちの中に強い志を持つ人が果たしてどれだけいるか疑問だわ。教会もそうだけど、女も男もおかしな人が多い。どん底から世の中を見上げているとそう思う。今日、あんたを見た時も、ああ、明姫もおかしいと思った。あたしの正直な気持ちよ。とはいえ、お団子頭に膝丈のチマ、ごつい靴、こんなあたしの格好を世間は笑いの種にしている。自分で自分が笑える時もあるけど……真っ逆さまに落ちて、慟哭と絶望と悲哀が押し寄せて、引いて、また押し寄せて。もしかするとあたしは、熱病にうなされ続けてうわ言を言ってるんじゃないかと思える時がある。精神錯乱に陥ったみたいに思える時もあるけれど、遠い所から、遠い海の方から夜船の汽笛が聞こえたような気がする瞬間もあった。どういう意味なのか、何が言いたいのか、あまりにも漠然としていて絶望に追い立てられながらも、神様の声ではないのかって……待っていなさい、麗玉。待っていなさい、麗玉。そうすれば、お前に確かな道を開いてやろう……」

「ちょ、ちょっと麗玉。あなた何を言ってるの？」

明姫は不安になる。

「心配？」

「ちょっとね……訳のわからないことを言うから」

「あたしにも、はっきりと聞こえない声だから。だけどそれは、間違いなく希望だっていう確信がある。この哀れな民族に、日ごとに卑しくなっていく人間たちに、幸福と安楽ではなく鉄槌が下されるだろうって」

精神錯乱に陥った人のようには見えなかった。バランスを失った状態で、随分矛盾した話をしている割に多少上気した顔ではあったけれど、狂気とは違う瞑想的な深みを帯びた眼光に、明姫は次の言葉を継げない。リズミカルと言えるほど嘲弄と皮肉が充満していた言葉遣いに比べて、温かく悲哀に満ちた視線。

明姫は頭を軽く左右に振る。

「人は幸福と安楽を得るために生きている。でも、人間が人間である限り、幸福と安楽は祝福ではない。個人や民族にかかわらず、幸福と安楽は邪悪な所にあったからよ。どうして悪い者が幸福と安楽を享受し、善良な者が風吹く荒野で涙しなければならないのか。数多くの人々があたしに投げかけた問いだった。あたしがあたしに投げかけた問いでもあるしね。果たして、神様はいらっしゃるのか。かつて、呉宣権があたしを傷つけた時、神様はいらっしゃるのかと毎晩泣き叫んだ。それは失った人のせいではなかった。神様はいらっしゃるのか、真実はあるのか、霊魂はあるのかという問いだった」

明姫は戦慄のようなものを感じる。髪を乱し、傷ついた胸から血を流している裸足の女が苦しみながら走っていく姿を見ているようだった。

「それで、今は確信してるの？」

うんだ傷に触れるように、明姫は恐ろしさを感じながら聞いた。麗玉は何も答えず、無視していたかと思うと、ふふふと笑った。その顔には、さっきとは全く違う子供のような無邪気さがのぞく。

「実はね、神様はいらっしゃるのかと泣きわめいた時、あたしの胸の一番深い所には神様がいらした。死んだと思っていた母さんが、実は近所に出かけてただけだった、そんな感じっていうか。立ち上がれ、麗玉、立ち上がるのだ……怨んだわ。真実は本当にあるのですかってね。あたしは隠者にはなれなかった。今もそう。餅売りのお婆さん、荷物運びのおじさん、木こりの少年、誰でもいい。神様に似た人に会いたいのよ。遠くにいらっしゃる方じゃなくて、人をあたしの近くで感じ、信じたい。嘘つきはみんな壁なの。手の届かない、息の詰まる壁。めちゃくちゃにぶち壊してしまいたい。憎悪、耐えられない憎悪。あたしの無邪気な人生の出発点で受けた、あの偽りに満ちた思いがけない災難。生々しいあの記憶のせいで余計に、人を通じて確たる希望を持とうって、こんなにもがいているのかもしれないけど」

「見掛け倒しの女伝道師ね。あなたが女伝道師を探してるじゃない」

明姫は初めて笑った。

「そうかもしれない。物のためにあたしと結婚し、物のためにほかの女の所に行ったあの篤実なクリスチャンの呉宣権みたいな男は、至る所にいるわ。山奥のへんぴな村にもいくらでもいる。麦一斗のために良心を売る人たちのことよ。麦一斗は罪深い。それは悪魔の力。麦があともう一斗あれば、清い心に黒い影が差し、その影を引きずりながら暗黒の中へと進み、絶えず神様を欺きながら存在するのよ」

「私が言うことじゃないけど、おなかのすいた人はどうしようもないでしょう」

「麦一斗って言ったのは必要以上に欲しがる物のこと。それに必ずしも物のことだけを言ってるんじゃないわ。魂を売らずに所有することもできる。厳密にいうと、人々は余分な蓄えのために邪悪になるんじゃないかしら。おなかをすかしてご飯を食べる人の顔を、明姫、あなたは多分見たことがないはずよ。まさにその時、その顔こそが真実よ。喫茶店でカルピスでも飲んでいる、そんな顔とは違う。だから、呉宣権よりは荒野で泣いている人の方がましなの」

「みんなおなかをすかせて、慌ててご飯をかき込む世の中が天国だって言いたいの？」

「あたしが言いたいのは、余分を祝福されたものにし給え、余分の奴隷になるなかれってことよ」

「私は余分の奴隷なのね」

「そうよ。あんたは余分の奴隷よ。誰も裏切ってないだろうけど、呉宣権の部類。だけど、今日あんたを見て驚いたのは、明姫も荒野で泣いているんだなって……」

「何ですって？」

「あんたは絶望の淵にはまっている」

「占い師みたいなことを言って」

「ええ、そう言っても間違いじゃないわ。姜女史や明姫は東京まで行って専門教育を受けたけど、そんなあんたたちよりもあたしの方が学識があるのは間違いないしね。時々、読み書きのできない村の老人の中で、師匠みたいな人に出会うことがあるわ。自分の足で学んだことの方が教室の中で学んだことよりずっと真実に近いから。理論がどうとか、体系がどうとか、西洋の思想がどうとかそんなものは関係ないし、世界観や人生観なんて薄っぺらい。日が沈む時、鳥の声を聞く村の老人は、日が沈んでいく空を丸ごと抱きしめながら六十年、七十年を生きてきたんだから、考えが深くて広い。権力のために言い争いながら、世界観がどうの人生観がどうのって笑わせるわ。岩とか草むらとか楽な所に座って悠長にたばこをくゆらせる人がいくらそんなことを叫んでみたところで、母牛を呼ぶ子牛の泣き声にも及ばない」

「あなたは人間の発展をすべて否定するのね」

「物質的、精神的な余分が生む高慢と道化の話をしてるのよ。彼らが発展の主役なら、高慢と道化だけが肥大する結果になる。人間の暮らす至る所において主役は高慢を競う道化で、田舎ではそれがよりはっきりしているから、ソウルの人や都市の人たちは、無学だとか愚鈍だとか言うけれど、それはお互い様で表現が違ってるだけ」

「どうしてそんなに、自分の考えをはっきり言えるの？　私が振り回されて引き寄せられるところを見ると、あなたこそ余分の高慢を持った人じゃないの？」

麗玉は笑った。

「足、耳、目が集めてくれた知識よ。あんたの言うとおり、余分の高慢があたしの中にも育っているのかしら」

「それより、あなたさっき、私が絶望の淵にはまっているって言ったけど、何を根拠にそんなことを言うの」

「それは、誰からだったか、聞きかじったのよ。ある牧師さんから聞いたんだったかな。人は絶望の淵にはまると、二つの形になって表れるってね。その一つが、食べることも着ることもみんな忘れてしまって、わらの火が衰えていくように消える人。もう一つは、ぶらぶらとぶら下がっている人よ。飢えた人みたいに何でもいいからずっと食べ続け、以前はしなかった化粧をして、指輪や装身具はあるもの全部身に着けて、派手な服を着ている人、それは絶望の時間をさっさと食いつぶしてしまおうとする潜在意識のしわざだって。やだ！ 汽車の時間に遅れるわ」

麗玉は話を中断し、慌てて立ち上がった。

「走らないと。じゃ、じゃあ、明姫。元気でね。また今度話しましょ」

麗玉はあっという間に消えた。明姫は尻が椅子にくっついてしまったかのように立ち上がれなかった。どれぐらいぼんやりと座っていただろう……。

「お義姉さん」

「は、はい？」

明姫は、夢でも見ているように顔を上げた。

「やっぱりお義姉さんだったんですね」

燦夏《チャンハ》は怪訝そうな、驚いた顔つきだった。

「まあ、燦夏さん」

「汽車から降りたところなんですが、お茶でも一杯飲んで帰ろうと思って。ここでお義姉さんに会うとは思いませんでした」

「に、日本からお帰りになったんですか」

「いいえ、大連から」

「では、満州から帰ってこられたんですか？」

「はい。釜山《プサン》に直行しようかと思ったんですが、降りました」

旅路に疲れた燦夏の顔に、切ない微笑が浮かんだ。

九章　愛ではなくても

駅構内の食堂では全く明かりを意識していなかったのか、真っ暗な階段を下りた時、明姫《ミョンヒ》は、視界いっぱいに光が入ってくるのを感じた。二等車の待合室の天井からぶら下がった電灯が煌々と灯っていた。間違いなく夜だった。欠けた月とオレンジ色の明かりと黒い霧のような暗闇が立ち込める駅広場に出た。トゥルマギの裾を夜風がかすめる。いつの間にそんなに時間が過ぎたのだろうか。

(麗玉《ヨオク》と随分長い間話し込んでたんだわ)

明姫も驚いたが、黒いコートの襟を立てた燦夏《チャンハ》が明姫と一緒に出てきたのを見た運転手もかなり驚いた。

「お元気でしたか」

燦夏は笑顔で近づき、手を差し出した。しかし、あまりの驚きに戸惑った運転手は、旅行かばんを受け取り、ぺこぺこ頭を下げるだけだった。二人は車に乗った。運転手はドアを閉めて助手席にかばんを置くとハンドルを握ったが、驚きと戸惑いが消えた顔にけげんそうな表情が浮かぶ。荷物と行き交う人々、夜風に吹き飛ばされる紙切れ、月の暈《かさ》のようにぼんやり広がる街灯、そんなものが晩冬の冷えた空気の中で渦巻く駅の広場を出発し、車が南大門《ナムデムン》の横を通り過ぎた時、明姫はハンドバッグをいじりながら聞いた。

「満州にはどんなご用で行ってらしたんですか」

ぼんやりと窓の外を見ていた燦夏が振り向く。

「え?」

と言うと、

「ああ、大した目的もない旅行でした」

と答える。目的のない旅行、ただあちこち歩き回っただけということだ。いつ東京を発ったのかわかりようもなかったが、正月になれば人々は故郷に帰るのが慣例であり、またそうしたい気持ちになるものだったが、燦夏はソウルを避け、満州まで目的のない旅に出た。以前の明姫なら、不安を抱かずにその言葉を聞くことはできなかっただろう。燦夏もまた結婚していなければ、そんなことを口にするのもためらわれたかもしれない。だが。

(この人と結婚していれば、私は李相鉉《イサンヒョン》……あの人を忘れていただろうか。忘れていたかもしれない)

大胆な考えだった。一度も考えてみたことはなかった。だからといって、気持ちが揺れ動いたわけではない。自然と明姫は、燦夏を男性として意識したのだ。初めから燦夏と結婚していたら……多分、相鉉を忘れていただろう。明姫は古風な女だったから。顔も知らないまま両親が決めた通りに嫁ぎ、糟糠《そうこう》の妻という名分一つにしがみついて添い遂げる朝鮮の女たち、それは、新式教育を受けた新女性である明姫にとっては矛盾だ。もっとも、古風な女だったから、こんなにも長い間、趙容夏《チョヨンハ》と暮らしたのだろう。専門学校を出たという経歴のために容夏に選ばれもした。趙家としても、明姫が次男の嫁だったら事情はこんなに深刻ではなかったかもしれない。いや、間違いなく大きな問題にはならなかっただろう。容夏と明姫の縁談が持ち上がった当時は、それがどんな悲劇の種をはらんでいるのか、燦夏以外の誰も予想していなかった。次男が身分の低い家の娘と結婚するのは長男の場合ほど問題視されないといった表向きの問題は、今となってはとても小さなことに思える。それよりも内面の葛藤、悲劇の濃度に焦点を当てると、容夏は女を、妻を含めて一時的な、あるいは半永久的な所有物とみなすが、燦夏は魂の渇望から女を、いや明姫を求めた。容夏はいつ何時でも失う物はない。失う物がないということは、失う物を何も持っていないという意味かもしれない。すべてにおいて常に満ち足りている彼は逆説的に言うと愛がない、そう言えば納得できるだろう。

極端にいえば、物質はあちこちに移して置き換えることができるが、心はおいそれと移し替えたり置き換えたりはできないから、最後まで諦められなければ人生を駄目にしてしまう。だから、趙炳模《ビョンモ》夫妻も、兄弟が一人の女を求めている、弟が義姉を愛している、そんな恥ずかしい家の内幕が外部に漏れることに対する恐れと、燦夏の人生がめちゃくちゃになってしまうという予感のせいで明姫に冷たく当たった。しかし、世事というのは、いや、宇宙のすべての秩序というのは何と妙なものだろう。一つの小さな物から宇宙の秩序を感じたなら、その大きさと広さが、時間がどんなものであれ、万物の霊長を自負する人間を宇宙秩序の一部として見たところで、一人の個人の絡まりねじれた航路を宇宙秩序の過程と見たところで……ちょっと大げさだろうか。だが、過去に対する悔恨や、明確な答えが不可能な未来を思う時、宇宙秩序に帰着させ、運命という結論を下すのはよくあることで、運命というのは未解決とよく言い換えられる。

とにかく、人というのは不思議なものだ。人間はいつも造物主の能力を代行し、自らをもてあそぶことがあるからだ。容夏が糟糠の妻を捨てず、明姫と再婚しなければ、明姫が燦夏と結ばれていたら、当事者としても、客観的に判断しても、こんなに深刻ではなかっただろう。

しかし、明姫と燦夏の結婚は可能だっただろうか。とんでもない。決して趙家から任訳官《イム》家に明姫を嫁にくれとは言わなかっただろうと断言できる。容夏はすべての実権を握った趙家の実質的な当主だったから、両親は反対の意思を示すことはできても結婚をやめさせる力はなかった。だが、次男の燦夏は両親にも兄にも逆らえない立場だったから、当然、両親と兄は許さなかっただろう。許されないということは、絶対に結婚を申し込めないということを意味する。燦夏と明姫が互いに愛し合っていれば問題は別で、二人が一緒になり、後から認めてもらうというやり方もできただろうが、恋愛関係ではない以上、正式な結婚の申し込みなしに一緒にはなれない状況だった。だとすれば、趙炳模夫妻はどうして、日本人女性である則子《のりこ》との結婚には目をつぶり、騒ぎ立てることもなかったのか。実はそれは、燦夏自身の意思による結婚だったが、たとえ許可を得なければならなかったとしても、可能だっただろう。なぜなら、相手が誰であれ、燦夏が結婚すること自体が趙家のためであり、それ以上のよい解決策はなかったからだ。

明姫は車に揺られながら、高貴な趙家の家門にいったい何という災難なのか、あんな妖婦が嫁いできて家を揺るがそうとしている、そう言って悲嘆する義父母の視線や燦夏の暗鬱な顔を見るたびに感じた罪の意識、罪人であるという錯覚、あのしつこい強迫観念から解放されたことをはっきりと感じる。

「則子さんはお元気ですか」

「はい」

「どうして一緒に来られなかったんですか」

「妊娠したので、僕一人で来ました」

「妊娠したんですか？」

動揺を隠せない。子供を産んだことのない女の本能的な羨望が、一瞬明姫を揺さぶったのだ。

「お義父様、お義母様がどれだけ喜ばれるか。おめでとうございます」

「喜ぶでしょうか」

「もちろんです」

「そんなことはないと思います」

「何をおっしゃるんですか。お兄様にはもうほとんど期待していないご様子です。それだけに喜ばれるでしょう」

明姫は、お兄様にと言った。思わず出た言葉だったが、責任の所在をはっきりさせる結果となった。今度は燦夏の方が衝撃を受けたようだった。

「見ていて下さい」

「え？」

「結婚の問題が再び取りざたされますから」

「どういう意味ですか」

「家を継ぐということになると、話が変わってきます。純血を望んでいるでしょうから」

自嘲的な笑いを浮かべる。

「兄がその責任を全うできなかった時に当然出てくる議論なのに、お義姉さんは考えたことがなかったのですか」

「さ、さあ」

「朝鮮の女性との再婚を強力に押し進めるでしょう」

明姫は黙り込む。しばらくして口を開く。

「だから、お正月には帰ってこられずに満州へ行かれたのですか」

「それは違います。今、考えたことです。深刻になることもありません。ここを離れた人を捕まえてどうするというのですか」

大声で笑う。

「それより、最初見た時、お義姉さんではないみたいで驚きました」

燦夏は笑いながら話題を変える。

「安っぽく見えたでしょうね」

「そ、そうではなくて、派手だから。お義姉さんに似合いません」

運転手の顔にまた、いぶかしげな表情が浮かぶ。

「今日はこれで、三人からとがめられたことになります。先輩、友人、そして、燦夏さん」

「そうでしたか。とがめるだなんて、僕が失礼なことを言ったみたいですね」

明姫が解放感を感じていることは、燦夏にも伝わってきた。二人が一緒に車に乗って帰るのも初めてのことだったが、心置きなく話し、笑うのも初めてだった。釜山《プサン》まで直行して日本に行くか、ちょっと家に寄ろうかと迷い、ソウル駅で降りた燦夏は憂鬱だったが、偶然会った明姫は、びくびくして視線を合わせることすら避けようとしていた以前とは違っていた。燦夏は気が楽になり、慰めを感じる。かなわなかった恋の傷がすっかり癒えたわけではなかったけれど、絶望から立ち直り、静かな傍観者の地位を確立した燦夏。愛ではなくても、距離を縮めてくれたことだけで慰められた。

「そうだ、お義姉さんは何の用で駅に行かれてたんですか。お兄さんがどこかへ出かけたのですか」

「いいえ。友達を見送りに行って」

と言うと明姫は、麗玉のごつごつした靴のかかとを思い浮かべる。あたふたと汽車に乗り込んだ時に見えた靴底、黒い木綿のトゥルマギ、お団子頭は盲人を連想させる。明姫は目をぎゅっとつむる。

(何を考えてるの。盲人はあなた自身じゃない)

「友達の話が出たから思い出したんですが」

燦夏はたばこを取り出しかけて、元に戻す。

「どうぞ吸って下さい」

「構いませんか」

「はい。たばこのにおいは大丈夫です。それより思い出したことって何かしら」

たばこをくわえて火をつけてから燦夏は言う。

「多分、お義姉さんが前に勤めていた学校の出身だと思うんですが、何かの事件の新聞記事で名前を見たんです。日本人が一人交じっている事件でした」

「鶏鳴会《ケミョンフェ》事件のことですね」

「そうです、鶏鳴会事件」

「柳仁実《ユインシル》のことですか」

「そうです」

「あの子は私の教え子です」

明姫は変な日だと思う。麗玉に会ったのも偶然で、いつになく駅までついていったこと、それにそこで意外にも義弟に会った。偶然会った二人の口から仁実の名前を聞いたということは、仁実とは関係なく何か急激な変化が自分自身に押し寄せているような予感がする。燦夏のせいかもしれない。明姫は仁実が捕まったということは言わなかった。

「僕も多分そうだろうと思っていました」

「ええ……」

「その女性のせいで、一度ひどい目に遭ったことがありました」

「仁実のせいでですか」

「いいえ。まだその女性に会ったことはありません。あまりにも堂々としていて。その女性がです。それで僕がとんでもない悪者にされたことがあったんです」

「仁実にですか」

と言いながら、とても愉快そうな表情だ。

「信念を持って堂々と生きている子には違いありませんが、いったい何のことやら」

日本人とどうのこうのというあの不吉なうわさではないことに安心したが、明姫は戸惑った。

「友達というにはまだ早いですが、日本人の夫になったおかげで自然と彼らとの交際範囲が広がって、そういう経緯で知った人にです。緒方次郎、鶏鳴会事件の時に捕まった唯一の日本人というのがまさにその人です」

(やっぱり、そのことだったんだわ)

「ある日、その人と一緒に酒を飲んだことがありました。鶏鳴会事件もそうですが、関東大震災の時、彼は多くの朝鮮人学生を保護しました。腕は内側に曲がる*って、もちろん人となりから好感を持ちはしましたが、愚かなほどに善良で純真な人です。時々、日本人の中にそういうタイプの人がいますが、心が透き通っているとでも言おうか。あんなに心が澄んでいる朝鮮人は前ほどいなくなったみたいです。ひとことで言うとロマンチスト、あの日、緒方は酒をたくさん飲んで、随分酔っていました。そして、ひとみ、ひとみとやたら呼ぶんです。僕も酒に酔っていたので、ひとみは君の恋人なのかと聞きました。すると、いや、同志だと。そして、僕には恋人だけど、あの人にとって僕は、半分は敵で半分は同志です。僕はそういう立場なんだ。いくら熱烈に求婚しても、僕が日本人だという理由だけで見向きもしないひどい女だ。

それで、日本の女じゃないのかと聞いたら、まさに君の同族だと言いながら、ひとみという名前について説明し始めるんです。本名は柳仁実、仁実を日本語で音読みするとニンジツです。ニンジツというのは、妖術や道術のこと、だから気分が悪い。日本人の名前ならひとみになるから自分だけはそう呼んでいると言うんです」

「字はちょっと違うけど、日本の女の名前にひとみがあります」

「ええ、そのとおりです。ところで、そこまではよかったんです。君は何だ。朝鮮の女は操を守っているのに、男の君は、何てざまなんだって攻撃し始めたんです。何も言えませんでした。間違ってはいませんから。朝鮮の女ひとみは、命をかけた求婚も敵《かたき》の同族だと言って拒絶した。彼女は徹頭徹尾、朝鮮の女であり、独立運動に身を捧げ、社会主義運動の先頭に立ち、獄中生活の苦しみまで味わった。それがその女の真実のすべてだ。にもかかわらず、日本人といい仲だの何だのって根拠のないうわさのせいで辱められ、すばらしい学歴を持っていても働き口がなくて、真っ暗な裏通りにある夜学の先生になった。なのに、朝鮮の男である君はどうだ。日本の女と結婚した君はソウルに行けば相変わらず名家の息子で、貴族の称号が輝かしい貴公子として振る舞うのではないか。どうしてそんなことができるんだ。

僕はコスモポリタンだ。国家や民族を認めない。人間だけを認める。理想主義とあざ笑うだろうが、世界が一つにならない限り、弱肉強食の悲劇は終わらないだろう。だが、朝鮮には僕の友人がいて、ひとみは僕の夢だった。だから僕は朝鮮を愛した。そんな純粋な気持ちに対して、彼らは僕の最も純粋なものを、どぶに捨ててごみ扱いした。美しい部分、僕にとってもそうだったが、彼ら自身にとっても最も尊い宝石を堕落した女扱いし、なぶり、辱め、罵倒した。なのにどうして君は、反逆者の烙印を押されることもなく世間から仰ぎ見られ、敬われる尊い存在なのだ。こそこそ隠れて延命する王族の端くれの同類なのかと言いながら、むやみに食ってかかった。僕はこう答えました。あなたは、仁実という女性に対してあまりにも大きな期待と希望を持っているがために、少しでも彼女を悪く言われると許せなかったんでしょう。僕に対して言ったことは、一種のごまかし、あざけりが形を変えたものだ。彼はテーブルをたたきながら、どうして希望はそんなに残酷なのだ、希望はそんなにサディスティックなものなのか、それは一種の民族的サディズムだと言い、声を上げて泣くんです。僕は驚いて、どうしていいかわかりませんでした」

息が詰まったのか、明姫は黙っていた。燦夏も口を閉じたまま窓の外を眺める。彼の耳には、あの時の緒方の叫び声がずっと鳴り響いていた。

(それは希望じゃない。希望などではあり得ない。絶望がどんな形に変わって迫ってくるのか、それをにらむ目に過ぎないのだ。意地悪な目つき、卑怯な諦めの目、グロテスクで偏狭で残酷なのはそのせいだ。人間の魂の奥底に秘められた神聖なものを認めようとしないリアリスト、僕はそれが悲しい。君たちの民族性を非難し、大日本の軍国主義を擁護し正当化する、そんなふうには考えないでほしい。どこに頭を突っ込んでも、そういうことにぶち当たれば僕は同じように悲鳴を上げ、胸をたたいて泣くだろう。人間の恥部をとても見ていられないから、植民地の無数の民を虐殺した日本の蛮行を憤りなくして考えられない以上に、民衆を愛し、わが民族を愛する一人の女性の精神と純潔を殺してしまった汚れた群集心理を僕は憎みます)

燦夏は街の明かりが点滅する窓の外を見つめる。あの時、緒方に返せなかった言葉を心の中でつぶやく。

（あなたの憤り、あなたの悲鳴、あなたの失望はまだ杉の木のように真っすぐで、秋の空のように晴れ渡り、竹の子の一番柔らかい部分みたいに純粋です。なぜだかわかりますか。もちろん、あなたの天性によるところが大きいでしょう。ぱっと咲いてぱっと散る桜の花を尊ぶ国民性を云々すれば、進歩的な知識人やあなたみたいなコスモポリタンはどう受け止めるかわかりませんが、僕はぱっと咲いてぱっと散る桜から、切腹というあなたたちの国民性を連想します。ですが、腹を切る時にあふれ出る血を、往々にして水だと錯覚してしまいます。義兵長の首をはねた時に流れるあの粘つく血を、あなたたちの桜や腹切りから感じられないのはどういうわけでしょう。韓国併合当時、多くの人々が自決しました。特に、年老いた儒者たちが首をつって死に、絶食して死に、井戸に飛び込んで死に、あなた方からしてみれば、決して美しい死に方ではなかったでしょう。ですが、そこには死の真意があったと僕は思います。死というのは美しいものではありません。苦しいもの、むごたらしくて醜悪なものです。あなたは、魂の中の神聖なものを認めようとしないリアリストだと言っていました。しかし、もう一度言いますが、死は花ではなく美しいものでもなく、まさに現実、与えられた現実を越えていくものです。出征する夫のかぶとにお香をたくとか、女も貞節を守るために乳房を切り落とすそのやり方とか、小さな名分のためにも腹に刃を突き立てるあなた方の民族の慣習は、まさに桜の散り方を羨望した結果ではありませんか。死の苦しみ、死の醜悪さ、鼻を塞いで目を閉じ、そして、美しいものだという錯覚で恐怖を払いのけるのです。そうです。あなた方の軍国主義は、ロマンチシズムに武装されています。ロマンチシズムは虚偽です。あなた方の天皇が現人《あらひと》神《がみ》であるように。

ああ、僕は何を言おうとしていたのか。多分、その真っすぐで澄みきっていて純粋なものはあなたの天性だろうが、それだけではないと言いたかったのであって、それは国民性と現実の問題です。すべての生き物が肯定的な面と否定的な面を持っているのは事実で、それは個人の思考や判断のようなものとは全く別のものかもしれません。とにかく、僕たちに他民族としての偏見があったとしても、あなたのその純粋さを余裕と見ているわけですが、その理由は現実にあります。他民族を征服し支配する民族的な自尊心があなたの背景にあるという事実のことです。否定するでしょう。世間知らずに育った名家の子息、あるいは、富豪の子息たちが理想的な社会主義者になるのはよくあることで、道端に転がっている石のように育った人が権力の刀を、まぶしい黄金を渇望するのもよくあることです。こんな比喩がわが同族にとって妥当だと言えないかもしれないが、しかし今日、現実に、朝鮮民族は岩山にまかれた一粒の種で、こちらに曲がってあちらにねじれ、節だらけに育った松の木にも似ていて、真っすぐにはなれない。空はいつも黒雲が立ち込めていて、冬の風のせいでささくれだった樹皮のように純粋ではいられない。もし、日本の現実が今の我々と同じだったなら、緒方さん、あなたの純粋さも相当違う形で表れていたのではないでしょうか。

今、この朝鮮の地では、中途半端な自責の念と、罪の意識と、日ごとに侵食してくる声が聞こえています。ええ、だから目も耳も悪い年寄りのふりをする輩がいて、メッキが刻一刻とはがれていくから、ええい知るもんか！　と獣が歯をむき出しにしてうなるように俗物根性を完全にさらけ出し、正気を失ったように笑い、怒り、権勢を振りかざす輩がいる。この二つの類型は大体において逆賊であり、親日派の烙印を押された部類で上層部を成している。彼らは自らをあざ笑ったり、民衆にあざ笑われたり、言ってみれば安穏と朽ちていく生けるしかばねです。次は二つの顔を持った中間層です。見上げたり見下ろしたりしながら、熱心に自己合理化を図る利己主義者たちです。一方では民族の覚醒を唱え、一方では俗物的に幸福の物差しとはかりを振り回しながら民衆を説得しようとする冷ややかな現実主義。にもかかわらず、彼らは考え方が未熟で極端に走りやすい識者層です。前者も後者もみんな少数派で、皆、特権意識の持ち主です。もしかすると、後者の方がより強いかもしれません。いわゆる新興勢力のことです。だけど、国はなくとも歴史の流れは公平みたいです。残りのすべて、朝鮮民族のすべてと言っても過言でないでしょう。彼らこそ生粋の朝鮮人だからです。民衆だけが生きています。どうして、何のために。それは貧しさと恐怖のためです。おわかりですか。貧しさと恐怖のために)

「何をそんなに考え込んでいるんですか」

「え？」

「着きましたよ。降りないと」

門は大きく開けられていた。見知った顔の下男が目を丸くして駆け寄ってきた。燦夏は家に帰ってきた感慨に、うれしいとかいやだとかいう感情に浸るにはあまりにも遠い所にいた。最近になって彼は、一つの問題にぶち当たると限りなく、次々と考えをつなげていく癖がついたのだ。彼はずっと考え続けていた。明姫と一緒に帰ってきた燦夏を見た時、容夏の顔は一瞬、硬直した。自分が帰ってくる前に家に戻っているべき明姫から遅くまで何の連絡もなく、容夏はすっかり機嫌を悪くしていた。容夏は、燦夏に会って一緒に帰ってきたという明姫の説明をうわの空で聞いていたかと思うと、突然満面の笑みを浮かべた。

「遅れはしたが、よく帰ってきた。明日、別荘に行けば、父上と母上が喜ばれるだろう。駅から真っすぐ帰ってきたなら、夕飯はまだだな」

「はい」

「君は夕飯の準備をするように言いなさい。ついでに寝床も」

いつもより細やかな気遣いだった。明姫は災いの前兆だと思ったが、それを待つようなおかしな期待に満ちている自分に気づく。兄弟は向かい合って座る。

「事業はうまくいってますか？」

たばこをくわえながら燦夏が聞いた。

「今のところ大丈夫だ。お前が帰ってきて助けてくれたらいいが」

「僕が帰ってきたところでどうにもなりません。何もわからないんですから」

「会社に関与するのがいやなら、学校の仕事はどうだ。立派な学歴もあって成績も優秀だったのに、日本で無駄に時間を過ごしているのはもったいない」

「無駄に時間を過ごしているわけではありません」

「それにしてもだ。家の体面も考えて、専門学校の教授ぐらいにはならないと。それは、俺より父上と母上が望んでいらっしゃる」

容夏ももちろん大学は出ている。学問に興味があったわけではなかったが、名門私立大学の経済学部を卒業し、成績も上位だった。燦夏は大学で英文学を専攻し、学部を卒業した後も大学に残っていた。

「元々親不孝者ですから、近くにいるより離れていた方がいい。そうでしょう、お兄さん」

「俺だって孝行なんかしてないぞ」

「それより、こちらの状況はどうですか」

「家のことを聞いてるのではなさそうだが、騒がしいさ。ざわついている。学生運動が労働運動へと広がる可能性がある。そうなれば、俺たちにも火の粉が飛んでくる」

「本当にそんな可能性があるでしょうか」

「濃厚だ。学生組織の背後に共産党がいるのは事実だ」

「新幹会《シンガンフェ》ですね。彼らは民族主義の陣営です」

「表面上は左右合作みたいだが、内実は共産党だ」

「僕はそうは見ていません」

「お前は実情をわかっていないんだ。学生たちが書いた檄文やビラの内容がどんなものか、知らないだろう。まさに共産主義の革命宣言だ」

「日本に対抗して闘っていくには戦術と戦略が必要で、闘いが激烈なのは当然です。僕も兄さんも妙な立場であることは事実ですが、資本家や日本女性の夫の立場から判断すべきではないと思います」

「俺はたたき上げの人間ではない」

容夏は苦々しげに唇をなめる。だが、すぐに彼の目は光った。

「それより明日は……ああ、大事な約束があるから駄目だ。俺もお前と一緒に別荘に行くべきだが、仕方ない。俺の代わりに義姉さんと一緒に行きなさい」

燦夏は何も言わなかった。

夕食を終え、コーヒーを飲みながらあれこれと話をした後、燦夏は母屋に行った。寝床が準備されていた。オンドル部屋は暖かかった。寝間着に着替えた燦夏は明かりをつけたまま布団に入る。眠れそうになかった。兄は義妹である則子についてひとことも聞かず、自分も則子の妊娠について言わなかった。満州を旅行したことも、正直いって燦夏は、兄に話したくなかった。議論する時も、容夏はいつも不真面目だった。一度も、たったの一度も、会話に熱中する兄を見たことがなかった。熱中する相手を拍子抜けさせ、きまりわるくさせ、軽薄者にしてしまう、それは容夏の特技だった。燦夏は、枕を抱えてうつ伏せになり、たばこの箱を取る。

(陰惨な顔だった)

たばこを一本くわえてマッチを擦り、灰皿を引き寄せる。陰惨な兄の顔の代わりに、生気が戻ったような明姫の顔が浮かぶ。無心に見つめていた目もそうだが、駅の構内食堂では奇異だと思えるほど明姫は変だった。燦夏はうつ伏せのまま下女を呼んでコーヒーを入れてくれと頼み、立ち上るたばこの煙を見つめる。何を考えているのか、自分でもわからない時間が流れた。灰皿の吸い殻が三本になった。下女がコーヒーを持ってきた。子供の頃から面倒を見てきた下女は燦夏に何か言いたそうな顔だったが、ゆっくりお休み下さいという言葉を残して出ていった。熱いコーヒー、自分の好みに合わせて入れられたコーヒーを舌先で味わいながら、遅まきながら燦夏は母に対するような情を下女に感じる。

（眠れないし……結論を出せていない問題があったな）

明姫や容夏のことを考えるのをやめようと燦夏は思った。

（緒方次郎、柳仁実……）

二人のロマンスに興味があったわけではなかった。話を聞いた時にはかなり感動的だったが、今夜考えるテーマは別のことだった。車の中で明姫と話をしていて偶然気づいたこと、朝鮮人と日本人の現実や朝鮮人と日本人の民族性について、考えは不十分だったが、そうでなくとも、反芻したい問題だった。

（民族的な自滅意識、弱者は往々にして自滅的な衝動に駆られる……。ほかの場合ならいざ知らず、日本、日本人という対象のせいで加害者も被害者も皆、自滅的な意識に陥っていると言えないだろうか。男の場合も女の場合もだ。もちろん、古くから女にだけ強要されてきた貞操観念のせいだろうが、男が女を連れてきて、女は男の元を去っていく……去っていく女は裏切っているとは思わなかっただろうか。そしてもう一つ、彼らは柳仁実という女の潔白を信じようとしなかったのだろうか。信じるとか信じないとか、そんなことよりずっと先に湧き起こった衝動のせいではなかっただろうか。日本に対する憎悪。弱者の強者に対する憎悪は往々にして、自滅としても表れるものだ。姑に対する憎悪は、大事な自分の子供をたたくこととして表れる。それとは多少性質が違うだろうけれど……想像するだけでも憎しみが湧き上がり、侮蔑感がほとばしり、緒方、あなたの言う宝石のような女を娼婦に、いや怪物にしてしまった。あなたはそれを精神の殺害、民族的サディズムだと言いました。そのとおりです。民族的サディズムと言うこともできるでしょう。
新聞の片隅に載っていたつまらない文章の一節が雪だるまみたいに膨らんだけれど、なぜ膨らんだのか、なぜあの女は何の罪もないのに矛先を向けられたのか、それは多数の暴力です。罪悪です。しかし、多数の怒りや憎悪が、それも自滅行為みたいなものとして表れた朝鮮の民衆心理を、征服者であるあなたたちは理解できないでしょう。どこかで爆発させるしかなく、爆発させなければ自害でもするしかないからです。あなたが大日本の軍国主義を合理化しているのではないと言ったように、僕も個人の犠牲を妥当だとは思わないし、多数の横暴をかばうつもりもありません。あなたも僕もみんな、人間が生存する限り多少の犠牲は続くだろうし、多数が存在することはどうしようもないのです……個人だけがそうでしょうか。性質も形態も違いますが、朝鮮と朝鮮民族も世界という多数によって犠牲になった国であり、民族です。柳仁実という女性も闘うでしょう。生きている限り、どんな形であれ。朝鮮民族もどんな形であれ、生きている限り闘うでしょう）
燦夏は空っぽになったコーヒーカップを脇に追いやり、たばこの火も明かりも消して布団に入る。障子戸に月明かりが差す。揺れる木の枝の影、静かだ。本当に静かだ。燦夏は両手両足を伸ばす。節々が解体されるような疲労が押し寄せる。しかし、相変わらず寝付けそうにない。
（リアリスト……緒方さん、あなたは極めて否定的に、嫌悪感からその言葉を口にした。朝鮮の人々はリアリストです。間違いなく。僕はあなたをロマンチストだと言いましたよね。それだけではありません。

あなたの国の軍国主義はロマンチシズムで武装されていると言いました。僕はそれを訂正しなければなりません）
燦夏はプラットフォームから汽車に乗るように思考の旅を始める。冬の夜は長いし、明かりをつけてかばんの中から本を取り出すのも面倒だ。
（日本人たちの中にはあなたのようなロマンチストが時々います。それは桜の花みたいなものではなく、山間に咲く白百合みたいなものです。善良で清潔で美的感覚が優れていて、そんな日本人に会った時は本当に気分がいい。朝鮮人に対してよりも信頼感が生まれます。僕の妻もそんな部類の女です。そんな少数を除けば日本人の肯定的な面は感傷です。だから、日本の軍国主義はセンチメンタリズムで武装されていると言った方が正しいようです。あなたは感傷がごまかしに過ぎない感情だということを否定できないはずです。現人神の思想がそうであり、桜の花がそうであり、ちっぽけな名分のために切腹する武士、天皇陛下万歳を叫びながら倒れていく兵士、あなたはその偽りに吐き気を感じないのでしょうか。そんなことを美談に仕立て上げ、感傷という飴で包み、あなた方日本人はそれを食べて育ったと考えてみたことはないのでしょうか。
僕が、あなたの国の歴史において精神が最も光り輝いていたと思うのは、天主教〈カトリック〉の信徒たちの、あの有名な長崎の殉教です。少なくともあれは、真理に近づこうという意志でしたから。さあ、これで日本人の民族性が浮かんでくるはずです。創造的能力が乏しい……。創造する能力、創造は真実に近づくことで成し遂げられるものだからです。感傷は何も創造できず、あなた方の貧しい文化を支えたのは少数のロマンチストであり、創造においてはそれも次元が低い。あなたは吐き捨てるようにリアリストだと言いました。はい、そうです。ですが、ここで仏教を取り上げてみましょう。綺羅星《きらぼし》のような高僧たち、輝かしい仏教文化、今もその残骸は海岸の貝殻ほど至る所に転がっている。あなたの国は？　日蓮？　空海？　僧侶としてはそれぐらいしか思いつきませんが、彼らが何をしましたか。経典を持ち帰り、国難の来襲を叫んだだけです。

ああ、ちょっと興奮し過ぎました。話を元に戻しましょう。創造的能力が乏しいと言いましたよね。それは個々人が弱い、もっとひどい言い方をするなら、要素が貧弱だとも言えるでしょう。自然の原理は、弱ければ集まるようにできている。生存の本能です。あの草原のシマウマや岩壁を登るヤギを例に挙げることができるでしょう。しかし、あの獣たちは自らを守る知恵を持つにとどまりましたが、人間は集まって力を持つと弱肉強食の猛獣に変わってしまいます。個々人はヤギかもしれませんが、全体は猛獣に変わったのです。感傷やロマンがたやすく全体の合理主義や功利主義に変身するのと同じです。古来、朝鮮人たちはリアリストだった。僕はそれを肯定し、信じます。それは真実に近づこうとする意志であり方法ですから。神秘、生命に近づこうとする意志、それは本来、神秘主義です。現実的な民族的気質の中で仏教の心理を最も深く掘り下げていったゆえんがまさにそれです。神秘と生命への探求は、どういう形式であれ創造です。肯定的な創造なのです。

あなた方が朝鮮に上陸してきて言ったことの中に無知で迷信が横行している国というのがあるが、無知というのは見当違いで、迷信が横行しているということだけは間違いない。極端にいえば、迷信も一つの創造であり、創造の意志だと言えます。それを肯定するとは言わないで下さい。僕は今、朝鮮民族の底流を探っているだけですから。ええ、朝鮮民族は創造的エネルギーにあふれた、一人ひとりが強い個性を持つ民族だ、そう言いたいのです。あなたたちが常に言う民族的分裂の要因が劣性にあったというのも間違っていると、どうしても言わなければならない。問題をひっくり返してみましょう。あなたたちは団結を成し遂げました。満腹の豚になったのです。あの山間で空や雲を見て暮らす、あなたたちが無知だという民たちが、あなたたちが夢中になった天下の名品である茶碗を作ったのです。そのひょうひょうとした魂を太った豚があざ笑うとは……。

あなたたちは自分たちの文化の代表的な精神を凝縮してわびさびと言うが、それを侘しくて寂寞としていると簡単にひとことでまとめてしまえば、残念に思うはずです。和歌や俳句の読み解けない世界を説明するために、西行や一茶を持ち出してくるに違いない。僕も実は西行がとても好きです。清らかに連なる峰、あなたたちはリアリズムに近づいた紫式部の『源氏物語』をとても大事なものとして祭り上げているが、一然《イリヨン》の『三国遺事《サムグクユサ》』*の世界にははるかに及ばない。人間と自然と神秘、宇宙的な物が混然一体となった崇高な美しさに比べれば、『源氏物語』は人間の雑事や情事の羅列であり、暗く、心の底から清らかではありません。

それはそうと、大部分の日本人は高山樗牛《ちょぎゅう》に熱狂しています。彼は定石通り、感傷派から国家至上主義、日本主義者に変貌していったではありませんか。つまり、腹の膨れた豚になったということです。わびさびのような抽象的なものを朝鮮では風流とは言いません。それは常識です。どんな教養にも通じることです。うわべに過ぎません。もちろん朝鮮の恨というのも抽象的表現だと言えますが、しかし、わびさびが消えていくものならば、恨はやってくるものであり、切実な願いです。あなた方が血を水のように錯覚するのはわびさびの精神世界のせいだろうか。どろどろした血、それは恨です。真実だけが創造を可能にし、真実への意志だけが創造力となるのであり、それはまた個体として、ええ、個体として……桜の花は嘘です。死は美しく、清らかなものではありません。死を苦しみのない美しいものと信じ込ませてきたあなた方の大和魂は嘘です。弱者の隠蔽術《いんぺいじゅつ》であり……虚偽と抜け殻の集団には野望しかなく、機械みたいに非情になることもできるのです……皆、勇敢だ。誠実なまでに勇敢だ)

燦夏は次第に、沼のような眠りに陥っていく。

十章　離婚同意書

「これは私の考えなんですが」

「また何を言い出すつもりだ」

任明彬《イムミョンビン》は、妻の白《ペク》氏が何か言おうとするのを遮るように怒る。

「人の話を聞きもしないで」

「どうせ、松毛虫は落ち葉を食べると死ぬ*という話だろう」

「おやおや」

「朝鮮人は、誰かがちょっと事業を始めると聞けば必ずそう言う。だから発展もしないし、よその国に見下されるのだ。軍艦を造る工場を建てるわけでもなく、瓦工場を一つ作ろうというだけなのに、どうしてそんなにうるさく言うんだ。失敗してもお前が飢えることはないから、心配するな」

「そうじゃないんですってば。むやみに興奮しないで」

「だったら何だ。言ってみなさい」

「話を持ち出す頃合いを間違ったみたいですね」

「はっ、まったく。やっていたことも、むしろを敷いてやるとやらなくなる＊って言うが、いったい何の話だ」

明彬はここのところずっといらいらしていて、家族に向かってかんしゃくを起こしてしまったことを恥ずかしく思い、語気を和らげる。白氏はぎこちなく笑いながら言う。

「晋州《チンジュ》の崔《チェ》参判家で育てている女の子のことです」

「女の子？」

「明姫《ミョンヒ》さんが一度話したことがあったでしょう。覚えていらっしゃらないのですか」

「ああ、それで？」

「明姫さんはその子を引き取りたいと思っているみたいです。それもかなり切実に。考えてみて下さい。もう子供が持てる希望もないではありませんか」

「うむ……」

「この間、崔参判家の奥様がいらした時はとても言い出せませんでしたけど、自分の子でないのは同じことでしょう」

「何もその子でなくてもいいではないか。それより、明姫の意向に従うべきだ。本当に子供ができないなら親戚の中から男の子を養子にもらうだろう。そのことはあの家で解決すべきだ。お前が心配することではない」

「男の子なら当然そうでしょう。だけど、女の子がいれば、退屈な生活が明るくなるから」

「ははは っ、お前ときたら。趙《チョ》家のことを任家で心配する必要も理由もない」

「ですが、明姫さんのことを考えれば」

「だからといってうちが口を出すことはできない。あの家を放り出されたらうちの家族として受け入れるが、あの家にいる以上、俺たちには関係ない。つまらないことをするんじゃないぞ」

びしっと切り捨てる。まだ言いたいことがある様子だったが、白氏もそれ以上口を開かなかった。

「いったい世の中はどうなってしまうんだか……」

「どうしてまたそんなことをおっしゃるのです。何かあったんですか」

「何かあったも何も、腹が立って」

「そういえば、今日はお出かけになるんでしょう」

「黄台洙《ファンテス》の家にか」

「はい。ひょっとしてお忘れかと思いまして」

「俺があそこに何しに行くのだ」

「ですが、人を寄こしてまで招いてくれたのに」

「お前も変わったな。黄台洙は金持ちに違いないが、お前までぺこぺこすることはないだろう」

「……」

「瓦工場を建てるなら、行って金の無心でもしてこいというのか」

「そんな」

「もうあいつは俺の友人ではない」

言い終えるより先に泣きだしそうになった。白氏は訳がわからないまま黙るしかなかった。

「お父さん、叔母さん〈明姫〉の家から人が来ました」

庭から末の息子の声が聞こえてきた。白氏が部屋の戸を開けて外を見る。

「人ですって？」

「運転手が来ました」

「入るように言いなさい」

運転手がおずおずと庭に入ってきた。

「何の用だ」

明彬が聞いた。

「その、校長先生をお連れするように言われてきました」

「私は校長ではない」

「ええ、その」

「何の用だ」

「日曜日ですし、昼食を一緒にいかがかと、そうお尋ねするようにおっしゃいまして」

「そうか、今日は日曜日か」

明彬はしばらく考える。行かなければ台洙がまた人を寄こすかもしれない。明彬は、家にいて断るより家を空けている方がましだと考えた。

「今すぐにか」

「はい。車で参りました」

「それなら、しばらく待ってくれ」

トゥルマギ姿で帽子を手にした明彬が出てきた。

「行こう」

車に乗った明彬は目を閉じる。

（義敦《ウィドン》の家は俺が責任を持つ。誰にも頼んだりするものか）

台洙に対する怒りが込み上げる。明彬は自分の怒りは不当だとわかっている。わかっていながら抑えきれず、孤独だった。昨年末、鮮于逸《ソヌイル》〈鮮于は二字姓〉が明彬を訪ねてきた。台洙の使いで徐《ソ》義敦の家に行ってきたところだと言った。明彬は年越しに必要な金を持っていったのだなと思った。しかし、実際はそうではなく、リンゴを一箱送っただけだった。それだけでも寂しいのに鮮于逸はこう言う。

「金持ちも楽ではありません。秋夕や正月が来ればそれこそ出費が多くて大変で、台洙兄さんも正月なんてなければいいのにって言ってました。うんざりみたいです」

その言葉がどうしてそんなに薄情に聞こえたのか、親族から事業関係、役所との付き合いが広く、年末になれば台洙の頭の中がごちゃごちゃになるのは十分に理解できたが、彼の性格から言ってうんざりするというよりは、疲れ切ってつぶやいた独り言だと明彬は推測できた。それに、義敦が刑務所から出てきた後、台洙はずっと生活費を援助してきた。だから、鮮于逸が言ったことを根に持つことはない。だが明彬は、リンゴ一箱はおろか饐《す》えた酒一本を持って徐参奉《チャムボン》*家を訪ねる人もいないのにと思うと、切なくて腹が立ったのかもしれない。隣の家だから実情はよくわかっていた。

(悪い奴らめ、義敦が生きているからまだしも、死んでしまったらリンゴ一箱も送らないだろう)

不当な非難だとわかっていながらそんな考えが浮かんだ。一方で、会うべきだったかという後悔の念がかすめる。

(いや、こういう時は時間が必要なのだ)

車が止まり、明彬は車から降りた。久しぶりだった。下男の案内で別棟に行くと、容夏《ヨンハ》夫妻と燦夏《チャンハ》が話しているところだった。

「これは、お久しぶりです」

明彬の言葉に燦夏もさっと立ち上がり、

「お元気でしたか」

と丁重にお辞儀をする。容夏は洋酒の瓶を取り出した。それを見た明姫はグラスを三つ、てきぱきとテーブルに置いた。実家の家族に対するきまりわるさのせいで、明姫はいつも悲しくなる。だが、今日のてきぱきとした行動は惰性だ。悲しいという気持ちはなかった。容夏は明彬に酒を勧めた。

「瓦工場はうまくいっていますか」

「春にならないとわからない。まだ瓦を作る段階には至っていないから」

あれこれと話が行き交ったが、容夏は、明彬が校長を辞めたことには一切触れなかった。うわべだけでも、瓦工場をやめて学校に戻ってくるようにというひとことがあってもよさそうなものだが。

「いつ帰ったんですか」

明彬は燦夏に聞いた。

「数日前です」

「最近の日本の状況はどうですか」

「さて、その中にいると鈍くなるみたいです。むしろ、朝鮮のことの方がはっきり見えてきて、なぜそうなのかわかりません」

燦夏は笑った。

「それは、いわゆる感傷的愛国心というものだ」

容夏は燦夏を皮肉ったが、それは明彬に向けた皮肉でもあった。

「では、ごゆっくり」

明姫が立ち上がった。

「どこへ行くんだ」

「昼食の準備を手伝わないと」

「いつもはそんなことをしないのに。任せればいい」

「いいえ」

明姫は意地を張るようにして出ていく。鼻白むかと思いきや、容夏の顔には面白いとでもいうような笑みが浮かんでいた。

「私みたいなのは、日本に留学したと言っても大した勉強をしたわけではないが、若い燦夏君は違うでしょう。帰国して教職に就かないと」

さげすむような笑いを浮かべながら、容夏は同調した。

「何度もそう言って勧めてるんですが、馬耳東風でして、困ったもんです」

「学歴さえよければ済む話ではないでしょう。僕の考えでは、訳官になって、中国にでも行って倭奴の手先にでもなろうかと」

と言いかけて燦夏は、

「任先生、すみません」

と謝る。

「いいえ、訳官というのは外国語ができない人の手先ではありませんか。ははは……」

「もっとも、日本語の翻訳をしていた任校長よりは、英語のできるお前の方がずっと有能で格好いいだろう。元々、訓長《フンジャン*》というのは陳腐な職業だから」

お兄さんやお義兄さんと言わずに任校長と呼んだのも変だし、訓長は陳腐だと言って明彬を二重に馬鹿にした。

「訳官も訓長も、どれも私は性に合わなかった。万年文学青年とでも言うべきか」

明彬はおうように反撃する。燦夏が相づちを打つ。

「文学青年という点においては、任先生と僕には通じるものがあります。若造のくせに生意気だと、とがめられそうですが」

「ああ、とんでもない」

と明彬は手を振って否定した。明彬の顔に生気のようなものがみなぎる。彼は燦夏と気持ちが通じ合うのを感じる。車に乗ってくる間、孤独だったから、すがるような気持ちもいっそう強かっただろう。

「芸術には国境も年齢も関係ありません。ありふれた言い回しですが、訓長のまねごとを何年かやったせいで、俗物になってしまいました。ははは……実は文学などたわいもないことです。若ければ雑誌を出すという夢は捨てなかったでしょうが」

「年齢より現実に問題があるのではありませんか」

「そうですね」

「私が出資しましょうか。慰労も兼ねて」

容夏は妙なことを言った。

「『青い鳥』社の権五松《クォンオソン》ならまだしも、私みたいな心臓の弱い人間が義弟のお金を使えるわけがありません」

「性に合わなかったことだけは確かなようですね。校長職をお辞めになるだなんて、よほど才能が有り余っていらっしゃるのでしょう」

容夏が皮肉る。

「ああ、それはもう。何事にも向き不向きがありますから。それより、日本の文壇ではまだ夏目漱石が王なのですか」

と燦夏に視線を向ける。

「王ではなく、皇帝ですよ」

「死んでから十年以上経つのに……正直言うと、夏目漱石がなぜ王なのか私はわからない。難しくあれこれひねって書くからだろうか」

「晩年の作品はそうでもありません。ですが、作品には一貫して流れているものがあります。それが彼の体質なのか、よくわかりません」

「則天去私*という思想に至るまでそんなに険しい道のりをたどらなければならなかったのか、せっかく会ったのだから、趙博士の意見をちょっと聞いてみよう」

博士という言葉に容夏はふっと笑ったが、博士という言葉より話の内容自体に驚いたようだ。

「任先生が全部お話しになったのに、僕には何も言うことはありません」

「私にわかるのはほんの一部分です」

「僕も任先生の意見と同じです。トルストイとよく似た点もありますし。夏目漱石はスウェーデンの作家ストリンドベリの影響を受けて、いや影響どころではありません。それはかなり濃厚なものです。トルストイは無邪気だったから人道主義は全体を抱擁し、夏目は生真面目だったから則天去私の思想は個人にとどまったようです。任先生のお言葉どおり、どうしてあんなに険しい道を選んだのかということに同感です。彼の作品世界において一貫して追究されているのはエゴイズムです。エゴイズムのイバラのやぶに鎌を持って入り、何とか抜け出してきた道が則天去私ではありませんか」

「そうです、そのとおりだ。私みたいな血の気の多い者には耐えられないものがある」

かつての口調が飛び出す。

「森鴎外はエゴイズムなどは横目で見ながら、『高瀬舟』や『阿部一族』を書いたけれど、彼は人類や個人の救済みたいなものをむき出しにせず、日本人にしては珍しく豊富な作中人物を作り出したようです。彼の理想主義も堅固だと感じました。完璧さを併せ持つ芸術ではなかったが、大胆で力強い作品世界を持っているのも日本人の中ではまれだと思います。森鴎外こそ、日本文壇の真の皇帝だと思います」

燦夏はいたずらっ子みたいに笑った。

「つまり、夏目漱石は皇帝にふさわしくない。そのとおりです。冷淡で学者ぶっていて、小説のための小説を書いている。はははは……」

「夏目漱石の何が悪い。当代最高の作家であることには違いない。芸術というのは民謡とは違うんだ。お涙ちょうだいの美談は酒幕のおかみの口からだって聞ける。徹底してエゴイズムを追究した夏目漱石は、自分自身にも冷酷な人だった。それが作家精神ではないか」

容夏がひとこと言った。

「そういう一面もあるでしょう」

と認めてから、燦夏は続ける。

「彼の後期作品の底辺を流れるものには、やはり抵抗を感じるには感じます。それはとても日本的なものでしたが」

「他民族が日本的なものを知ったところでたかが知れている」

けちをつけるように容夏が言った。その瞬間、燦夏は昨夜思い巡らせていたことが鮮明によみがえってくるのに気づいた。

（そうだろうか……）

なぜか胸を突かれるようだ。それは漠然とした絶望のようなものだった。下女が二人、大きな膳を持って入ってきた。明姫もそれに続いた。藍色の絹地のチマの裾が重そうに床をなでながら通り過ぎていくと燦夏は思った。水色の半回装《パンフェジャン》チョゴリ*に長い首、何かが燦夏の頭の中を稲妻のように通り過ぎていった。

「召し上がって下さい」

容夏が明彬に勧めた。食事が始まる。

「さっき、お兄さんは他民族が日本的なものを知ったところでたかが知れているとおっしゃいましたが」

「それがどうした」

「客観的に見ること、つまり、ある特徴を捉えることは他人の方がうまい場合もあります」

「さっき何の話をしたかな。文学の話ではなかったか」

「文学の話です」

「だったら、作者以外の読者は日本人とはいえ他人ではないか。同じ他人であっても、日本人読者と朝鮮人読者の場合に問題となるのは、客観性よりもどちらが多くを知っているかだ」

容夏の言葉は鋭利だった。

「お兄さんのおっしゃることも正しい。ですが、作品を通して個々人ではなく日本の民族を全体として見るというのは、見える物と見る物、つまり対象と目の問題なのです」

「それは興味深い話だな」

「だから言うのですが、日本人の衣服や色遣いをどう思いますか」

「どう思うかって？」

「カブトムシを連想しませんか」

「……？」

「反対に、日本女性と結婚し、長い間彼らの中に埋もれて暮らしてきた僕の朝鮮を見る目は自ずと理性的になります。それで、朝鮮の衣服や色遣いについて考えてみました」

「何のことだ」

「鶴と蝶です」

「ううむ」

「腕は内側に曲がるもの。そうではないか、趙博士」

飯粒をかみくだしながら明彬が言った。

「考えてみて下さい。日本の伝統的な衣服や色遣いはかなりグロテスクです。特に色は不透明で、重く感じます。紺、黒、茶、赤、そういう色が基本で、ほかの色も純粋なものはありません。衣服の形も単調です。彼らの衣服の線はほぼ固定されています。袖も少し揺れるだけで、やはり単調でしかない。前頭は剃り上げられ、後ろ髪だけ集めてまげを作りますが、つるつるした前頭は不毛の山みたいで、やはり動きがありません。実際、そのくすんだ色で線が固定された衣服には帽子や笠《カッ》*を合わせるわけにはいかず、頭を剃って平坦な空間を残しておかなければ、くすんでいて動きのない衣服は本当に耐えられないと思います。それに、女の場合、色はあるものの濁っていて、首が折れるかと思うほど大きなまげには花やくしや布といった飾りをぶら下げ、既婚者は眉を剃らなければなりませんでした。まだあります。歯を黒く染めるのです。ひとことで言って、複雑でグロテスクです。朝鮮の伝統的な衣服と色を考えてみましょう。九割以上は白で、あとの色にもほとんど中間色というものはありません。すべて原色で透明感があります。そして、服の形には動きのない箇所はほぼありません。線も、体に密着しない直線には豊かな律動感があり、密着するしかない箇所は曲線で処理されています。透明な笠、笠こそおそらく世界的な逸品でしょう。これで、カブトムシ、鶴と蝶の説明になるかと思います」

「ああ、それは実に面白い」

明彬が子供のように手をたたいた。容夏は、軽薄な奴め、子供みたいなことを言ってという目つきで見つめる。明姫はひとことも言わず、静かに食事をしていた。何か待っているような感じだ。ご飯を口に入れ、せっせとかんで飲み込んだ燦夏は言葉を継ぐ。

「建物の形にも表れています。日本の城は、石垣を高く積み上げてその上に建てられます。寺院のようなものも屋根にわずかな曲線は見られますが、かなり鈍重な感じで、一般の建物も屋根の勾配は皆、直線です。農家のかやぶき屋根も直線です。余白のない建築物で、大抵、庶民の住宅には庭がありません。庭のある住宅も庭がない感じを与えるのは、建築構造における玄関というもののせいです。玄関が庭を遮断してしまうのです。日本で盆栽が盛んな理由を建築に見出すことができるのも、そう遠くない話だと思われます」

ご飯を食べる。スープも飲み、おかずも食べる。飲み込みながら続ける。

「朝鮮の建築物の屋根を見ると、空に向かって跳ね上がった軒や竜の胴体のようなヨンマルム*の曲線は、実に完璧に空間の中に存在します。田舎の草庵は反対向きの曲線です。地面に向かってすぼまっているのです。瓦屋根が飛翔する鳥や竜を連想させるとしたら、草庵は地面に根を張った植物を連想させます。そして、宮殿であれ城であれ、自然と共にあり自然に囲まれている朝鮮の物とは異なり、衣服同様、反自然的な要素が濃いのが日本です。次は余白に関することですが、垣根も枝折戸もない農家は、家の外の土地が余白になるとはいえ、日本の玄関のような性質を持つ門や枝折戸によって建物や庭が囲まれていない場合はありません。商家を除いてです。門を開けて入ると、いかなる形であってもそこには建物と庭が共存しています。城を見ても、敵を防ぐのは城壁、つまり垣根であって、建物自体ではありません。石垣とつながっている城と城壁の中にある城という違いからも、余白について考えることができます。ほかの物を例に挙げて比べれば、いくらでもできるでしょう。

結論を言うと、朝鮮の建造物、人の手による建造物には生命力があふれていて、生命体をより多く収容できるということです。線が完璧だというのは生きている、命があるということです。青磁や白磁、特に白磁のかめは色と線が融合して躍動感があり、静謐《せいひつ》さを感じもするが、とにかく生きているということです。生命力をものさしで測り、粉々にして分析してみたところで、人を解剖してみても人が何なのかわからないのと同じで、結局生命は何なのかわからない。とにかく、そんな創造の力は造物主に近づこうとする強い意志と見るべきです。

ある人が私たちのことをリアリストだと言いました。リアリストでありながら神秘主義者だ、私はそう考えます。感傷やロマンがかすんでいる状態、安住に甘んじたり自分の立場をあいまいにしたような状態に意志を見ることはできません。造物主に近づこうとする意志のことを言っているのです。同化の意志とも言え、俗に逃避思考とも言いますが、自然との同化のことです。自然ほど偉大な被造物がどこにありますか。人間も含めてです。命のことを言っているのです。にもかかわらず、無為自然説の道教が根付くことなく、仏教、儒教が隆盛なのがこの地であり、曖昧模糊《あいまいもこ》とした神仙の世界の代わりに水路《スロ》夫人に捧げる老人の献花歌《ホンファガ》*から、人間として最も高い精神世界を感じるのでしょう。僕は神を称賛する歌の中で、献花歌ほど無限で美しい人間の精神が感じられるものを見たことがありません。その献花歌を高みにあるものとすると、低俗な感覚はことわざや比喩に見られます。その高低の振幅の大きさにおいても、日本の民族と朝鮮民族の違いを見出すことができるでしょう」

「結局、朝鮮民族の讃美だな。そういうのを我田引水と言うんだ」

容夏が言った。

「ええ。まさにその点では僕も、自分自身に懐疑を抱いています。僕が言いたかったのは両面性です」

「両面性というのは」

明彬が聞き返した。

「複雑と単純です」

「それは何についての話ですか」

「日本の民族の単純性は、その単純さのために色彩や線において、いや線というより線が行方不明になって描き直した状態だが、それは単純さから来る欲求ではないでしょうか。反対に、朝鮮民族はその複雑さのせいで、色彩や線において大胆な省略を試みるのです。省略というのは、根源を求めて不必要な物を取り除くということではありませんか。つまり生命を探すことなのです」

「やはり讃美歌だ」

燦夏は容夏に向かってぎこちなく笑う。

「お前は愛国者か」

あざけりの第二弾だ。

「そうではないという前提で始まった考えです」

「お前が何と言おうと日本は強国で、我々は征服された民族だ。そんなことを言ったところで、悪あがきに過ぎない」

明彬の顔が赤くなった。燦夏は苦々しい表情だ。

「さらに滑稽なのは、日本の女と暮らしているお前からそんな話を聞かされなければならないということだ」

「そうでしょう。ですが、だからこそ僕は僕の客観的な目について先に話したのです。僕は、今日の強国である日本と、その関係がどうであれ弱小国である朝鮮について、現在は国家自体がなくなってしまいましたが、その要因を考えてみたかったのです。そして、強いとか弱いとかいう現状の問題と、真の意味での強者と弱者の問題についてもです。今、ここにいるお兄さんと僕にも適用できる問題ではありませんか。もちろん、僕は愛国者ではありません。それに、愛国者ではないからこそ、真実にあるいは事実に近づくことができ、公正であることができるからです。複雑なら取り除き、単純なら付け加えるという……言い換えれば欠乏と剰余の状態、これが僕の話の結論です。欠乏が今日の日本を強国にし、剰余状態によって朝鮮は潰れた」

「はっ、まったく。朝鮮が剰余状態だ？　おい、それぐらいにしとけ。頭がおかしくなったと思われるぞ」

「正気です。物質的な話ではありません」

「だからどうだと言うのだ」

「これから日本は、さらに強国になるでしょう。この先もずっと団結していくと言っているのです。個々人の欠乏は全体を豊かにし、個々人の豊かさは全体を欠乏に追いやる」

「それが結論か？」

「いいえ。強弱の尺度を両面から相反する目でも見ることができるということ、そして、強弱の形態が波のように押し寄せて消えていくということ、物質の時代になったり、精神の時代になったりするというのが僕の結論です」

「やはり愛国者だな」

容夏は鼻で笑う。

「どうされたのですか。兄弟げんかはやめて下さい」

ほかの扉から突然入ってきたかのように明姫が言った。膳が片付けられ、それぞれソファに移る。明姫がコーヒーを持ってきた。

「実際、朝鮮には川辺の砂ほど愛国者が多いのに、なぜ独立できないのかわからない。それも燦夏の剰余と欠乏の論理のように見なければならないのか」

容夏はたばこをくわえて火をつける。

「実は、しばらく前から偶然考えていたことなのですが、なぜか急に結論を出したくなったんです」

容夏の悪意をやんわりと押しのけるように燦夏は言った。

「偶然考えていたこととは……それより、君もここに来て座ったらどうだ」

コーヒーポットを脇に置いた明姫に向かって容夏が手招きをした。明彬は燦夏の言ったことを考えているのか、しばらく目を閉じてからコーヒーカップを手にした。明姫がソファに座るのを見た容夏は、

「実は」

と言いかけて、たばこを灰皿に押し付けて火を消す。

「今日、任校長に来ていただいたのは」

明姫をちらりと見る。明姫は猫のように体を丸めている。何も考えていないようだった目が、ある期待のようなものに揺れているようだ。その目が容夏の視線を受ける。

「説明は省略します。私たち夫婦の離婚問題のためです」

「何だって」

明彬がソファの上で跳び上がった。燦夏の顔が青ざめる。

「どのみちいいことではありませんから、静かに解決したくてこの席を設けたんです」

「離婚を反対するわけではない」

明彬の口から意外な言葉が出た。最初の衝撃とは裏腹に、自ら言ったとおり血の気の多い性格とは違って落ち着いた声だった。

「任校長は反対できる立場ではありません。賛成できる立場でもないですし」

「そのとおりだ。一つだけ、私は任校長ではなく任明彬だ。それに、反対も賛成もできる立場ではないが、どうして私がこの場にいなければならないのか」

手は震えている。持っていたコーヒーカップを皿の上に置く。

「通告するためにです」

「明姫と合意したのですか」

明彬は敬語を使った。

「いいえ。初めて持ち出した話です」

「だったら、通告の次に説明をするのが順序ではありませんか」

容夏は歯を見せて笑った。

「理由は、私の弟とあなたの妹に聞かなければなりません」

「それはどういう意味ですか！」

明彬は両拳を握りしめ、突然立ち上がった。彼の顔は紅潮していた。容夏は笑うだけだ。まさにこの瞬間のために長い昼食の時間を持ち、燦夏の長話を辛抱強く聞いてきた。そう書かれた顔と満面の笑み。明姫は猫のように、さっきのあの姿のまま沈黙していた。燦夏は化石のように固まっている。

（お義姉さん、あなたは何かを感じていたのですね。本当に馬鹿だ。僕みたいな馬鹿はいない。ただのおもちゃにされてしまった、いい大人の男がです）

青ざめていた燦夏の顔は赤くなり、再び血の気を失いながら目は真っ赤になる。その瞬間、明彬は助けを求めるかのように、血走った目を明姫に向けた。明姫の目の中に、容夏の顔に浮かんだ笑いとよく似た笑いが浮かんだような気がした。

「お兄様、心配しないで下さい」

明姫がそう言い終わると、燦夏の体が素早く動いた。容夏は胸倉をつかまれたまま燦夏と一緒に立ち上がった。事態は予想できない方向に進行していく。容夏は慌てる。

「こいつめ、頭がおかしくなったのか」

生まれて初めてだ。燦夏が暴力を振るった。今までそんなことは一度もなかったのに。

「行きましょう。別荘に行くんです」

胸倉を放さなかった。

「何をしに行くんだ。放せ！」

「父上、母上の所にです。行って、報告も説明もすべきではありませんか。行かないと言うなら腕力を使うしかありません。行きますか？」

「放せ！　行けばいいんだろう！」

放してやる。容夏の姿は惨めだった。彼はこんな結果を想像してみたことすらなかった。

「運転手に車を用意するよう言ってきます。行くとはっきりおっしゃいましたよね。約束を破ったら、僕は所構わず腕力に物を言わせます。お兄さんも淫らな話がこの部屋から漏れるのを望まないでしょう？」

絶体絶命、容夏はどうやって対処すべきなのか、糸口をつかめないまま木のように立ちすくんでいた。

兄弟を乗せた車は出発した。別荘への入り口まで来た時、日は西にあり、裸木が風に揺れていた。

「ここで降りて、歩いていきましょう」

一方的な燦夏の命令で車は止まった。下りた後、

「家に帰って、明日の朝、迎えに来て下さい」

と燦夏は運転手に向かって言い、車体をたたいて帰るよう促した。車が角を曲がって消えると、燦夏は

振り返った。目は殺気立っていた。容夏の顔にも首筋にも、一面に鳥肌が立っていた。空を指さした燦夏が言う。

「怖くないのですか」

「だったら、俺が誤解していると言うのか」

低い声だ。だが、容夏はいつでも飛びかかり、噛みつけそうな底力を回復していた。周りには誰もおらず、たとえ燦夏が腕力を行使したとしても、見物する人はいない。

「誤解だったと片付けるにしても、お、お前のその激しい態度はどういう意味だ」

余裕と微笑が容夏の口元に戻ってきた。しかし、想像すらしたことのない屈辱感からたばこをくわえて火をつける手は震えていた。

「結婚する前から僕が任明姫という女性を愛していたことをお兄さんは知っていたのに、今さらごまかす必要はありません」

「だから、不倫に溺れても構わないと言うのか」

「これから不倫に溺れます。お兄さんは離婚を宣言しました。僕はこれから堂々と、今の妻と離婚して任明姫さんを妻として迎えます」

「な、な、何だと……」

容夏はぼうっと燦夏を見つめる。

「できないと思いますか」

「……」

「趙炳模《ビョンモ》男爵、王家の血が流れる家柄、それは僕には何の価値もないものです。お兄さんもわかっているはずです。僕は、親日派と言われるのが怖くて日本の女性と結婚しないような人間ではありません」

「こいつ、殺してやる！」

「僕は必ず任明姫さんと結婚します！　お兄さんが離婚するなら。脅しだとは思わないで下さい」

「離婚させないつもりだな。この野郎！　そんな愛し方もあったか……ははは…ははは っ……」

兄弟は何事もなかったかのように別荘に入っていった。翌朝、容夏は迎えの車に乗って一人で家に帰った。一晩の間に彼は、老人のようにみすぼらしい姿に変わっていた。惨敗だった。生涯で初めて、それも徹底的にやられたのだ。彼は最初から明姫が不倫をしているとは思っていなかった。さあ、お前の好きな物を俺はこうやって捨てるんだ。優位にあるという確信から生まれる遊びを完璧に進められると容夏は信じ、強い刺激を楽しもうと思っていた。単なるいたずらが、自分を打ちのめすことになるとは思いもしなかった。

（どうやって仕返ししてやろうか。下手に飛びかかったりしないで、ずっと、ずっと油を搾り取ってやろう。最後の一滴まで、ばたばたもがくまで、明姫の、あの女の油を搾り取るのだ。死ぬその日まで、俺の横で。ああ、新しい楽しみができたぞ）

容夏は全身を震わせる。怒りは、時間が経つにつれて息苦しいほどに押し寄せてくる。生々しく、胸が裂けるほど押し寄せてくる。昨晩は一睡もできなかった。歯ぎしりした。しかし、今朝は歯ぎしりどころではない。全身の骨が砕けるようだった。彼は別棟に入った。丁重な謝罪の言葉を、準備してきた言葉を冷静に、より自然に言う必要があった。彼は怒りをのみ込もうと目をつむる。だが、彼を待っていたのは明姫ではなかった。小さな紙切れ一枚だった。離婚に同意するという、明姫の筆跡で短く書かれた紙切れだった。

十一章　旅芸人

年を取ると朝早く目が覚める。若い人たちが浅いけれど甘い眠りに浸っている間、老人は退屈で、寂しい。仲のいい息子夫婦に嫉妬していると誤解されるのではないかと注意しながら、きせるを打ちつけ、軽く空せきをし、何度も便所に行ったりする。そうしているうちに、思わず悲しみが込み上げてくる。年老いて力のなくなった自分がやるせなくて、みんな寝ているのに独り起きているという孤独感と疎外感のせいで、過ぎ去った歳月が空しい、恨めしい、無念だ、そんな感情の淵に追い込まれる。だが、嫉妬する子供もいらいらをぶつける夫もいない栄山《ヨンサン》宅には、過ぎ去った歳月が空しいとか、恨めしいとか、無念だとか思いながら、過去をさまよう余地はない。ただ寂しさに襲われる夜明けを繰り返してきた。

（もう怨み嘆くこともない。遺恨を残す子供もいないんだから。寄る辺ない孤独の身だ。うむ……梁から首でもつろうか。長い間、こんなふうに座ってあの世からの使いを待ってるのは、ほとほと疲れるよ）

明け方になると花札をめくってぶつぶつつぶやくのが、すっかり癖になっていた。だが、淑《スク》が来てから栄山宅の明け方は変わった。暗闇を手探りすると四方は壁に囲まれ、引き戸が一つあるだけで、油皿に火をともしても四方には壁と影しかなかった部屋に、今は人の寝息が聞こえる。

（あの子はちゃんとした大人になるに違いない）

淑はまだ、栄山宅に起こされたことはない。

（母親を知らずに育ったのに、どうしてあんなに身なりもやることもきちんとしてるんだろうか。天性なんだろうね）

栄山宅は淑がけなげな子だと思い、気に入っていた。ある時は、あの子は天から降ってきたんだろうかと思ったりもした。これまで女の子を置いたことがないわけではない。だが、金を持ち逃げされたり、年老いた栄山宅をこき使おうとする厚かましい女の子にうんざりさせられたこともあったし、ある子は淫蕩で、男たちが出入りする酒幕に置いておけずに追い出したこともあった。

（まあ、この子も運が良かったんだ。父親に人を見る目があったからここに置いていったんだし）

明らかに病人だとわかる男は、淑を預かってくれとか、ここに置いて身の回りの世話をさせてはどうかとか、そんな頼みのようなことはひとことも言わず、逃げるようにして朝早く消えた。その前日の夜。

「男の子は親がいなくても、物乞いでもして何とか食べていくでしょう。素直でおとなしい人に育つこともあるだろうし。だけど、女の子は体を売ることになります。一度道を誤ったら人間らしく生きられないし、いっそのこと死んだ方がましです。ええ。男の子はどこへ行っても、命さえあればいいんです。でも女の子は……自分の気持ちが清廉潔白でも無駄で……あちこち回ってみたんですが……」

ぶつぶつと独り言のように、残した言葉といえばそれだけだった。

（ごもっともだ、間違ってはいない。浮気者、ばくち打ち、盗人、大逆賊を除けば、男の子は自分のなりたいものになればいい。だけど、女の子はそうはいかない。道を誤ったら取り返しがつかない。可哀想に、大事に育てて真面目な男に嫁がせてやりたいけど、もうあたしもこんな年だし、死ぬ日もそう遠くないから仕方ない。淑も年頃なのにね）

淑が目を覚ました。

「もっと寝なさい。明るくなるのはまだ先だよ。どうしてそんなに早く目を覚ますのかね」

「いいえ、たくさん寝ました」

淑は衣服の乱れを整えて布団を畳む。栄山宅も花札をかき集める。

「もう冬も終わりみたいだね。そろそろナズナの若葉のみそ汁の季節だ」

「はい、川の氷もすっかり解けました」

と言うと淑の顔が赤くなる。十日ほど前だろうか。川辺で允国《ユングク》に会ったことを思い出したのだ。

「人っていうのは年を取るほど春がうれしくて待ち遠しいものだけど、今年は淑がいるから山菜を採りに行くつもりだよ」

「……」

「ツツジの花を摘んで花煎《ファジョン》*を作るんだ。どこかに蜂蜜が残ってるはずだけど」

「……」

「ツツジ酒もせきにはよく効くんだけどね」

布団を畳んだ場所をぞうきんがけする淑の目から涙がこぼれ落ちる。床に落ちた涙の跡を拭き取り、栄山宅に背を向けながら隅の方を拭く。

「二、三年寝かした酒を飲むとぜんそくも治るって」

栄山宅はまた、花札を一枚ずつ並べていく。部屋の中をまんべんなく拭いた淑はぞうきんを持って外に出る。真っ暗闇と冷気が全身を包み込むようだった。しばらくぼんやりと台所の前に立っている。暗さに慣れた目に向かいの山腹が見え始めた。栄山宅がツツジの花煎を作ろうと言った時、淑は弟のモンチを思い出した。二人で山の中をさまよいながらツツジの花を摘んでは食べ、摘んでは食べても、おなかはいっぱいにならなかった。油を引いてこんがり焼いた一枚の花煎を半分に切って弟と分け合い、ゆっくりかみしめながら食べられれば空腹を紛らわすこともできただろうが、ツツジの花は食べても食べてもおなかは膨れなかった。ぜんそくが治るというツツジ酒、父の病気はぜんそくではなかったけれど、いつも痰が出て、せきは止まらず、ついには血を吐いたりもしていた。春になればせきはさらにひどくなり、血を吐く回数も増えた。春になるたびに、春をしのぐのは難しいだろうと聞かされた。台所に入った淑は手探りで釜のふたを開けて水を注ぎ、松の枝をたぐり寄せてたき口に火をつける。松葉と松脂が燃えるにおい、光と温かい空気が台所の中に広がる。真っ黒にすすけた台所の天井と垂木に火の光がゆらめく。

「薄情な父さん」

火かき棒で火をかき回しながら何度も言う。父が薄情だったのだろうか。いや、淑は父親に対する自分が薄情だと思ったのだろう。日当たりのいい山の斜面に穴倉でも一つ作ればよかったのに。枯れ草を切って寝床を作り、小川の周りに転がっている落ち葉を集め、枯れ枝を折って積んでおけばよかったのに。脂の多い松の枝で火をたき、村に下りていって物乞いでもすれば、ひと冬は凍え死なずに生き延びられただろうに。父さんが死んでも清らかな山中に埋めてあげれば思い残すことはなかっただろうに。父さんの遺体を誰が埋めてあげるんだろう。おなかをすかせて泣いてる弟は……。

「薄情な父さん、冷たい父さん、女の子は子供じゃないって言うの」

「薄情だと思うのはやめなさい。お前のためを思って、何も言わずに去っていった父さんはどれだけつらかったことか。生きていればいつか会えるかもしれないし」

いつ出てきたのか、栄山宅が言った。そして、水に戻しておいた大根の干葉をパガジに移す。釜の湯が沸いたのか、ふたの間からこぼれ出た。釜のつばに水滴が落ちてじゅうっと弾ける音がする。淑はチマの裾をまくって洟を拭くしぐさをしながら、涙を拭い、お湯をくんでぞうきんを洗う。淑が店の中を掃除している間、栄山宅は戻した大根の葉をみじん切りにしてみそと一緒に釜の中に入れ、淑が取ってあったとぎ汁を注ぐ。そして、煮干しを一つかみ入れる。

「スープを作る用意ができたよ。釜に火をつけておくれ」

「はい」

店から返事が聞こえてくる。

「可哀想に、思い出して当然だ。温かいご飯を食べるたびに胸が詰まるに違いない」

空が白んできた。栄山宅は店に入り、淑は汁釜に火をつけようと台所に戻っていく。

「この世に生まれて悲しく思わない人はいないだろうけど、まだ嫁にも行っていない幼い女の子が死に別れも生き別れも経験しただなんて、胸に刺さった釘を誰が抜いてやれるんだろう」

最初、父親が行ってしまったことを知って号泣していた淑はその後、栄山宅の前で涙を見せることはなかった。だから栄山宅は、

(駄々をこねられても困るけど)

と心の中で安堵した。

「ああ、寒い。体を温めてから行かないと」

きちんと着飾ったバウが酒幕に入ってきた。

「冬も終わりなのに、若い人がそんなに寒がって」

「おやおや、花嵐に中年も凍え死ぬって言葉を知らないんですか。俺がまさにその中年なんですよ」

「ふざけたことを言って。朝早くからトゥルマギを着てどこへ行くんだい」

「娘に縁談があって出かけるところだけど、酒でも下さい」

バウはトゥルマギの裾を注意深くまくり、酒卓の前に座る。昨晩、淑が漉して入れておいたから、酒がめには酒がたっぷり入っていた。

「秋を待たずに、春に結婚させようってことかい?」

「秋がいいけど、相手が見つかったらこの際いつでもと思って。あちらは百姓じゃないからうちの事情ばっかり押しつけるわけにいかなくて」

差し出した酒膳を受け取ったバウは、キムチをひと切れつまむ。淑がヘジャンクク*を運んできた。

「婿になる人は何をしてるんだい」

「船乗りだそうです。まだ決めたわけじゃないけど」

「漁船に乗ってるのかい？」

「漁船は駄目ですよ。汽船に乗ってるらしいです」

ヘジャンククをふうふう吹きながら食べる。

「さぞ、いろいろな地方を回ってきたんだろうね。河東《ハドン》の人かい」

「はい、両親はしっかりしてて、親に似ない子供はいないから、それで心が傾いたんです」

「それはそうだね。親がしっかりしてれば」

「淑がここに来てから、ヘジャンククの味が良くなった」

「冗談じゃないよ。昔も今も、ヘジャンククはあたしが作ってるんだから、味が変わるはずがない」

「見た目のいい餅は食べてもおいしいって言うからな。淑が来てから家の中が明るくなって、自然とヘジャンククの味も良くなったみたいですね。淑が嫁に行く時は、持参金をたっぷり持たせてやらないと」

何の気なしに言ったのではなかった。ここにずっといて損はないと淑に言っているみたいなものだったが、寂しい年寄りのために気を使ったのも事実だ。

「くだらないことを言ってないで、呉《オ》さんのことは何か聞いてないのかい」

「ひと月ほどすれば裁判にかけられるらしいです」

「裁判にかけられたら、まさか呉さんは死ぬんじゃないだろうね」

「そうはならないでしょう。殺してやるって飛びかかったのは禹《ウ》の奴の方だから。うまくいけば、監獄暮らしもそう長くはならないだろうって言ってましたけど」

「そりゃそうだ。呉さんが人を殺すような人じゃないってことは、村の人がみんな知ってる」

「裁判がうまくいくかどうかは証人の口にかかってるから、それが心配です」

「何だって」

「最初から最後まで見たのは、ヨプの母ちゃんとメンスンなんだけど」

「見たとおりに証言すれば済むことだ」

「それがその……それに女だから」

「何を言ってるんだい。人の命がかかってるのに」

「あの毒蛇みたいな、禹の女房のせいですよ。メンスンは嫁ぎ先に戻ったから仕方ないけれど、禹の女房がヨプの母ちゃんの家に入り浸りだ」

「何のためにそんなことを」

「有利な証言をしてもらうためでしょう。呉さんに有利なことを言ったら家族を皆殺しにするだの火をつけるだのって、相当やっかいな人ですよ」

「だけど、李《イ》さんの息子がいるじゃないか」

「弘《ホン》も途中から飛び込んだから」

「まったく、盗人の女は盗人だって言うけど、ほんとだね」

「そうじゃない人もいますよ。天一《チョニル》の母ちゃんは、常民しておくのはもったいない」

「それもそうだ。だけど、今聞いたとおりなら、呉さんのことは安心してられないってことだね」

「そうはいっても、村の人も黙っちゃいないだろうし、禹の女房がずっとあの調子なら、村から追い出すしかありません」

「ああ、やったことを考えればね。だけど、どうせあっちが不利なんだから、必死なのも当然だ。いくら憎かろうが、他人に何を言われようが、自分の旦那なんだし。何も見えてないんだろうよ。悪いのはお互いさまなのにねえ」

「当人たちだけの問題ですか。正月早々あんなことが起きて、村中が大騒ぎです。今はちょっと落ち着いたけど、最初はみんな生きた心地がしなかったですよ。怖くて、日が落ちたら子供も大人も外に出られやしない」

「事がうまくいったとしても、呉さんはもうおしまいだ。正気に戻れるはずがない」

「何年か臭い飯を食うことにはなりますよ。監獄暮らしを終えて出てきたとしても、子供たちの将来を考えたらこっそり出ていった方がいいと思うが」

「生きていると、いろんなことがあるもんだね」

「それはそうと、そろそろうわさが立つだろうけど」

「まだ何かあるのかい」

「その、崔《チェ》参判家の二番目の坊ちゃんが」

「万歳を叫んで捕まったって話は聞いたけど」

「それは、釈放されて解決したんですけど。ほんとかどうかわかりませんが、行方不明だそうです。川に流されたっていう恐ろしいうわさもあって」

「何だって？　梅雨にお化けが浅瀬を越えるようなことを言うんじゃない」

「どういう意味ですか」

「つまらないことを言うのはよしなさいってことだよ。やることがないなら寝転んで垂木でも数えてろとも言うけどね。さっさと、酒でも飲みなさい」

酒を飲んで口元を拭いながらバウが言う。

「だったら、俺がありもしないことをでっち上げてるって言うんですか。あきれた。ただでさえ忙しいのに。あんまりひどいうわさだから話したんですよ。そうでなくても、正月早々人殺しがあって、しかも、とても見ていられない惨たらしいありさまで。呉さんは人を殺すような人じゃないのに。鬼神にとりつかれたに違いない。だから村がざわついて、村が滅びる前触れだってみんなこそこそ……」

「うわさは恐ろしいよ。口は災いの元だ。他人にいい事が起きたら一人くよくよして、他人に悪い事が起きたら尻を振って踊りだしたくなる、心の中ではそう思っているのに心配するふりをして、見え見えだ。何百年も生きられる人なんていないし、みんないつかは死ぬんだ。一寸先も見えなくて、木の葉みたいにおぼつかない人生なのにね。まあ、あたしなんか崔参判家とは何の縁もないけど。趙《チョ》の奴がいた頃だって同じだよ。あの家の坊ちゃんは、ここで暮らしていなかったも同然だ。だから、姿が見えないからって、川に流されたなんてとんでもない。それは、みんなあの家が潰れるのを望んでるからそんなことを言うんだよ。ひどいもんだ」

「婆さんときたら、なんでそんなに威勢がいいんですか。おかしなことを言わないで下さい。俺は何にもしちゃいないのに」

バウは腹立たしげな目で栄山宅を見つめ、つっけんどんに言った。だが、栄山宅はせきが切れたみたいに話し続ける。

「昔から、千両もらうより無実の罪を着せられたくないってね、そういう目に遭った人たちの心情だ。あの忌々しい、斧の刃みたいなうわさのせいで福童《ポクトン》の母ちゃんが死んじまったじゃないか。人のうわさ話ばかりするんじゃないよ。人っていうのはどうして、一日たりとも他人を悪く言わずにいられないんだろうね。天から降ってくる災いだけで十分だろうに、お互いにかみついて、むしり取って。情けないったらありゃしない」

「ふん、まるで罪人扱いだな。みそくそに言いやがって。だが、俺が婆さんと張り合ってああだこうだ言うのは男らしくないし、これぐらいにしておこう」

「何もあたしは、あんたのことを言ってるわけじゃない。そういう世の中だって言ってるんだ」

「俺だって、あの家をそれほど大事に思っているわけじゃないが、だからといって、あの家が潰れるのを望んでるわけでもない。若い頃、ばくちにはまって遊びほうけて、誰かみたいに義兵のまね事はできなかったけど、誰かみたいに趙の奴にこびへつらって米一升をもらったこともない」

「いきなり義兵だなんて、何を言い出すんだい」

「あの時、義兵は崔参判家と組んでいたからですよ」

「そうだったかね」

「とぼけないで下さい。昔から婆さんがこの村のことで知らないことはないでしょう」

「まあ、そうだね」

栄山宅は笑う。

「あたしが知らないことはないだろうよ。幾重にも重なった多くのことがはっきりと目に浮かぶ。月日の経つのはほんとに早いけど、残された無念は数えきれない。前世も来世もなかったら、どうやってその多くの恨を晴らすのやら」

「また悪く言われそうだけど、とにかく昔からあの家の地相は悪いことで知られてるから」

「崔参判家がかい？」

「ええ、あの家の男たちのほとんどが非業の死を遂げたと言い伝えられているし、俺たちが知ってる限りでもそうだ」

「どこの家だって人は死ぬよ。家っていうのは百年、二百年、五百年と続くけど、人の命はそうはいかない」

「事実はいくら隠しても隠しきれないものだし、同じ死ぬのも死に方次第でしょう」

その言葉には栄山宅も口をつぐんでしまう。自分でもそう思っていた。実際、村人たちは崔参判家のことを考えると恐怖を感じた。長い月日の間、実質的な領主として君臨してきた権威のせいでもあるが、それより崔参判家を取り巻くさまざまな不幸の歴史と不吉な事件は、村人たちの潜在意識の中に恐怖として残っていた。

「この辺りであの家が滅びるのを望んでいる人はいないはずです。望んでいる人はみんな死んでしまった。この先世の中がどう変わっていくかはわからないが、今の状況から見て倭奴の下で小作をするよりはましだし、あの家の人は人情もあるし」

「そうだよ。崔参判家も崔参判家だけど、悪徳な小作管理人の奴らに苦しめられた揚げ句に夜逃げした人は数えきれない。張書房《チャン》〈延鶴《ヨンハク》〉の心が広くて恨めしく思う人もいないからいいものの、なかなかああいうふうには振る舞えないもんだ」

「そのとおりです。張さんは俺たちの味方です」

バウが少しうつむく。

「昔の金《キム》書房は真面目でいい人だったけど、優柔不断で肝っ玉が小さかった。それに比べて張さんは、お人よしに見えるけど度胸があって、しっかりしてる」

「度胸があって当然です。崔参判家がなくたって食べていけるんだから。麗水《ヨス》では張さんの実家は、金持ちになったって騒がれてるみたいです。町にある本家も食べていくには困っていないし、だから何の心配もない」

「そうだね。張さんの伯父さんは、荷物を運ぶ舟を持ってる人だろう？　ほんとに人のことはわからないね。この辺りで名の通った、勢いのある金持ちになるなんて誰もわからなかったさ。二平《イピョン》の所の善《ソン》が嫁に行く時だって、食うには困らない、いい所に嫁入りするんだって大騒ぎだった。とにかく、善はものすごく運に恵まれてるよ。嫁入りしてから家が急に栄え始めたんだから。あの子が嫁に行った日が昨日のことのように鮮やかに思い出されるのに、月日が経つのは早いもんだ」

「善だけじゃないですよ。斗万だって。今じゃ酒問屋までやって、晋州《チンジュ》を牛耳ってるらしい。親戚同士で時運に恵まれて、それも並大抵じゃないみたいです」

「昔の知り合いがいい暮らしをするようになったのはいいことだけど。斗万の母ちゃんにも、今までみたいに気安くできないね」

バウはぱっと跳ね上がるようにして言う。

「気安くだって？　とんでもない。会うこともないだろうし、斗万の奴ときたら、平沙里《ピョンサリ》の人と聞くと目の上のたんこぶみたいな態度を取るらしいです。それだけじゃありません。崔参判家とも張り合おうとして、ひどいもんです。カンナン婆さんのおかげであの家から門前の肥えた田んぼをもらったんだから、言ってみればかつての主人なのに」

「あの土地は、趙の奴に奪われたって聞いたけど」

「斗万の奴、子供の頃はあんなじゃなかったのに」

「昔のことが原因なんだろうね。他人にばらされるのがいやなんだろう」

「だから、気の小さい男なんですよ。ほんとにできる奴だったらそんなことはしない。もっとも近頃はできる奴じゃなくて、他人の目に血の涙を流させる奴が金もうけをしてますけど」

その時、鳳基《ポンギ》爺さんの息子のトシクがそっと入ってきた。網袋を脇に置いてバウをちらりと見る。

「朝からどこへ行くんです？」

気乗りしない様子で聞いた。

「娘の縁談があって町に行くところだ。お前は市日でもないのに町に行くのか」

バウも渋々言った。

「この間の市日はやむを得ない事情があって行けなかったけど、明日、祭祀だから」

トシクはバウの隣に座った。

「酒を一杯下さい。朝飯を食べずに出てきたから」

福童の母が自殺した時、先頭に立って鳳基爺さんを懲らしめたバウに会うと互いに気まずくなるのは当然だ。だが、トシクは父親と違って寡黙で人と争うのが嫌いなので、二人はそれなりに言葉を交わしながら過ごしてきた。

「そうだ、さっき婆さんに叱られたんだが」

トシクは酒膳に置かれたヘジャンククをすくって食べ、酒碗を手に取った。

「崔参判家の次男がどうのこうのというのは、お前の口から出たうわさだそうだが、本当なのか」

バウはさっさと行かなければならないのにと思ったが、微妙な感情のもつれがあったから誤解されては困ると思って声をかけた。

「どうしてですか。俺も脱穀場に立たせて、石を投げつけるつもりですか」

酒を半分飲んでキムチをぼりぼり食べながら、トシクは挑戦的に言った。

「お互い、昔のことは忘れなさい。あの時の状況からしたらどうしようもなかったんだし、トシクも父さんの性格を知ってるだろう？　それに人が死んだんだ」

栄山宅がたしなめるように言った。トシクは苦笑いする。体はそうでもないが、トシクの顔の骨格は随分大きくて頑強に見えた。恐ろしいほど濃い眉毛に唇は分厚く、顔の輪郭は四角張っていた。

「自分の父親があの爺さんだってことが恨めしいだろう。そうじゃなきゃ人間じゃない。それに、お前が話にもならないことを言いふらしてるなら、俺も聞きはしなかったし」

バウが謝るように言った。

「あの晩、喪家に行って夜遅く帰る途中に、川辺で崔参判家の人たちがちょうちんを手にあの家の二番目の坊ちゃんの名前を呼びながら捜しているのを見たんです。びっくりしました」

「それで？」

「それでって、何がですか」

トシクは残りの酒を飲む。

「川辺で何がどうなったか聞いてるんだ」

「崔参判家から何の音沙汰もないのを見ると、大したことはなかったんでしょう」

答えは簡単だった。

「まあ、そうだな」

トシクは金を酒卓に置いて立ち上がった。

「俺も行かないと。一緒に行こう」

バウも急いで立ち上がる。二人が帰ると、栄山宅はそわそわし始める。

「淑」

「はい」

「昼にお客さんが来そうだから、米を研いでおいておくれ」

「どれぐらいですか」

「そうだね、二升ほど炊いておけばいいだろう」

「はい」

栄山宅は花札を取り出す。やはり心が落ち着かない。この先どんなことが起こるのかと心配したり、恐れたり、用心したりしなくなって随分になる。もし、鬼神がやってきたとしても、さあ取って食えと言っただろう。未来はないし、希望も欲望もない。希望がないから恐れることもない。ただ、心が乱れるだけだ。

(さっきはどうしてバウにあんなことを言ったんだろう。つれなくすることもなかったのに、なんであんなにむきになって崔参判家の肩を持ったんだろうか。気の知れた仲なんだし、あたしは若い頃からこの性格のせいで怨みを買ってきたっていうのに)

栄山宅は、若い頃には分別があったし、自分なりの判断ができた。だが、年を取るにつれて判断はこっちへふらふら、あっちへふらふらと傾き、傾き過ぎて手に負えなくなることも往々にしてあった。今日みたいな場合もそうだが、もしかするとそれは、過ぎた歳月が代わりに残していったさまざまな記憶、その記憶に対する愛着のようなものではなかっただろうか。バウの言うとおり、崔参判家は、自分とはこれっぽちも関係なかったが、村の歴史の峰として、谷を越えて流れゆく川の水として、村の人々の源となったことは間違いない。言ってみれば、あの家、高い所に幾重にも重なって鎮座する巨大な瓦屋根の家は、記憶の本山だ。栄山宅がそのすべての記憶に愛着を抱くのは、もしかすると、おまけの人生を生きているような自身の現実にしがみつこうとする意志のようなものかもしれない。だが、そのたびに栄山宅は、その意志がおまけそのものであることにぼんやりと気づかされる。村にはまだ、栄山宅より高齢の老人が何人か生きていた。白髪の老人、しわやしみだらけで、あるいは腫れ物のできた顔に歯は抜けて、背中は曲がり、春になれば日向に座って田畑を見つめる彼らの顔から笑みを探すのは難しい。表情すら失った顔。その老人たちは既に、梁から首をつることも、風呂敷包み一つを頭に載せて流浪の旅に出ることも、暗い黄泉路の三途の川を渡る時のことも考えていないだろう。崩壊し、一方で固まって風化していく肉体から、ある日音もなく霊魂が抜けて行くべき所に行ってしまえばそれまでだ。

(死ぬこともできずに悩んで……一度は川辺だったか、この近所まではってきて。とにかく人はみんな死んでいくものだけど、酒を飲んだお客さんたちが駆け付けて負ぶって助け出したこともあった。今は統営《トンヨン》で指物の仕事をしてるって言ったっけ。あの背中の曲がった坊ちゃん、顔のきれいな坊ちゃんも多分四十歳ぐらいになっているだろう。親の罪業だろうか。可哀想な坊ちゃん……崔参判家の別堂《ピョルタン》*の若奥様〈西姫《ソヒ》の母〉を連れて逃げた九泉《クチョン》〈金環《キムファン》〉もうちの酒幕で殴られて死にそうになった。あの時、巡査が来たと言わなかったら、殴り殺されてただろうに。死んだのか、生きてるのか、あれ以来姿を見てないから」

栄山宅の考えはとんでもない所に飛んでいく。だが、目の前で思いがけずにこっと笑っているのは月仙《ウォルソン》だった。その顔は、ムーダンの衣装を着て花笠をかぶり、七金鈴を振り、扇をぱっと広げる月仙の母親の汗まみれの顔に変わっていく。飛び跳ねる姿、鈴の音、笛とチャング〈鼓に似た形の打楽器〉の音、栄山宅は頭を横に振る。

ほぼお昼時になる頃だった。

「求礼《クレ》に行って飯を食おうにも、遠くて時間が随分かかる。でも、この辺りで仕事をするのは無理だし」

「ほんとについてない」

「今日だけじゃない。いつものことだ。世の中が変わらない限り、俺たちに運は回ってこない」

ぼそぼそ無駄口をたたきながら酒幕に入ってきたのは旅芸人の集団だった。

「節々がうずいたら雨が降るのがわかるみたいに、何か予感がしてたんだ。だからあたしは米を研いでおけって言ったんだね」

栄山宅は彼らを眺めながら言った。

「スズメは米つき小屋を素通りできない*って言いますからね」

くりくりした目の男が言った。旗や小道具の入った荷物入れ、太鼓、銅鑼、鉦《かね》などを庭の片隅に押しやり、木綿の布で脛《すね》を巻いた旅芸人はわらじを脱いで座敷に上がる。男装した女も二人交じっていた。

「淑！　米の釜に火をくべなさい。水に浸してあったからすぐ炊けるはずだ」

両班も常民もよく立ち寄る酒幕だから、少し前までは旅芸人たちが気軽に酒卓の前に陣取ることはできなかった。

「まずは酒からかい？」

栄山宅が聞いた。

「飯はないんですか。女たちが、腹が減ったってやかましいから」

目のくりくりした男が言った。

「全員の分には足りないから、今炊いてるんだよ。酒幕に酒とご飯がなくちゃ、やってけない」

「だったら先に二杯だけ、クッパを女たちに出してやってくれ。俺たちは酒を頼みます」

男たちと同様にあぐらをかいた二人の女のうち、眉の細い女が横目でにらむ。栄山宅はクッパを二杯、女たちの前に置く。

「さあ、どうぞ。おなかがすいているだろうに」

女二人はがつがつとクッパを食べる。男たちの前に酒碗を並べながら栄山宅が聞く。

「今年の正月はもうかったのかい」

「もうかるも何も。死にそうですよ。飢えをしのぐ程度です」

小柄な中年の男が言った。

「年ごとに世の中が変わっていくから」

「曲馬団〈サーカス〉だか曲牛団だか知らないが、奴らのせいで旅芸人はもうおしまいです。ちくしょう、この仕事もできなくなったら、泥棒でもやるしかありません」

「だからって、酒代を踏み倒そうなんて考えないでおくれよ」

智異山《チリサン》を中心に歩き回っている旅芸人と、蟾津江《ソムジンガン》の近くで酒幕をやって数十年のおかみの間に面識がないはずがない。泥棒をすると言うのも酒代を踏み倒すなと言うのもしゃれみたいなもので、文字どおりの世知辛さはない。たとえ、貧しくて冷たくあしらわれる旅芸人や水商売の女だとしてもだ。

「この村で一幕やらせてもらえないなら、酒代も飯代も踏み倒すしかありません。三日間飢えてよその家の垣根を越えない人はいないって言います」

「ここで駄目なら」

「ちくしょう！　よりによって正月早々人殺しがあるなんて。ふん！　何てこった。まあそれも珍しいことだ。やっかいなことだな」

「まったくだ。ほんとに面倒な事件だ。昔からこの平沙里では難しいことばかり起きてきたが、ご先祖様のせいなのか、地相のせいなのか」

「ちょっと、あんた、人が死んだっていうのに、何てことを言うんだい。火事になった家をうちわであおぐようなまねをするんじゃないよ」

「いても無駄な、いやそれどころじゃない。他人に害を及ぼすような奴が一人いなくなったからって、俺に号泣しろとでも言うんですか。人の生き死にはそれぞれ価値があるもんなのに、犬にも劣る人生をあの程度で終えられたんならいい方です。去年の春にも、そんな犬にも劣る死がありました。南原《ナムオン》の清日《チョンイル》教だか白日《ペギル》教だか何だか知らないが、そこの教主が刃物で刺されて月宮《ウォルクン》とかいう妾と一緒に殺されて、人殺しに加担した二人も天下一の悪党で、言ってみれば内輪もめが原因です。たまたま神様が一度に四人まとめて片付けただけだ。今度のことは、呉さんがちょっと気の毒です」

目のくりくりした男が言った。

「呉さんを知ってるのかい」

「顔を知ってる程度です。かっとなりやすくて、ずけずけものを言うけど、他人にひどいことをする人じゃない。運が悪かったとしか言いようがありません」

「正気を失えば、善良な人だって前後の見境がつかなくなるのはよくあることだし。それもみんな、前世で犯した罪を償っていくんだと思わないと。それで、南原で人を殺した人はどうなったって？」

「死刑ですよ。生き残れるはずがないでしょう。聞いたところだと、晋州の金持ちの奴も絡んでて、十年だか二十年だか刑務所暮らしをするらしいです」

「お婆さん、ご飯が炊けました」

湯気が上がるご飯を盛った器が重いのか、淑は顔を真っ赤にして運んできた。ご飯が覚めないように器をねんねこで包んで淑が立ち上がると、

「おい、あの子は」

と酒を飲んでいた小柄な中年男が首を伸ばす。

「おい！　お前、淑じゃないか」

男はがばっと立ち上がった。

「え？」

と言うと淑は、

「クシクおじさん！」

と駆け寄って男の服の袖をつかむ。そして、わっと泣きだす。

「うちの父ちゃんに会いませんでしたか、おじさん」

「驚いたな。一体全体どうなってるんだ」

すっかり緊張した栄山宅は、

「父親があたしに預けていったんだよ」

と釘を刺すように強い口調で言った。

「まあ、よく考えたな。それじゃあお前は、父ちゃんがどこへ行ったか知らないのか」

淑は泣きながらうなずいた。

「誰かが、モンチと一緒に歩いていくのを智異山で見たって言ってたけど、俺も気になって……」

クシクという男は泣くのを我慢しているのか、口の両端が下がる。

「い、いつですか？」

「この間の秋だ」

「モ、モンチと一緒にですか？」

「ああ」

モンチというのは淑の弟、在樹《チェス》のあだ名だ。

「忙しいだろうに、もう行きなさい。ここにいるのがわかったから、また会えるだろうし」

男は栄山宅の顔色をうかがう。

「はい」

淑も泣くのをやめて、おとなしく台所に戻る。

「淑とは親戚なんですか」

栄山宅は、クシクが淑を奪いに来たみたいに問い詰めた。

「いいえ、淑の父ちゃんとは友達で……」

言葉尻を濁す。

「淑の父ちゃんも旅芸人だったんですか」

「そうじゃありません。子供の頃、家が隣同士で一緒に大きくなりました。暮らし向きも悪くなかったんですが、ちょっと事情があって無一文になってしまったんです。早く、クッパを下さい」

男は目を伏せる。

「なかなかのべっぴんじゃないか」

目のくりくりした男が淑を見て改めて言う。その瞬間、栄山宅の目つきが鋭くなり、クシクも似たようなしぐさをした。栄山宅はクッパを一杯ずつ出していく。酒で空腹を紛らした男たちは、さっきの女たちのようにがつがつと食べはしなかった。

「ちょっと事情があったって、どんな事情なんだ」

目のくりくりした男がまた聞いた。

「他人の事情を知ってどうする」

妙に頑として質問に答えない。

「暮らし向きは悪くなかったのに一文無しになるなんて、借金でもしたのか」

「……」

「女房が逃げたか、でなきゃ重い病気にかかったか」

男は少ししつこかった。

「女房に先立たれることだってあるだろう。逃げただなんて言うんじゃない」

クシクはその言葉が引っかかるような反応をした。そして、改めて栄山宅に向かって、

「お婆さん、あの子、淑のことですが」

と丁重に話し始める。

「学はありませんが、生まれつきおとなしくていい子で」

「そんなふうに言うと、何だか血がつながっているみたいに聞こえるな。おとなしいだって？」

目のくりくりした男が皮肉る。

「そんなのは関係ない。国が滅びたら王孫も物乞いになるって言われてるのに」

「大したもんだ。旅芸人の口から王孫だとはな」

しかし、クシクは、

「小さい頃からあの子はつつましくてけちのつけようがない。お婆さん、どうか立派に育ててやって下さい」

と栄山宅に頼む。

「心配しないで下さい。淑の父ちゃんはただ者じゃないみたいだ。この子をここに置いていったのを見ると」

栄山宅が言ったこともクシクが言ったことも、結局は一種のこけおどしだ。淑を悪いようにはしないでくれと。

「子供のことになると必死なのに、ここに置いていったのは何度も何度も考え抜いてのことだと思います」

目に涙のようなものが光る。

「クッパが冷めちまう。早く食べろ」

それまでひとことも言わず、器を持ち上げてクッパに口ひげを浸すようにして食べていた中老の男が、クシクに言った。

「ああ、おじさん!」

突然、台所から恐怖におびえた叫び声が聞こえてきた。

「いったい、何事だ！」

クシクがまっ先に飛び出した。栄山宅も転がるようにして外に出る。

「あっ！」

淑の服に火がついたのだ。慌てた淑は叫び声を上げながら跳びはねていた。髪の毛にも火がついた。クシクが食器を洗う水おけをさっとつかんで頭から水を浴びせる。淑は気絶したように台所の地面に倒れた。栄山宅はぶるぶる震えていた。クシクの顔は青ざめていた。

「たき口の前で泣いてたんだね。火が燃え移ったのも気づかないで」

眉の細い旅芸人の女が言った。

十二章　独唱会

晋州《チンジュ》市内の要所要所には洪成淑《ホンソンスク》の独唱会を知らせるポスターが貼り出されていた。本人もなかなか見栄えがするが、大きく印刷された写真は実物以上だったし、朝鮮のウグイス、朝鮮のプリマドンナ、文化の古都における早春を彩る一大行事だなどと書かれ、東京音楽学校卒業という略歴紹介の文字も巨大で、とにかく派手なポスターだった。それでも、天才的声楽家という文言が抜けていることを成淑はかなり不満に思っていた。文案は成淑の方で大まかに作って送ったが、主催者側がポスターの紙幅に合わせて文字を減らしたのだ。いくら面の皮が厚いとはいえ、さすがの成淑もそれを指摘することはできなかった。

「ポスターが貧弱過ぎませんか。地方だからかもしれないけれど、芸術家をもてなす方法を知らないみたいですわ」

成淑は、眉間にしわを寄せながらそんな不平を何度も繰り返した。楊校理《ヤンキョリ》*の家でも成淑は決してゆったり構えてはいられなかった。

「お義兄さん、私に恥をかかせたら、どうなるかわかっていますよね」

「何のことだ」

「聴衆が少なかったり、身なりがみすぼらしかったりしたら、耐えられないって言っているんです」

「だから入場券の三分の一は、俺が責任を持つことにしたじゃないか」

「それだけでは困ります。その入場券でどんな聴衆を動員するかが問題なんですから」

「ほほう、空席が埋まればいいじゃないか」

と成淑を怒らせる。

「そんなことだと思っていたわ。そういうふうに安易に考えていると思っていました。ソウルならこんなことには神経を使わないのに。空しくなってきました」

「歌を何曲か歌うだけで、そんな大げさなことを言って。晋州で初めて開かれる独唱会でもないんだし」

「私は初めてなんです。唱歌を歌っている人とは違うってことをお義兄さんはどうしてわからないんですか。東京まで行って勉強してきたくせに、教養のない人みたいな口をきくのね」

「音楽の勉強をしてきたわけじゃない」

「音楽を聴く耳のことを言っているんです。何もわからない人を集めてきたって、馬の耳に念仏だわ。価値がわからないと意味がない。だから、日本人をたくさん動員しなければならないんです。芸術に国境はないと言ったじゃないですか。聴衆がみすぼらしいと歌う気にもならないわ。花束みたいなものも準備はするけれど、府尹《プユン》*からの贈り物が必要なの。私の権威の問題なんです。それぐらいはお義兄さんの努力次第でできるでしょう。ソウルじゃ、私が独唱会を開くと言えば、王族や貴族も花束を送ってくるのに」

王族や貴族というのは趙容夏《チョヨンハ》のことだった。

「府尹からの贈り物とは……ははは っ……」

楊在文《ジェムン》は少しあきれたのか、作り笑いをする。

「君の言うとおりだとしたら、日本人はこざっぱりしていて朝鮮人は汚らしい、そういうことかな」

成淑は一瞬慌てる。

「そんなことは言っていません。小都市なだけに音楽を鑑賞する層が薄いし、日本人は西洋式の教育も先んじて受けているし」

「それは間違った考えだ。晋州は決して小都市じゃない。少なくとも古都であり、人口は少ないが、有象無象があちこちから集まってきた釜山《プサン》とは違う。道庁の所在地を巡って釜山と晋州はすったもんだしたが。相手が俺だったからよかったものの、今言ったことが誇り高い晋州の人たちの耳に入りでもしたら、独唱会はおろか……これからは言動に気をつけた方がいい」

在文は真顔で叱った。だが、彼の妻、洪氏は違った。妹のためでもあっただろうが、自分の格を上げたいという無意識の欲求が、今回の独唱会に熱中する結果を生んだ。実家の家柄がいいということは既に舌が擦り切れるほど言ってきたし、自分自身は花嫁修業をして嫁いだけれど、妹は東京に留学までした、それも朝鮮では数えるほどしかいない女流声楽家だと自慢したい、そんな洪氏なりのこだわりみたいなものがあった。洪氏が楊校理家の地位が高いことを鼻にかけていたから、人々は彼女の前では腰を低くしていたが、一方ではソウルの女だと言って敬遠していた。そして、まさか楊校理家がつまらない家の娘を嫁にもらうはずがないと言いながらも、陰ではソウルは広いんだ、見てないのにわかるもんか、美人だから身分の低い家の娘だけれど嫁にもらったのかもしれない、そんなことをほのめかし、ひそひそとうわさしているようだった。しかし、何より娘のソリムの身体的な欠陥によって心の傷を負い、そんな娘の欠陥のために許貞潤《ホジョンユン》を婿に迎えなければならず、その結婚はまたそしられた。在文は男だから、気にすることはないとやり過ごしたが、洪氏はなぜか挑戦的な思いを抱くようになった。そんなこんなで、彼女にとって成淑の独唱会は、いわば挑戦状みたいなものだった。

「各方面に招待券を送ったわ。あなたのお義兄さんの顔を立てる意味でも万難を排して来るわよ。それだけじゃない。招待券をもらって、ものすごくありがたがっている人も多いんだから」

「姉さん、なんでそんな寂しいことを言うの」

「どうして?」

「洪成淑の独唱を聞きに来るんじゃなくて、お義兄さんの顔を立てて来るだなんて」

「この子ったらもう、歌を聞いてみなきゃあなたが誰なのかわからないでしょ。ソウルにいるあなたを知っている人がそんなに大勢いるわけないじゃない」

「それもそうね。地方の人に何がわかるもんですか。知っているのはオルガンの伴奏で歌う唱歌ぐらいなものよ」

義兄に向かって言っていた、あの駄々をこねるような口調だ。

「そんなこと言わないで。晋州の人たちだってなかなかのものよ。ソウルの人に負けていない。昔から風流の本場じゃないの」

「妓生《キーセン》をはべらせて遊ぶ風流のことでしょ」

「新劇も晋州では盛んらしいわよ。活動写真もそうだし」

「頭がおかしくなりそう。新劇の役者と比べられるなんて。それに、活動写真って何よ。映画でしょ。姉さんでさえこんなに無知なんだから、私の頭がおかしくなって当然だわ。ソウルであれこれしゃくに障ることがあったから気分転換を兼ねて計画したことなのに、私の自尊心をずたずたにして」

げっそりとした顔になる。自尊心をずたずたにしたという言葉は、容夏と任明姫《イムミョンヒ》が別居したとか離婚したとかいううわさから出たものだ。容夏は残酷に自分を捨てた男であり、二人の別居や離婚のうわさは明らかに気分のいいことであるはずなのに、その内容は成淑を憂鬱にした。明姫が離婚を決心して家を出て、容夏が血眼になって捜しているというのだ。

(悪い男め！　悪い奴！)

あの日、別荘で足蹴にされたも同然の容夏の言動は決別の宣言であり、面の皮をはがすように残忍な侮辱だった。だが、自殺をするとか正気を失うとか、もちろん成淑はそんな女ではなかった。本能的な自衛手段として、彼女は夫にしがみついた。自身の名声？　とにかくそんなものが地に落ちるところだった危機を乗り越えた成淑は、夫に対し、以前にも増して倦怠を感じ始めた。食べ残しの冷や飯のように、夫のすることがことごとく目障りで、いら立ちを抑えることができなかった。無能だという言葉を一日に何度も吐いた。誰かにちょっと刺激されようものなら、逃げ出してしまいそうだった。どこかに容夏に負けない男がいたら勇気を出して離婚する、そうすれば、容夏への復讐になるのではないかと。

「誰があなたの自尊心をずたずたにしたって言うの？　通りごとに貼られたポスターをご覧なさい。みんながどれだけあなたを仰ぎ見ていることか」

「ポスターですって。ふん！」

「子供の頃から尋常じゃなかったけど、お願いだからその性格をちょっと直しなさい。世の中が開化されて女も男に肩を並べるようになったとはいえ、両班の家で女がうまく立ち回るのがどれだけ大変かわかってるの？　気に入らないことがあっても穏やかに振る舞って、相手を叱る時も声を荒らげては駄目だし、下人たちだって低い声で言われる方が怖いものよ。身分が違うの。私たちは皆を見下げて生きているんだから、腹を立てて声を荒らげたら、それだけ弱みを見せることになるのよ」

「静かに、そっと食いちぎれってことね」

成淑は大声で笑う。

「違うわ。静かに息の根を止めてやるのよ。ほほほ……ほほほっ……。それで私、何て言われてると思う？　湯気の立たないお湯の方が熱い[*]ですって」

姉妹は声を合わせて笑う。

「それはそうと、姉さん」

「何？」

「ソリムはどうしてまだ来ないのかしら」

「妊娠して大変だからでしょ」

「二人ともここで世話してやればいいのに」

「私たちも、許君が勉強を終えるまでそうしようと思っていたんだけど、許君が気後れするみたい。気を使うんでしょう」

「男のくせに」

「結婚する時、あまりにももめ事が多かったからでしょうね。独立したとはいえ、すぐ隣だし」

「それで、お婿さんは可愛い？」

「婿が可愛くない人はいないみたい」

「あの、うるさく騒いでいた女はどうなったの？」

「結構な金額を渡したから、日本に行ったとかソウルに行ったとか」

「行ってどうするのかしら」

「私たちには関係ないわ」

「大胆だわよね。女学校にも行けなかった貧しい家の子が、医者の奥さんになろうだなんて」

「読み書きもできないくせに」

「二人は仲がいいんでしょ」

「許君は、それは」

「棚からぼた餅だからね」

「ソリムの性格が……あの子は子供の頃から何を考えてるのか、何も言わないからちょっと心配よ」

「そうだ、姉さん」

「まだ何かあるの？　脅かさないでよ。今度は何を言いだすつもり？」

「崔《チェ》参判家だけど」

「ええ」

「あの家には招待券を送ったの？」

「いいえ」

「どうして？」

「いろいろ取り込んでいるみたいだから、迷ってるのよ」

「ご主人のこと？」

「それもあるけど。独唱会みたいな、人の集まる所に出てくる人じゃないし」

「ほかにも何かあるの？」

「下の息子さんのことなんだけど、うわさによると」

「今回の学生運動ね」

「そうなんだけど、警察で随分殴られたとか、体が不自由になったっていう話もあって」

「ほんとに？」

成淑が驚く。

「うわさだからはっきりしたことはわからないけど、停学だったか何だったか、処分も解けたのに学校に出てこないらしいのよ。学校に診断書を出したって言ったかしら」

「父親のせいで殴られたとか」

「さあ……随分活発な子みたいだし、反抗して殴られたのかもね。崔参判家の奥様は日本人と仲が悪くないし、役所とよく通じているって話だから、体が不自由になるほど殴られたとは思えないけど」

「だったら、姉さんが訪ねていってみなさいよ」

「何しに？」

洪氏は尻込みするように言った。

「招待券はともかく、お見舞いに行ってもおかしくないでしょう」

「私はいやよ。ソリムのこともあったし」

「ソリムは結婚したじゃない」

「だけど、行き来するような間柄じゃないのに」

「だから、これから行き来する間柄になるのよ。損はない。私も汽車の中で一度挨拶したことがあるわ。ほら、前に話したでしょう」

「それにしたって」

「お互い似たような家柄なのに、何がいけないの。そういう家とは付き合っておくべきよ。姉さんの相手になる人が、この狭い地方にどれだけいるって言うの。そうでしょ？　体面も考えないで誰彼なしに付き合うもんじゃないわ」

「私がいつ誰彼なしに付き合ったたっていうのよ。あきれた」

そう言うと姉妹は、最高に上品に着飾り、持っている物の中で一番高い装身具を身に着けて崔参判家へと向かった。

「奥様、お客様がいらっしゃいました」

安子《アンジャ》がそっと部屋の外に来て言った。西姫《ソヒ》が聞いた。

「誰なの」

「楊校理家から来たと言えばわかると言って、ご婦人がお二人です」

「お通しして。門の前にいらっしゃるの？」

「はい」

門の前に立っていた姉妹は、安子に案内されて入ってきた。西姫は大庁《テチョン》*に立っていた。

「どうぞお上がり下さい」

「こんにちは」

成淑が先に挨拶をした。

「すっかりご無沙汰しておりまして」

洪氏も挨拶した。

「ええ、お元気でしたか」

顔はひどくやつれていたが、西姫からは乱れた様子は見られなかった。思いがけない訪問なのに、いぶかしがるそぶりもなかった。

「どのようなご用ですか」

「何か用があってというよりも、近くに住んでいながらすっかりご無沙汰しているというので、招待券を口実に伺おうと姉に言ったんです。実は、私の独唱会があるんです。でも、お出でになれないことはわかっていますわ。だからといって、黙っているのも礼儀に反すると思いまして」

成淑の口からすらすら言葉が出てきた。

「ええ、そうですか。古い人間ですから音楽のことはよくわかりませんが」

成淑はハンドバッグを開いて招待券を取り出し、西姫の前に差し出した。西姫はそれを受け取り、一度目を通してから封筒の中に戻す。そして、文匣の上に置く。

「わざわざ、ありがとうございます」

行くとも行かないとも言わなかった。

「娘さんは結婚なさったそうですね」

洪氏に話しかける。

「誰にお聞きになったのですか」

「朴《パク》先生に聞きました」

「ええ、お恥ずかしいですわ」

「恥ずかしいだなんて」

「過ぎたことですから言いますけれど、こちらの上の坊ちゃんに娘を嫁がせたくて、私たち夫婦は随分やきもきしました」

洪氏は手で口元を隠して笑う。西姫も笑みを浮かべながら答える。

「うちの子にはまだ早いので」

「結婚というのはいつも、そう思いどおりになるものではないようです。縁がなかったんですね。それもうちの娘の運命ですわ」

洪氏は一瞬、切ない表情になる。

「ええ、そうみたいですね」

「ご主人は今度の夏に出てこられると伺いました。どれだけつらい思いをされたことか」

今度は成淑が言った。

「生きていれば、つらい思いをするのはいつものことです」

「ですが、ご主人は私たち民族のために満州に行ってらしたのですから、苦労のし甲斐があるでしょう。私たちもそのご苦労に感謝しなければなりませんわ」

「そういう事情であれば苦労のし甲斐もありますが、運が悪かっただけです。本当にそういうふうに言っていただくたびに、お恥ずかしい限りです」

「ですが、故国に帰らず異国の地で苦労されたではありませんか」

「元々、私たちは夫婦仲が良くなくて、あの人があちらに残ったのは純粋に個人の事情です。言ってみれば、私が疎まれて……」

西姫はまことしやかに嘘を言い、かすかに笑う。洪氏と成淑は互いに見つめながらきまりわるそうにしていた。

「ええ、難しい部分もあったでしょう。夫人は高嶺《たかね》の花でいらっしゃいますもの」

ちょうど安子が茶を運んできた。

茶を飲みながら、

「このたびは、息子さんのことで心配なさったでしょう」

と洪氏が探りを入れる。不本意ながら、西姫の顔に苦痛の色がよぎる。殴られたとか体が不自由になったとかいう晋州のうわさはまだしも、平沙里《ピョンサリ》では川に流されたというひどいうわさがしばらく流れたが、それはデマだった。実は允国《ユングク》は家出をしていた。心配しないでくれという手紙が、家を出てから四日後に晋州の家に舞い込んだ。西姫はそれを、東京にいる還国《ファングク》には知らせなかった。きっとソウルに行ったのだろう。そうして延鶴《ヨンハク》がソウルに行き、任明彬《ミョンビン》の手を借りて捜し回ったが、原野で風をつかむようなもので、允国の居所はわからなかった。ひょっとすると満州に行ったのではないかと思い、取りあえず学校には、朴医師が書いてくれた診断書と共に欠席届を出している状況だった。

西姫が黙っていると、成淑はこの家を訪ねてきた目的ともいえる話を切り出した。

「あの、ソウルの話は時々聞かれますか」

「何かあったんですか」

「そうじゃなくて、任訳官家の近況はご存じないですよね」

成淑は笑みを浮かべる。

「明姫姉さんも随分苦労したことでしょう。訳官家の娘が指折りの名家に嫁いで。後妻ではあったけれど」

西姫は黙って成淑を見つめる。

「考えようによっては、明姫姉さんにとって悪い話ではありません。離婚されたのは解放されたということになるのかもしれませんし」

自尊心をずたずたにする話、容夏が血眼になって明姫を捜しているのに、離婚されたという、うわさとは反対の話をする。

「離婚……」

と言いながらも西姫は、静かに相手の顔を見つめるだけだ。ソウルに行ってきた延鶴はそんな話はしなかった。明姫が允国をとても心配していたということ、父親のいる刑務所の近くをうろうろしているかもしれないから、時間のある限り自分も行ってみると言っていたということぐらいだった。そして、西姫は容夏と成淑の関係を全く知らない。釜山で二人が一緒に旅館に入るのを還国が目撃したが、その日、西姫は盲腸で病院に運ばれた。たとえそんな騒動がなかったとしても、還国は、母親はもちろん他人にそれを話すような性格ではなかった。西姫が堅固な城壁みたいに明姫の離婚について沈黙を守っているので、自然と成淑はしどろもどろになり、それが伝染して成淑より分別や自制心のある洪氏まで支離滅裂になった。二人はこの家から一刻も早く出ていくことを願いながらも、勝手に転がっていく車輪のようにおしゃべりを止められなかった。なんとか収拾し、二人が暇ごいをして出ていくのを見た西姫が安子に言う。

「今後、あの人たちが来たら、私はいないと言いなさい」

「はい、奥様」

西姫は部屋に戻りながらつぶやく。

「カラスたちめ」

他人の不幸をついばんで暮らすカラスのぎらぎらした目つきは、鳥肌が立つほど気分が悪い。西姫は允国のことが心配だった。彼女たちに平然とした態度を取ったのは意志のなせる業であり、允国の家出を悟られないようにするためだったが、西姫は実は、打ちのめされていた。明姫の離婚話に耳を傾けられる状況ではなかったのだ。西姫は還国を信じるように允国も信じていた。金持ちの家で父親なしに育った子供たちは、意志薄弱で遊ぶことばかり考えている放蕩者で、残忍なところがあると思われがちだ。しかし、還国もそうだったが、允国もかなり剛健な性格だった。西姫を孤独にし悲しませるほど、允国は裕福であることを嫌っていた。なぜ金持ちなのか、なぜ貧しいのか、それは彼にとって絶えず疑問だった。思春期の漠然とした不満、未知の世界に誘惑されて家出したのではないと西姫は信じていた。允国が学生事件によって熱い血を沸き上がらせ、時機を待つと言って自身を合理化し、それを逃避主義だと考え、学業を出世の方法と見ていたのも確かだった。允国のそうした確固とした信念や理想のせいで、西姫は息子を失うかもしれないという恐怖を振り払うことができなかった。

その頃、允国は敗残兵のように平沙里に向かって歩いていた。みすぼらしい格好なのはいうまでもなかった。允国は、淑《スク》がぞうきんを洗い、泣いていたあの場所を訪ねていく。家に帰る前に整理しなければならないことがあるように思えた。できるなら淑にひと目会いたかった。自分がしたこと、考えていることを、理解できなくても熱心に聞いてくれるだろうという期待のようなものがあった。どこへ行っても学生だとか子供だとか言ってのけ者にされ、家では大事な坊ちゃんであり、世間では金持ちの息子と言われ、心を開いて話せる相手は誰もいなかった。一番会いたくて恋しい人は洪秀寛《ホンスグァン》だった。彼だけは何も言わなくても心を開いてくれるような気がした。飾らず、嘘をつかず、どの道を進むべきでどう生きるべきか、言葉にしなくても互いに理解し合えるように思えた。だが、彼には会えない。一人で人知れず泣いていた淑。彼女が泣いてさえいなければ、村に住んでいる女の子ぐらいにしか思わなかっただろうが、允国には彼女の泣く姿が切実で、正直に映った。貧しく、病気の父親と幼い弟と生き別れて他人の家に置いてもらっている淑。同情ではなかった。愛情でもなかった。むしろ疲れ切った自分に勇気と忍耐力を与えてもらうために不幸な淑に会いたいと思ったのかもしれない。允国は岩に遮られた砂原にうずくまった。

(腹が減ったな)

ポケットの中から食べかけの餅を取り出して食べる。川面は春の日差しにきらめいていた。風はひときわ優しい。ソウルの空を、胸を張ってソウルの道を歩いたことを思い出す。空は高くて広く、怖いもののない自身の広い胸と若さが誇らしく、着の身着のまま家を出てきたせいで身なりはみすぼらしかったが、初めて自分の力で前に進んでいるという確信と喜悦に戦慄を覚えた。ソウルではずっと歩いた。西大門《ソデムン》刑務所の前にぼんやり立っていた。駅の待合室で寝て、物乞いについていって橋の下や倉庫の中でも寝た。

一銭の餅や二銭の小豆がゆを食事代わりにしたこともあった。しばらくは中国料理の店で配達もした。市場を歩き回り駅まで荷物を運んで、少し金をもらったりもした。市場ではクムチャンという少年と知り合い、彼に教えられたとおりにマッチを売った。かゆ屋のお婆さんは、普通の家の子じゃなさそうだと言って余分に小豆がゆをくれた。ごろつきに殴られたこともあった。

もちろん、そんな生活をするために允国はソウルに行ったのではない。家を出てソウルに向かう時、彼は『青い鳥』を一冊、道しるべとして持っていた。月刊誌ではなかったが、允国はいくつかある雑誌の中で『青い鳥』が一番、隠喩の使い方がうまいと思ったことがあった。その隠喩は総督府の検閲官の目を欺くものだった。だがそんなことより、『青い鳥』は鶏鳴会《ケミョンフェ》事件をごく簡単に紹介していたことがあり、鮮《ソ》于《ヌ》逸《イル》をはじめ鶏鳴会事件で巻き添えになった人のうちの何人かが『青い鳥』に寄稿していたから、それを道しるべにした。『青い鳥』社を訪ねていけば、そんな人たちに会えるだろうと計算したのだ。彼らは一様に故郷に帰って勉強を続けろと言い、たこもたこ糸がなければ青空を飛ぶことはできない、糸が切れたら木の枝に引っかかったり、屋根の上に落ちたりして動けなくなるという例え話をする人もいれば、まだ幼い、目的は大きくはっきりしてはいても方法については何もわかっていないではないか、方法というのは分別で、分別は年齢と共に緻密になっていくと言う人もいた。また別の人は、居場所を失うと何もできない、少年は元いた場所で自分のやるべきことをすべきだ、食べていくために仕事を探すとか苦学をするというなら話は別だが、学生運動も学校を失ってはできない、学校がまさに現場だ、労働者にとって工場が現場であるように、農民には田畑が、浮浪者には都市の路地裏が現場なのだと。またある人は、焦りは自分も同志も駄目にすると言った。今はじっとしている時だとも言った。

どれも正しかった。筋の通った話だった。しかし、允国はあまりにも正しいから、あまりにも筋が通っているから、かえって釈然としなかった。正しいほど、筋が通っているほど、果たしてそれが賢明で純粋な忠告なのだろうかと疑問に思った。特に何も言わなかった鮮于逸という人が最も印象に残った。彼らは皆、家に帰る旅費にと金をいくらか差し出したが、允国は受け取らなかった。その時、彼らは目を丸くした。意外だという表情だった。允国は誰にも、自分の父親が金吉祥《キムキルサン》だとは言わなかった。

川を越えると竹やぶが青々としていた。竹やぶの陰になった川面も青かった。川面は緑にもなり、濃い藍《あい》色にもなり、空色や、時には白に近い色にもなる。そして、朝には黄金色、夕方には真っ赤になり、どんよりした灰色の時もある。

(あの色もみんな手に入れるんだ。空の色も大地の色も、みんな自分のものにするんだ!)

允国は、少し硬くなった餅の最後のひとかけらを口の中に押し込んで手を払うと、手のひらを見つめる。そして、ひっくり返して手の甲を見つめ、にっこり笑う。立ち上がって川の近くに行き、手を洗い、淑がそうしていたように顔を洗う。脇腹に挟んでいたハンカチで顔を拭く。

(ああ、暖かい。南の地方は本当に暖かい。お母さんは、どうせこれからも気に病むんだろうな。しょっちゅう気に病めば、それも習慣になって耐えられるだろうし。僕とは考えが違うけど、お母さんも普通の女性じゃないから。僕のお母さんみたいに毅然とした女性を、僕はまだ見たことがない。そうだな、お兄さんはお母さんを思って心を痛めるだろう。だけど、僕の行為を非難したりはしないはずだ。お兄さんも僕みたいにしたかっただろうから。ナポレオンは、余の辞書に不可能の文字はないと言ったけれど、僕はナポレオンなんか尊敬しない。あの高い空と広い大地に僕は立っていて、僕はどこへでも歩いていける。僕は不可能に立ち向かって歩いていける。不可能があるから不可能が目標になる。

温かいご飯、暖かい服、それが人生のすべてではない。小さな、ほんの小さな一部に過ぎない。なのに、人々はそれにしがみついて奴隷になる。金持ちであればあるほど奴隷になる。僕が奴隷になることを拒否しなければ他人を解放することはできないし、国も取り戻せない。ソウルの人たちは何か立派なことを言っているみたいだったけど、どうしてクモの糸に縛られた人のように見えたのか。僕は秀寛や淑に会った時ほど感動しなかった。方法、方法、方法と言った。居場所、居場所、居場所とも言った。僕はそれをよく考えてみる必要がある。あの人たちとは違うようにだ。お兄さんがいたらよかったのに。今なら僕は自分の気持ちをもう少し正確に、前とは違う形で伝えられたのに)

「あらまあ！」

允国は振り向いた。小さいおけを頭に載せた淑だった。

「泣きに来たのか。なんでそんなに驚くんだ」

「も、物乞いだと、お、思って」

「ああ」

允国は大声で笑う。しかし、淑の顔が青ざめた。正気を失ったと思ったようだ。しばらく前に酒幕でバウが話していたのを聞いていた淑は、物乞いだと思って驚き、允国だとわかってうれしくなったのに、彼が笑ったのでまた驚いた。

「僕は物乞いでもないし、正気を失ってもいない。ここにしばらくいたら家に帰るから。ところで、どうしてそんなに足の甲がぐるぐる巻きなんだい？　ん？　髪の毛はどうした？」

允国は岩にもたせかけていた体を起こした。

「お、お前、ひどいことをされたんだな！　誰の仕業だ！」

「い、いいえ」

「誰の仕業なのか聞いてるだろう！」

「その、台所で」

「何？」

「台所で、な、泣いてたらひ、火が燃え移って」

允国があきれたというふうに淑を見つめる。本当に髪の毛は火に焼かれていた。

「お前、泣き虫だな。今度泣いたら川に流されるぞ」

「坊ちゃんが川に流されたって、う、うわさになってます」

「ほんとか？　ははは、はっ……」

淑は思わずそんなことを言ってしまって慌てた。そして、おけを下ろしてぞうきんを洗うことも、そのまま帰ることもできずにいた。できるなら走って帰って、栄山《ヨンサン》宅に坊ちゃんが生きていましたと言いたかったけれど、以前允国に会ったのを隠していたことがばれるような気がしてためらった。よく考えてみたら隠すようなことでもないけれど、それよりも、金縛りに遭ったように動けなかった。

「それもそうだろうな。急に人がいなくなったんだから。子犬だっていなくなったら捜すよな」

自分のしたこと、考えていることを理解できなくても淑は熱心に聞いてくれるだろうと期待していたが、允国は髪の毛が焼けた淑を見ていると笑いが込み上げてくるばかりで、自分の輝かしい話はどこに行ってしまったのか、話すことができなかった。

「お父さんと弟のことはまだわからないのか？」

「それが、あの、クシクおじさんが」

「クシクおじさん？」

「し、知ってる人なんだけど、父ちゃんの友達で、智異山《チリサン》で、だ、誰かが見たって」

「ああ、それでたき口の前で泣いたんだな」

「はい」

淑の口から素直に答えが出た。

「僕、腹が減って死にそうなんだけど」

「どうぞ、い、家に帰って下さい」

「いや、もっとここにいたい」

「じゃあ、どうするんですか」

淑はまたそわそわする。まだおけを頭に載せている。

「酒幕に行って、ご飯をちょっと持ってきてくれないか」

「は、はい」

頭の上のおけを急いで下ろす。ようやくおけから解放されたようだ。

「大騒ぎしなければ、お婆さんに話してもいい。話さなかったら、後で淑が困るだろうから」

淑はとても安心したように走りだす。矢のごとく走っていく。

「お婆さん！」

「あの子ったら、ぞうきんを洗いに行ったのに、何も持たないで帰ってきたよ」

「お婆さん！」

「何をそんなに急いでるんだ。何かあったのかい？」

「あの、崔参判家の坊ちゃんが」

栄山宅の目が油皿みたいに大きく開く。

「ああ、早く言いなさい」

「川辺に」

「川辺、川辺がどうした。早く言いなさい」

「いらっしゃいます」

「いらっしゃる？　死んじまったのかい？」

「違うんです、そうじゃなくて、おなかがすいたって、ご飯をちょっと持ってきてくれって言われました」

「この子ったら、だったら早くそう言えばいいのに、心臓が止まるかと思ったよ」

栄山宅は胸をなで下ろす。允国が死体になって川辺に打ち上げられているのを想像したのだ。

「おなかがすいたって、それはまたどういうことだい？」

「ご飯を食べずに歩いてきたみたいです」

「そ、そうかい？　だったらお前はひとっ走りしてきなさい。崔参判家に行って先に知らせるんだよ。ご飯はあたしが持っていくから、さあ早く」

「いいえ、坊ちゃんが大騒ぎするなって。お婆さんに話して、ご飯をちょっと持ってきてくれって言われて」

「死にそうなのかい」

「いいえ、元気です。服は物乞いみたいだけど」

「ああ、何か事情があるんだね。器を洗って、クッパを一杯用意しなさい。さあ」

栄山宅は必死に急がせる。

栄山宅と淑がクッパを持って川辺に行くと、允国は岩に斜めにもたれ、にらめっこでもするかのように太陽を見つめていた。

「これは、坊ちゃん。どうなさったんですか。どうしてこんな所に」

「お婆さん、ご心配をおかけしてすみません。僕は大丈夫です」

允国はあっという間にクッパを平らげた。

「ひどくおなかをすかせてたみたいですけど、早く家に帰った方がいいですよ」

「日が暮れたら帰ります」

「だったら、うちの酒幕にでも行きましょう。温かいクッパをもう一杯召し上がって下さい」

「もう大丈夫です。お婆さんも、淑を連れて帰って下さい」

「とんでもない。そんなことはできません。坊ちゃんがまたどこかへ行ってしまったら、奥様に合わせる顔がありません。さあ、行きましょう」

「まったく」

允国は笑う。

「考えてみて下さい。お婆さんも驚いたんだから、家に帰るまでの間にまたどれだけの人を驚かせることになるか」

「それはそうですけど。じゃあ、こうしましょう。うちの酒幕に行って待っている間に、淑にこっそり着替えを持ってこさせます。だったらいいでしょう」

栄山宅はたしなめるように言った。

「大丈夫だって言ってるのに」

「わかりました。日が暮れるまであたしたちもここに一緒にいます。気が変わって、またどこかへ行ってしまったら大変ですから」

栄山宅は砂原に座り込む。

「お婆さんも随分、強情だな。僕は少しも変じゃない。嘘もつきませんから」

「ええ、あたしは強情な年寄りですよ。何時間でもこうしていますから、坊ちゃんの思うとおりになさい」

允国は根負けしたのか、立ち上がった。

「じゃあ、行きましょう。酒幕に行ってクッパをもう一杯いただきます」

と言って笑う。

「ええ、たくさん食べて下さい。よく思い直されました。奥様がどれだけ心配されていることか。よく帰ってこられましたよ。淑、お前は早く行きなさい。行って、着替えを持ってくるんだよ。さあ、早く」

栄山宅は子馬を一頭先に立たせるように、允国を急かして酒幕に向かう。

十三章　執念

ソウルからの汽車の中でもそうだったが、川をさかのぼる渡し舟の中でも知娟《チヨン》は黙っていた。赤紫色のマフラーを顔に巻いて、川を見ているのでも山を見ているのでもなく、視線はあいまいだった。果たして今、一人の女が腰かけているのか、その女は雪なのか羽毛なのか、そうでなければ紙でできた花なのか。そんなふうに錯覚するほど、知娟は動かないだけでなく重さを失ったように見えた。元々きゃしゃな女で、大きめの灰色のスプリングコートを着ても肩はか細く、コートの襟を立てるようにつかんだ手の指も銀の箸のように細かった。マフラーの間からはみ出た髪と眉の色は薄かった。髪は絹の糸のように柔らかかった。切れ長の一重まぶたの中の瞳の色もやはり薄かった。顔色は蒼白で、面長のやつれた顔に頬骨はあるかないかわからない程で、ただ小さな唇だけが赤く燃えていた。表情は弱々しく、あいまいで、けだるさが漂っているのに、唇だけは生気があった。あやしい美しさをたたえた女の絵みたいだった。吸い込まれそうな赤い唇。蘇志甘《ソジガム》は両手で風を防ぎながらたばこに火をつける。志甘は、知娟を連れてきたことをソウル駅に着いた時から後悔していた。

（あの娘は今年で何歳と言ったか。二十七？　い、いや、二十九だったかな。それにしても、十年前と少

しも変わっていない。年を取った形跡がないなんて、ほんとに不思議だ）

閔《ミン》知娟は母方の従妹だ。もし、志甘が早く結婚して子供ができていれば、娘と言ってもおかしくない年の差で、李範俊《イボムジュン》は老母の上の妹の息子で、知娟は下の妹の娘だ。この間の正月に新年の挨拶に来ていた知娟は突然、

「お兄さん、私の一生のお願いを聞いてください」

と言って頭を下げた。

「ん？　どうしたんだ」

老母は、知娟が話そうとしている内容を既に知っているかのようにふびんそうに姪を見つめたかと思うと、息子に視線を移した。

「智異山《チリサン》にあの人が、河起犀《ハギソ》さんがいると聞きました」

意外な言葉に、

「何だって？」

と、志甘は当惑を隠せなかった。

「誰がそんなことを言ったんだ」

「あの、それが」

「範俊の仕業だな。男のくせに口が軽くて困ったもんだ」

不快そうに吐き捨てる。

「怒ることじゃない。範俊は悪くないでしょう。知娟の立場も考えてみなさい」

老母はたしなめるように言った。

「とっくの昔に終わったことではありませんか、お母さん。何を今さら」

「あっちは終わったことだと思っているだろうけど、知娟は違う」

「結婚したわけでもなく、婚約しただけだ。知娟も考え方を変えないと。今の世の中、そんなことぐらい傷にはならない」

志甘は仕方なく知娟を慰めようとした。

「知娟が決心したなら別だけど、閔家の家風は厳しいんだから、いくら世の中が変わったとはいえ、進んで嫁にはやれないはずだよ」

「だけどお母さん、仕方ありません。知娟が嫁に行こうが行くまいが、諦めるしかない相手ではありませんか」

「そんなことはわかっている。だけど、あの世に行ったわけじゃないんだし、知娟の話も聞いてやりなさい」

それもそうだった。志甘は、

「起犀が智異山にいるとして、どうしようというんだ」

と知娟に聞いた。

「どうしても一度会わなければなりません」

「会ってどうするんだ」

「どうして出家したのか、理由を聞きたいのです」

「十年以上も前のことなのに、今さら知ってどうする」

「破談には破談の理由があるはずです」

「破談とは違う。起犀は俗世を捨てた。頭を丸めたんだ」

「あの人にとっては出家でしたが、私は破談にされたのです」

知娟はきっぱり言った。

「ほほう、つまらぬことを」

「お兄さん、私はこの十年間、あの人が僧侶になったという話を聞いただけで、どこにいるのか知りませんでした。この先、独り身のまま年老いていくのか、あるいは気が変わって別の人の所に嫁ぐことになるのかそれはわかりませんが、今は私にも理由を知る権利があると思っています」

志甘は黙っているしかなかった。起犀は今、兜率庵《トソルアム》にいる。起犀と知娟の婚約は、成人してから仲人によって取りまとめられたものではなかった。家も近く、起犀の父と知娟の父は竹馬の友だった。そして、早世して今はこの世にいないが、知娟の兄と起犀は友達だったので、起犀と知娟は子供の時から知っていた。そのうえ、兄が亡くなった後、知娟は起犀を兄のように慕っていた。そういった両家の関係もあり、子供の頃から冗談半分、本気半分で将来の婿、嫁という言葉が両親の口に上るようになり、次第に既成事実となっていった。知娟が十九歳で女学校を卒業した春には結婚の日取りも決められ、東京で勉強している起扉が帰ってくるのを待つのみだった。誰も、結婚の日まで起扉が帰ってこないとは思いもしなかった。知娟はもちろん、起扉も二人の結婚を当然のことと考え、一度も異議を唱えたことはなかったからだ。だから、準備をすべて整え、結婚の日をゆったりとした気持ちで待っていた両家の本家と分家の女たちは、まれに見るお似合いの二人の未来を羨み、もてはやし、改めて自分たちが年老いたことに気づいて悲しんだりもした。

それなのに、結婚を五日後に控え、起扉から俗世を捨てるという手紙が舞い込んできたのだ。起扉の父親が東京に飛んでいった時、起扉は既に東京を離れていた。消息を絶って三年後、志甘が起扉に会ったのは金剛山《クムガンサン》*だった。ある意味、起扉を最も理解していたのは志甘だったかもしれない。志甘が東京の街を徘徊していた頃、起扉は朝鮮から渡ってきたばかりの留学生で、キリスト教系大学の法学部に入学した。婚約者の従兄という関係もあったが、起扉はソウルにいる時から志甘についてよく知っていたみたいで、一種の憧れのようなものもあったのか、しょっちゅう志甘を訪ねてきた。志甘もその素直な青年を可愛がった。しかし、人生に対する彼の絶え間ない疑問に、志甘は一度も満足のいく答えをしてやれなかった。それでも起扉は志甘に失望しなかった。結婚を控えて起扉がなぜ消息を絶ったのか、俗世を捨てたのか、その理由は志甘にもわからない。その頃、志甘は朝鮮に戻ってきていたからだ。

金剛山で会った時、志甘は起扉に出家した理由を聞かなかった。聞けなかったのだ。その後七年の間に、志甘は起扉に何度か会った。放浪を終えて家に帰っていたが、家を起点にし、渡り鳥のように飛び立っては戻ってくる生活には変わりなかったので、志甘は何度も金剛山に通い、起扉に会った。起扉を兜率庵に行かせたのも、実は志甘が仕組んだことだ。宋寛洙《ソングァンス》を通じて知り合った求礼《クレ》の吉老人《キル》から、廃寺も同然の兜率庵を再建して若い僧侶を連れてきたのだが、出ていってしまったという話を聞いて起犀を推薦したのだ。老母の懇願もあり、二つの理由で知娟を智異山に連れていくことを承諾した。一つは、知娟を通じて起犀の出家の動機を聞けるかもしれないという一種の好奇心。もう一つは、起犀の気持ちはもう揺るがないだろうという確信を前提に彼を試してみたかったからで、どちらも誠実な思いではなかった。そうして彼は、ソウル駅から後悔していた。

花開《ファゲ》で降りた。

「ちょっと休んでいこう」

志甘は酒幕の前で知娟の方を振り返った。

「はい」

知娟が短く答えた。知娟についてきた召史《ソサ》という女の子は、手に提げるには重かったのか、かばんを頭に載せていた。

「いらっしゃい」

入ってくる志甘を見た酒幕の飛燕《ピヨン》は、髪をなでつけながら喜んだ。

「女が休む部屋はあるか」

「はい、あちらに」

と言うと、知娟と召史が入ってくるのを見た飛燕は急に冷たくなって、

「でも、むさくるしい部屋で」

と横目で知娟の様子をうかがいながら言った。

「しばらく休んでいくだけだから構わない」

志甘は店の方に座る。

「召史、知娟と一緒に部屋に入ってなさい」

「はい、旦那様」

召史はかばんを頭から下ろして店の脇にある部屋の戸を開ける。

「ちょっと待って」

飛燕はがばっと立ち上がって部屋の中に入る。アレンモク*に押しやった布団を畳んでたんすの上に載せ、転がっている枕も載せる。

「どうぞ」

飛燕は、かかとの低い靴を脱いだ知娟の小さな足を素早く見下ろす。コートの丈も長かったが、コートの下の黒いチマもくるぶしが見えるか見えないかの長さだった。

「お客さん、うちの酒幕は初めてじゃないですよね」

店に戻った飛燕は、酒の肴を用意しながらささやくように聞いた。

「一度来たかな。それよりあの部屋にクッパを持っていってやってくれ」

「はい、スープがぐつぐつ煮えてますから、すぐに」

飛燕は口ではそう言いながら、志甘の酒膳を先に用意する。

「あの時、誰と来られましたっけ。ああ、そうだ。南原《ナムオン》の吉老人と一緒でしたよね」

志甘はつがれた酒を飲む。朝鮮全土を知り尽くした志甘は、こういう類いの女のことをよく知っていた。

「あの老人は、松安《ソンアン》居士と言って、酒は飲むし肉も食べるけど、お坊さんと変わりない人です。頭を剃って黒い法衣を着たからといってお坊さんになれるわけじゃないからね」

吉老人と一緒に来て酒を飲んだ仲なら、飛燕が知っている程度のことは志甘も知っているだろう。だが、飛燕はわざと、話しかけるために言った。見たところ、ソウルから来た両班のようだ。小じわがあって髪は薄くなっていたが、なかなかの男前だった。そして海千山千、世の中を知り尽くした飛燕の目に、男は、辛酸をなめ尽くした、ただならぬ運命の持ち主だと映った。

「お坊さんたちは、お参りに来た人妻を誘惑して、後家の積み重なった怨みも晴らしてやるそうじゃないですか。後家が寺に行くのは坊さんと寝るためだって言う人もいますよ。百八つの煩悩を捨てるのはおろか、二百十六の煩悩を背負うってわけです」

目くばせしながら笑うと、部屋の中に聞こえるような大声で、

「あたしも元をただせば、父親はお坊さんです。母は旅芸人の女でね。だから、寺の周辺事情はよく知ってる。ここも寺の近くですから」

空いた酒碗に酒をつぐと、また話し始める。

「そうだ、うわさによると兜率庵に、ええ、実際は吉老人の寺みたいなもんですが、その兜率庵に男前の

お坊さんが一人いらっしゃるそうですよ。ここで酒を売ってるけど、あたしもまだ一度もそのお坊さんを見たことがないんです。やたらお参りに行きたくなっちまって、困ったもんです。あの部屋のお客さんも、もしかすると兜率庵に行かれるところなんじゃないんですか」

核心を突いていたが、相手は全く反応しない。女の客が花のように美しく高貴に見えたから、ちょっと意地悪な話をしてみたのだが、それが水の上に浮かんだ紙の舟みたいに勝手に流れて、たまたまぴたりと言い当ててしまった。

「この女ときたら、カラスの肉を食べたのか」

「え？」

「白髪頭でもないのに、耳が遠いのか」

「耳が遠いだなんて。お客さんもそんな、意地が悪いね」

そろそろ激怒してみせようかと思ったが、志甘は酒を飲んで碗を置きながら言う。

「おかみ、髪をまめに洗った方がいい」

「え？」

「下手をすると酒碗に落ちそうだ。おでこをはって下りてくるシラミがそう言ってる。殺さないで捕まえろ」

飛燕の顔が真っ赤になる。おでこを触りながらおたおたする。

「生きたまま捕まえて、腐った熊を探して放してやれ*。寺の事情に詳しいんだから、因果話ぐらい知ってるだろう。はははっ、はっはっはっ……」

おでこにシラミがはっているというのは嘘だった。

「よくそんな嘘が言えるね、ふん！」

「この邪悪な女め！　誰に向かって失礼な口をきいてるんだ！」

飛燕の目がつり上がる。

「と言えればよかったが、時代が変わった」

「何だって？」

「おまえも俺も、大した違いはないってことだ」

「……？」

「三十年前にお前が両班にかみついていたら、東学の先鋒隊の女隊長ぐらいにはなっていたかもしれない。まげを落とした両班でも千石の地主でもなく、八親等に巡査もいない身分でどうやってお前の頬をたたくというんだ」

と言って志甘は大声で笑う。飛燕も少しあきれたらしく、つられて笑うまねをしたが、元気がなくなる。そしてやっと、飛燕はクッパを用意し始めた。山菜の香りが漂うクッパを二杯、部屋に運んできた飛燕は、

「お嬢さま、遅くなってすみません」

とさっきとは打って変わって丁寧だった。店に戻った飛燕は志甘の顔色をうかがいながら酌をする。

「おかみ」

「はい」

「智異山に海《へ》道士という人がいるという話を聞いたことはあるか」

「知ってます。よく知ってますよ」

「その人は地相を見るそうだが」

「地相を見るだなんて。土亭秘訣とか四柱推命みたいなものをちょっと見る程度ですよ。それがどうかしたんですか」

「俺の聞いたところでは、この辺りで彼ほど当たる人はいないそうだ。とはいえ、九万里の空を跳び回る大鵬の志がスズメにわかるはずもない」

「ってことは、海道士が大鵬だって言うんですか」

「おかみがスズメならという意味だ」

「旦那さんったら、言うことは上品だけど、やぶにらみのカンセって男に似てますね」

「世の中に俺と似た男がいるとしたら、それは並大抵の奴じゃないな」

「陰険な所が似てるって言ってるんですよ。あいつときたら、あたしが年を取ったら山の鬼神みたいだったチュンメ婆さんと同じようになるって言うんです。舌を抜き殺してやる。あきれてものが言えないよ」

「カンセが誰でチュンメが誰なのかわからないことには、判断のしようがないな。召史！」

「はい」

「腹はいっぱいになったか」

「はい」

「では、発つ準備をしなさい」

「はい、旦那様」

志甘は五十銭を一枚、酒卓に置く。

「釣りはいらん」

召史がかばんを持って部屋から出てきた。彼女は魚の目玉みたいな白いボタンのついた白い運動靴を一足出して、沓脱ぎ石の上に置いた。そして、かかとの低い靴は紙に包んでかばんの中に入れる。ちょっと遅れて出てきた知娟が運動靴を履き、ボタンをかける。

「あの靴でどうやって山道を行くつもりなんだろうと思ってたけど、念入りに準備してこられたこと」

飛燕は知娟の後ろから言った。運動靴を履いた知娟は何歩か歩くと振り返った。じっと見つめる。かばんを頭に載せて出ていこうとしていた召史も振り返って志甘をじっと見つめる。礼儀知らずの卑しい者にからかわれたことに対する憤りであり、懲らしめもせず、ああだこうだと戯れていたと志甘を非難したのだ。

「達者でな」

志甘はにっこり笑いながら、小走りで出ていった知娟と召史の後を追いかけ、大股で歩いていく。やがて女たちは後ろに下がり、志甘が先頭に立つ。

（やはり俺が間違っていたようだ。知娟を連れてくるべきではなかったのに……）

いい季節だった。一ヵ月もすれば山と田畑はまぶしい若葉色に変わるだろう。

「年を取ると春がいい。若い頃は秋が好きだったがな。見ているだけで腹がいっぱいになりそうな田畑を見つめていると、夏の間汗を流した甲斐があったと思えるし、刈り入れの時には穀物の一粒ひとつぶが黄金のかけらみたいに思えて千年も万年も生きられる気がする……だが、今は春が好きだ。みずみずしさを増していく木を見つめていると、生きるとはどういうことなのかわかる気もするし」

田んぼのへりに座ってたばこを吸っていた、村のある老人の言葉だった。

「春はいいけど、端境期のことを思うと春は長いと感じませんか」

志甘が言うと、老人は意味のわからない笑みを浮かべた。

「昔、子供を一人抱えて女房を亡くした男が、子供が一人いる後家と出会って一緒に暮らすようになったんだが、後家は元々心根が優しくて男の子供を自分の子みたいに大事に育てたそうだ。ところが、おかしなことに女の連れ子は自然と丈夫に育っていくのに、自分の子供は痩せていて病気ばかりする。そこで、男はしばらく様子をうかがってみたが、どう見ても女のせいではない。男が夜も寝ないであれこれ考えていると、子供と女が深く寝入っている時に不思議なことが起きた。女の体から薄霧が立ったかと思うと、それが男の子供を越えて女の子供の方に集まっていったそうなんだ。つまりそれが自然の道理ってことだ」

「はい」

「凶作の年の後の端境期は本当にどうしていいかわからなくなる。種まで食べてしまっていたらな。だが、人は飯だけ食べて生きていくのではない。大地から薄霧を飲んで、はははっ、年を取れば春が好きになるんだ。四方に薄霧が立ち込めて木々が水を含む。ノイバラを見てみなさい。大地から命の水を吸い取ろうとする、あの赤い枝を」

志甘は歩きながら老人の話を思い返す。知娟と召史もそれぞれ何やら考えながら志甘の後をついて歩く。重い沈黙を引きずりながら、もの寂しい小道を歩き続ける。酒幕であったことを気にしている者はもういない。志甘が村の老人の言葉を思い返していたのも、もしかすると起雇と知娟が対面するつらい場面を想像したくないと思ったからかもしれない。知娟はただ、地面を踏みしめる自分の足音だけを聞きながら歩く。あまりにもつらい瞬間が近づいてきているせいで、考えるのを放棄してしまったのだ。召史はかばんが重いと思い続けたせいで、まるで機械のようになってしまった。ソウルからここへ来る間に目に映った景色の大きな変化にも既に飽き、山の峰を覆っている雄壮な雲にも何も感じない。召史はこれまでソウルの外に出たことがなかった。どれだけ歩いただろうか。深い山奥だ。

「召史」

「はい」

志甘が振り返った。

「そのかばんは俺が持とう」

「い、いいえ。旦那様」

「寄こしなさい」

志甘は召史の頭からかばんを下ろして持つ。

「だ、旦那様。あたしが」

「いいんだ。道が険しいから女にはつらいはずだ」

「まだしばらく登らなければならないのですか」

「日が暮れる前に着くだろうか」

「で、でしたら、だいぶかかりますね」

「どうした。息が切れるか。少し休んでいくか」

「お嬢様が息苦しそうです」

「では、少し休んでいこう」

志甘は足を止めて岩にもたれ、たばこに火をつける。知娟は茂みに座り、召史は谷川に走っていって水を飲む。知娟は黙ったままだ。運動靴を脱いで靴下をはいたつま先をもんでいた。

「知娟」

「はい」

「もし起犀が会わないと言ったらどうするつもりだ」

「……」

「いざ、お前をここまで連れてくると、起犀に悪いことをしたような気がして」

「お兄さんはあの人のことばかり考えて、私の気持ちは考えて下さらないのですね」

「そう言われればそうなのかもしれん。だが、起犀はすべてを捨てた人間だ」

「私も同じではありませんか」

「……」

「徹底的に捨てられたから、私にも何も残ってはいません」

「うむ……」

「会ってくれないと言うなら、会ってくれるまで寺を離れません」

「何だと」

「それぐらいの決心もしないで、ここまで来たと思いますか」

「何を言ってるんだ。それは駄目だ」

志甘は一瞬、わなにはめられたような気がした。

「お兄さんも本当に変です」

「駄目だと言ってるじゃないか」

「会えるか会えないかは行ってみないとわかりませんが、出家の理由を知るためにここまで来たのですし、お兄さんもそれを了解して私を連れてこられたのではありませんか」

「ほほう、まったく」

志甘は今まで、こんなことで困ったのは初めてだった。そして突然、知娟が大きな岩みたいに自分の前に立ちはだかっているのを感じる。

（まるで岩のようだ……起厓は耐えられるだろうか）

見た目は相変わらず、か細かった。銀の箸みたいに細い指、青ざめた顔、絹糸のように柔らかくて淡い色の髪、ただ、燃えるように赤い唇だけが鮮やかだ。

「執念を捨てなさい」

「……」

「河起犀という男はこの世にいない」

志甘はたばこを捨て、足で火をもみ消す。知娟は運動靴をまた履く。山鳥の鳴き声、風に揺れる木の枝の音。その音はかえって山奥がひっそりとしていることを気づかせる。いや、山奥だけではない。世の中のすべてが静まり返り、二人の女と一人の男だけが山奥に放り出されたような静けさだ。顔も洗ったのか、召史は手拭いで顔を拭きながら谷川から戻ってくる。

十四章　煩悩

兜率庵《トソルアム》の門前に着いた時、日は暮れていた。冷気を乗せた風が四方から押し寄せる。木魚の音が聞こえてきた。無我の境地に達したような読経の声は山寺の夕刻を厳かにしていた。礼拝の時間だったようだ。知娟《チヨン》と召史《ソサ》は門の柱につかまり、弾む息を鎮める。少し強行軍だった。長きにわたる旅暮らしで健脚になった志甘《ジガム》についていくのは、普通に歩いても女の足では大変なのに、急いだので、知娟と召史は必死に山道を登った。中背で脚は長いものの、柳の枝のように揺れる知娟の姿が気の毒に思えた。召史は、肉付きは良かったが背はとても低く、脚はかなり短くて内股だ。安穏なソウル生活に染まっている彼女たちにとって、過酷な試練だったと言えるだろう。日が暮れる前に到着しなければとも思っていた。

（少しは痛い目に遭うといい）

知娟に対する志甘の意地悪い気持ちもあった。起犀《ギソ》に会わない限り、出家した理由を知るまでは決してソウルに帰らないと言った知娟が憎かった。知娟の言うとおり、起犀に会うために、出家した理由を知るためにソウルを発ったのは事実だ。そうでなければ智異山《チリサン》の山奥まで来る理由はなく、お兄さんもそれを了承して私を連れてきたのではなかったのかと知娟が抗議したように、了承した以上、憎む理由はない。

しかし、志甘はやたらといらいらするのを自分でも抑えきれなかった。最初から一緒に来るのは気が進まなかったし、不誠実だった自分の決定が後ろめたくもあった。

(そうかもしれない。なぜ俺はそう思わなかったのだろう)

とても想像しがたい、非情な判断に至った。志甘はその考えを払いのけようと努めた。来る途中に知娟と話した時、突然知娟が大きな岩みたいに感じられ、わなにはまったように思えた。当惑したが、理由はわからなかった。だが今は、ねばねばするものが、クモの巣みたいなものが体に巻きついてくるように不快だ。復讐を誓った女の心のようなもの、恋しさと関係のない不吉なもの。男も女も、愛情のせいで復讐心を抱いた人間ほどぞっとし、愛想が尽きるものはない。他人でない知娟からそれを感じたのはより不快で、蹴飛ばしてしまいたいほど憎かった。

(だとしたら、知娟は十年もの間、刃を研いでいたということなのか)

相手が起犀だということも、ばつが悪かった。実の妹ではないし、放浪生活のせいでしょっちゅう会えなくて知娟の性格をよく知らなかったとはいえ、従妹は遠い親戚ではない。知娟の不幸な身の上に同情してやらないのはおろか、つれなく眺めているというのは残忍なことだった。志甘は一生、女のことに関しては淡々と過ごしてきた。自分の人生を否定し、ごみのように投げ捨ててしまいたいという、絶えることのない衝動を抑えつけながら持ちこたえるしかなかったわが身。自己への侮蔑にまみれた人生において、女に関心と情熱を注げなかったのは当然のことかもしれない。義兵長だった兄が銃殺され、父親が亡国の恨を抱いて自決した時、志甘は蘇《ソ》家のために生き残らなければならなかった。志甘は、父と兄の後を追って死ぬこともできたのに、あえて生き残ったわけではない。死を本能的に恐れ、家のために生きなければならないという名分のために偽りの生涯を送ることになったのだ。

結婚して子供を持つことは、自分自身を欺き、死んだ人たちを裏切ることだ。だから、結婚せずに蘇家を継がないことによって、志甘は自分の卑しさを証明しようとした。肉親に対する情愛も自分の命とは替えられないことを、自分自身を通して知った。その人間不信と生きる意味の喪失は、彼をやみくもに寺や教会に通わせたが、神父にも僧侶にもなれなかった。葛藤に満ちた険しい日々、そんな志甘にとって女というのは、通りがかって一休みする時に手折る花のようなものであり、道連れにもなれなかった。だが、母親は違った。彼女も死ねずに生き残ったがために、同じ裏切り者であり、偽りの存在だったからだ。互いの傷をなめ合う同病相憐れむ関係、果てることのない愛と哀れみを感じながら、心の奥底には不信と侮蔑と憎悪が巣食う空しい関係だった。

だが、知娟の場合はもちろん違う。従妹であり、それ以外の意味を持たない女だったが、志甘は河《ハ》起犀という男を通して閔《ミン》知娟という女を認識した。自分は付き合ったことのない、付き合おうともしなかった強い女、男を圧倒する女として知娟を認識したのだ。起犀が知娟の執念をどう受け止めるかはわからないが、女が恨を抱いたら真夏にも霜が降りるというその言葉に、志甘は鳥肌が立つ思いだ。知娟に対してではない。自分自身が怖かった。血のつながった人たちを裏切った過去を再確認したのだ。冷血動物を自分の中に見たように感じられ、罪人と言われても、悪人と言われても、卑しいと言われても構わないと思った。

自分と血のつながった人たちを胸に抱くこともできず、生涯放浪しながら生きてきたが、まだ自分が卑しいという思いに縛られたまま自分で自分を審判し、判決文すらなしに自分で自分を許せずにいる。どうして俺は、あそこで風に吹かれている一輪の花のようにかれんな女の気持ちを、恋煩いの執念だと思うのか。志甘は足を速めて山を見上げながら待った。お兄さん、息が切れて歩けません、ちょっと休んでいきましょうという知娟の声を待った。そうすれば、お前をかれんな花と見てやろう。だが知娟は、最後までひとことも言わず目的地にたどり着いた。

夕刻の風は冷たかった。しかし、山は生命の震動に満ちているようだった。死んだ山がよみがえる音、山の獣、鳥、虫たちの息遣い、地面が膨れ上がってしぼんでいく音、水が湧き出る音、芽吹きの音、志甘は森の中を見つめる。この神秘の意味を誰が知っていようか。海《へ》道士が少しは知っているかもしれないと突拍子もないことを考える。火をつけてくわえていたたばこを捨て、つま先でもみ消す。

「大変だったな」

知娟は柱をつかんだまま、志甘の腹の中まで見透かすような視線を放つ。もの寂しい姿、うなじの辺りの柔らかい髪が山風に揺れている。やはり、何も答えない。何という鳥だろう。鳥が一羽、日が落ちた方に向かって矢のごとく飛んでいく。

木魚の音、読経の声が止んだ。森の中は、時間が止まったように、夕立が近づいているかのように、暗く、しかし青く、明るく、夜と夕方の間でもがいているようだった。

「さあ、召史。かばんを持ちなさい」

「あたしったら、すっかり忘れて」

転がるように駆け寄ってかばんを受け取り、おろおろする。

「では、中に入ろう」

志甘は帽子を脱いで入った。トゥルマギの裾をなびかせながら、寺の門をくぐっていく。一瞬、知娟の顔が赤くなった。だが、次の瞬間、その赤みは消えてなくなり、草のように青くなる。召史は顔色をうかがいながらそろそろと後をついて入っていく。庭を横切って修行僧が歩いてくる。

「一休」

志甘が呼んだ。

「これは、先生。今、着かれたのですか」

「ああ、元気だったか」

「はい」

一休は合掌しながら答えた。

「和尚様は夕方の礼拝を終えられたか」

「今、終わったところです」

召史は、丹青《タンチョン*》を塗り直したばかりの法堂を不思議そうに見上げていた。知娟は法堂に斜めに背を向けて地面を見下ろし、両手を組んで立っていた。一休は志甘と一緒に来た女たちが気になるようだった。ちらちら横目で見る。

「もうじき春だから、お前も少し楽になるな」

「先生、春はもう来ています」

「ああ、そうだな。十日ほどしたらツツジが咲くだろう」

「ええ。そうしたら山は明るくなるでしょう。うちの寺も少し寂しさが和らぐでしょうし」

一休は八重歯をのぞかせて笑う。

「お参りが増えるということだな」

「そうです。夏安居〈夏に僧がこもって修行すること〉まではです」

「ほほう、一塵《イルチン》和尚の耳に入ったら、目玉を食らいそうだ」

「そ、そうですが」

一休は頭をかく。

「お参りが増えると寺が潰れる」

「え?」

「わからないのか」

「どういう意味でしょう」

「僧侶が黙って座っていても食べられるようになったらどういうことになるか、わからないのか」

「さあ」

「尻にウジが湧く」

「何てことをおっしゃるんです。では、仏様の供養はどうするんですか」

「そんなもの、メッキの鉄像でなければ木像だろうに、構うもんか。修行には托鉢が一番だ」

「仏様が聞いていていらっしゃいますよ」

一休はいたずらっぽく首をすくめる。志甘が一休を相手にくだらないやりとりをしていると、法堂の戸が開いた。知娟が両肩をびくっとさせる。

「あ、和尚様が出てこられました」

志甘は首をひねるようにして振り返る。河起犀。いや、十年間仏道を磨いた僧侶、一塵が法堂から姿を現した。一休は、待ってましたとばかりにお供え物を下げに、急いで法堂の方へと歩いていく。一塵は法堂の前で止まった。高い所だからか、一瞬、巨人のように光が差して見えた。志甘を見下ろしながらほほ笑む。しかし、見上げる志甘は笑わなかった。一塵はゆっくり石段を下りてくる。女たちにはほとんど無関心だった。お参りに来た人だと思ったようだった。彼の顔は穏やかで、夕刻の霧に洗われたようにすがすがしく見えた。女たちの前を通り過ぎる時、彼は合掌をして挨拶した。そして、大股で志甘の前に立つ。

「久しぶりです」

志甘は一塵を穴が開くほど見つめる。

「行きましょう。私の部屋に」

「あの女たちはどうするんですか」

「え？　ああ」

と言って一休を呼ぼうとする。

「大師」

「え？」

一塵は志甘がからかっているのだと思ったみたいだ。

「大師」

一塵は笑う。とても爽やかに、白い歯を見せて笑う。

「瑤石公主《ヨソクコンジュ》*が訪ねてきた」

「え？　何とおっしゃいましたか」

「知娟公主が一塵大師を訪ねてきたんだ」

「何ですって」

確かに強い衝撃を受けたが、しかし、知娟という名前が銃弾のように頭の中に撃ち込まれはしなかったようだ。

「閔知娟がお前を訪ねてきたと言ってるんだ」

志甘の口調はひどく弱々しかった。だが、次は声を張り上げるように、

「破戒をするなり何なり、好きにしろ！」

と言って背中を向けた。背筋を伸ばして帽子をかぶり、知娟にひとこともなく、一度も振り返らずに出ていってしまう。

一塵はしばらくぼうっと立っていた。知娟も横を向いたまま動かなかった。おおよその事情を知ってついてきた召史だけが、かばんを持ったままどうすればいいのかわからず、まごまごしている。頭を垂れた知娟のうなじがひときわ白かった。泣きもせず、一塵を見つめもしない。一塵が近づく。

「お久しぶりです」

忘れていた名前、忘れていた女、おぼろげな記憶しかない人の前で一塵は次の言葉を継ぐことができず、さっきのようにぼうっと知娟を見つめる。

(妻になる人だったのに、愛していた女なのに……)

当惑でもなかった。うれしさとも言えない。痛み、悲哀のようなものでもなかった。どう表現していいかわからない、そんな感情だった。一塵は心の奥の深い所で揺れるものを感じる。

「こんな所まで……どうしたのですか」

知娟は顔を上げて一塵を見つめる。悲しみと怨みの目、手を固く握っていた。

「お久しぶりです。起犀さん」

一塵は二度目の衝撃を受ける。十年ぶりに聞く自分の俗名。ようやく自分が誰であるのかに気づく。髪を剃り、墨染の法衣を着て袈裟を掛けた、僧侶の一塵であることを自覚したのだ。

「遠い所まで、疲れたでしょう」

「はい、本当に高い山の上にいらっしゃるんですね」

知娟は初めて泣きそうになる。

「取りあえず休んで下さい、さあ」

一塵はそっと知娟の背中を押した。そして、一休を呼ぶ。

「お客様を部屋にご案内しなさい」

「はい」

「部屋を暖かくして」

「オンドルの火を入れておきました。ところで、先生はどこに行かれたのですか」

「はて、すぐに戻ってこられるだろう」

「日も暮れたのに」

「あの方は一生歩いてこられた方だ。お客様に不便をおかけしないように、わかったな」

「はい」

「では、休んで下さい。また後ほど」

一塵は丁寧に言い、知娟に向かって合掌した。ゆっくり振り返る。丈夫な木のようにがっしりした体格、法衣に包まれた彼の後ろ姿は近づきがたく、十年の修行の形跡が厳然としていた。地面に根が張ったように知娟は動くことができず、一塵の後ろ姿を見つめていた。

「お客様、こちらへどうぞ」

一休が言った。知娟と召史は一休に案内された、法堂の向かい側の部屋に入る。法堂に向かって部屋が二つ並んでいて、直角に折れた所に部屋がもう二つあった。その端の部屋と右側の基壇の間に一塵は消えた。多分、一塵の寝起きする部屋がそちらにあるのだろう。几帳面な吉老人《キル》が誠心誠意、時間をかけて改修したので、規模は小さいけれど、どこか頑丈そうでこぢんまりした寺だ。一休は女たちを部屋に案内すると、何か用があるかもしれないと思って部屋の前でうろうろしていたが、知娟が醸し出す雰囲気にいや気が差したのか、何も言わずに行ってしまう。部屋はまだ暖まっていなかった。知娟は腰を下ろし、脚を伸ばす。

「お嬢様、お疲れでしょう」

召史が慰めるように言った。

「脚が痛いわ」

「ちょっともんで差し上げましょうか」

「いいえ、お前も脚が痛いだろうに」

「あんなに歩いたのは生まれて初めてでした。お嬢様もそうでしょう？」

「ええ」

敏《さと》くはないが、かといって鈍い方でもない召史は、体は小さいけれど、もう十九歳になる。分別もあり、長い間、知娟の身の回りの世話をしてきたから、慎重な言動が習慣になっていた。お嬢様がなぜ三十近くまで独り身なのか、おおよその事情を知っており、ここまで来た理由も想像はついたが、その問題に関して一切何も言わなかった。だが当然、好奇心はあった。顔に出さないだけで、さっき一塵と知娟が対面した時は当惑しつつも興奮した。そして、お嬢様が結婚しない気持ちが理解できた。気の毒にも思えた。あんなにお似合いの二人も珍しいだろうに、どうして頭を丸めたのだろうかと思った。

「召史」

「はい、お嬢様」

「ちょっと行って、どこで顔を洗えばいいか聞いてきてちょうだい」

「はい」

召史が出ていくと知娟は、伸ばしていた脚を立て、両膝の間に顔を埋める。

(どうして私は彼を忘れられないのかしら)

涙も声も出さずに心の中でむせび泣く。新たな絶望が襲いかかってきた。心の痛みはいつも新しい。絶望もそうだけれど。

(帰ることはできない。私も出家してこの寺で暮らそうか)

知娟は一塵に会う直前までは、報復の炎を燃やしていた。志甘は従妹の心を正確に読んでいた。報復の情熱。起犀との結婚を待つ八年を耐えられたのも、一種の情熱のためだったかもしれない。恋しさだったなら、胸に大事にしまってほかの人と結婚していたかもしれない。報復の情熱は内に向けて燃えていったが、燃えていた知娟は、ひょっとすると幽霊だったのだろうか。起犀はいるのか、本当に生きているのか。終わりのない問いを繰り返す知娟にとって、相手も幽霊だったのかもしれない。

どこで何をしているのか、行き先も状況も、そして生死すらわからない起犀に対する報復心は空しくこだまするだけで、なすすべもなかった。報復すべき相手は実在する自分自身以外にいなかった。何千回と自殺を考えた。だが、惨めに月日に身を滅ぼすことを、十年であれ、百年であれ、待つことを決心した。生きていればいつか会えるだろう、その時、起犀の前に、彼によって生きる気力を失った一人の女の人生を、姿を、見せてやろうと。本当に出家したのか、出家したのならどんな理由なのか、自分自身を救済するため、自分の魂を救済するためなのか、もしそうなら、一人の女の体と魂は無に帰しても構わないのか。いっそのこと、結婚をして子供でもできた後に仏門に入ったなら、人生の何分の一かは報われたことになるから、諦められただろうか。心変わりしてほかの女の元へ行ったとしても、起犀は時々、罪の意識に苛まれただろう。だが、知娟は徹底的に、完璧に捨てられた。もし起犀が死んだのなら、色あせることのない思い出が残っていただろう。

しかし彼は、すべてを空しいものにして結婚直前に出家し、姿を隠してしまった。仏門は聖域だ。だから、肉親との縁を切っても仏門に入れば罪にはならないのだろうか。自分は言ってみれば赤の他人であり、縁を結ぶ前に起犀は寺に行ってしまったのだから、何の補償もない。徹底的に、完璧に捨てられたのだ。知娟は十年間、報復の刃を研いでいた。自分自身に向けられる刃、自分自身を切りつける以外のどんな方法もなかった長い夜。範俊《ボムジュン》から初めて起犀の消息を聞いた時、知娟の胸をよぎったのは殺気だった。範俊は志甘から起犀の話を聞いたのではなかった。志甘から聞いていたら、知娟には話していなかったはずだ。話は寛洙《グァンス》から聞いた。寛洙はこれまでの事情を一切知らなかったから、偶然話したのだ。

（今、彼は何を考えているのだろう）

膝に顔を埋めたまま、知娟は考える。どうして起犀を忘れられないのか、今、彼は何を考えているのか、それは知娟の変化を意味する。起犀を見た瞬間、報復の炎は懐かしさの炎だったことに知娟は気づいた。

（取り返せるものなら、いいえ、今からでも還俗すれば）

それは不可能だ。

（ならば、どうしよう。理由を聞きたくてここに来たのではない。希望のない自分の残りの人生をどうやって持ちこたえるべきなのか、それを探しに来たのだ。十年の間に積み重なった苦痛をどうにかして、ああ、哀れな自分のために私は何をすればいいのか）

その時初めて、知娟の目から熱い涙が流れる。新たな絶望。法衣に包まれた起犀は目の前にいても幽霊のように実体がない。

知娟を置いて自分の部屋に戻ってきた一塵は、部屋の戸を閉めようと取っ手をつかんで引いた瞬間、手のひらに当たった鉄の輪がかっと熱く感じられた。生々しい感覚だ。本当におかしなことだった。一塵は部屋の真ん中に座禅を組んで座る。しばらく目を閉じたまま動かない。冷たい鉄の取っ手がなぜあんなに、まるで火に焼かれたように熱かったのだろうか。その熱さは次第に胸に迫ってくる。胸をえぐるような哀れみだ。涙が頬を伝って流れる。知娟のために流す涙なのか、天地万有の命、生と死に対する涙なのか。

部屋の中に暗闇が押し寄せる。そして真っ暗になった。だが、一塵は油皿に火をつけようとしない。

（十年間、生臭坊主のように鈴《りん》だけをたたいてきたんだ）

忘れていただけで、煩悩から解き放たれたのではないことに気づくが、それは初めてのことではなかった。

（私を大師だと？　瑤石公主が来ただと？　破戒した元暁《ウォンヒョ》*、破戒しなかった義湘《ウィサン》*、彼らはどんな業績を残したのだろうか。仏果を得ることもできず、苦患《くげん》〈地獄に落ちて受ける苦しみ〉を逃れただろうか。もっとも誰にもわからないことだが）

一塵はつぶやいたが、もちろんその言葉に執着はしなかった。言ってみただけ、ただ言ってみただけだった。そうして彼は般若心経を唱え始めた。遠くから獣の鳴き声が聞こえてきた。夜を徹して鳴く声、風が過ぎる音、夜は次第に更けていった。その間、一休は二度もやってきたが、部屋の明かりがついていなかったのでそのまま帰っていった。

（ああ、俺は自分を解放するのはおろか、縁も手放せずにいたのだな。縁を忘れさせてくれていたのは人けのない山であり、礼拝と経典であり、境内の生活の秩序だったのか。そうだとすれば、俺はいつまでその力を借りなければならないのだろうか）

一塵は座禅を解いて油皿の火をつける。部屋の中が明るくなって火の勢いが弱まり、再び燃え上がる。壁の影が揺れる。一塵と影、どちらが実像でどちらが虚像なのか。人々は皆、影が虚像だと言い、肉体が虚像だと信じない。

「和尚様」

一休が呼んだ。

「うむ」

「夕食をまだお召し上がりになっていませんが」

「今日はやめておこう」

「あのう、蘇先生がまだお戻りになっていません」

「心配しなくていい。海道士の所へ行っているはずだ。お茶を入れてくれ」

「はい。ところで、さっきお通しした女のお客様が、和尚様にお目にかかれるか聞いてみてくれとおっしゃっています」

「そうか……。では、お越し下さいと伝えなさい」

「わかりました」

一休は下がる。

後悔したことはない。未練もなかった。出家したから、知娟はもちろん両親や兄弟とも俗縁を切るのは当然だったと言えるが、最後に東京から手紙を一通出してから今日に至るまで完全に消息を絶ったのは、一塵本人は意識していなかったとはいえ、彼らの元に帰ることになるかもしれないという一抹の不安があったからではないだろうか。すっかり忘れていたということも、逆説的に考えることができる。仏門に入るまで起扉が悩んだ期間はとても長かった。彼は八年間、その問題のために葛藤と彷徨を繰り返していた。彼の心中を誰も知らなかった八年間。若かったせいもあったが、起扉は心が弱くておとなしかった。家族の悲しみを、そして成人した後には知娟の悲しみを思い、決断を下すのにあれほどまでに長い月日を必要としたのだ。頭を丸めた後、彼らのことをすっかり忘れていたのも、ひょっとすると、彼らのことで長く悩んだせいかもしれない。

「和尚様」

一休が来た。

「ああ、入りなさい」

「お客様もいらっしゃいました」

「わかった」

部屋の戸を開けて一休が先に入ってきた。知娟の横に召史がちょうちんを持って立っていた。

「お入り下さい」

一休が立ち上がった。知娟は肩に掛けたコートを脱いで手に持ち、部屋に入った。一休はお茶を出し、困惑した表情で出ていった。一休と召史の足音が遠ざかる。

「どうぞ座って下さい」

二人きりなのに、一塵は敬語を使った。兄妹のように過ごした、あの親しみの込もった口調ではなかった。知娟は顔を洗い、髪もとかしたようだったが、化粧気のない顔で、服もさっき着ていた黒いチマに赤紫色のチョゴリだった。しばらくの間、お互いに言葉に詰まったように見つめてばかりいたが、

「知娟は結婚して幸せに暮らしているとばかり思っていました」

一塵が先に口を開いた。

「お兄さん〈志甘〉は何も言っていませんでしたか」

「お互い話したことはありません。こうして訪ねてこられると……何を言えばいいのかわからないな」

「……」

「さあ、冷めないうちにどうぞ」

と一塵は茶碗を持つ。知娟も手に取った。

「挨拶が遅れましたが、皆お元気ですか」

「はい。変わりなく過ごしています」

「知娟がここに来ることを、うちの家でも知っているのですか」

「何も言わずに来ました。起犀さんのお母様は、むしろ何も知ろうとしないみたいでしたから」

「母上は……母上はそうでしょう。私が幼い頃から予感していたみたいでした」

一塵の声は比較的淡々としている。知娟も感情を抑えている。話すことを整理してきただろうに、改めて言葉を選んでいるような表情で、対決しようという気持ちを固めたようだった。

「起犀さん」

一塵が茶碗を置いて見つめる。

「私がここまで何をしに来たと思いますか」

「……」

「お参りに来たと思いますか」

「……」

「お兄さんは無駄なことだと言いました。でも、私にとっては、まだ終わっていません」

「僧侶には終わりも始まりもない」

敬語でなくなった。

「私は出家していません」

声が怒りを帯びる。

「だからどうだと言うのだ」

「どうして出家なさったのですか」

知娟は、いったん後退するように話を変えた。

「それは、死んだネズミのせいだ。ごみの中に転がっている死んだネズミ」

一塵はかすかに笑った。知娟は訳のわからない言葉に疑問を示さず、自分の膝の上の手を見下ろす。出家した理由など、そんなに切実なことではなかったのだろう。

「理由があると言えばあるし、ないと言えばないが、知娟も知っているとおり、母上は熱心な仏教徒だった。子供の頃、母上の後について寺に行ったりもした。四月八日だったか記憶が定かではないし、その時の和尚様の顔も覚えていないが、ユスラウメがたわわに実った枝を一本折って私にくれて、この子は僧侶になる相が出ていると言った。母上もそれを聞いた。だが、それより俺の頭に刻み込まれて忘れられなかったのは、寺にあった地獄絵だ。初めてそれを見た時、俺はあまりにも恐ろしくて、家に帰ってからもそのことばかり考えていた。だが、再び寺に行くと、その地獄絵を見ずにはいられなかった。学校に上がる前だったから、六歳ぐらいだったと思う」

一塵は意識することも抵抗もなく、自然と昔の口調に戻っていた。知娟の目が神経質そうに揺れ、反応を示し始めた。

「俺が十四歳になった年、知娟は十一歳だった。知娟は普通学校に通い、俺と知植《チシク》は中学校に通っていた」

死んだ兄の名前が出ると、知娟の顔色が変わる。

「聞くのがつらいだろうが、俺もつらかった……今日、初めて話すが、あの時のことは知娟も覚えているだろう。何人かの友達と一緒に山に植物採集に行った時、伐採場から転がってきた木の下敷きになって知植が死んだことを。俺は、死そのものもそうだが、魂が抜けた、ガラス玉みたいな知植の瞳が忘れられなかった。その瞳は俺にとって、今も解けない謎だ。息が切れた瞬間になぜ色を失うのだろうか。肉体はどの程度時間が経った後に変化するのか……」

一塵の顔は多少ゆがんでいるようで、知娟の目には涙がたまった。

「十四歳のあの時から、寺に行かなければならないと考え始めた。そして、東京にいる時も俺は、一人の友人の死を目のあたりにした。その友人は自殺をしたんだが……」

一塵は言葉に詰まった。自殺の理由を説明できなかったのだ。同じ部屋ではなかったが、同じ家に下宿していて知り合った友人だった。内省的な青年だった。彼はなぜ自殺しなければならなかったのか。一塵は知娟に説明できないだけでなく、そのことを考えるのがいやだった。それでも時々思い出し、思い出すと心臓を切り落とされるように胸が痛む。恐ろしさと哀れみ、子供の頃に見た地獄絵を連想するが、しかし、恐ろしさよりも哀れみのせいで耐えがたかった。腐っていく青春、腐っていく肉体……その友人は夜道を行く女に半ば強引に連れていかれるようにして童貞を失い、神秘の門のような、一度の快楽のために病気をうつされた。内省的なうえに強い罪の意識と羞恥心《しゅうちしん》のせいで病院に行けなかった彼は、自分の体が取り返しのつかない状態になった時、自ら命を絶った。光り輝いていた青春、清らかだった体、魂と肉体が共に汚辱の中に終わりを迎えたのだ。

「俺はその後、ごみ箱に捨てられた死んだネズミを見るたびに、山に行かなければ、山に行かなければと考えていた。あの開いたままの丸い目、夏にはウジが湧き、冬には紙切れみたいに干からびてしまったネズミ、少し前までは命のあったものが……人間は物なのか、命も物なのか……」

話が途絶えてしまった。二人の息遣いが聞こえるだけだった。初めて再会した時、少し前までも一塵の顔は輝いていた。しかし、今は違う。多くの峠を越えてきたような疲れた顔、ゆらゆら揺れる明かりの下で暗く、苦悩に満ちていた。どれだけ長い沈黙が流れただろうか。

「俺は、答えが欲しくて寺に来たのではない」

「……」

「だから、答えを得られなかったからと言って寺を去ることもない。宿命のようなものなのかもしれないし、今言ったことが理由と言えば理由と言えるし、言えないかもしれない。泥の中でハスの花が咲くように、人も、命を得たすべてのものがそうやって生きて死んでいければいいのだが、本当に仏様のいる所は果てしなく遠い。一息で飛び越えられたらいいのに」

「起犀さん」

深く暗い目が知娟を見る。

「そうやって長い間悩んでいたのに、どうして結婚したくないと言わなかったのですか」

深く暗い目に、鋭く光る知娟の目が立ち向かう。

「結婚の日取りを決めて式の準備をするまで、起犀さんはどうして沈黙を守ったのです」

「最後まで……もがいていた」

「お友達の自殺を忘れられないくせに、私が自殺するのではないかとは考えなかったのですか」

「忘れようと必死だった」

「卑怯だとは思いませんか。大慈大悲の仏道では、人の命が生けるしかばねとして捨てられても我関せず、なのですか」

手厳しい声だった。

「心が生けるしかばねだったのなら、心を鎮めなければならない。それは知娟が自らやるべきことだ。気持ち次第で知娟は、鬼子母《きしも》の娘である吉祥天にも、生けるしかばねにもなれる」

「では、なぜ起犀さんはまだ煩悩を捨てられないのですか」

一塵は仕方ないというふうに笑う。

「私が結婚せずに家でつらい日々を送っていると、同級生が訪ねてきました。その子に教会においでと誘われました。結婚しないなら、修道女になるのも悪くないと」

知娟は鼻で笑った。誰を笑ったのか、自分自身を笑ったのか。

「僧侶になった人に対抗して修道女になろうかと思いましたが、それは一瞬のことでした。私は言いました。私の五官にはまだ力がある、誰がくれたのか知らないけど命があって力がある限り、私は私の力で生きてみせると。ある人は少し勉強して女医になってはどうかと、父もそうしろと言いました。教師になれという人もいました。縁談もありました。起犀さんは自ら心を鎮めようと一人になられましたが、私は一人残されました。一人になった状況は違いますが、進む道を選ぶ自由だけは同じです」

「それで？」

「起犀さんがそうするしかなくて出家の道を選んだように、私も……ええ、私も起犀さんを追いかけるしかありませんでした。起犀さんがどこにいるのかわからない間は」

「……」

「わかっています。寺を去ることはできないということを」

「執念を捨てなさい」

「志甘兄さんにもそう言われました。執念を捨てろと。でも、私は帰りません」

「では、尼になれ」

「いいえ。私は仏様に仕えるために来たのではありません」

「寺が重くて動かせないなら、軽い僧侶が去るしかないな*」

「あなたは軽い僧侶ではないでしょう」

「なぜだ？」

「家が貧しくて寺で育てられたのではないから」

知娟は一度も見せたことのない妖艶な微笑を浮かべた。唇は燃えるように赤く、油皿の明かりの下でも顔の色は透き通っていた。

十五章　種をまく人

知娟《チヨン》を放り出すようにして兜率庵《トソルアム》から出てきた蘇志甘《ソジガム》は、海道士《へ》を訪ねていった。昨年の秋、彼の山小屋で山ブドウの酒をごちそうになったことがあり、これが二度目の訪問だ。志甘と海道士は、知り合いというよりも面識がある程度だが、とにかく知り合ってからは長い。都落ちして三嘉《サムガ》*に暮らす儒者、陳賓《チンビン》の家で海道士、すなわち成道燮《ソンドソプ》という男に会った。五、六年ほど前のことで、陳賓は墓の場所を決めようと彼を呼んだのだ。海道士の祖父は名前の通った地官*で、海道士もまたこの地方で一番の地相師と言われていた。

「中人ですが、暮らし向きは裕福で、幼い頃からしっかりと学問を身に着けた人です。女運が悪く、事情があって家は落ちぶれたものの、それなりに暮らしています。ですから、馬鹿にすると大変な目に遭います」

服は汚れていなかったけれど、海道士の身なりは山の人のものだった。太い指の関節は彼がどれだけ多くの労働をしてきたかを物語っていた。どこにでもいそうな顔で、目つきだけは時折、人並みならぬものを感じさせた。

「何のために墓の場所を決めるのです」

志甘が同席した場で陳賓が相談事を持ち出した時、海道士はそう返した。

「どういう意味ですか」

「どこでも、お参りしやすい所にすればいいではありませんか」

「何だと。私を誰だと思っているのだ」

「はて」

「うちが貧乏だと思って、そんなことを言うのだろう」

「旦那様、私は地相を見なくなって随分経ちます」

「どうしてだ」

「人に勧められることではないですし、子孫もいないので頼む相手もいませんが、私自身は火葬されることを望んでいます」

「何か理由がありそうだな」

「あります」

「話してくれ」

「この先……朝鮮全土が掘り返されて骸骨が地上に転がり回ることになるでしょうに、明堂を探したところで何の意味もありません」

「ほほう、奇妙なことを言うな」

「だから、私も口外しないでおこうと心に決めていたのですが、旦那様があまりにも畳みかけるものですから。世の中を乱し人々を欺いたといって、水雲《スウン》〈崔済愚《チェジェウ》〉*のように打ち首になりたくはありません」

海道士は冗談半分でそんなことを言った。聞きようによっては、自分も東学の教祖に匹敵する人物だという自負心もうかがえた。志甘はその時から、この男に興味を持つようになったのだ。

「こんな暗い中を。よくご無事でしたね」

ちょうちんを手に出てきた海道士は、志甘を横目で見ながら言った。

「元々、山神〈虎〉は霊妙なものだ。一里離れていても、その肉が腐っているのか新鮮なのかがにおいでわかるのだから、五臓六腑が腐ってしまった蘇志甘を捕まえたところで、食欲が失せるだけだろう」

「それはそのとおりです」

しばらくして、二人は酒膳を挟んで向かい合った。

「兜率庵に来たんだが、どうも寝心地が悪くてな」

「それより、酒を飲みたくて来られたんでしょう」

「それも間違いではない。それで、最近はどうしているんだ」

「おやおや、先生もどうしようもない俗人ですね。山の人間にどうしているかと聞くなんて。それは、白粉の匂いのする俗世の話です」

「そうかな。はははっ……」

酒を酌み交わし、たわいのないやりとりをする。海道士は、陳賓に対しては丁重に旦那様と呼んでこれまでの礼儀を守ったが、六、七歳年上の志甘に対しては同僚のように気兼ねなく振る舞う。

「カムトゥ〈朝鮮時代の役人の冠〉をかぶったことはありますが」

「鹿革のカムトゥか？　満州にでも行くつもりかな」

「獣すら撃てない人に向かって、満州だなんて」

「気になるな。だったら、山の中に政府でも作ったのか」

「できなくもありません。ははは……ははは……やぶにらみの豪傑もいますし、それに手下の者も少なくありませんから」

「国を捨てた亡命政府があるが、世の中を捨てた棄世政府があってもおかしくない」

「わかってませんね」

「たとえ五臓六腑は腐っても物知りで知られる蘇志甘が、海道士の前では事あるごとに何も知らない、わかっていないとけなされる。昔はできなかったが、いよいよ自ら命を絶つ時が来たようだな。この悔しさを呪いに変えて、松の木に首でもつるか。いったい、お前は誰だ！　玉皇上帝に印でももらったのか」

「まあまあ、早まらないで下さい。棄世政府という言葉は間違いだという意味です」

「棄世はこの世を去るという意味だ。死んだ者も世を捨てた者も同じだ。何が違う。俺と同じで海道士も死ぬのが怖いのだな。だったら用はない」

「せっかちですね。近道が好きな山の人間は命を守るのが難しい」

「のんびりしていては、いつ到着するかわからないぞ」

「私は棄世ではなく、得世だと思っています」

「鄭鑑録《チョンガムノク》秘訣《ピギョル》*か」

海道士が大声で笑った。いたずらっぽい表情だった。

「得世論はともかく、政府なんてとんでもない。近道はおろか、果てしなく遠い道です」

「そうか。ははは」

二人は酒を酌み交わし、くだらない話を続けた末に、志甘が先に倒れ込んだ。海道士は酒膳を片付け、志甘に布団を掛けてやってから外に出た。坂道を上り、真っすぐ空を見上げて座る。彼は一時間近くそうして座っていたかと思うと家に戻ってきた。

翌朝、志甘は騒々しい声に目を覚ました。誰か来たようだ。

「どうしたんだ」

「取りあえず、冷や飯でもあればちょっと食べさせてやって下さい」

「おやこれは、目が黒々して山の獣みたいだな。お前、どこから来たんだ」

返事はない。

「飯が先だって言ってるでしょう。子供のいない人はのんきなもんだ」

「わかった」

志甘は部屋の戸を開けて外を見る。斜視の男が立っており、その足元に男の子が一人うずくまっていた。海道士の言うとおり、山の獣みたいだ。伸び放題の髪がもつれていた。手の甲も足の甲も傷だらけで、まともなのは真っ黒な二つの瞳だけだった。斜視の男、カンセは志甘をちらりと見たが、すぐに見なかったふりをして台所の方に向かって叫ぶ。

「何をもたもたしてるんですか！　冷や飯を探すのに、そんなに時間はかからないでしょう」

「敬愛する師に向かって、そんな口をきいていいものかね」

と言いながら、海道士は器を一つ持って出てきた。

「すきっ腹に冷や飯を入れては体に悪い」

おかゆを作っていたようだ。しょうゆの皿が一つ添えられている。子供は手で食べようとしかけたが、熱いので仕方なくさじですくって夢中で食べる。米粒一つ残すことなく、あっという間に平らげた。

「体が温まっただろうから聞くが、お前はどこから来たんだ」

海道士が聞く。子供はじっと見つめるだけだ。

「山奥で暮らしてたわけでもないだろうし、もしそうだとしても、誰かと一緒だっただろうに、お前、一人じゃないんだろう」

やはり答えはない。海道士は子供の背中を殴る。

「わっ！」

「口がきけないわけじゃなさそうだ。それはそうと、金《キム》さん。この子をどうするつもりだ」

「海道士も退屈しなくて済みますね」

「俺に預けるつもりで、朝っぱらから訪ねてきたのか」

「いくら家族が多いからって、おかゆのひとくちも食べさせてやらずに連れてくるような悪い人間じゃありません。子供もいなくて、山奥で一人で暮らしてる人ならともかく、道ですれ違った他人の子の洟を拭いてやるのも子を持つ親の人情だから」

海道士を横目で見ながら腹を立てる。

「子供がいるからって、よくも偉そうに。子供のいないのは幸いだという言葉も知らないのか」

海道士は鼻の穴を膨らませた。そして、地面にぺっとつばを吐く。

「確かに、そんな言葉もありますね。だけど、まだ諦めきれないんでしょう」

会うたびに二人は、激しい口げんかを始める。取っ組み合いのけんかをするわんぱく坊主のように、時には性格の悪い猫が爪を立てるように言い争う。しかし、ここは人恋しい山奥だ。表現がどうであれ、それは互いに対する厚い友情だった。

「腹の足しにはなっただろうし、死にそうでもないから、そんなにがつがつ食べることはない。それより金さん」

「聞いてますよ」

「ああ、金さん、挨拶しなさい」

外に出て見物している志甘の方を振り返った海道士は、

「蘇先生も挨拶して下さい」

と、土俵で両側の力士を呼ぶみたいに手招きをした。

「こちらの金カンセという人は、言ってみれば項羽のような力持ちです。こちらの蘇志甘先生は、詩人ではないにせよ、その放浪の生涯はまるで屈原のようで、妻をめとることなくいくつもの山を越えてきた」

カンセと志甘は既に互いを意識していた。海道士の芝居じみた紹介など耳に入っていない。

「俺は炭を焼き、かごを編んで売っている山の人間です。屈原が何なのかわかりませんが、いろいろ教えて下さい」

カンセはぺこりとお辞儀をする。

「私が教えることなどなさそうだが。ははは、はっはっはっ……」

「どこかで見たことがあるような」

「私もさっきからそう思っていた」

二人はすぐに意気投合する。長きにわたって苦難に耐えてきた男、嘘つきや悪人にはなれないが、普通の人ではなく、散々な人生を生きてきた男。狩猟犬がにおいを嗅ぎつけるように、そんなことを既に感じ取った。カンセは志甘に金環《ファン》の面影のようなものを感じ、志甘はカンセから、刃をむき出しにした好漢の宋寛洙《ソングァンス》の影を感じる。こうして朝から大騒ぎさせた子供は後回しになり、酒盛りが始まった。埋めておいたかめから山ブドウ酒をくんできて、塩漬けの大根の葉、ワラビの和え物、イノシシの干し肉を並べる。イノシシの干し肉は余程のことがなければ出さない海道士の秘蔵の品だ。酒の肴はその三つ。それらは皆、食材の持つ命の躍動を感じさせるような絶品だった。白い陶器の平鉢に注がれた山ブドウ酒を飲んだ志甘は、よく漬かった大根の葉を食べながら言った。

「秦の始皇帝も羨ましくない。これだから山を忘れられん」

「宮殿がいくら広いといっても、幾重にも重なった高い山々やいくつもの谷川、その中でそれぞれの役割を果たしている億万の命や季節ごとに美しく咲く草花にはかないません。秦の始皇帝は北の果てに万里の長城を建てたそうですが、金剛山《クムガンサン》や智異山《チリサン》ほどの宮殿はありませんよ」

海道士の顔は無邪気だった。言うことも拙劣で、子供じみていた。

「智異山も、金剛山も、海道士が作った、そんなふうに聞こえますね。で、でたらめだー」

カンセも口が達者な方ではない。酒も言葉も、舌先になじむにはちょっと時間が必要だ。

「誰が作ろうと作ったことには変わりない」

「力もないのに、偉そうなことを言うのは、それぐらいにした方がいいですよ。枯れ木の下のアリに、笑われます」

「ほほう、豪傑がそんなことでいいのか」

「くだらないことを言わないで下さい。俺は、一生遊んでは暮らせない。ああそれは、海道士も同じですね。まったく、下手に学問をするから、よくないんだ。しょうゆもみそも、みんな自分で仕込みながら、神仙みたいなことばっかり言うなんて、病気ですよ」

「産神様が目を描き入れるのに失敗して、両目がそんなに好き勝手な方向を向いているんだから、中心が見えないのも当然だな。気の毒なことだ。足の下に何があるのかわかっているのかな、豪傑の金さん」

「百年物の高麗人参でも、あるんですか？　それとも、尿瓶ほどの大きさの金塊があるって言うんですか？　足の下には土以外、何もありません」

「智異山があることぐらいわかっているといると思っていたのに」

「ほんとに変なことを言う人だな。家の中の細かい仕事をしていたくせに、人を驚かすような大層なことを言って」

そう言いながらカンセは、海道士の言葉の中に含まれた本当の意味を探ろうと考えを巡らせる。しかし、全くわからないだけでなく、初めて会った蘇志甘のことも気になって頭の中がごちゃごちゃだった。意気投合したとはいえ、自分とは違う点が多い。ソウルの人で、儒者風で、新式の学問もしたみたいだし、とにかく並の人間ではないようなのにどこかうつろに見える。紹介された時より多少否定的なことを思うのは、カンセがいつも警戒態勢にあったからだろうが。

（うつろに見える。死んだ兄さん〈金環〉のようでもあるけど、死んだ兄さんから鉄の柱を抜いてしまった、病気の人みたいにも見えるし、だからといって、普通の両班でもないみたいだ。もっとも、海道士と付き合っているなら並の両班じゃないだろう。あの人も俺と同じで最初ほど気楽ではなさそうだが……）

子供は、当然そうすべきだというように、海道士とカンセの後ろに座っていた。おとなしくしていたが、ひっかき傷があって、汚れていて、おかゆのかすがこびりついた小さな手が時々、海道士とカンセの間に割り込んできては干し肉をつまむ。そのたびに、子供の黒い目は志甘を見つめる。

「こいつめ」

ついに、海道士は子供の手首をつかんだ。

「お前は牛の子か」

子供は海道士の手から逃れようともぞもぞするだけで、泣きもせず黙っている。

「動物も自分のおなかのことを考えながら食べるのに。人の子は胃袋が一つしかないんだ。わかったな」

「大事に育てられたわけでもなさそうだし、何を食っても腹を壊す心配はなさそうだから、放っておいた方がいいですよ」

だが、カンセの言葉は聞き流し、海道士はあらためて子供の顔をまじまじと見つめる。

「この子は大逆賊になる。この顔相はほんとに……」

驚いたようだ。

「いいってことですか、悪いってことですか」

「さあ、いいとも悪いとも言えない」

海道士は上の空で答えながら、子供をあちこちつついてみる。

「逆賊と言いながら、どうして判断を下せないんですか」

海道士は振り返った。

「金さんの芝居が下手過ぎて、心配だ」

「何を言うんです」

「あなたたちは皆逆賊なんだし、逆賊の悪口を言われるのを望んではいないだろうに」

志甘がこっそり笑う。心の中でやっと、カンセと寛洙を結びつけたのだ。

「酒でも飲もう、金さん」

志甘が自分の酒碗を空け、カンセにそれを差し出した。男たちは子供を放ったらかしにしたまま、また酒を飲み始める。皆、酔っていく。そして、どうでもいい会話が行き交う。

「紅灯と紅と白粉で腐っていく口先だけの女もいないし、ほんとにいい酒だ。ははは、ははは……」

志甘は興がわき、豪傑みたいに笑った。

「陰陽も半分半分でこそ道理なんですから、男、女という前に人として断罪すべきです、蘇先生。そういう意味で水雲は、天機を少しわかっていた人です」

「それはちょっと考えてみないことには。孔子が正しいのか、水雲が正しいのか」

「天について言ったこともなかなかのものだったが、結局は人智に過ぎない。孔子には花びらが開く音が聞こえなかったんでしょう」

「では、海道士はそれを聞いたということだな」

「もちろんです。智異山には木こりの中にも老子がいるんですから」

「ほう、これはみっともない。酒の席で偉そうにするとは。ソウルでは、酒の席となると弱い奴が豹変する。虎ににらまれたネズミみたいにおとなしくしてた奴が、酒が入ると大口をたたくんだ。それに、女をいじめる男、酒に酔わずに人の弱みをこそこそ集めておいてでたらめを言う男、そんな奴らは恥さらしだ。その中でも泣く男はましな方だが、ここは山奥だから偉そうにするのか」

「智異山は広くて深いのです」

「ふうむ、だから孔子を断罪したのだな。だが、今の状況では倭奴の背中に刃物を突き立てる者が一番心がきれいだ。そうだろう、金さん」

　カンセの顔が一瞬こわばる。志甘が何か知っているみたいだったからだ。

「いったい、先生は何者なんですか？　どうしてそんなことを言うんです？　上海臨時政府*ですか？」

「私は生き残った野獣だ」

「何を言うのですか」

「それはそうと昨日の夜、海道士が冠をかぶったって言うから、世を捨てた人たちが智異山に集まって政府を一つ作ったらどうだろう」

　志甘は酒をひとくち飲んで、

「と言ったら、海道士が、世捨て人の政府とは何事だ、世の中を手に入れた人たちの政府と言うべきだと言うではないか。捨てたのと手に入れたのとでは正反対だが、海道士」

「何でしょう」

「この話の結論を聞かせてもらおう」

「おやまあ、どうされたのですか。仏教、儒教に造詣が深く、東西の書物をあまねく読み漁った方が。私なんかに話せることはありません」

「尻込みするところを見ると、まだ果実は熟していない……」

「秋になれば山の果実は熟しますし、それは毎年のことです。ですが、摘んで食べるには百年ほどかかるし、しかも天地がひっくり返らなければなりません」

「地をはう大蛇になり、捕って食べられるスズメになり、愚鈍なクマかと思うとすばしっこさはシメ〈スズメより一回り大きい渡り鳥〉みたいで、ネズミなのかガンなのか大鵬なのか、とにかく海道士は言葉だけで道術を使うんですよ。俺には占い師には見えない。海道士の本当の姿はいかさま師に違いありません」

「俺も世間ではいかさま師と言われているんだ。これは奇遇だな」

「え？　これはほんとに大変だ。類は友を呼ぶと言いますが、俺は山の人間で、ついさっき山の子供を預けたのに。うっかりしていると肝を抜かれて、鼻も切られてしまう」

海道士はへらへら笑う。

「おい、お前。これではいかん。懲らしめてやらないと」

海道士が急に立ち上がった。子供の手がまた干し肉をつまんだのだ。海道士は、ご飯を保温しておくのに使う小さい布団を手に取り、それで子供をぐるぐる巻きにして外に放り出す。

「少ししたら明るくなるだろう」

海道士は部屋の戸を閉めてしまい、座る。

「ほんとに子供のいない人は違いますね」

止めはしなかったが、カンセはつっけんどんに言った。

「あんなになるまで死なずに生きてきたのなら、それは人の成せる業ではない。腹は満たされただろうし、布団もかぶっている。これ以上の心配は余計なお世話だし、寂しくもないだろう」

海道士は真顔で言った。自然と酒の席の楽しい気分が台無しになった。

「それは海道士の言うことが正しいみたいだ」

志甘が言った。海道士が続ける。

「情が多過ぎても、失敗することがある」

カンセは一瞬、しょげ返る。その言葉が胸に突き刺さった。外に放り出された子供に対するカンセの心遣いのことだけを言っているのではなかったからだ。娘と母親を亡くした後、自分を見失いつつあったカンセに釘を刺す言葉でもあった。

「金さん、私の酒を受けてくれ」

カンセは酒碗を受け取り、つがれた酒を飲んだ後、つらそうに眉間にしわを寄せた。海道士の言葉はカンセにとってあまりにも厳しかった。

「俺は粘り強いから、大丈夫です。それより、先生はさっき、酒に酔わないみたいな口ぶりでしたよね」

「ああ」

「それは残念です」

「なぜだ？」

「酒に酔わない男はみんな、他人の弱みを握っておいてでたらめを言うって言いましたよね」

「ああ、言った」

「みんなそうですか」

「はて」

「酒に酔わない可哀想な男もいるから言ってるんです。情にもろくても情をかけられない、そんな男がいたんです。夜を徹して酒を飲んでも酔うことのできない、そんな可哀想な男もいました。酒なんてのは大抵、自分が酔うと思ったら酔って、酔わないと思ったら酔わないものなのに。前者は恨の多い人で、後者は切り立った険しい坂道を進むように厳しい世の中を生きる人です。海道士や蘇先生の話を聞いていると、この智異山はまるで泰平の世の中みたいですが、それは皆、おなかいっぱいの人が言うことのように思えます。山の中だからといって、脚を伸ばして寝られるように山神様が出てきて山小屋の門番をしてくれるわけでもありません。俺みたいな山の人間は、ここで生まれて山の物を食べて暮らしているから、世の中を捨てたわけでも手に入れたわけでもないが、いったい、この山奥に世の中を捨てた人がどれぐらいいると思いますか。みんな、あの外に放り出された子みたいに、ひっかかれたり、切られたり、傷だらけになって追われてきた人たちがほとんどです。俺も、元をただせば追われてきた人の子孫でしょう。ソウルの両班や近隣で名の知れた地官の子孫であり、裕福な家で育って学問に親しんだ海道士こそ、風流な世捨て人だ」

「これは顔を上げられないな」

志甘が鼻を触りながら言った。

「だからって、虎ににらまれたネズミみたいに振る舞っておいて、酒の力を借りてできもしないことを豪語するつもりもありません」

カンセは酔って管を巻くように、うっぷんを晴らすように言った。

「そんなことを言うな。金さん」

海道士は動揺せずに言った。

「私たちは種をまいているのであり、急いで収穫しようとしてはいけない。山奥に咲く花は、皆同じではなくても花には変わりない。だから、私も少し種をまいておこうと心に決めたんだが、息子よりも父親の方が、もっと学ぶべきことがありそうだ」

海道士はずっと真顔だった。

「俺は、千字文をやるつもりはこれっぽっちもありません」

カンセは決して心の狭い男ではなかった。適当な所で言葉を和らげる。

「これじゃあ、環さんはもどかしかったに違いない。目の見えないロバが鈴の音を聞いてついてくるんだ*からな」

カンセの顔が青ざめた。

「どうしたんだ。そんなに驚いて」

「なぜそれを知ってるんですか」

カンセの声は小さかった。

「いくら智異山が深くて広いとは言え、金環を知らないはずがない」

「だけど、兄さんは何も言ってなかった」

「そのはずだ。あの人は私を知らないから。東学の老大将、梁在坤《ヤンジェゴン》が私の叔父だ」

「何だって！」

「だが、私は東学ではない」

カンセは驚きを隠せない。志甘が口を開く。

「では、金さん。宋寛洙さんもご存じかな」

「知っています。蘇先生はソウルで？」

カンセは拍子抜けしたように言った。

「およそ見当はついていたが」

「俺もです」

三人はひとしきり大声で笑う。

彼らは今初めて酒膳を受け取ったみたいに、また酒を飲み始める。皆、酒豪だ。ほぼ半日経った頃、カンセが席を立った。

「神仙の遊びに斧が折れるのも知らない*って言いますが」

「どこへ行くんだ」

「行く所があって家を出てきたんですが、あの子に会ってしまって」

部屋の戸を開けて出る。

「何だあいつ、どこへ行ったんだ」

海道士が後から出てきて言う。

「心配することはない」

「青大将の抜け殻みたいに布団から抜け出して、どこへ行ったんだ」

四方をぐるりと見回す。

「畑のサツマイモを掘って食べたイノシシは、夜になったらまたやってくるものだ。腹が減ったら自分の足で戻ってくるだろう。網を張っておかないとな」

「逆賊の人相だっていうから仕方ない。捕まえておきますか」

カンセは彼らに別れを告げ、山のふもとに向かう。

「俺みたいなのは、シラミでも取ってるのがお似合いだ」

ぶつぶつ言いながら歩く。少しも酔っていなかった。酔ったふりをしていたが、山風がそれをすっかり吹き飛ばしてしまう。なぜか寂しいばかりだった。

(海道士は何者なんだ。蘇志甘は？)

さっきまで一つの酒膳を囲んで胸襟を開き、十年、二十年来の知り合いみたいに酒を飲んでいた。彼らを遠く感じたり近く感じたりはしたものの、彼らはカンセの前で、必要に応じて少しずつ自分たちの正体を明かしてくれた。だが、まだ話していないことがたくさんあるようだ。カンセは生死と苦楽を共にした金環のことを、生きている間に知ることはできなかったが、一度も疑ったことはなかった。

「海道士はどういう人なんだ。息子より父親の方がもっと学ぶべきだと？　それはつまり俺に教えてやろうということだが」

カンセはぶつぶつ言いながら頭を振る。頭の中が重かった。がらくたばかりの引っ越し荷物を載せた荷車みたいに、頭の中でがたがた音がするみたいだった。抵抗を感じたのだ。海道士だけでなく志甘も含めて。それは、誘惑みたいなものでもあった。

「俺はこのままがいい！　あの人たちみたいにあれこれ多くを知る必要もないし、俺はこうして生きるのが合ってるんだ。子供たちも同じだ。学問をして、絹の服を着ることになったら窮屈で仕方ない。檻の中に閉じ込められて肉を与えられる虎なんてまっぴらだ。俺はこのままがいい！　広くて立派な屋敷に住みたいとも思わないし、人を軽蔑したり軽蔑されたりせずに暮らすんだ。寛洙の奴がいつもひねくれた態度で人に接するのを気に食わないと思っていたが、俺もいろんなことがわかってくれば、そうなってしまうだろう。人生ってのはどうしてこうも谷だらけなんだ」

カンセはそう言いながらせせらぎを一つ飛び越える。去年の秋に落ちた枯れ葉が流されていた。

「実際、人が生きる理知はそんなに難しくも多くもない。あの世の門が開くまで歩いていけば済むことだ。なのにどうして、黙ってあんなに息苦しい思いをしてるんだ。死んだ兄さんはなかなか話をしなかった。だけど兄さんは、いつも体で語ってくれた。それで、俺の勘が鈍くて理解できなくても、そうなのかって言ってくれて、俺は窮屈な思いをしなくて済んだ」

坂を一つ越える。

「草木や花はいつもあった……土もいつも俺の足元にあった。だけど、俺の物でも誰の物でもなかったんだ。ふん！」

十六章　成煥《ソンファン》の母の後日談

弘《ホン》は織り目の細かいパジチョゴリを着ていた。綿を薄く詰めた袷《あわせ》のチョゴリらしく、色柄は地味だった。白い陶製のボタンがついたチョッキは水色の絹地だ。ひげを剃った顔は明るく、額には髪が揺れ、弘は笑っていた。板の間いっぱいに春の日差しが注いでいる。障子紙を通して光が差し込み、部屋の中も明るかった。永八《ヨンパル》はわらしべできせるの中のたばこのやにを取っていた。チマチョゴリを着たパンスルの母〈永八の妻〉の腰回りは、まだすらりとしている。彼女は孫娘の婚礼用のポソンを繕いながら、永八をちらちら見る。弘は、経過が良くて半月で退院した。家で一カ月余り静養すると、体は元通りに回復した。弘は、永八の家が自分の家みたいに居心地が良く、気分が良かった。春真っ盛りの陰暦三月のうららかな天気もそうだし、生死をさまよい、元気な体に戻ったせいでもあった。しかしそれよりも、つましい幸せに飽き足らず口げんかを繰り広げる老夫婦を見ているのが楽しかった。

分家した次男と三男にはまだ幼い子供がいたが、一緒に暮らす長男パンスルの子供たちはもう大きかった。弘の婚礼についていった末の息子の雄基《ウンギ》は十二歳で普通学校の五年生、真ん中の娘の明順《ミョンスン》は十五歳で、仲人が縁談を持ってくる年になった。長男の豊基《プンギ》は十七歳で、普通学校を卒業した後、靴屋で見習いをしていた。農業をしているパンスルは勤勉で、嫁はおとなしかった。子供の多い永八夫婦は寝る暇もなく、気苦労が絶えなかったが、息子三人は結婚相手に恵まれて家庭は円満だ。これまで越えてきた川や峠が険しかったとはいえ、子供に先立たれることなく添い遂げられるのだから、幸福だと言えるのではないだろうか。

（親戚同然の人たちだった。俺が朝鮮を離れたら、この人たちが生きている間に帰ってこられるだろうか……立派でなくたっていいんだ。立派でなくてもこういう人たちだけが暮らす世の中だったら、呉《オ》さんも監獄暮らしをしなくて済んだだろうし、俺もこんな災難に遭わなかったはずだ）

人から統営《トンヨン》の笠を借りてかぶり、両腕を振って歩いていた永八の姿が浮かぶ。弘の結婚式のために統営に行った時のことだ。重い灰色の雲がのしかかっていて、永八は心配そうに空を見上げながら歩いていた。名声を得ても人生には悔いが残るものなのに、永八には後悔はなさそうだった。我先にと他人を押しのけていく大勢の人々の中で、何をするんだ、押さないでくれと言いながら歩いてきた愚直な生涯で得たのは狭いあばら屋だけ、失わなかったのは子供たちとお人よしの老妻だけだったが、策略と陰謀と偽りと悪知恵によって積み上げられた空虚な場所にかろうじて身を寄せる寂しい人とは違い、こつこつと年輪を刻んできた一本の丈夫な木のような永八は、人の命を踏みにじることはなかった。後悔がなさそうなのはその清らかな生き方のせいだろう。

「すぐ帰るわけじゃないんだろう？」

パンスルの母がポソンを裏返しながら弘に聞いた。

「はい」

「豊基の母ちゃんを買い物に行かせたから、お昼も夕飯も食べて、ゆっくりしていきなさい」

「そうします」

「そんなに念を押すこともないだろう。体もすっかり良くなって初めて来たんだから当然そのつもりだろうに、落ち着きのないのにも程がある」

永八がたばこのやにを取り除き、たばこを詰めながら不満そうに言った。

「つまらないことに言いがかりをつけて。年を取ったら子供に返るって言うけど、ほんとだね。子供っていうのは好きな人に文句を言いたがるんだから」

「お、おい、その言い草は何だ。神様みたいな家長に向かって」

「それとも、自分の言いたいことをあたしが言ってしまったから、怒ってるんですか」

「一難去ってまた一難だ、おほん！」

大きくせきばらいをする。

「龍井《ヨンジョン》のお爺さん〈孔《コン》老人〉とお婆さんのことを思い出します」

弘が言うと、永八が聞き返す。

「何でだ」

「似てるからです。仲むつまじい夫婦は、年を取るとよくけんかするみたいですね」

「何を言ってるんだ。似てるだなんて、とんでもない。うちの婆さんは、あの奥さんの足元にも及ばない。

人当たりが良くて、家長にあんなによく仕える人はほかにはいないだろう。天が定めた縁だ。あんな夫婦はそういない」

「それは、あたしの台詞だよ。この人こそ孔老人とは比べ物にならない。孔老人は奥さんのことを、風が吹けば飛んでいくんじゃないか、置いたら壊れるんじゃないかって、宝物みたいに大事にして。子供がいなくても一度も人のせいにしたりしないし。この人なんかとんでもない。何も言い返せないでしょうよ」

永八はその言葉を否定せず、こっそり笑う。

「そんなによくできた伴侶と死に別れて……ほんとに大勢がこの世を去った。平沙里《ピョンサリ》でも俺たちと年の変わらない鳳基《ポンギ》と二平《イピョン》兄さんぐらいしか残っていないだろう。世の中は何事も不公平だが死だけは公平だから、長生きしようが早死にしようが、死ぬ時は手ぶらで孤独に行くもんだ」

弘は笑ってばかりいる。

「ほんとに天気がいいですね、おじさん」

話題を変える。

「ああ、春ももう終わりだな。田んぼのあぜ道のヨモギも硬くなった」

「天気もいいし、別に行く所もないから、今日はここでゆっくりしていくことにします」

「もちろんだ。この先、どれだけお前に会えるかわからないんだし」

パンスルの母が言った。続けて永八が言う。

「運転席に座ってると、退屈だろう」

「そうですね」

「発つ準備は大体できたのかい」

「何日かしたら家の契約もうまくいきそうだし、そしたらもうほかに準備することはありません」

「全部振り捨てていかないと……人の縁って何なんだろうな。お前の父さんが何もかも諦めて生きるようになってから、いつもそう思ってた。あの世で会えればいいが、空しいな」

すぱすぱたばこを吸いながら、目をしばたたかせる。

「会えるだろうって思いながら生きて、死んでいかないと」

パンスルの母もため息交じりに言った。

「とにかく、どこにいたって命だけは長い。霜柱みたいに冷たい世の中……満州にいた時は、両親の墓に草が伸び放題になっているだろうと思ってよく泣いたし、死んだら骨だけは自分の故郷に埋めたいって、寝ている間もそればかり考えていたが、ここに帰ってきて望みはかなった。年老いていくのはどうしようもない。もう十分に生きた。あとは若い者が心配だ。先が長いからな。できることなら、こいつらもお前と一緒に満州に送ってやりたい。だが、ろくに学もない奴が行ったところで、木こりしかやれることはないだろうし、とても踏ん切りがつかない。大変なのはよく知ってるから」

「保証はできませんが、向こうに行ったら状況を見て」

「いや。言うのはたやすいが、お前とは違う。そう簡単には行けないさ。あまりにも世知辛い世の中で、巡査を見かけただけでひやっとして、奴らの制帽を見ただけでも胸がどきどきして。それは俺が昔、義兵をしていたせいだろうがな。三・一万歳の時、パンスルが捕まって拷問されたこともあるし、五広大を見にいって目の前で人が死んでいくのも見た。お前が化け物みたいになって警察から出てきたこともずっと忘れられない。それだけじゃない。錫《ソク》はどこへ行ったのか行方知れずだし、寛洙《グァンス》も追われる身だし、今回だって学生たちが随分世話になったらしいじゃないか。崔《チェ》参判家の坊ちゃんもそうだし、警察に連れていかれた学生はものすごい数だって。うちの雄基ですら万歳を叫ぶ状況だから、この先そんなことがどれだけ起こるかわからない。雄基は普通学校の生徒だから捕まらなかったが、永鎬《ヨンホ》の件には困り果てた。漢福《ハンボク》がどんなに心配したか。勉強も身の丈に合っていないと駄目だ。恨を晴らして生きると言ったって……」

「ほんとだよ。永鎬の母ちゃんがどれだけ胸を打って泣いたことか」

「あともう少しで卒業なのに退学になって、刑務所暮らしをせずに済んでよかったと思うにはあまりにも悔しい。すべて水の泡だ」

「そうとは言い切れません。それだけ永鎬も悟ったわけだから、これからもっと立派になるかもしれないじゃないですか。倭奴の支配下で卒業証書をもらったからって将来が保証されるわけでもないし、死ぬ日まで倭奴に抗うという方たちだって、子供に勉強ばかりさせるのは、卒業証書をもらって倭奴の下で出世させるためではありません。勉強しなければ日本人と闘えないという一念からです」

「お前の言うとおりかもしれんが、とにかく冷たい世の中だから」

「気持ちだけでも倭奴に食われずに生きていかないと」

いくらか力が抜けたように弘が言った。

「誰もがそう思ってるわけじゃないぞ。倭奴とちょっと顔見知りになっておけば、郡守につてがあるみたいに偉そうにできる世の中だ。告げ口をして、手先になって、呉さんに殺された禹《ウ》にしたって、呉さんが義兵だって告げ口したからあんな事になったんだ。下手すれば関係のないお前まで死ぬところだった。とにかく悪い人間は虎より怖い。青天の霹靂っていうのはお前のことだ」

「またその話ですか」

パンスルの母は笑いをこらえている様子だ。

「何だと?」

「今日はどうして出てこないんだろうと思ってたんですよ。青天の霹靂だ、悪い人間は虎より怖いって、いつも同じことを何度も繰り返して口癖みたいになってるのに、今日はどうして一回しか言わないんですか」

「おいおい、その口のきき方は何だ。ひとこと言うたびに突っかかってくるな。隣近所に聞こえるほどの大声で追い出されたくなかったら、大きな口をたたくのはやめとけ」

しばらく収まっていた口げんかがまた始まる。

「ああ、恐ろしい。こんな白髪頭で追い出されたら恥ずかしくてたまったもんじゃない。それに、死んだら水を供えてくれる人もいなくなっちまう」

パンスルの母は首をすくめてみせる。そして、休まずにポソンを繕う。

「ああ、俺が死んだらどうするつもりだ。女っていうのは、年を取っても若くても亭主の葬式が済んだら妖婦になるって言うからな」

「いい年をして、どうしてそんなに口が汚いんですか。若い人の前でみっともない」

妻が真顔になると永八はぎくりとする。

「ちょっと、弘。あたしの話を聞きなさい」

「はい」

「お前が平沙里から運ばれてきた日、あの時からあの爺さんは青天の霹靂だ、悪い人間は虎より恐ろしいって、多分一万回以上言っただろうよ。今じゃすっかり口癖になっちまって。息子にまでこっぴどく叱られるほどだって言えば、どれほどひどいかわかるだろう？　いいかい、ちゃんと聞くんだよ。あの日だって、のんびりきせるを持って出てくるんだから、何の役にも立ちはしない。それでいて、坊さんが念仏を唱えるみたいに、誰かに会うたびに、青天の霹靂だ、青天の霹靂だって言って、何を訳のわからないことを言ってるんだか」

「ふん、自分のことは棚に上げて、チマを裏返しに着て病院まで行ったことを忘れたみたいだな」

皆がひとしきり笑った後、永八が言う。

「それはさておき、気分がいい。お前が元気になって訪ねてきて、どんなにうれしいか」

「神霊様が助けてくれたんですよ」

「ご先祖様も、お前の父ちゃんも助けてくれたはずだ」

「そうだよ。自分の命みたいにお前を大事に育てた月仙《ウォルソン》も助けてくれたに違いない。あの世が遠いと言ったって、霊魂は行ったり来たりできるから」

弘は頭を垂れる。ひどい事件が起きた正月一日の朝、父親の墓で見た幻影。夢うつつだったのか。いや、そんなはずはない。確かに起きていた。目は覚めているのに見えて、聞こえた。

（この子ったら、いつまで経っても心配させて）

その声は今も耳元にはっきり残っていて、岩の青いコケの色も鮮明だ。手術が終わって意識が回復した時、弘が最初に思い出したのもそのことだった。自分の命みたいにお前を大事に育てた月仙も助けてくれたに違いない。あの世が遠いと言ったって、霊魂は行ったり来たりできるからというパンスルの母の言葉が改めて肺腑を突く。そして、その幻影の話がすんなりと口から出てこない理由が重く胸にのしかかる。なぜ、素直に言えないのか、ためらうことは少しもないのに。忘れたこと、忘れたいと思うこと。のどかな春の日が暗転する。レンギョウとツツジの明るい色が青黒いコケに変わる。影が落ち、陰鬱になり、心の中におりがどんどんたまって落ち着かない。弘は、自分が永八夫婦から次第に離れていくのを感じる。俺は何で、あの人たちは何なのか。こちらとあちらの関係にどんな意味があるのか。永久不滅ではない。いつか人は人を忘れ、捨てるようになる。生きて背中を向け、別れ、裏切るようにもなるが、死をもって徹底的に人間は人間を裏切る。心が行けば体も行ってしまい、体が消えてなくなれば心も消えてなくなる。心がつながっているというのは錯覚で、ごまかしではないだろうか。果てしなく遠いあの世への道は本当にあるのだろうか。それが本当なら、なぜ人は悲しみ、忘れるのだろうか。正月に病院で死にかけていた時、麻酔から覚めた弘は何も覚えておらず、真っ暗な夜も暗い霧さえもそこにはなかった。何もなかった。

決して停止の状態でもなかった。完全に何もなかったのだ。果てしなく遠いあの世への道のようなものなら、存在しないものなら、悲しんで忘れてしまったからといって、裏切りに対する自責の念のようなものを感じる必要はない。

（死の峠を越えたからだろうか。なぜ突然、こんな考えに襲われるんだろうか）

ずっと前に日本軍に連行されてむごい拷問を受け、その後に結婚して切り捨ててしまった、いや、隅っこに追いやって固くふたをしたいくつもの葛藤が飛び出してくるような危険を感じる。大抵のことは肯定的に受け止め、傷つかないように要領よく生きようという決断に混乱が生じる。

「おじさん」

「何だ」

「あの時、龍井にいた時ですが」

「ああ」

「きこり小屋まで僕が訪ねていったことを覚えていますか」

「覚えてるとも。月仙が死にそうだって、父ちゃんを迎えに来たじゃないか」

「はい」

「お前の父ちゃんの代わりに俺が行った」

「そうでした。山を下りながら、毒蛇みたいな奴め！　お前は人間じゃない！　ああ、お前は山ではした金を稼いでろ。今日は弘に免じてこのまま行くが、覚えとけよ。お前の両手両足がいつまで無事だかな。

いつかお前を殺してやるって、大声で叫んだことを覚えていますか」

　永八はきせるを吸いながらうなずく。

「殺してやる、殺してやるって言いながら、山の中にわんわん響くほどおじさんは泣いていました。本当にあの時、父さんがそんなに憎かったのですか」

「可哀想だったんだ、可哀想で。俺がいくら馬鹿でも、お前の父さんの気持ちぐらいわかってたさ。小さい頃から、お前の父さんのことなら……俺は、月仙の髪のリボンを引っ張っていた頃から事情を知ってるが、ほんとに切っても切れない縁だった。あんなふうに生きられる人はいない。あの時は、気の毒で可哀想だから泣いたんだ」

「李《イ》さんと月仙の事情は何とも言えないものだったけど、弘、お前とは並の縁じゃない。腹を痛めて産んだ自分の子でもああはできないよ。弘が結婚するまでって口癖のように言ってたけど、嫁の作ったご飯も食べさせてもらえないで死んでしまって。何もしなかった任《イム》の母ちゃんは嫁に看病してもらいながら死んだのに」

「あの人の人生も楽ではありませんでした」

　弘は実の母の悪口を避けるように言った。

（自分の母親の悪口は聞きたくないみたいだ。どんなに性格が悪くても親には違いないからね。だから、子供のいない人は悲しいんだよ）

　パンスルの母は心の中で思う。

（他人の子をいくら可愛がっても無駄だって言うけど、昔の言葉は間違ってない。あんなに気苦労させられた任の母ちゃんなのに、血のつながった母親のことはやっぱり、死んでしまったら可哀想に思うみたいだ）

パンスルの母は、弘はできた人間だ、父親に似て人の道理を知っていると思いながらも悲しくなる。そしてなぜか、もう一度強く言いたくなる。

「とにかく、ご先祖様と父ちゃんと月仙が助けてくれたから、お前は命拾いしたんだ。だけど、考えてみたら刀がどうして……」

「刀じゃない。鎌だと言ってるじゃないか」

「鎌も刀も刃物じゃないですか。刃がはらわたを避けていったから血がたくさん出ても死ななかった。天の恵みだよ、ほんとに天の恵みだ」

「天の恵みだと？　俺にはああだこうだといや味を言っておきながら、お前は天の恵みだって何回言うつもりだ」

永八は今だとばかりに言葉尻を捉える。

「水鬼神*みたいに絡んでくるね。青天の霹靂より天の恵みの方がいいでしょうに」

負けずに応酬する。

「水鬼神になったら、その礼儀知らずな口をすっかり塞いでカカシにしてやるよ、カカシに。俺が若けりゃ……」

「力ずくで懲らしめるつもりですか」

「弘、お前もよく肝に銘じておくんだ。女っていうのは、最初からよく手なずけておかなきゃならん。ちょっと手綱を緩めるとあんなふうになって、家長の言うことなんか聞きはしない」

「手なずけられなかったせいで、あたしが何か間違ったことをしましたか。この家に嫁いできて、息子を三人産んで、どれだけ苦労したことか。冗談じゃない。これといっていい日もなくて、それどころか、満州までついていって中国人の土地で小作して、どれだけ悲しい思いをしたと思ってるんですか。手足がかさかさになって、冬になると鼻の下につららができそうなぐらい寒い夜に、おなかがすいたと言って泣く子をなだめすかすのに苦労して。それだけじゃない。春が来て、氷が解けたら家が倒れるかもしれないって、一晩中眠れなかったことも一度や二度じゃありませんよ」

「ほほう、何を言い出すんだ」

「これまでのことを本に書けと言われたら、一、二冊では済まないでしょうよ。それでも、怨み事一つ言わないで貧乏に耐えてきたのに、何て言い草だろうね。あたしは、靴の一足も買ったことないんだから」

「若い頃は口数の少ないのがいいと思ってたが、年を取るにつれて小言ばっかり増えて、困ったもんだ」

「何ですって？　あたしがいつ小言を並べ立てたって言うんですか。今までどれだけ言いたいことを我慢してきたか。あきれてものも言えない」

月仙を思って悲しくなった心が、今度は自分自身のために悲しくなったようだ。パンスルの母の口調は、単純な口げんかの域を少し越えていた。永八の顔が青ざめる。

「今だから言えるけど、あんたが山に入った時だってどんなに不安だったか。そんなあたしの気持ちも知らないで。三守《サムス》の奴は田んぼのあぜで死んで、錫の父ちゃんは町に連れていかれて銃で撃たれて死んで、とてもあの状況を口では言い表せない。ああ、あたしたちも空しく死んでいくんだなって思うと、裏山の松の木もいつものようには見えなくて、チマのひもを結び直す時も、ひもはしっかりしてるかどうか引っ張ってみたりしてね。首をつって死んだ巨福《コボク》の母ちゃんの死体が目の前に浮かんで、ほんとに気が遠くなりそうだった。夜、目を閉じると、銃で撃たれて死んだ三守の姿が浮かんでくるし、あの恐ろしい時期をどうやって過ごしたことか」

パンスルの母はチョゴリの結びひもで涙を拭う。

「どうしてそんな昔の話をするんだ。やめろ！」

永八も目をしばたたかせる。

「あの厳しい月日も空しく過ぎ去った。あの時はそれでも若かったから」

「ええ、空しく過ぎ去りましたとも。ああ、こんなことをしてる場合じゃない。お昼の準備をしなきゃならないのに」

パンスルの母は、針箱に縫い物を入れて脇に寄せる。

「お前が行かなくても昼飯の準備ぐらいできる。小言を言いに行くんだろう？」

「そんなこと言わないで下さいな。それもあたしの役目です」

パンスルの母は、チマの腰の部分をずり上げながら出ていく。

「おじさん、すっかりしてやられましたね」

弘が笑いながら言った。永八も、不満気ながらも笑顔を見せる。

「まあ、苦労させたし、孝行息子も悪妻にかなわないって言葉もあるからな。お前の父ちゃんは、女運がなかった」

豊基の母は既に買い物から帰ってきたようだった。嫁と姑がやりとりする声や食器のぶつかる音が聞こえてきた。

「今回のことにしたって、一番苦労したのはお前の女房だ。いくら俺たちが心配したとはいえ、家族ほどじゃない。初めは、両班出身だからといって偉そうにするんじゃないかと思ってたが、息子と娘を産んでくれたんだし、ちょっと軽はずみでもお前が大目に見てやらないとな。みんなそうだとは言わないが、女は男次第だ」

「わかっています」

「まあ、くっついたり離れたりするのは、お前の父さんよりお前の方が大胆だと思わなくもないが」

その時、パンスルが中腰で入ってきた。

「弘、来てたのか」

「はい、兄さん。どこへ行ってきたんですか」

「ああ、農具を直しに行ったついでに、油つぼを買いに町まで行ってきた」

弘の隣にそっと座る。パンスルは母親に似てあごが細い方だった。いかにも中年らしい顔だ。

「体の調子はどうだ」

「大丈夫です」

「運が悪かったんだ。厄払いしたと思えばいい。父ちゃんが、青天の霹靂だって言わなかったか」

「ええい！」

永八はきせるで灰皿をたたく。皆笑う。

「さっきまで、おばさんと口げんかをしてました」

「満州に行くから、怖い物なしだな」

「さっさと行かないと」

「俺は、父ちゃんも母ちゃんもいるから、捨てては行けない。あの時、伐採場で仕事していたことを考えたら、二人とも行きたくはないだろうし」

「あんな苦労をしたからまともな人間になったんだ」

と言って永八は天井を見上げる。息子が誇らしくもあり、不満でもあったようだ。

「父ちゃんを怨んでるわけじゃないよ」

ぷっと笑ってパンスルが言う。

「あそこへ行って得たものがあるとすれば、少し世間を見る目ができたと言えなくもないけど」

「そのせいで、三・一万歳の時に警察に捕まったじゃないか。族譜〈家系図〉に書いておくんだな。子孫が見られるように」

永八は横目で見ながら皮肉る。

「書いておきたくても族譜がない。父ちゃんが義兵になったことも書いておきたいのに」

応酬する。親子の会話はとても自由だ。

「それもそうだな。名前を残そうと百姓をやってるわけじゃないから。孔子と孟子を知ってれば、それでいい。真面目に働いて、ご先祖様に仕えて、悪い事をしなければ」

「父ちゃんも話が上手になったね」

「おい、忙しく働いていれば口はそんなに回らないものだ。生まれつきうまくしゃべれる人がどこにいる。百姓に話のうまい奴はいないぞ」

「それは父ちゃんが正しい」

パンスルは頭をかく。弘は大声で笑い、永八とパンスルもつられて笑う。

「どこへ行こうと、自分の国、自分の故郷ほどいい所はないからな」

パンスルが言うと、弘はちょっと反論するように言う。

「だけど、ここよりはましだと思って去っていく人たちは、まだいます。パンスル兄さんは生活が安定しているから」

「それはそうだ。そんなに苦しいわけじゃない。小作とはいえ、うちは自作農みたいなもんだから何とか食べていけるけど、可哀想で見てられない家は多い。子供たちをみんなよその家の下働きにやっても、小作料を納めてしまったら、残った家族が食べていくのも難しい。小作争議とか何とかいうのをやっても地主と警察がぐるになってるし、巡査を呼んで騒いだ奴を引き渡して、でなければ、こん棒を持ったごろつきたちを使ってしつこくいやがらせをするから、もう誰もそんなまねをしようともしない。身動きが取れなくなってしまった。いつだったか、俺がちょっとひとこと言ったら、面と向かって言われたさ。うちは、あんたみたいな余裕のある家とは違うんだって。何も言い返せなかった。結局、何とか生きようともがいてみても駄目だったから、何のつてもあてもないまま満州に行ってしまうんだ」

「そうですね」

「米を作ってる百姓が、もみ殻の交じった米とか、くず米の交じった飯とか麦がゆを食べなきゃならないなんて惨めなもんさ。惨めなのはそれだけじゃない。隣の家の話なんだが、まったく、人情が薄くなるのは貧しいからなのか、金持ちだからなのかわからないな。売り飛ばされた娘が病気になって帰ってきたんだが、芸者みたいに大きく膨ませた髪形をして、日本の着物を着て帰ってきたっていって、みんな見物に行ったらしい。母娘が抱き合って泣いてるのに、それを見物しに行くとはな。行った女たちの頬を殴ってやりたいところだ。ふうう――。それなのに、昼間っから女たちが箸で調子を取りながら民謡を歌う、売春宿を兼ねた飲み屋ばかりが増えて、どうなってるんだか理解できない」

「田畑や妻を売って頭がおかしくなった男とか、借金のかたとして売られた女が増えるのは仕方ないのではありませんか」

「奴婢《ぬひ》*の文書がなくなったとはいえ、人を売って暮らすのには変わりないからな。世の中どうなっちまうんだか。孫たちのことを思うと、お先真っ暗だ」

「昔の奴婢たちは、雌牛みたいに子供をたくさん産むことを望んだって言うけど、最近の売られる女たちは……おじさん、すみません。若い者が酒も飲まないでこんな話ばかりして」

弘はきまりわるそうに笑う。

「世も末だ。げす野郎がよその地に来て百姓をいじめるとはな」

戸が開いた。明順が食膳を持って入ってくる。

「弘、おなかがすいただろう」

パンスルの母が後から入ってきて言った。明順は永八の前に食膳を置いた。最後に入ってきた豊基の母が、二人用の食膳を弘の前に置く。

「おかずは少ないけど、たくさん食べて下さい」

と言って豊基の母は弘に笑いかける。

「わあ、ごちそうですね」

弘が言った。パンスルも食膳の前に座りながら言う。

「弘のおかげで腹いっぱい食べられそうだ」

豊基の母は、義父の酒碗に酒をつぎ、酒瓶を夫の脇に置いて出ていく。明順も出ていき、パンスルの母は、

「弘、たくさん食べなさい。残すんじゃないよ」

と言って出ていった。三人は小さい部屋で一緒に昼食を取るようだった。

「さあ、食べよう」

永八は少し酒を飲み、しょうゆをなめる。パンスルが弘の酒碗に酒をつぐと、弘が酒瓶を受け取ってパンスルの酒碗に酒をつぐ。貧しくはなかったが、だからといって余裕のある暮らしではない中で、精一杯のもてなしだった。体が回復して初めて訪ねてきた弘のためにたくさん買い物をしてくるよう言いつけたらしく、こんがり焼けたイシモチ、あっさりしたワラビの和え物、ホウレンソウともやしのナムル、干しカレイは糸トウガラシを載せて蒸し上げ、角切り大根にタラのえらの塩辛とカキの塩辛、そしてアサリのむき身を入れてとろりと煮た味噌汁、そのほかにも魚のジョン*、浅漬けのキムチ、ケランチム〈茶碗蒸しに似た料理〉など、どれもおいしそうだ。

「兄さん、この家は近いうちに滅びます」

「何だって？」

「百姓が金持ちみたいにこんな昼飯を食べてたら、柱が根っこから折れてしまいます。泥棒でもしてるなら別ですが」

「ああ、うちの家が潰れても、お前にはいつでも腹いっぱい食わせてやるよ。はははは っ……」

パンスルが笑うと永八がたしなめる。

「おい、こら、何てことを言うんだ。お前の母ちゃんが聞いたらえらい目に遭うぞ。ほんとに、若いもんは怖い物知らずだ」

「義兵までしたおじさんが、こんなことぐらいでどうしてそんなに怖がるんですか」

「何だ、弘。まさかお前、昔に戻ったんじゃないだろうな。死にかけて生き返ったからって」

「やっぱり怖いんですね、おじさん」

またひとしきり笑う。そして、楽しく食事をする。

「あの時、お前が家を出ていった時は、もうまともな人間にはなれないと思ったさ。父さんに似てればそうはならないだろうに、母親が悪いから」

と言いかけて、

「弘、悪く思わないでくれ。死んだ母さんの悪口を言って申し訳ない」

「いいえ。おじさんと亡くなった母さんが宿敵だったことはよく知ってます」

永八が気まずくならないように弘が言った。

「ほんとに、しょっちゅうけんかした。だが、一度も勝てなかったな。はははははっ、女を煮て食うわけにもゆでて食うわけにもいかないし、殴るわけにもいかないし……口げんかじゃしょうがない、ははははっ……」

「父ちゃんの宿敵はもう一人いるじゃないか」

パンスルが口を挟む。

「もう一人いるだって?」

「はい。成煥《ソンファン》の母ちゃん〈錫《ソク》の元妻、梁乙礼《ヤンウルレ》〉だよ。こんなことを言うと、食欲が失せるね」

「あの女のせいで食欲がなくなるだと？　あんな女のせいで俺の食欲はなくなったりしない！」

かっと叫ぶ。

「俺が余計なことを言ったみたいだな」

「兄さん、心配しないで下さい。おじさんの飯碗は空っぽです」

弘が場を和らげる。

「ううむ」

永八はぐっとこらえて嫁を呼ぶ。

「おい、豊基の母ちゃん」

小さい方の部屋で、急いで戸を開ける音がした。

「はい、お義父さん」

「スンニュン*をくれ」

嫁が持ってきたスンニュンで口直しをした永八は、ひげをなでながら上座から下がる。

「豊基の母ちゃん、ごちそうさまでした」

弘が挨拶をした。

「料理が下手ですみませんね」

豊基の母は空っぽの飯碗を見て満足する。

「下手も何もない。うまいものを市場で買ってきたんだから」

カキの塩辛、タラのえらの塩辛のことを言っているのだ。百姓の家でそんなものを漬けて食べるわけがない。大事な客のために買ってきたのだ。永八はきせるにたばこを詰めて、火をつける。

「父ちゃんが怒るから言えなかったけど、さっき、とても珍しい物を見てきたよ」

「何をだ」

「ほんとに、生きてると珍しいこともあるもんだ。世の中は広いようで狭いから……」

「何を見たんだ」

「油つぼを買いに行って駅の前を通り過ぎたんだけど、人がもめてたんだ」

「駅前は元々、人でごった返してるからな」

利いた風な口をきいていると、パンスルの母が入ってきた。

「弘、たくさん食べたかい？」

「飯碗をきれいに空っぽにしました。お米を節約するために少なめに盛ったんですね、って言いかけてやめたんです」

「だったら、もっと持ってこようか。体が良くなったから食欲も出てきたみたいだね」

「おかずがおいしいからですよ。だけど、縫った腹がまた裂けるといけないから、やめときます。ははははっ……」

パンスルの母もつられて笑いながら、息子の隣に座る。

「何の話をしてたんだい。この人ったら声を荒らげて」

「成煥の母ちゃんの話をしたら」

「成煥の母ちゃんって言うな。あの女のどこが成煥の母ちゃんなんだ！　それで、駅前で何がどうなったんだ」

　腹を立てるが、やはり気になるようだった。

「父ちゃんより母ちゃんの方が喜ぶ話だよ」

「どんな話なんだい？」

「成煥の母ちゃんが」

「ああ、まったく。あの女の話は聞きたくない」

「聞きたくないなら、あんたは小さい部屋に行ってればいい。あたしは聞きたいね」

　パンスルの母の言葉に永八は口をつぐむ。

「続きを話してごらん」

「人がもめてるから、俺もちょっとのぞいてみたんだ。あれほどみっともないことはない。あきれたよ。ほんとに見ちゃいけないものを見てしまった。成煥の母ちゃんとその母親が羅《ナ》刑事を車から引きずり降ろそうとして、羅刑事が成煥の母ちゃんの顔を殴りつけたら、顔から鼻血があふれ出て血まみれになって、もう修羅場だった」

「何で、何でそんなことになったんだい？」

　パンスルの母が息子の前にぴたっと詰め寄る。

「初めは俺も理由がわからなかった。隣にいた人が言うには、ああ、まったく。あきれたもんだ。あんなに面の皮の厚い人は見たことないって」

「面の皮が厚いっていう程度じゃ済まないぞ。あの女は牛の皮、犬の皮をかぶってるんだ。子供たちのことを考えたら、あの女は人じゃない。任の母ちゃんも憎かったけど、比べ物にならん。学校も出たくせに。首をはねて殺してやる！」

　永八は興奮する。

「黙ってなさいよ。話を聞かないと。それで、何が原因なんだい」

「成煥の母ちゃんが羅刑事とかいう奴とそういう仲だっていうのは、俺たちも知ってる話だけど」

「ああ。実家の母親が刑事を婿にしたって偉そうにしてるって話も聞いたし、あの男が成煥の母ちゃんの実家に居座ってるって話も……」

「根も葉もないうわさじゃないみたいだね。羅刑事の本妻は子供と一緒に高城《コソン》*で羅刑事の両親と暮らしてて」

「本妻がいるって話は、あたしも聞いた」

「そういううわさが広がるのは速いからね。女と暮らしてるって話が本家に入って、両親が嫁を晋州《チンジュ》へ行かせたらしいけど」

「あの女がすっかりやられたんだね」

「逆に、本妻がやられたらしい」

「あの女の母親はただ者じゃないから」

「羅刑事は本妻をなだめるために、一緒に高城に行こうと思って車に乗ったんだけど、母娘が追いかけてきて」

「ああ、何てことだ」

「あの女ときたら、あたしは何もかもさらけ出した女だ、今さら恥ずかしいことは何もないってわめいて、母親は、ああ、口にもしたくない」

「あの女の母親は、そもそも家柄が良くないらしい。錫の母ちゃんはここの人じゃないから、だまされたんだ。家柄が良くないだけじゃなくて性悪で知られてて、後妻として嫁いで成煥の母ちゃんを産んだんだけど、前妻の息子は錫の友達だそうだよ。大人しくて品があって、立派で、独立運動もしてる。いろいろあって、父親が死んだ後に家の財産をすっかり奪われたらしいけどね。息子は警察に目を付けられてるからまだ結婚もできず、家にもいないって。成煥の母ちゃんは」

「また！」

「はいはい、わかりましたよ。だから、あの女は結婚前に教会にも通って、学校へも行って、さばさばしてるからあたしもいいと思った。錫の母ちゃんが強引に進めた結婚だったって言うけど、それより向こうの方が急いだんだよ。錫が先生だから。実際、向こうも家柄が良くないうえに、性悪女のうわさが立ってたから、縁談がなかなかまとまらなかったみたいで、だから錫を捕まえたんだ」

家をむちゃくちゃにして出ていった女。錫の母が流した涙の数々を思うと、そんな話でも聞けば小気味よくて楽しいかと思ったが、かえって部屋の中の空気は沈む。そんな空気をかき回すように、パンスルが一段階高い声で言う。

「天一《チョニル》の奴、鈍くて間抜けな熊みたいだと思ってたけど、何の何の、そうでもないみたいだ。すっかり立派になってた」

弘が聞く。

「天一がどうかしたんですか」

「あいつが突然、人をかき分けて飛び込んできたかと思うと、畜生でも少しは恥を知ってるもんだって言いながら、女二人を車から引き離したんだ。それで羅刑事を車の中に押し込んでドアを閉めたから、ようやく車も出発して」

「あいつが刑事の肩を持つ理由はないだろう」

永八はそれが不満だったようだ。

「刑事の肩を持ったんじゃないよ。あいつは、錫兄さんのこれまでの事情を知ってるから、女たちが憎かったんだ。とにかく怪力だった」

「父ちゃんも、力持ちだったからな」

永八は天井を見上げる。成煥の母の悪口も言わなかった。

「あの女も可哀想なことになったな。人は一度悪いことを考えたら身を滅ぼす。刑事の奴は悔しいことも、損することもないだろう。食べる物も着る物も与えてもらって、ぜいたくさせてもらって、ここに戻ってきたらまたあの家に世話になってしゃぶりつくすつもりだろうからな。あの母親も悪賢いもんだ。婿が刑事なら偉そうにして、恩恵にあずかれると思ったんだな」

「ところで、錫兄さんはどこにいるんだ？　満州へ行ったのか」

パンスルの言葉に弘は黙って見つめるばかりだ。

十七章　補償

パンスルの家から出た時、外は暗かった。人家がまばらな道を弘《ホン》はゆっくり歩く。顔をかすめて過ぎていく風は爽やかで、草の匂いを含んでいた。暗闇の中の大地は胸に迫るように息苦しくて窮屈に感じられるのに、地平線のない空間は果てしなく広く、まるで自分が放り出されたような寂しさを感じる。

（あくどい女。あの女のおかげで、亡くなった俺の母さんの評価が一段ましになるとはな）

自分自身をあざ笑う。成煥《ソンファン》と南姫《ナミ》のしょんぼりした姿が目に浮かぶ。ああ、頭が痛いと言って祖母が頭を押さえた途端におびえの色を浮かべていたあの四つの瞳。チョゴリの袖やチマが短くて尾の抜けた鳥のように小さく見えた南姫の正月の晴れ着も。

（成煥の祖母ちゃんを見てると、気の毒で仕方ない。錫《ソク》の涙も思い出すし）

漢福《ハンボク》の言葉が耳元で響いた。

「悪い女め。天罰を受けるべきだ。愚かな女め。馬鹿、間抜け！」

と弘はつぶやいたが、全く心のこもっていない、傍観者の言葉に過ぎなかった。他人のことだからそう思っただけではないようだ。傍観者、弘はこの何年間、何かを失い続けていたことに突然気づく。それは、年齢のせいでも、月日が流れたからでもない。二十九歳は何かを失う年ではない。実母のせいで自分自身を破滅にまで追い込まなければならなかったあの激しい時代の痛み、憤怒、そんなものといつ決別したのだろうか。数え切れないあの苦しさを失っていた。忘れたのではなく失ったと思うのは、どういう訳だろう。いい加減と生ぬるいのとはどう違うのか。あるいは同じなのか。まるで病魔のように奥底に追いやり、固くふたをして密閉したあの青春の数々の葛藤は、果たして、瓶のふたを開ければ飛び出してくるのだろうか。パンスルの家でそれらが飛び出しそうになる危険を感じたのは、ただの杞憂だったかもしれない。密閉してしまったもの。それらは矛盾であり、懐疑であり、欲望、そして絶望でもあった。それは血気であり、自己探求であり、ある意味においては極めて従順なもの、身勝手さの後ろの方に隠された清らかなもの、そして真実だっただろう。

終わりも始まりもなく、ほどくことも結ぶこともできないあがきと、ひりひりするもの。だが、生きるために、生き残るために、適当な所で結び目を作り、適当な所でほどいてしまい……ヒマワリは太陽を追いかけ、昆虫は葉の裏に卵を産み、そして、木は肥沃な土に根を伸ばしていくのが摂理だ。人間の方便もその摂理に属しているのか。忘却と喪失の川も摂理に属するものなのか。いったい何が正しくて、何が間違っているんだ！　人はヒマワリではない。昆虫でもない。一本の木でもない。それらには生命の秘密があるように、人にも生命の秘密があるのだろうが、それは方便ではない。方便はむしろ人為であり、摂理に反するのかもしれない。弘は父と自分を比べてみる。永八は、人と縁を結んだり切ったりするのは、父親より弘の方が大胆だと言った。

（父さんは人の道理を信じて少しも疑わなかった。その道理に反しないように父さんは、苦しみながら自身を制していた。麦飯しか食べられなくても耐えることができ、気にしないで生きているような所が、あの人にはあった）

振り返れば自分は、その道理というものを突き抜けて真実を見つめようともがき、自衛手段として安易に利己主義を選択した。自分の家の前だけきれいに掃いて暮らす自分勝手な人間になった。血は冷たく冷めきってしまい、食べて寝て、仕事をして生殖するだけだ。まるでヒマワリや昆虫や一本の木のように。今、瓶のふたを開ければ、その中には何も入っていないかもしれない。弘は夜空を見上げる。空には無数の星が出ていた。暇を告げ、パンスルの家を出た時は見えなかったが、宝石を振りまいたような空の果てに山の中腹が線を引いているのが見えた。脳天からつま先までひんやりする美しい夜だ。

子供の頃に聞いた昔話がある。天子の星である紫微星〈北極星〉が水を含んだのを見て天子の命の危機が刻々と迫っていることを知り、星が落ちるのを見て死を知ったという。人は皆それぞれ一つずつ、自分の星を持っているとも言った。学校で習ったとおりなら、人の頭では計算することすら難しい果てしなく遠い所で、あの無数の星たちが光を送っていると言うのだが、この腕でどうやって自分の星をつかむというのか。自分の家の前だけを掃いて暮らす塵《ちり》みたいな人生、その塵が針の穴みたいな人生の出口を抜け出せば、果てしない空間に、ああ、俺の星と俺の間を貫く無窮の空間に……塵は何をどうすべきなのか。真理は、真実はまさにこの空のどこかをさまよっている俺の星の中にあるだろうに。

「ああ」

弘は頭を抱え込む。のどかな春の天気と健康な体と、老いの幸せを享受する一組の老夫婦。一時、弘の心は平和だった。だが、それは一時に過ぎなかった。彼はいつも憂鬱だった。

家の前まで来た時だ。

「弘か」

「これは」

暗闇の中から誰かがぬっと現れた。

延鶴《ヨンハク》だった。

「どうしたんですか」

「ああ、ちょっと一緒に出かけないか」

「どこにですか」

「酒を一杯飲もう。話もあるし」

なぜかわからないが延鶴の声は粘っこく、背中を押す力が強い圧力に感じられる。家の中から何か音が聞こえてくるようだった。不安だった。

「家の前だし、中に入って酒を飲みませんか」

「いいや。とにかくどこかへ行こう」

家に入るのを遮るかのように答える。通りに出た後も延鶴は、道沿いの飲み屋には見向きもしないで真っすぐ歩く。郡庁の前を通り過ぎた。一新《イルシン》女子高普の裏塀に沿って、またしばらく歩く。

「何かあったんですか」

不安を感じた弘が聞いた。

「何もない。ちょっと相談したいことがあって来たんだ」

歩きながら言った。さっきみたいに粘っこい声ではなかった。代わりに、何か思案にふけっているようだった。

（家で何かあったんだな）

引き返したかったが、とてもそんなことはできなかった。一方で、延鶴への信頼感があったので、彼の言うとおりにする方がいいとも思っていた。飲み屋に入った延鶴が聞く。

「部屋は空いていないか」

髪を巻き上げ、灰色のガス織のチマに白い絹のチョゴリを着た五十代のおかみは、快く部屋を一つ空けてくれた。延鶴とはよく知った仲のようだった。

「どうだ？　少し酒を飲むか」

延鶴が聞いた。

「はい」

たばこを差し出して勧めながらまた言う。

「無理することはないが」

「若いから平気ですよ。今も友達と飲んできたところです」

たばこをくわえて火をつける。延鶴は、おかみを呼んで酒と肴をいくつか注文してから切り出す。

「酒を飲む前に用件から話そう。お前、あの家はどうするんだ」

「どうって、売るしかありません」

「それで」

「口約束はできていて、何日か後に契約することになっています」

「それならちょうどいい」

「何がですか」

「晋州《チンジュ》で売りに出ている家がないわけでもないが、売ったり買ったりっていうのは面倒だから」

「それで？」

「あの家が必要なんだ」

「え？」

「お前が売ろうとしていたのと同じ金額を出すし、名義変更みたいなものは必要ない。文書だけやりとりすればいい」

「何が何だか、さっぱりわかりません」

「買いたいって言った人には、売るのをやめて知り合いに任せていくと言えばいいだろう」

「それはまあ、契約金をもらったわけでもないから難しいことではありません」

「それじゃあ、この話は終わりだ」

「ほかにもあるんですか」

「そんなもの、あるはずがない」

そうは言ったが、延鶴の表情はためらっているようで、晴れやかではなかった。

「さっきは、どうして家の中に入って待っていなかったのですか」

「お前がいないから、出てきたところだった」

だが、弘は何か釈然としなかった。酒膳が運ばれてきた。酒膳を見下ろしながら弘が言う。

「今日は、食べ物に恵まれているみたいです」

「パンスルの家でごちそうが出たみたいだな」

「あれこれ世話になってばかりで、罪深いです」

罪深いという言葉に延鶴が反応した。

「罪深いさ、十分に」

と言いかけたが、

「さあ飲もう」

と言って二人は酒を飲む。

「うまい酒ですね」

弘が酒碗を置きながら言った。

「ここは初めてか」

「初めてです。飲んだり食べたりするのは、いつも車庫の近くですから」

「晋州ではここの酒が一番うまい。ソンジック〈牛の血入りのスープ〉でも有名だ」

「成煥は学校に入りましたか」

「ああ」

「だったら、渡し舟に乗って通わないといけませんね」

「そうだな。みんなそうしてる」

「永鎬《ヨンホ》は何をしていますか」

「家で療養中だ。一ヵ月以上拷問を受けていたからな。もっとも、あいつ一人がやられたわけでもないし、そのうち良くなるだろう」

話は空回りしていた。そうして話は途切れ、酒ばかり飲む。店の方から舌のもつれた男の声が聞こえてくる。

「あいつがそんなに偉いのか。どれだけの金持ちだって言うんだ。俺は全部知ってるぞ。ふん、初めて晋州に追いやられてきた時には、怪しげな場所で女に飲み屋をやらせて、あいつは道具の入った網袋を担いで他人の家を作りに行ってた。元々は大工だろ。あいつが偉そうにできるのは、せいぜい晋州だけだ」

「いつになくどうしたんですか」

おかみの声だ。

「いつになく？　まあ、そういうことになった」

「そういうことになったって？」

「あいつがいなけりゃ、飢え死にするとでも思ってるのか。いくらひどくても、昔の下男暮らしだってこれほどじゃなかったはずだ。とにかく食べさせてはもらえたからな。こんちくしょう。こんなに一生懸命働いても、大根の干葉のおかゆしか食べられないし、そんなものを食べたって元気は出やしない。鼻が地面につくほど深くお辞儀なんかできるもんか。そうやってお辞儀しないからって俺の首を切るつもりか！」

「造り酒屋を首になったのかい、方《バン》さん」

「ああそうだ。人はいくらでもいる、主人の前で偉そうにする奴は出ていけって……」

「これは困ったことになったね。子供たちはどうするんですか」

「いざとなったら荷物運びでもして、そしたら大根の干葉のおかゆぐらいは食べられるだろうよ。俺は腹が立って仕方ないんだ。造り酒屋が金斗万《キムドゥマン》の手に渡る前から、俺はあそこで働いてたんだから」

「商売は評判が大事なのに。昔から、身分の低かった人ほど奴婢をひどく扱うって言うからね。最近の金持ちは昔の金持ちとは違う。まあそれも、人によるけどね」

延鶴と弘の視線がぶつかる。

「ううむ」

食欲が失せるというように、延鶴は眉をひそめる。

「金斗万のことみたいですが」

「悪いうわさが多い。本人もそれをわかってるはずだが」

「どうしてあんなに偉そうにできるんでしょうか」

「何だ、知らないのか。強力な後ろ盾がある」

「ほんとに、人の心はわからないもんですね」

「日増しにあくどく、けちになっていって、恨でも晴らしてるんだろうか。今聞いた話は少しも大げさじゃないだろうな。ぺこぺこしていないと、たちまちにらまれるから。十分あり得る。同じ親から生まれても、いろいろだ」

「栄万《ヨンマン》兄さんに会った時、誰かが言ったんです。金持ちの兄さんがいるのにどうしてそんなに垢抜けないんだって。そしたら、俺は俺なりに生きる、兄さんが金持ちだからって瓦屋根の家は建たないって」

「正しいな。斗万が栄万の半分でも見習えば、世の中に悪い影響を与えずに済むのに。斗万の評判は落ちても、力が大きくなるのは間違いない。市場にも斗万が持っている店がいくつかあって市場を牛耳っていて、造り酒屋のほかにもビビンバ屋をやって、酒問屋はもっと大きくして、商売のやり方が普通じゃないみたいだ。警察とは随分前からぐるになっていて、悔しい思いをした人もやすやすと盾突けないようにしてあるからな。何の才能もない長男を日本に留学させて、自慢してるらしい。父兄会の会長のほかに、何とかっていう親日団体の役職にもいくつか就いていて、そういう所には金を惜しまずつぎ込んでるはずだ」

「そうでしょうね。それなしに酒の商売はやっていけないでしょう」

「まあ、酒の商売がうまくいこうがいくまいが個人的なことだから関係ないかもしれんが、今回、学生が反旗を翻した時に、父兄会の会長の斗万が学校と警察を行ったり来たりして、ほかの父兄を脅迫しながら警察に随分協力したらしい。血気盛んな学生たちが、殺すだの生かすだの、火をつけるだのって険しい雰囲気だったからな」

「衡平社《ヒョンピョンサ》運動＊の時もそうでした。農庁《ノンチョン》＊に酒を持っていって、衡平社をたたこうとしたじゃないですか」

「あの時も寛洙《グァンス》兄さんが悔しがってた」

「どうにかして、あの力をなくさせることはできませんか」

弘は、かつて趙俊九《チョジュング》を丸裸にした崔西姫《チェソヒ》をはじめ、孔《コン》老人の絶妙な策略を念頭に言った。延鶴は弘の心をすぐに読んだみたいだった。にやりと笑う。

「金斗万の力じゃなくて、その後ろにある力が問題だ。一日や二日じゃどうにもならない」

「……」

「こんな話をしていたらきりがない。今、俺が頼みたいのは、この先お前に頑張ってもらわなければならないということだけだ」

弘は緊張する。

「どういう意味ですか」

「向こうに行ったら、お前は少し変わる必要がある」

「期待しないで下さい」

きっぱり言う。

「まあ、それはあくまで俺の希望で、決めるのはお前だ。しかし、人の考えも紙一重で変わるものだから。

つまり、何事にも気をつけろってことだと受け止めてもいい」

はっきりしない話だ。

(何が言いたいんだ。どっちの方向に受け止めればいいんだろう)

「お前もわかっているだろうが、鄭《チョン》先生〈錫〉の場合、前後の事情がどうであれ、彼にも非があったと俺は思う」

(なぜそんな話を持ち出すんだ)

「女房はまたもらえばいい。まあ、それはどうでもいいことだが、鄭先生の場合は公私共に大変なことになった。ああいう結果になったのは、鄭先生にも責任がある」

「女の方が」

「それはわかってる。お前より俺の方がよくわかってるさ。最後まで添い遂げる女でないこともな。そうだとしても、扱い方を間違ったんだ。鄭先生にも弱みがあったし、こんなこと、ただ言ってるわけじゃないから心して聞くんだぞ。もちろん、お前の女房をあの女と比べて言ってるんでもない」

「どういう意味ですか」

弘の顔に不安と混乱の色が浮かぶ。

「お前は、鄭先生より大きな間違いを犯すんじゃないかと心配だからだ。お前も苦労はしてきただろうが、それは心の苦労だけで、人からいろいろ助けられながら育ったはずだ。水運びをしながら幼い妹たちの面倒をみてきた鄭先生の苦労に比べたら何でもない。そんな鄭先生ですら……」

「……」

「俺が過ぎた心配をしているのかもしれないが」

「随分遠回しな言い方ですが、大きな間違いを犯すという言葉はさっぱり理解できません。何か別の問題があるみたいですが、この先俺に運動をしろということですか」

弘は興奮していた。

「できないのか」

と言ったものの、延鶴はその問題を気にしている表情ではなかった。弘も、もっと別の何かがあるに違いないという考えにとらわれ、かえってその問題に引っ張られる結果となった。

「考えてみないと。同族を裏切り、倭奴に取り入って暮らしたいという考えはこれっぽっちもありませんが、そのことでしたらちゃんと考えてみる必要があります。相当深刻だし、軽く請け合える話ではありません。正直にいうと、俺は白紙の状態で満州に行きたい。今ここで断言はできません」

行きがかり上、弘はそう言い、延鶴は弘の答えに何の感情も示さなかった。

「それから、鄭先生の話をされましたが、まさにあの兄さんのせいで、ええ、あの人の家族の惨めな状況を見たせいで、自分の家族をあんなふうにしてはいけない、どんなことをしても家族を苦しめるわけにはいかないと思いました。卑怯だと言われても仕方ありません。勇気があって立派だという褒め言葉の陰に踏みにじられた家族がいるよりも、つまらない男でいた方がいい。俺も五臓六腑が健康な男です。欲望も、鬱憤もあります。奴らの背中に刃を突き立ててしまいたい衝動に何度もかられました。でも、俺は亡くなった父さんほど一本気でもなく、いい人間でもありません」

興奮、混乱、発した言葉に深い意味はない。それに、延鶴の言葉は全く予想できない、意外なものでもなかった。自分の家の前だけを掃いて生きてきたという自覚そのものが、心の中で何かがのたくっていることを説明している。満州に白紙状態で行きたいというのは、無意識に何か準備をしていることを表す言葉でもあった。弘が慌て、平静を失い、興奮するのは、そのことから尻尾を巻いて逃げるというよりも、家の前に着いた時から感じていた不安のせいだ。

「もういい、それぐらいにしとけ」

延鶴は酒をつぐ。

「満州に行ったら鄭先生に会って、家族のことは心配しなくていいと伝えろ。面倒をみてくれる人はたくさんいるから。漢福も無事だし」

飲み屋を出て別れる時、

「俺の言ったことを肝に銘じておけば、いつかわかるようになる」

延鶴はそう言い残して背中を向けた。家の前まで来た時、家の中は静かだった。皆眠ったように何も聞こえてこなかった。明かりも消えていた。

「おーい」

弘は戸を揺らした。明かりは消えていても寝てはいなかったのか、宝蓮《ポヨン》が出てきた。

「いつ帰ったんですか」

声が変だった。何かにおびえているようだった。弘は直感的にそう感じたが、何も言わずに部屋に入る。

「明かりをつけろ」

宝蓮は油皿に火をつけた。二人の子供はぐっすり眠っていた。

「豊基《ブンギ》の家から今帰ったんですか」

宝蓮が聞くが、弘は半分顔をそむけている。

「いや、延鶴兄さんに会って、一杯やった」

宝蓮は何かにおびえているようだった。その瞬間、宝蓮の顔が明かりに浮かび、随分泣いたのか、目はすっかり腫れていた。

「お前、どうしたんだ。泣いたのか」

「い、いいえ。あの」

弘は部屋の床を見つめながら考える。

(やっぱり、何かあったんだな)

延鶴の言葉を思い出した。宝蓮になぜ泣いたのかと追及すれば、余計ややこしくなりそうだと思った。本人が口を開くまで、目の前で何か大きな事が起きているのではない以上、待ってみようと決心する。

「もう遅いから寝よう」

宝蓮はさっと立ち上がって布団を広げ、弘は服を脱いだ。布団の中に入る前に、弘が油皿の火を吹き消した。宝蓮は子供の方を向いて横になったまま息を殺し、弘は仰向けに寝た。眠りたかったが、眠れなかった。

（何があったんだろう）

いくら考えてみても思い当たることはなかった。宝蓮の行いに疑いの余地はなかった。病院にいた時から一ヵ月余り、家で静養している間も宝蓮は夫に献身的だった。周囲の人たちからも旦那様によく尽くして、とまで言われるぐらいだったから。行いに関しては何も思い当たらなかった。

（金銭問題か！）

弘の考えがそこで止まった。弘は金を稼いでくるだけで、管理は一切、宝蓮がやってきた。宝蓮はけちだと言われるほどつましく暮らしてきたので、それもまた疑いの余地はない。

（だが、それはわからない）

実母が金に執着していただけに、弘はまた、金銭問題に考えを戻す。

（でも、金を貸して踏み倒されたならそれまでで、うちが騒がしくなる理由はない）

詳しくは知らないが、相当貯蓄していることを弘は知っていた。

（他人の金まで使って金貸しのまね事をしたんだろうか）

実母だったらそういうこともあり得た。

（ちょうど家も売り先が決まって満州に行くから、借金取りが押し寄せてきて……）

ほかの原因が見つからないので、弘の考えはその周辺ばかりを巡っている。少し前におびえたような声を出し、今も明らかに寝てはいないのに背中を向けて息を殺しているのを見て、弘はそっと片腕を宝蓮の腰に載せてみる。その瞬間、宝蓮の体は縮こまった。引き寄せようとすると、宝蓮は弘の腕を振り払った。

「どうしたんだ」

「ね、寝て下さい」

「何で泣いたんだ」

「泣いてません」

そうとぼける。反発のようなものも感じられた。

「お前は俺をだましては駄目だ」

「……」

「悪いことをしてしまったのは仕方ないが、俺をだましたら許さない」

「だったら、あたしはどうすればいいんですか。尚義《サンイ》の父さんがあたしをだましたら」

言葉に詰まる。そう返してくるとは思いも寄らなかった。

「どうして何も言わないんですか」

「男の場合は、だますというより言えないことがある。女はいつも家にいるが、男は外で動き回らないといけないから」

何とか取り繕っておいて、

「もう寝よう」

と話はそこまでにし、弘も横向きになって眠くなるのを待った。

翌朝、弘は女たちの甲高い声に目が覚めた。

「戸を開けないと壊して入りますよ！」

「そんなことをしたら、警察を呼びます」

宝蓮の声だ。小さな声だった。弘は起き上がり服を着て、部屋の戸を開けた。

「何事だ」

枝折戸をつかんでいた宝蓮が振り返った。顔は青ざめていた。

「戸を開けなさい。話でもしないと、悔しくてこのままでは引き下がれません。何も悪いことはしてないのに呼びつけて殴ったりして、もう時代は変わったのに、両班ですって？　笑わせるんじゃないわよ。後ろ盾がいないからって馬鹿にして。戸を開けなさい。開けないつもりですか。もうあんたに用はない。どんな顔をしてるのか、旦那に出てきてもらおうじゃないの！」

近所の人が垣根の外に集まってきた。弘は板の間から下りた。枝折戸の所まで行くと、宝蓮は必死にその前を塞ぐ。弘は宝蓮を押しのけて戸を開けた。そばかすだらけの顔で頬骨が突き出た女から、わめき立てながら戸をたたいていた勢いはなくなり、弘と目が合うと、まん丸い目で見つめながら後ずさりするようなしぐさをする。弘の頭の中に稲妻のようにひらめくものがあった。

「お入り下さい」

と言ってまた、繰り返す。

「どうぞ、お入り下さい」

女はためらうようにこそこそと入ってきた。弘は枝折戸を閉めて鍵を掛けた。

「どうぞ部屋に上がって下さい」

丁寧に応対する。そして、どうしていいかわからず立っている宝蓮をにらみながら言う。

「お前は、子供たちを連れて小さい部屋に行ってなさい」

女は弘と向かい合って座った。対抗する姿勢はおろか、大声を張り上げたのが恥ずかしかったのか、当惑したのか、女は泣き始めた。弘はたばこを取り出して火をつけ、女の口から言葉が出てくるまで待つことにする。泰然としたふりをしているが、弘の心も決して穏やかではなかった。女は嫦伊《チャンイ》の兄嫁だった。彼女はずっと泣いていた。義妹が可哀想だったのだろうが、かつて義妹と愛し合っていた男が男前で、礼儀正しく応対してくれたので、少しは心が温まり、甘ったるく感じる涙でもあっただろう。

十年ほどになるだろうか。嫦伊は、日本に渡って多少の財産を築いたという男と結婚した。新郎側から贈られてきた結納は嫦伊の兄の結婚のために使われ、嫦伊は身一つで日本に行ったが、言うまでもなくそれは犠牲的な結婚だった。この女は嫦伊が嫁いだ後に家に入ってきたので、嫦伊の犠牲によって結ばれた夫婦と言えるだろう。

嫦伊と義姉が初めて対面したのは嫦伊が結婚した後に一度実家に帰ってきた時で、統営《トンヨン》で弘と嫦伊が再会して事件が起きたのもその時のことだった。その事件は兄夫婦にとって大きな衝撃にはならなかった。統営で起きたことだから実感がわかなかっただけでなく、知らせを受けて日本から駆けつけた嫦伊の夫は事件を内密にし、嫦伊をなだめて連れて帰ったからだ。兄夫婦は事件の内容を知っていたが、恥ずかしく、自分の顔に泥を塗ることだったから全く口外せず、周囲に知っている人はいなかった。

弘が晋州に戻って落ち着いた後、彼らと隣人として暮らしながら互いに気まずかったのは事実だ。互いに顔をそむけたまま過ごしていたし、車の運転手という職業上、弘は家を空けることが多かった。家に帰る時も大抵は夜遅く、そして明け方には家を出たので、実際顔を合わせることもほとんどなかった。だからといって、弘の心が穏やかだったわけではなかった。オンドルの修理で生計を立てていた嬉伊の父親が死んだ後、兄夫婦だけが暮らす川辺のわらぶき屋根の家は時々、弘の気持ちを苦々しくさせた。裏の板塀の節が抜けて穴が開いているのを見ると、弘は心苦しくて悲哀のようなものを感じた。嬉伊が恋しかったわけでも、忘れられなかったわけでもなかった。節の抜けた穴に目を当てて、水がめを持って出てくる嬉伊を今か今かと待っていた思い出、青年期に入った自分自身を思い出したことから来る悲哀だったのかもしれない。

引っ越しも考えてみた。しかし、満州に行くことになるだろうという予想のために、弘は引っ越しを決行できなかった。自らの意思であれ他意であれ、彼らは互いに背を向けていた。相手が幸せなら、自分が不幸でなければ、互いのことを忘れていたかもしれない。弘は嬉伊が不幸だったから思い出を払いのけることができず、嬉伊も自分が幸せだったら思い出にしがみついたりはしなかっただろう。

「学もなくて貧しい暮らしをしていますが、私たちはそんな礼儀知らずではありません」

手の甲で涙を拭いながら、女は口を開いた。

「もうみんな過ぎたことです。互いに家庭を持っていますし、悪いのはお宅だけではなく、うちの義妹にも責任がありますから」

ものの道理のわからない女ではないらしい。

「知らないふりをして過ごしてきたのはいいことですが、そちらから言われたら、こっちにも言いたいことがあります。昨夜、うちの人がどれだけ泣いたかわかりません。自分のせいで妹の人生を台無しにしたって言いながら。うちが金持ちだったら、こんなことはなかったはずです。援助してくれる人がいても違っていたでしょう。だから余計に悔しくて、恨めしくて、私が何も言わなくてもよく知っているはずです。うちの義妹が、私たちのために気の進まない結婚をしたことをです。余程のことがなければ、女が朝からよその家の前で……義妹が可哀想でなりません」

また泣く。

「何があったのか、話して下さい。合わせる顔もない立場ですが」

「だから、うちの義妹は何も知らずに来たんです。ちょっと帰ってきただけなんです。それなのに……」

手の甲で涙を拭う。目の周りが赤い。膝の上に置いた弘の手が少し震えているようだ。

「昨日、何の理由もなく、この家の奥さんがうちの義妹を呼びつけて悪口を浴びせかけ、両頰をたたいて……」

嬙伊が帰ってきていたとは夢にも思わなかった。

「そっちがそんなことをするなら、こっちにも言いたいことがあります。出会ったのは義妹の方が先だし、あの子は星回りが悪くて、貧しいだけです。罪なことをされたのもうちの義妹です。奥さんも統営であんなことがあったから腹が立つでしょうけど、両班出身の品のいい人だって聞いてたのに、あれはひど過ぎます。うちの義妹は実家にも帰ってこられないんですか。何も知らずに来たんです。統営から日本へ自分の夫に連れていかれてから初めて帰ってきて、お宅がここに住んでいることも知らずに来たんです。手紙のやりとりをしていただの、そんな根拠のないことを言って」

弘がうなだれる。

「いつ帰ってきたんですか」

「何日か前です」

「何の用で、ですか？」

「……」

「里帰りですか」

「……」

顔を上げて女を見つめる。女の顔は暗く、絶望的に見えた。

「とにかく、申し訳ないことをしました。すべて私の不覚です。それから、伝えて下さい。深くお詫びしますと、わ、私が悪かったと」

「その言葉を聞いて、半分ほど怒りが収まりました。では、私は失礼します」

女は出ていき、弘は座ったままだ。小さい部屋からは何の気配もしない。突然時が止まり、世の中が止まってしまったみたいだった。

（義妹を呼びつけて悪口を浴びせかけ、両頬をたたいて）

まだチマも身に着けず、チョゴリも脱いだまま、下着姿の嬙伊が死体のように二人の男に引っ張っていかれる場面が目の前によみがえる。

（殺してやるとも。だけど、自分の亭主に殺されるべきだろう。こいつめ。れっきとした亭主がいながら、我慢できずによその男とくっつくのか）

年輩の女はそう言い、嬙伊の両頬をかわるがわる殴った。弘は目をつむる。悪夢のようだった。人々の笑い声、淫蕩な野次が耳によみがえる。死ぬこともできたあの時、長い月日の果てに克服したあの時のこと。

（嬙伊はいつも殴られなければならないのか。全部奪われても殴られて、全部失っても殴られなければならないのか）

弘は虎が吠えるように泣き叫びたかった。最後まで嬙伊は体で償わなければならないのか。最初、嬙伊は横暴な弘の若い血のために踏みにじられた。次は兄の結婚のために、あの借金のために踏みにじられた。そして、恋しさのために踏みにじられ、宝蓮の独占欲のために踏みにじられた。誰も彼女を救うことはできない。加害者である兄夫婦も彼女のために涙を流すしかなく、加害の元凶である弘は沈黙を守るしかない。

「ちょっとこっちへ来い！」

弘が叫んだ。

「こっちの部屋へ来るんだ！」

部屋の戸を開ける音がした。チマが板の間の床を引きずる音がした。仮面みたいな顔をして宝蓮が部屋に入ってきた。弘が、ばねみたいに飛び上がった。

「ああ！」

宝蓮が頬を覆った。その瞬間、弘は血が凍りつくのを感じた。延鶴の言葉を思い出したのだ。うめくようにその場に座り込む。

「そこに座れ」

宝蓮は震えながら座った。

「なぜあの女を殴った」

低い声だ。

「な、殴ろうと思っていたわけではなかったんですけど」

「なかったんですけど」

「とぼけるから、は、腹が立って」

宝蓮が泣きだす。

「とぼけるって、何をだ！」

「わかり切っているのに、と、とぼけるから」

「わかり切ったこととは何だ！」

「あなたが、あんな恐ろしい目に遭って、病院で手術をう、受けたことを」

「……」

「その連絡を受けて、か、帰ってきたくせに、違うってとぼけるから」

「ほほう」

「わ、私がどれほどつらかったと思ってるんですか」

「誰が連絡したと言うんだ」

「あ、あなたか、でなきゃ、あの家が」

「何てことだ」

「昨日は、出かけなかった人が久しぶりに出かけて、遅くなっても心配するなと言ったでしょう。豊基の家に行くっていうのも口実だと思って……考えに考えた末に、あの女を捕まえておこうと思って、初めは、く、来るように言ったんだけど、こ、こんなことになってしまったんです」

「この、馬鹿が」

弘はあきれかえって笑ってしまう。たばこに火をつけてくわえる。たばこが一本燃えていく間、弘は黙っていた。家の雰囲気におびえたのか、小さい部屋にいる子供たちが動く気配はない。宝蓮の顔に、だんだん血の気が戻り始めた。だが不安で、少しうつむいた夫の額を盗み見る。新しいたばこをくわえ、火をつけた弘が話し始めた。

「これからは、そんなことをするんじゃない。お前の想像はあきれ返るほど見当はずれだ。俺はお前をだましたりしない。嬙伊の問題に限っては、絶対にお前に隠していることはない」

宝蓮の顔が明るくなった。

「だが一つ、お前が理解しなければならないことがある」

「それは何ですか」

「俺は、あの女にとてもひどいことをした」

「……」

「あの女は悔しい目にばかり遭ってきた」

「ト、統営に、あ、あの女が訪ねてきたではありませんか」

不満を示す。

「長々説明をしたって仕方がない。俺と添い遂げたかったら、お前は俺の言うことを信じろ！」

宝蓮は口をつぐむ。

「俺たちが満州に発つ前に、一度はあの女に会わなければならない」

「そ、それは駄目です」

「他人同士の立場で一度会うだけなのに、どうして駄目なんだ」

「思いどおりになると思いますか。あ、会えば、男と女なんだから、だ、駄目です。会わないで下さい」

哀願する。

「あの女が帰ってきていることは、さっき初めて知った。俺はあの女に何かしてやらなくてはならない。

あの女が不幸なら、俺は罪を犯したという気持ちを捨てられないだろう」

「……」

「その考えが強くなれば、お前と俺の関係も危険だ」

「何をどうしてあげるって言うんですか」

「それは、今は俺もわからない。物質的に難しければ、助けてやることも一つの方法だ」

「違います！」

「……？」

「あの女が望むのは、尚義の父さん、あなただけです」

女の本能的な直感だ。宝蓮は核心を突いた。弘は宝蓮を見つめる。長い間、ずっと見つめる。そうして弘は延鶴の言葉を思い出すのだった。

第四部　第二篇

帰去来

一章　南天沢《ナムチョンテク》という男

ソウルの孝子洞《ヒョジャドン》の通りを行く全州《チョンジュ》の大金持ち、全潤慶《チョンユンギョン》は、十年前とあまり変わりないようだった。変わったといえば、金縁眼鏡がセルロイドの眼鏡になったこと、服装が地味になって上品な紳士に見えるぐらいだった。父親がこの世を去って名実共に家長になったからか、ダンディズムとは縁を切ったのか。その代わり、一緒にやってきた同年輩のちょっと背の低い男は派手だった。活動写真から飛び出してきたかのような四十代のモダンボーイで、水色の鳥打ち帽を格好よく目深にかぶり、薄茶色のチェックのスーツにボウタイは茶色で、ステッキをついていた。スプリングコートは腕に掛けたままで、軽薄そうに見えたが、それなりに洗練されていた。南天沢《ナムチョンテク》というその男は潤慶とは同郷で、最近日本から帰ってきた。立派な家柄ではないけれど、食べるのに困るほどではなかった。郷里ではその服装のせいで馬鹿にされることもあったが、いつもそんな格好をしているわけではない。

彼は潤慶に随分助けられていた。潤慶だけでなく、いろんな人の助けを得ている。彼は人付き合いの天才だった。日本人であれ中国人であれ西洋人であれ、一度衝突してもすぐに友達になる。行動範囲も縦横無尽で、日本、中国と行く先々に友達や助けてくれる人がいた。それにはもちろん、それなりの理由があった。まずは彼の語学力だ。最初に彼を助けてくれたのはアメリカ人宣教師で、それがきっかけで天沢は新学問に接して東京のY大学英文科に合格し、英語、中国語、日本語と三ヵ国語に長けていた。今はロシア語も少しできる。いわば、天沢は天才だったのだ。次に、この天才は相手の心を開かせる術を体得していた。腰が低く、偉ぶることがなかった。人々は天沢を助けながら彼を馬鹿にせず、博識ぶりに接しながらも彼を尊敬しなかった。妙な話だが、身なりが格調高い広大みたいだったからかもしれない。

「ソウルは少し変わったか」

潤慶が聞いた。

「それなりさ。なぜ俺が釜山《プサン》から全州に直行したかわかるか」

「家が全州にあるからだろう」

「家？　家というのは家族がいる所だが」

「兄さんたちが住んでいるじゃないか」

「おい、潤慶。四十を超えた男にとって、兄は家族とは言えないだろう」

「それもそうだが。だったら、嫁をもらうとか」

「おい、お前。何を言ってるんだ。もう七回ももらったんだぞ」

「正式に結婚しろって言ってるんだ。おとなしい娘を選んで。四十の老青年とはいえ、お前の所になら嫁いでくる女がいるはずだ」

天沢は手を振った。

「つまらん話はやめとけ。女っていうのは三年もしたら老けてしまう。正式に結婚してしまったら、誰が慰謝料を払うんだ。弱みを握られるのも俺はうんざりだ」

「いかれた奴め」

「俺は正気だ。お前たちが仮面をかぶってるんだろう」

「それで、全州に直行したのはどういうわけだ」

「全州もソウルみたいなもんだろう」

「ああ、東京でたまった鬱憤を全州で吐き出そうっていうわけだな」

「俺の頭は一時も休んでないからな。俺は人間が小さいのか」

「ああ、そうだ。男たるもの、一気にソウルに来ればいいだろう」

「はははっ、はははっ」

笑いながらステッキを振り回す。

「潤慶」

「ああ、何だ」

「相鉉《サンヒョン》の奴、満州へ行ったらしいじゃないか」

「そんな古い話を、何で突然持ち出すんだ」

「任明彬《イムミョンビン》氏を訪ねると思ったら、あの美人のことを思い出してな」

「明姫《ミョンヒ》さんのことか」

「ああ、美人だったろ。相鉉に片思いしてたじゃないか」

「お前、いい年をして馬鹿なことを言うな。明姫さんは男爵、趙炳模《チョビョンモ》の嫁だ」

「それは俺も知ってるさ。あの女、白系ロシアの女みたいじゃなかったか」

「いつ会ったんだ」

「日本で学校に通っている時に会った」

「はるか昔のことだな」

「十五年ほどになるか」

もう少しで明彬の家に着くというところで、潤慶は歩みを止めた。

「天沢」

「何だ。そんな呼び方をして」

「俺たち、何で任明彬さんに会いに来たんだっけ」

「おやおや、やっと酔いが覚めたみたいだな」

「酔いが覚めるだと？」

天沢が大声で笑う。

「朝、お前が訪ねていこうと言ったんじゃないか。こいつ、何か目的があるんだなと思って、俺はついてきたんだ」

と言って潤慶は首をひねる。

「さっき、お前何て言った？」

天沢が尋ねた。

「俺は何も言ってない」

「いや、何か言いそうになるのを我慢しただろ」

「……？」

「明姫さんは男爵、趙炳模の嫁だ」

「そのはずだが」

「もう嫁ではないじゃないか」

「どういう意味だ」

「昨日の夜、酒の席で聞いた話を全部忘れてしまったのか」

「うむ……」

「鮮于逸《ソヌイル》が言ってたことを覚えてないのか」

「は、はて」

「自分の言ったことも忘れたのか？　お前が明日、任明彬さんを訪ねていくって大口をたたいたじゃないか。だからここまで来たのに、朝、俺が誘ったからついてきただと？　まったく！」

潤慶は頭を振る。

「酒の席で失言したらしいな。俺はそうそう失敗しない方なんだが」

潤慶はとても困ったような笑いを浮かべる。以前、全州で李《イ》相鉉と酒を飲んだ時、潔癖な相鉉は妓生とは恋愛できないと言ったが、だったらぴったりの相手がいる、明姫お嬢様はどうだと潤慶は言った。その時相鉉は、酔っているからって言っていいことと悪いことがあると言いながら、ひどく腹を立てた。

「それでお前、相鉉の話を持ち出したんだな。サルみたいな奴め」

「い、いや違う。俺は日本人じゃない」

「状況によって日本人にもなり、中国人にもなる。背中をたたいて、肝臓を引き抜いて食べ、じっと見つめて鼻を切って。変幻自在のサルに例えてやったんだから、上等だろ」

「いくらそんなことをしたところで、仏様の手のひらの上だ。それよりも、男たるもの一度刀を抜いたら攻め込まないとな」

「いいや。頼むから、なかったことにしてくれ。酒に酔って何を言ったのか知らんが、相手を間違えた」

「男やもめが離婚した女に欲を出して何が悪い」

潤慶は手を振った。父親が他界しただけでなく、潤慶は二年前に妻を亡くし、それ以来、再婚していなかった。

「さあ、入ろう」

天沢はステッキで潤慶の尻を押す。

「用がなくても、久しぶりに先輩を訪ねていくのはいいことじゃないか」

「それはそうだが」

二人は明彬の家に入った。

「お前たち、いったいどうしたんだ」

明彬はとても喜んだ。

「お久しぶりです。先輩」

「久しぶりだな。何年ぶりだ。さあ、座って」

二人は舎廊で明彬と向かい合う。

「一杯やるか」

「はい。昨日の夜、深酒をしまして、迎え酒が必要みたいです」

天沢が潤慶を見て、にやっと笑う。潤慶は目をぱちくりさせる。明彬は人を呼んで酒膳を用意するよう言いつける。

「潤慶には時々会うが、それでも、二、三年ぶりだろうか。天沢は本当に久しぶりだな。しばらく、ここを離れてたんだろう？」

「はい。少し前に東京から帰ってきました。ところで、任先輩は校長をお辞めになったそうですね」

「そんなことはどうでもいい」

「よくご決心なさいました」

と言って、天沢はまた潤慶を見る。潤慶は天沢をにらみつけた。

「ああ、君の方はどうだ」

明彬はつらかった。校長を辞職したのは明姫のことと関係していたので、その話題になるのがいやだったのだ。

「少しずつお話しします。東京も平穏ではありませんでした。いいえ、むしろ騒がしかった。非常に良くない方向に向かっていると言わざるを得ません」

「うむ。ああ、挨拶が遅れた。潤慶、お前、奥さんを亡くしたそうじゃないか」

明彬は潤慶に顔を向けた。

「この年で、大変なことになりました」

苦笑いする。

「任先輩、いい人を紹介して下さい」

天沢が空々しく言う。

「俺の出る幕じゃない。潤慶なら、花嫁候補が列を成しているだろうに」

天沢はそれ以上言わなかった。

「先輩はこの先、何か計画でもあるんですか」

潤慶が聞いた。

「計画も何も、そんなものがあるはずはない。飯代を稼がないと。瓦工場を建てるには建てたが」

「よりによってこんな不景気な時に、大変そうですね」

天沢は真面目な顔で言った。

「まあ、ちょっと大変ではあるが」

「黄台洙《ファンテス》も最近は苦戦してるらしいですね」

潤慶が言った。明彬は眉をひそめた。潤慶も天沢も、そんな明彬を見つめながら随分年を取ったなと思う。明彬はほかの誰よりも年老いたようだった。

酒膳が運ばれてきた。三人は酒を飲みながら、しばらくそれぞれ考えにふける。明彬と潤慶は個人的な問題があって彼らなりに苦しみ、複雑だったが、彼ら三人の共通点は不安だ。時局に対する不安が最も大きな関心事だった。

「あちらの状況はどうだ」

と明彬が話し始めた。

「ええ、まあ特に希望のある状況ではありませんが、こちらの事情と似ている点が多いです」

天沢が杯を口元に運びながら言った。彼の目は冷静だった。

「どういう面で？」

「いろいろな局面においてそうですが、殺伐としているという点が似ていて、とても騒がしい。この先、何かが起こる前触れではないでしょうか」

「戦争？　でなければ、日本で大きな変革が起きるということか」

明彬は手にした杯を膳の上に戻す。

「さまざまな条件から見て、社会変革が起こる可能性が高いようです。機が熟したといいましょうか。ですが、結局はうまくいかないでしょう」

「まあ、うまくいくと思っている人はほとんどいないだろう」

「日本の右翼勢力というのは、そういう社会運動への弾圧をやめないでしょうから。実際、国内の社会運動は眼中にないのかもしれません。それに、満州や中国で得た既得権を保護するというのも、重要ではないのかもしれないし。彼らの流れはまさに、満州を、モンゴルを食い尽くすということなのです」

「結局、戦争は避けられないということだな」

「十中八九は。戦争というのは昔から、国内の変革勢力を抑え込むのに使われる手段です。今、全国に広がっている恐慌から抜け出す方法にもなり得ます。相当深刻ですから」

「世界的な現象だ。アメリカは特にひどいみたいだが」

「物価は暴落に次ぐ暴落で、失業者はあふれ返っています。日本も例外ではありません。稼働を停止した工場は数えきれず、失業者が百万人を超えたと言いますし、残りの工場や企業も賃金が低下し、労使間の争議も極めて激しくなっています。最低賃金で働く労働者たちが仕事を失えば、飢え死にしかねません。失業者たちは故郷に帰るにも旅費がないので、線路に沿ってとぼとぼ歩いています。物価暴落で生き残ったのは中産階級で、彼らがぜいたくをするようになったというアイロニーが今の日本の現実です。底辺がどかんと崩れていっているのにです。だから、地下にいた社会主義者や共産主義者たちが今だとばかりに皆飛び出してきて、徹底的に潰されてしまったのです。もはや彼らは消耗品です。立て直す時間もなく消耗していくのです。普通選挙法という飴玉を差し出しておいて、治安維持法という毒薬を作った日本が、治安維持法に引っかかった者を五年から十年の懲役に処する、その条文を死刑あるいは無期懲役に変えるぐらい、朝飯前ではありませんか。だから、日本国内で起こる変革には期待するなということです」

「本当に中国と戦争するのだろうか」

「多分」

「では、それは我々にとって望ましいことではないか」

「楽観的ですね。戦争で朝鮮民族の種を根絶やしにしてもですか」

三人の男は沈黙に陥る。

「確かに、誰かもそんなことを言っていたが……戦争が起これば、朝鮮の青年たちは日本軍の盾の役割をすることになるだろうし、労役をすべて受け持つことになるだろう。その場合、国内にいる家族は人質にされる。だが、今の状態が続いたところで、何の希望もない。突然戦争が起これば、苦しい状況からわずかに抜け出すなり死ぬなりできる」

明彬は意気消沈し、自暴自棄になったように言った。

「持続することも運動に違いありません」

天沢の目つきは相変わらず冷ややかだった。

「それはまたどういう意味だ」

「歴史というのは、命あるものではありませんか」

「……？」

「絶えず誕生し、動いて、脱いだ抜け殻のように絶えず死んでいくからです。持続はまさに歴史の命、その命の運動なのではないかと思います」

「また、突拍子もないことを言い出した」

潤慶は髪をかきあげて、やめろと言うように、責めるように言った。しかし、明彬が聞き返す。

「歴史も命があるのなら、独自の運命を持っているということか」

「独自というと語弊があるかもしれませんが、そう言えなくもありません」

「だ、だとしたら、歴史や民族は自然と行く道を行き、我々個人にはこれといってできることはない……」

「違います。人は、柿の木の下に寝そべって、口を開いて生きていくわけではありません」

「それはそうだ。ということは、歴史には歴史の意志がある」

「そのとおりです。すべての命が存在し、運動する限りは意志があると言えます。草の葉一枚にも」

「独自性のあるものでないなら、歴史は支配するものなのか」

「能動的な共同体だと、私は思います」

「ふむ」

「相互扶助の関係だとでも言いましょうか。生命体同士の」

「では、どうして歴史はいつも強者の味方なのだ」

浮きが揺れた瞬間に釣竿を引き上げるように、明彬は素早く言った。

（青春だな。十年近く教育界に身を置いても変わっていない。文学青年そのものだ。善良で純粋なのにも程がある。喜劇だ、喜劇）

　潤慶はいら立ち、心の中でつぶやいた。

「悪のことを強者だとおっしゃるなら、歴史が彼らの肩を持ったわけではありません。相互扶助の黙約、あるいは秩序に対して人間が反逆したのです。ですが、強弱と善悪は必ずしも一致しません。奪い奪われるという面から見れば、強者は悪で弱者は善でしょうが、大事を成し遂げ、統治するという面から見れば、強者が善であることもあり、大事を成し遂げ、統治するのを阻害する寄生虫のような弱者は、明らかに悪でしょう」

「大事を成し遂げて統治する……それが、支配するということとどれだけ違うと言うのだ。征服者というのは常にそんな政治概念を振りかざしてきた」

「そうです。反逆者たちは遠慮がありません。奪っても英雄になり、惨殺しても施し、破壊しながら創建者となり、はははっはっ……」

　と笑い、続ける。

「私は何も政治的な側面から言ったのではありません。ですが、黄河を治める能力を持った人、すなわち堯舜*を帝王に選んだという故事から、真の意味での強者、理想的な政治形態を考えることができます。また、興味深いのは、大工の棟梁は宰相にふさわしい人物だという言葉です。結局、土木に長けた人が治者としての資格がある、違いますか。彼らの武器は刀ではありませんが、それでも彼らは強者なのです」

「それこそ堯舜時代の寝言だ。我田引水、まるで詐欺だ」

潤慶がまた皮肉った。

「お前は酒でも飲んでろ」

と言って天沢が続ける。

「堯舜時代の話だからといって馬鹿にし、信じようとしないのは、今日を生きる人々の錯覚であり、矛盾であり、間違っています。特に、朝鮮人、そして日本人がそうです。民主主義と社会主義とマルクス主義、そんなものが西欧から入ってきた新しい思想だといって洋服を着るように採り入れ、理想的な政治形態だといって信奉し、国政を補佐して民を守るという政治的要点を大事にした東学は学のない者たちのものであり、一種の邪教とみなしました。統治するということは、いうまでもなく皆が等しく食べていけるように面倒を見ることであり、是非を判断することであり、取捨選択することです。不自由なく暮らせるように、精神的であれ肉体的であれ、民が必要とするものを民と共に作り上げていくことです。結局、政治理念というのはいつも明快なものです。なぜ人は存在するのか、なぜ生まれて死んでいくのか、生命はどこから来るもので何なのかという問題は政治の所管外であり、強者に対する概念もそうです。成し遂げて統治する、その観点から見れば、国王であれ大統領であれ、規模が違うだけで、一家の家長もその範囲から逃れることはできません。

それに、人に限ったものでもありません。ヒツジ飼いの少年はヒツジの指導者であり、革靴職人は人の足に合った靴を作り、農夫は大地と向き合いながら穀物を育て、すべての物は合意し、統一を目指す運動へと進化しています。宇宙の秩序は虫や草の葉にも凝縮された形で作用します。宇宙の秩序を神と呼んでも差し支えないでしょう。その神が天地万物を治め、日々事を成し遂げていくように、人間も天地万物を治め、成し遂げていく可能性を持っています。もちろん、生命の神秘を知らない個人には限界がありますが、存在する限り思うままに統治しながら創造するのは荒唐無稽な話でしょうか。さっき私は反逆者と言いましたが、破壊し、略奪し、征服する者たちが強者だという考えに毒された識者には、それこそ荒唐無稽な話でしょう。

実際、我々朝鮮人の頭の中に日本は強者だという観念が膏薬《こうやく》みたいに貼り付いていて、離れないのです。日本は強国だ。老大国、清国とロシアに立ち向かい勝利した強国、この強国という観念によって彼らの貧弱で取るに足らない文化まで格上げされることになりました。下品で粗雑な文化が偉大に見え始めたのです。無礼な慣習が堂々として見えて、繊細な礼儀作法が卑屈に感じられるのです。たたき壊せ、破壊者には破壊をもって応じろと言ったからといって誤解しないで下さい。総督府の建物に手りゅう弾を投げたり、倭奴の頭に銃弾をぶち込んだりする闘士たちを皮肉っているのでは決してありませんから。切羽詰まった人々は何も耳に入らないでしょう。

旧習を打破しろ、既存の価値観をことごとくたたき壊せ、無用の長物だ、亡国を招いた固陋《ころう》で未開で、まともな銃の一本もない文明不在の状態から一日も早く脱皮しろ。恥ずかしい過去を払拭し、慢性的なものを根こそぎ抜き取ってしまわなければ、我々は生き残れないだろう、目を開けろ、洋々たる海を越えて輝かしい文化を見ろ、そうすれば我々がどれだけ未開で無知だったかがわかるだろう。そんな愛国、愛族の叫び声は、大目に見ているうちに、日本がこの地に足を踏み入れようとした時の叫び声と似ていったのです。だから、民族改造論*などといったものが出てきて、本当に笑わせます。志士だ、指導者だというあの道化たち、無知で粗暴で、悪賢くて、一寸の針をまるで宝剣のように振り回して天才を崇めろと号令する恥知らずたち。天才がどこにいるというのですか。天才とは誰ですか。マントやインバネスを着て、三越のエスカレーターに乗ったことのある人が天才ですか。帝劇の入場券を買ったことのある人が天才ですか。

田畑を売り留学して帰ってきた彼らの第一声は、迷信を打破しろ！　儒教教育の有害さをわかっているのか！　周易〈古代中国の占い〉などは宿命論であり亡国の種だと叫びます。さらには、三綱五倫が何だ、身体髪膚これを父母に受くと言って重んじるのはナンセンスだ、未来のために子供たちは父母が苦労して得たものまで搾り取らねばならず、両親の膝元にいてああだこうだと言うのは孝道《ヒョド》〈親孝行〉ではなく家や国を失う凶道《ヒュンド》だ。無知な女が出入りしている寺など必要ない、坊主が遊んで食べ、手ぶらでこの世に生まれて手ぶらで死んでいくという悲観主義、虚無主義の仏教もいらないとわめき立てます。

宿命論的であることにおいては同じだが、キリスト教は西洋文物の窓口だから、様子を見ることにしよう。西洋の服を着た牧師や神父たち、社会主義、共産主義、民主主義、無政府主義、ロマン主義、古典主義、功利主義、実利主義、主知主義、野獣派、抽象派、印象派、どれもいいだろう。西洋から船に乗ってきたものだから。李賀*とは誰か。黄真伊《ファンジニ》*は妓生だったな。ボードレールもハイネもバイロンも知らず、トルストイを読まず、本当に知らないことが多過ぎる。朝鮮には何があるか、空っぽの袋しかない、迷信の風がたっぷり入り込んだ、空っぽの袋以外には何もない、あるのは死体が朽ちていく墓場だけだ、朝鮮には生け花すらないと叫ぶのです。それぐらい情緒が乾ききった民族であり、情緒が乾いているということは何も創造できず芸術も花開かないということなのに、ちくしょう！　茶碗がなくて竹の筒に飯を盛って食べていた日本人が、壬辰倭乱《イムジンウェラン》〈文禄・慶長の役〉の時に陶工を連れていったのを知らないのか、殺すべき奴らめ。

そのくせ、エジプトのピラミッドがどうだ、スフィンクスがどうだと言い……朝鮮人は怠惰だ、それはオンドルのせいだ、オンドルをなくせ、必要なら寝室だけで使えと、日本人と全く同じことを言うのです。寝室？　いいでしょう。農家にも寝室があって居間があれば、どれだけいいことか。一番勤勉でなくてはならない農夫は、それこそ米を生産するためにも、怠惰ではいけません。それは、総督府に建議すべき事項のようです。世界大戦後、成金が出てきた日本では居間を飾るのに大金をつぎ込む奴もいるらしいですが、二束三文の農家に寝室を一つ、ははは、ははははっ……きせるを折り、尿瓶も壊し、朝鮮の服は燃やしてしまい、はっ、なのに笠だけは惜しいのですね。日本人は元来、頭に載せる物がなく、ちょんまげを切っても、捨てなければならない冠がありませんから、さほど悔しくもないでしょうが。忌服*と祭祀も廃止すれば、家宝のように引き継いできた祭祀の道具は、用なしになってしまう。君子大路を行く、か。空を見上げながらがに股で歩く両班も怠惰で使い物にならず、日本人のように背中を曲げて地面を見下ろし、内股で歩かなければならなくなる」

「それぐらいにして、息をついてはどうだ」

我慢しきれなくなった潤慶が天沢の腕をつかんで揺らす。あっけにとられていた明彬が言う。

「お前の口からそんな言葉が出てくるとは思わなかった」

酒を一杯飲んだ天沢は、まるで何も言わなかったかのようににやりと笑う。

「なぜそんなことを言うのですか。最新の流行のこの服のせいですか」

明彬は失笑する。

「わかってはいるようだな」

天沢は大声を上げて笑う。

「私が考え違いをしてたんです。田舎に行ってみたら、両班たちも権威はなくなったとでも言いますか。やることがないのは同じですが、往時の権威に固執しているのはむしろ、科挙にも合格できずひっそり暮らしていた両班たちでした。衙前《アジョン》〈官吏の下で働いた下級官員〉の端くれたちもそうですし」

「こいつは何を言いたいのだ」

「元々こうなんです。こいつが東京の話をする時はソウルから始まって、ソウルの話をする時は東京から始まりますから」

潤慶が言った。

「ソウルの急進派に会うには、道袍《トポ》〈外出用コート〉と笠を身に着けるべきですが、まげがありませんから、せめてトゥルマギでも羽織ってくるべきだったか」

明彬は仕方なく笑う。

「では、急進派の悪口はそれぐらいにして、田舎の守旧派の両班には何と言ってやったんだ」

「はい。自転車に乗る練習をしろと言いました。かんかんに怒って、追い払われましたよ。ははははっ、はははは……」

どこまでが本気でどこまでが冗談なのか見当もつかない。明彬は何か愚弄されたようで不快感を覚えたが、だからといって不快なだけではなかった。天沢の話には納得するものがありつつも、偏狭な一面があり、大局を論じるようでいて、極めて俗っぽく聞こえるので、少し当惑する。だが、理路整然としたところもあった。

(俺に向かって放った矢なのだろうか)

だが、考えようによっては、天沢は自嘲しているようでもある。彼の外見は、彼が罵倒したまさにそんな人物に思えたからだ。しかし、何よりも明彬の心を寛大にさせたのは、趙燦夏《チョチャンハ》の言葉を思い出させたからだった。天沢は燦夏のように、日本と朝鮮を具体的に比較しながら相反する点を明快にはしなかった。ともすれば、頭も尻尾もないあいまいな言葉で、跳びはねながらあちこち突いてはやめるみたいなやり方だったが、妙に相通じるものがあった。

「君は意外に保守的なんだな」

「とんでもない。私は単なる伊達者《だてもの》です」

「君も西洋から船に乗ってきたものが好きなようだ」

「ダンディズムはミュッセやボードレールだけのものではありませんよ。朝鮮時代の儒者たちの中にも多かった。多かったというより、皆が少しずつ持っていたと言うべきでしょう。衣装にも、書架の日用品にも、妓生と遊ぶ姿にも清潔で洗練された粋を見ることができたし、権門勢家に対する非常に冷たい侮蔑と冷笑的に表現する自尊心などもそうです。その当時は下手に名前をつけなかっただけです。潤慶も一時はそうやってもったいぶっていましたが、資金が足りなくなったんです。全州の大金持ちだそうですが、族譜が怪しいし、本人が言うには他人の懐を当てにして生きてきたから広大みたいな振る舞いが身に付いて、いろいろと残念なことになってしまいました。人が熱くなってしゃべる時はあざ笑うように黙っているのが潤慶にはぴったりなのに」

「いつお前が熱くなった？ 口ではああだこうだと言っても、冷静だった。もっとも、心の底から騒ぎ立てていたら、大変なことになっていただろうがな。先輩、私の酒を受けて下さい」

潤慶が明彬に酒碗を差し出した。

つがれた酒を飲んだ明彬は、

「本当に何もかもがもどかしい」

とため息をつく。天沢がひとしきり引っかき回したのに、相変わらず意気消沈した様子だ。疲れ切った姿だった。この間に随分やつれ、首は長くなり、縮れ毛の頭は前よりも大きく見えた。校長職をなげうった後、瓦工場をやるのだと東奔西走する間に、弱り目にたたり目で明姫の問題が複雑化していた。今すぐどうこうというわけではなかったが、家も傾きかけていた。

「俺のような者は置いといて、南君は最近何をしているんだ。学歴もあって、頭もいいから来てくれという所は多いだろうに」

明彬は身近な話題に変えた。

「来いという所は特にありません。中途半端なんです。年もそうだし何もかもが……新聞社や学校も考えてみましたが、長続きしません」

「まあそうだな。わかり切ったことだ。いっそのこと親日派になるなら別だが、中間地帯でうろうろしていては、怪しい三面記事を書く記者にしかなれない。その代表的な人物が李某ではないか。正直に言って、そうでもしないと居場所がないのが現実だからな」

「左派であれ、右派であれ、結局は逃げ出すしかないんです。逃げもせず、あいつらにへつらいもしないで生きる人たちは、もう資金が底をついているはずです。潤慶はまだまだでしょうが」

「すべてのことに俺を絡めないと気が済まないのか」

「冗談で言ってるんじゃないぞ。とにかく、これから安全地帯はなくなる」

「そうだろうな」

潤慶も同意はする。

「まあ、日本は満州を断念しないだろうから」

と明彬が言う。

「満州だけではありません。国民革命軍が北伐を始めるたびに在留日本人の命と財産を保護するという口実で日本が出兵したことや、満州を掌握した張作霖の乗った列車を爆破*し、張作霖の死亡で混乱した隙に乗じて満州を占領しようとしたこと、もちろんそれはすべて失敗に終わり、かえって張作霖の息子、張学良が国民党と合作する結果を生んで、中国が名目上統一され、日本は悔しい思いをしましたが、とにかくこの間の執念を見るに、日本は決して満州も中国も諦めないでしょう」

「それは実現不可能だ。いくら日本が強いとはいえ、小さな島国にあの広々とした土地と数億の人民を治めることはできまい」

明彬が首を振った。

「一九二七年に国民革命軍が上海に入った時、列強のどの国よりも血眼になったのは日本でした。革命軍の半分が共産党だったんです。共産化すれば、中国は絵に描いた餅になりますから」

「そうなれば、中国はおろか満州にも侵入できないだろう。朝鮮ですら手放すことになりかねない。しかし、中国を食ってやろうという考えにはあきれる。そうはならないだろう。いくら肝っ玉が据わっていてもな」

「イギリスを考えてみて下さい。イギリスは日本の師匠です。師匠よりもっとずる賢くて残虐なのが日本です」

「しかし」

「しかし、ではありません。見ていて下さい」

と天沢が言うと、潤慶は、

「本当に日本は戦争をするだろうか」

と確かめるように言った。

「中国が満州と分離していて、国内では左右の軋轢が極めて激しかった時が日本としては良い機会だったが、逃してしまった。中国の情勢がおおむね統一に固まっていくのに攻め込んでいくなんて、並大抵の決断ではできないだろう」

「それは一般的な考えだ。日本は今、焦っている。中国は統一され、もちろんまだ国共間に到底解決しそうにない問題が残っているが、取りあえずは内乱に終止符を打ったと考えるなら、中国は大国なのだから恐ろしいだろう。本当に二兎を失う結果になってしまうかもしれない。想像上だけのことではない。拡張する植民地への夢が木っ端みじんに壊れてしまうのはいうまでもなく、掌中に収めたものですら危うくなる。領土面でもそうだが、巨大な市場を失うという面においても背筋に汗が流れるような状況だ。特に共産党が実権を握るのを恐れるのは、まさに市場を失うことと直結するからで、そうなれば、日本は空気の抜けた風船みたいに、あっという間にしぼんでしまう。

だから、彼らは恥知らずにも満州を日本の生命線だと叫んでいるのであって、焦り、慌てるのも無理はない。今までは列強の顔色をうかがおうと舌なめずりばかりしていたが、もう顔色などうかがっている余裕はなくなった。余裕がなくなれば、思い切ったことをするものだ。恐慌のせいでアメリカをはじめ世界各国は魂が抜けた状態で、日本も国内事情が厳しく、政治、経済、社会風潮、どれをとっても問題だらけだ。それに革新勢力が表面化し、農村は凶作にあえぎ、賃金労働者は飢餓線上にあり、中小企業は倒れ、大企業ですら揺らいでいる混乱を収拾するのは当面難しいだろう。そんな諸般の問題をぐっと抑え込むのに戦争ほど適切な手段はない。一方では、飢えたオオカミの群れのような失業者、中小企業、中流以下の民衆の大多数が自暴自棄になって、新天地を目指せという国策に同意する」

「失業者が百万人を超え、農村が疲弊していれば何か起こるはずだが」

明彬はあまり期待していないような口ぶりだった。

「それは、日本国内の革新勢力が持っていた期待でした。ですが、適度に文明に染まった日本人たちは、徹底して通俗的な特性を持つようになりました。ええ、感傷的と言っても差し支えないでしょう。荒っぽい所がないのです。そんな特性がたやすく戦争へと同化されていくのです。例えば、『キング』という大衆雑誌があります。保守的な娯楽雑誌です。勧善懲悪にエロを加味した雑誌ですが、販売部数は百万部だと言いますから驚きです。徹底した通俗性が通俗的な読者を呼んでいますが、その雑誌の購買者はほぼ、革命の阻害分子と見るべきです。その雑誌だけではありません。大部分の日本文化の形態がそうだと考えても間違いないでしょう。こんな歌があります。『長い髪してマルクスボーイ　今日も抱える「赤い恋」*』。共産主義者もそんな甘い飴で懐柔されてしまうのが日本の国民性です。緑豆《ノクトゥ》将軍と呼ばれた全琫準《チョンボンジュン》*のことを、『鳥よ鳥よ　青い鳥　緑豆畑に降り立つな』と歌った朝鮮の農民たちとは時代の差もありますが、気質的に相当違います。無愛想で荒っぽい朝鮮の民衆とはです」

明彬は燦夏の話を思い出しながら、うなずいていた。

二章　陵辱

板の間の掛け時計が三回鳴った。それ以外、何も聞こえない。時間が凍り付いたか、あるいは、解けて固まってしまったようだ。普段は聞こえていた夜風の音がじっとりと腐ってしまったように感じられる。うるさく動き回っていたネズミも寝入ってしまったのかもしれない。夜は、暗闇は、皮膚に爪を立てて引きちぎるかのようだった。真っ赤な血痕のような幻想に胸が苦しくなる。悪霊に取りつかれたのだろうか。生きているという認識のせいで、私の心は激しく血を流し続けている。時々、そんな思いにとらわれる。もちろん、説明など必要ない。うわべを取り繕う言葉や理由なら、いくらでもあるだろうから。ただ、耐えられないということだけは確かだ。今、心臓が動いていることがつらい。自殺してしまいたいという誘惑にかられる。それは甘美な眠りのように手招きする。心臓の動く音が聞こえはするものの、果たして私は生きているのだろうか。生命の存在をどうやって信じるのか……。

（馬鹿みたいなことを考えて）

明姫《ミョンヒ》は布団をまくって起き上がり、明かりをつけて机の前に膝を抱えて座る。明かりの下に現れた物。それらは本当に奇怪な物だった。少し喜劇的に感じられる所帯道具が、一斉に明姫を見つめていた。母が使っていた、古ぼけた物も多かった。生の意志を確認しようとするかのように磨き、触れていたから、今も光を失っていないたんす類。生の意志を確認しようとしていた執念の手は今はもうなく、物体だけが残って人間の生死をあざ笑うかのように明姫を見つめる。古物商で見た、鏡の割れた鏡台を思い出す。結婚前、学校へ通勤する道の角にあったあの古物商。明姫はなぜか、割れた鏡がいつも気にかかっていた。割れた鏡に顔を映せば顔も割れて見えるだろうかと考える。そして、行ったことはないけれど、舞台裏の小道具室を想像してみる。冬の野原に仮設されたサーカス団のテントのように、見物人が皆帰ってしまってテントだけが風になびいているようにわびしかった。寂しく捨て去られ、風だけが音を立てている。首の折れた人形が転がっているかもしれない。脱ぎ捨てられた仮面とか役者の衣装、手袋、古い帽子、口ひげのようなものが転がっているかもしれない。

(なぜ生きるのだろう。私には子供もいない。夫もいない。なぜ生きなければならないのか。愛する人もいない。叫ぶ声もなく、走っていく場所もない。なぜ生きるのか。手に入れたいもの、やりたいこと、食べたいものもない。今はもう生活の規律もなく、我慢する必要もなくなった。偽る理由もない。どうしよう。このまま座っていようか。頭が割れそうだ。気持ち悪い。ぞっとするのよ! こんな真夜中にぼんやり座っている理由でもあるのか。ぼんやり、ぼんやり、ぼんやり、頭が割れそうなのに、なぜこうして座っているのか。ああ、一つあった。人の顔色をうかがうこと。兄夫婦や甥たちの顔色をうかがわなければならないんだったわ)

うずくまったまま明姫は笑う。

（幼くしてめとった妻を差し置いて、少年は崔西姫《チェソヒ》という女性を愛し、後には妓生に女の子を産ませた。私との関係は何なのか。彼は文士で、私は趙炳模《チョビョンモ》男爵の嫁だった。たとえ、お互いがそれ以上の感情を持っていたとしても、それがどうしたというのだ）

心の中でつぶやいたが、大して執着しているわけではなかった。

（やっぱり私は生きられない。生きていけない）

明姫は全身を虫がはいずり回っているような錯覚にとらわれてがばっと立ち上がり、また座る。

事の始まりは教会の前で起こった出来事だ。礼拝が終わり、教会の建物から出た時、庭のレンギョウとサンシュユがしおれかけていた。黄梅がつぼみを膨らませ、柳の葉の緑はひときわ濃くなっていた。サンシュユの黄色とレンギョウの黄色と、これから咲くであろう黄梅の黄色と、そして紗のカーテンのように垂れ下がった浅緑の柳、明姫はその色彩の妙にしばらく見とれ、そして歩き始めた。

「先生、こんにちは」

直接教えたことはなかったが、明姫が教師をしていた学校の生徒だった若い女性が明姫に挨拶をした。教会で時々見かける顔だ。明姫は何も言わずに笑った。彼女も明姫のうわさをどこかで聞いていたのか、いつもはこんにちはと言ったきり何も言わなかった。ところが今日は、続けて話しかけてきた。

「先生はまだ、とてもおきれいです」

「まだ、か……私はまだ還暦前よ」

明姫も軽く答えた。

「先生ったら、そんな冗談をおっしゃって」

「どうやら還暦まで生きたいと思っているみたい」

「がっかりしました」

「どうして?」

「全く似合わないことをおっしゃるからです。私が入学した時は、先生を憧れの目で見ていたのに。私だけではなかったはずです。担任でもなく先生の授業もなかったから、お辞めになるまで一度もお話しすることが」

と言いかけてやめる。教会の門を出た所で明姫の前に立ちはだかる紳士が目に入ったのだ。趙容夏《ヨンハ》だった。

「さあ、あそこに車を止めてある」

容夏は平然と言った。ベージュ色の春物のスーツに赤紫色のネクタイを締めた、端正な出で立ちだった。明姫の顔が石のように硬くこわばった。

「さあ、行こう」

腕を引っ張った。目は明姫の視線を逃すまいとばかりに強く輝いていた。まさかお前が、こんなに人が集まっている所で俺の腕を振り切ることはできないだろう、たとえそうしたとしても、一緒に行くことを断りはしないはずだ。彼の目はそう言っていた。

「私は歩いて帰ります」

明姫は顔をそむけた。困った明姫の教え子は、

「先生、お先に失礼します」

と言って急ぎ足で去っていったが、教会からは次々と大勢の人が出てきた。

「そう言うなよ。話もできないのか」

小さい声でささやくように言った。

「構わないで下さい。私は歩いていきますから」

「力ずくで連れていくつもりで来た。取りあえず、車の中で話そう」

今度は手首をつかんで引っ張った。容夏の手は、磁石のように明姫の手首をつかんで離さない。運転手は車のドアを開けて立っていた。容夏は、明姫を突き飛ばすようにして車の中に押し込んで強くドアを閉め、反対側に回って車に乗り込む。

「どこへ行くのですか！」

容夏はぎゅっと口をつぐんだまま運転手の後頭部をにらんでいた。明姫もそれ以上聞かなかった。市内を抜けた車は別荘に向かって走る。容夏はそれまで数回にわたって運転手に手紙を持ってこさせた。誤解した自分を許してほしい、戻ってくることを望んでいるという内容だった。一度は衣類を送って寄こした。

季節が変わったから不便だと思い、春の服を何着か送る。君の怒りが収まるまで待つつもりだ。ほかに必要なものがあれば、尹君《ユン》に言うといい。体に気をつけて。最近、風邪が流行っているようだから。

実家に帰った妻に送る、優しい夫の手紙が添えられていた。文面からはそうだった。しかし、明姫は執念にとらわれた恐ろしい男の顔を見たような気がして、手紙をぐちゃぐちゃに丸めてしまった。

手紙だけではなく、外出して帰ってくると、容夏が家の前で待っていたことが二度あった。彼は明姫に一緒に帰ろうと懇願したが、明姫は頑として拒否した。そうして、容夏は今日、作戦を変えて教会の前に現れた。

沈黙は鉛のように重かった。車窓の風景は味気なく流れていった。運転手は機械のように、影のように、ハンドルを握っていた。明姫と容夏の間にはかなりの距離があり、二人ともカーブを曲がる時ですら体をどちらにも傾けず、真っすぐな姿勢で座っていた。明姫は内心、冷静な自分自身に驚いていた。隣に座っている男は果たして、少し前まで自分の夫だったのか。他人以外の何ものでもないように思えた。容夏はやっと思い出したようにたばこを取り出して口にくわえる。火をつける時、静脈の浮いた手が震えているようだった。容夏はしょげ返ってはいなかったし、低姿勢でもなかった。手が震えていたのは怒りのせいかもしれない。

いや、実際そうだった。容夏は明姫を徹底的に壊してしまいたい怒りと憎しみの火を燃やしていた。手紙を送るたびに、彼は歯がみをした。つかんだ腕を振り払って明姫が実家の中に姿を消した時は、殺意まで覚えた。彼は決して諦めないと心に誓った。しかし、夜中になるとふと、明姫は絶対に帰ってこないだろうと思ったりもした。容夏は今、氷のような女の隣であの真夜中の絶望をかみしめている。諦めたいような気もした。終わらせてしまおうかとも思った。だが、このまま諦めるものか。それはできない。手をこまねいたまま終わるわけにはいかない。面の皮をはがしてやらないと。シンデレラのような身分をそんなに簡単に、未練もなく捨ててしまうこの女は馬鹿なのか。たばこの灰が膝の上に落ちた。神経質にそれを払った容夏は、明姫を横目で見る。すっと通った鼻筋は微動だにしないようだった。結婚前に着ていた服なのか、黒いサージのチマに赤紫色のサテンのチョゴリを着ていた。そして、黒の靴。明姫は貴婦人ではなく、知性と教養を備えた女学校の先生に戻り、落ち着いているように思えた。

その瞬間、容夏の首のあたりが赤くなった。誰もが手にすることはできない富貴を惜しげもなく捨てられるのか。哀願し、乞い、何としてでもしがみつこうと身もだえするのが、容夏の知っている女というものに対する常識だった。趙炳模男爵の嫁であり、若き実業家、趙容夏の妻だった痕跡はもう明姫には残っていなかった。容夏にとっては驚異であり、謎だった。一方、明姫が自ら去っていったことで自尊心が踏みにじられ、寝ていても悔しくて熱が出そうだったが、容夏は明姫こそ自分にぴったりの女だと思っていた。未練だった。世の中に女はいくらでもいるし、三度目でも四度目でも、容夏が望めば結婚相手はいくらでもいた。だが、明姫ほどの女がいるとは思えなかった。家柄が不足なだけで、気品のある容貌に知的な雰囲気、間抜けなほど執着がなく、少し殺風景で無関心な感性はずっと、自分勝手で飽き性の容夏みたいな性格に新鮮な魅力として映っていたことは否定できない。物質的、精神的、あるいは肉体的欲望が強い女を容夏は嫌った。近づいてくる女は一時の遊び相手に過ぎない。洪成淑《ホンソンスク》はそんな例だ。

別荘の前で車は止まった。明姫が先に降りた。次に容夏が降りて、車は土ぼこりを巻き上げながら来た道を帰っていった。明姫は道端に、容夏に背中を向けて松林が点在する原野を見つめて立っていた。白くてしわ一つないチョゴリの襟、うなじの辺りの髪が風に揺れる。何を考えているのか、容夏は気になった。

「行こう」

たばこをくわえながら容夏が言った。明姫が振り返る。しばらく見つめていたが、歩き始める。

「僕は最近、よくここに来ている」

「……」

「色々考え事をするんだが、事業で頭の痛いことが多いのに君にまでそんな態度を取られたら、何もかもいやになりそうだ。僕もそれほど古い男ではない。君も知ってるとおり、君が本当に望むなら、離婚しないような心の狭い男ではないと言ってるんだ。だが、考えてみたら、嫉妬というのは教養や節度とは別物のようだ。妄想が妄想を生み、結局、愛情から来る葛藤のせいであんなことをしてしまった。君が理解してくれないと。本当のことを言うと、君が出ていった後、自分にとってどれだけ君が大事だったかに気づいた。正直にいえば、僕みたいにちょっと変わった性格の男はどんな女と結婚しても耐えられないだろう。君と一緒にいるほど気楽ではないだろうということだ。僕の人生で、こんなにつらかったことはないし、自尊心はずたずたで、実は自分でもどうすればいいのかわからない」

真実ではなかったが、それでも全くの嘘でもなかった。

「何か言ってくれ」

「私が悪いんです」

明姫は短く言った。

「それはどういう意味だ」

「私は自分を慣習にとらわれた古い女だと思っていましたから。うまくやっていけると信じていたんです」

「……」

「これ以上の説明は、気詰まりなだけです」

二人は別荘に入った。趙炳模夫妻は、明姫のいない本家に帰ったようだった。広い部屋の中は容夏が来て過ごしている形跡がありありとしていた。彼らしく、部屋の中は散らかっていなかったが、どこかじめっとしていてよどんだ水のように陰惨だった。明姫と向かい合って座った容夏は、

「飛んでいった鳥を捕まえたような気分だな」

と笑うが、目はぎらぎらしていた。部屋の中に入ると雰囲気が変わった。鼻筋や口の形、指先まで線が固まり、荒々しくなったのが見て取れる。一抹の喜悦のようなものもうごめいていた。

「いや、猟奇小説の主人公みたいな気分だ」

彼自身もどうしていいかわからないようだ。前もって用意していた台詞ではなかった。遠く人家から離れた別荘、外部と隔絶された部屋、要塞のような所に明姫を連れてくると、これまで抑えに抑えてきた本来の姿があちこちからぽつぽつと音を立てながら飛び出してくるようだった。彼はまさにこの瞬間が、誰にも邪魔されずほしいままに、自分のためだけに行動する出発点だと感じた。それは、これまで経験したことのない強烈な刺激だった。そして、別荘に入った瞬間にもわからなかった、予期せぬ発見だった。容

夏はグラスに酒を注ぎながら続ける。

「美人を拉致した野獣、ははははっ、ははははは……、さあ、二人の再会を祝して乾杯しよう」

明姫の顔は青ざめていた。

「何を恐れている。冗談だ。夫が妻を連れてきて全身がぞくぞくするのを感じたなら、それはめでたいことではないか。はははっ……」

一人酒を飲んだ。

「とにかく久しぶりだ。創造主はいつも公平だったらしい。苦痛を受けた分だけ、長い間別れていた分だけ、前には感じなかった大きな喜びを与えて下さるのだから。そう思わないか」

「好きなように考えて下さい。私は恐怖におびえていないと言ったら、きっと興ざめしますわね」

明姫はまた冷静になっていた。

「快楽と自尊心は別物だ。君が冷静であればあるほど、俺の快楽は持続する。自尊心はいつだって人に見せるものじゃないか。この部屋には傍聴人は一人もいないから、自尊心など上着のようにその辺に掛けておくといい」

酒をついでまた飲む。

「馬鹿な奴め！　世の中には天使も悪魔もいない。愛をままごと遊びと思っている未熟者、そうだ、未熟者だ。あいつは子供の頃から馬鹿だった。三文小説みたいな人生を選択したあいつは……」

と言いかけて、こう続ける。

「だからといって、今まで俺が嫉妬していたと思わないでもらいたい」

酒を何杯か飲み干した容夏の目はとろんとしていた。皮膚は透けるようで、青ざめている。

「燦夏《チャンハ》は、貴族だから、金持ちだから、義姉を愛したからと引け目を感じ、倭奴の婿になって面目を失い、一生引け目を感じたまま面目ないと思いながら生きていくんだろう。自尊心？　ああ、自尊心、いや権威、あいつをめちゃくちゃにしてやれるなら、西天西域〈インド〉の薬でも手に入れたい心情だ」

容夏の顔は仮面のように青ざめ始めた。三文小説みたいな人生を選択した奴と言いながらも、彼は燦夏に圧倒され、完敗したのを否定できないようだった。続けざまに酒を飲む。明姫は一人、考えに没頭するように座っていた。

「任《イム》明姫さん！　正直に言うんだ。離婚するために俺を陥れたのか。言ってみろ！　以前はあいつと一緒に車に乗って帰ってくるような女ではなかった。洪成淑のことで俺に復讐しようとしたのか。馬鹿だと思っていたが、ずいぶん賢いんだな。由緒ある名家だから、間男が義弟ならまさか姦通罪で訴えることはできないだろうが、離婚はできると思ったんだな」

「間違ってはいません」

「間違ってはいないだと？」

「ええ。あなたが成淑と結婚したら、私にはずっと好都合だったでしょうけど」

「だったらなぜ離婚しようとする」

「貴婦人はもう、うんざりです」

「うむ、どうしても帰らないと言うのか」

「ええ、そうです」

「軽蔑した目で見るんだな。軽蔑と殺気、どちらが強いだろうか。お前を殺したい。それも残酷に、一息にではなくじわじわ、じわじわとなぶり殺してやりたい。もしそれがかなうなら、財産の半分を捨ててもいい。酒に酔って言ってるのではない。酒に酔って言ってるんじゃないぞ。徹底的に俺をたたきのめしたアダムとイブ。なぜ！　なぜ！　なぜなんだ！」

容夏は拳でテーブルをたたいた。グラスが倒れ、そのままテーブルの下に転がり落ちた。

「俺はお前をシンデレラにしてやった！　訳官の娘が貴婦人になり、下人たちをはべらせた。万人がお前を仰ぎ見たのは、趙容夏の妻だったからだ！　お前の兄さんも」

と言うと息が切れたのか、上着を脱ぎ捨てた。新しいグラスを取り出し、酒をついで飲み干す。容夏の真の姿だった。

「任明姫が、おそれ多くも俺と離婚するだと？　離婚は俺がするんだ。お前からじゃない！　任明姫が離婚を切り出すなんて、冗談じゃない。はっはは、ははっはっ……あくまでも俺がするんだ」

「もちろん、そうでなければなりません」

「と、ところが、結果はどうだ。俺が、俺が悪かっただと？　確かに、自分が悪かったと言った。なぶり殺してやろうと思って言ったんだ。本当に離婚を望むなら、助けて下さいと両手を合わせて懇願しろ。お、俺があまのじゃくなのを知ってたはずだ！　洪成淑と結婚するならもっと好都合だったと言ったな。俺は任明姫を奴隷扱いした覚えはない。なぜ、なぜ、なぜなんだ！　何が気に入らないんだ。言ってみろ！」

「気に入るとか気に入らないとか、そういうことではありません」

「だったら、どうしてだ」

「最初から、私たちは恋愛結婚ではなかったでしょう」

「女学校の先生みたいな答えだな」

「名家の子息らしいプロポーズでした」

「それは当然だ」

頂点に達し、下り坂に差しかかったように容夏の語気が収まる。

「子供の頃の話を一つしよう。名前もすっかり忘れてしまったが」

また酒を飲む。唇まで青かった。明姫は次第に不安になる。

(どうすればここから逃げられるかしら)

明姫の感情は容夏の感情の起伏とは無関係だった。徹底して無関係だった。憎くも何ともなかった。明姫は、誰かに背中を押されるように孝子洞《ヒョジャドン》の家に帰りたかっただけだ。申し訳なくなるほどこの男が無関係に思え、のっぴきならない状況になるという不安もなかった。孝子洞の実家は一時的にいる場所だったが、日が暮れる前に帰って誰とも顔を合わせずに一人でいたいと切実に思った。不安になるのは、日が暮れてしまうのではないかと思うからだ。

「奴婢の息子がいた。俺が丘の下に飛び降りろと命令したが、そいつは怖くて飛び降りられなかった。だから、命令に従わなかった罰として俺が突き落とした。それでそいつは足が不自由になり、その後、腸チフスを患って死んだらしい。また別の奴は、俺を見ると逃げるんだ。ある日、あたふた逃げるそいつを下人に捕まえさせて、石で頭を割った。そうして、額に醜い傷跡を残してやった。こんなのもいた。俺の足を洗うのにパジの裾をまくり上げながら、坊ちゃん、痩せ過ぎですと言うんだ。下女だったが、俺はその女の鼻を蹴飛ばしてやったさ。一瞬にして鼻血があふれ出て、女の顔は血まみれになった」

「……？」

「何をじっと見てるんだ。ああ、クリスチャンの口癖か。救いを得られない人。そう言いたいんだな。だが、任明姫のような感性の干からびた女がクリスチャンになるのは、実際難しいだろう。救いを得られないのはお互い様だと思った方がいい。まあ、それはそれとして、命令に従わないこと、勝手に俺から遠ざかること、俺に近づくこと、この三つは今でも俺が許さない。趙燦夏も任明姫もただでは置かない。必ずどこかに傷跡を残してやる。知識も経験も、あるいは教養や修養も、人にとってはそんなに大事なものではない」

興奮などしたことのない男。重大な問題も笑って話していた男。容夏はいつも冷静で自信に満ちていた。親切で必要以上に丁寧な時、相手は戸惑い、気を悪くし、おびえたりしていた。明姫を苦しめようと心に決めた時も、微笑に始まり、気の利く夫を演じ、優しい言葉をかけながら心がねじれ始めた。彼の精神が息づき、安楽を享受していた高貴で頑丈な城が崩れ始めたのは、正月の陰惨なあの出来事からだったが、考えてみれば、いつもか弱い羊のようだった燦夏が、あの時は爆発した。一考の余地もなく、殻をすっかり破って白日の下にさらすように、恥部を隠す一片の布もなく、針の穴ほどの抜け道もない状態に容夏を追い詰めた。それは完敗だった。自分のものだと思いさえすれば、永遠の所有物になると信じていた明姫はどうか。泣きながら、どうしてそんなひどいことを言うのかと食ってかかるか、ショックを受けて寝込むかと思っていたのに、今だ！　と機会を狙っていたかのように、気づけば鳥かごは空っぽになっていた。

燦夏は容夏をうつ伏せに倒し、明姫は仰向けに倒した。憤怒と絶望と、ひょっとすると虚脱の瞬間、虚脱の連続にあるのかもしれない。容夏の心は、既に分裂して気絶寸前なのではないだろうか。イバラのやぶで転げ回って血まみれになった感情を整理してきた明姫を別荘の密室でどう料理するか、まだわからなかったが、とにかく彼は明姫の前で、傷ついた獣のような叫び声を上げた。誰もいない原野で後悔している老人のような姿をさらけ出していた。時には引きつけを起こした子供のように体をねじり、けいれんする姿も見せた。計り知れないさまざまな絶望の形が、彼を圧縮していくかと思えば解放する。失うということ、欲望が阻害されるということは、これほど支離滅裂で苦しいものなのか。

だが、確かなのは壁とガラス窓とドアで密閉された室内でだけ、彼の混乱と悲痛と憤怒が踊り狂うという事実だ。それはもちろん、容夏の内面の一部で、いったん密閉された部屋を出て外部の空間に接すれば、今までと全く変わりない趙容夏に戻ることだけは間違いない。それがたとえうわべに過ぎないものだとしても、如才なくやり遂げる男だ。彼を取り巻く実に多くの虚栄、家柄と財産と学歴と教養の高い紳士、やり手の若き実業家、非常に冷たい光をたたえた瞳に、知性を感じさせる青白い顔、気品と代々受け継がれてきた権力者らしい振る舞い、そのどれ一つとして諦められない人だった。

だから、ひょっとすると明姫は安全地帯にいると言えるかもしれない。容夏は正月に、自身のための脚本を決定的に書き間違えた。かすかな嫉妬を根拠にした、行き過ぎた刺激への欲求が、かえって彼を奈落に陥れることになったのだ。燦夏でなければそのドラマは成立しなかったが、弟を情夫と設定したせいで、か弱き羊が怒れる牛になるとは想像もできなかった。捨てようとしない者と、徹底的に捨ててから飛びかかる者との対決。

勝敗を論じる必要すらない。離婚しなさい！　離婚すればいい！　そうなれば、天下に知れ渡るように堂々と結婚します。天下に知れ渡るように結婚するだと？　男女二人をめった切りにできる刃があったとしても、二人が堂々と結婚するのは耐えられない。明姫の汚名をそそごうとした燦夏の試みは成功し、一方、明姫も容夏からの脱出を正当化したのだ。燦夏の脅しに屈服した容夏は生きる術を失い、離婚に同意して行ってしまった明姫にわなをかける方法もなくなった。考えれば考えるほど、懲らしめる方法はなく、陥れるわなもなく、謀略を巡らす余地すらなくなったことに気づく。

「この俺に逆らうのか。この俺に。俺を捨てるだと？　そうはさせない。俺は凶暴なヒョウだ。冷たい毒蛇だ。えさを奪い取るために待つ忍耐力もある。しかも、えさをもてあそぶ残忍性は俺の特性だ。もっとも、奪い取るというのは間違いだ。俺は生まれてこの方、誰からも奪われることなく、乞う必要もなかったから。すべて俺のものだった。施し、投げ渡してやり、食べさせてやった。自由自在に、それが俺の権力だったからだ。俺に逆らう？　大胆にも俺を払いのけるのは誰だ！　黒いチマに赤紫色のチョゴリ、靴は古臭くて、ははは、ははははっはっ……任訳官の娘は、分不相応な留学をしたおかげで貴婦人にもなれたが、どうやらその分不相応な留学が資本のようだな。訓長のまねでもして食べていくつもりらしい。うまくいくだろうか。そうはいかないさ。刑務所に送るのだけは保留してやるが、お前もうちがどんな家かよくわかっているだろう。家の醜聞が、この俺の体面に関わってはならない。醜聞を世間に公開する馬鹿ではない。だが、それ以外なら何でもできる」

グラスをぐっと握りながら、穴が開くほど明姫を見つめる。無感覚の状態で座っていた明姫の目に軽蔑の色がよぎる。

「呪われた人ですね」

「呪われた人だと？　任明姫ではなく、この俺が？」

指で自分の胸を指す。

「そこまで言うのに、なぜ真実は隠すのですか。この部屋には誰もいないではありませんか、証人になる人は」

明姫はあざ笑った。

「いや、違う」

容夏は嘲笑にうろたえる。

「家の醜聞だと言ったんだ、任明姫があいつと姦通したとはまだ言っていない」

「それはよかったですわ」

「よかっただと？　中から攻めることができないなら、外から攻める方法もある。行く先々で災難が降りかかってくるかもしれないのに、よかったとは……真実は、ポソンみたいにひっくり返して見せることはできないが、金や権力は示してみせるほど結果が伴うものだ。その真実の鉄の棒もさびついて折れる日が来たら、お前たちはいったいどんな顔をするかな。なぜ今まで、自分の手を下すことばかり考えていたのか。間接的に踏みにじり、砕き、粉々にすることもできるのに。なぜ笑う。子供みたいだと笑うのか。この女狐め。俺のことを、脅迫するけれど仮面を脱げば大したことのない男だと……」

容夏は歯ぎしりする。

「そういうおつもりなら、もう帰ってもいいですか」

「もう帰ってもいいかだと？　よくもぬけぬけとそんなことを。監禁はしないからあまり急がない方がいい。まだ明るいし、やるべき事も残っている」

明姫は背中を見せるようにして、窓の方に顔を向ける。ガラス窓の外ではモクレンが枝を伸ばしていた。花は既に腐ったリンゴのような色になってしおれ、葉が茂り始めていた。

(私は考えを失い、脚も首もみんな折れてしまった人形なのだろうか。現実とは思えない。誰かが私の指を一本折ってしまったとしても、痛みを感じそうにないし、血も流れそうにない。私は人間なのか。ずっとしゃべり続けているあの男も人間なのだろうか。昼食を持っていく農夫の妻、田んぼを耕す農夫、彼らより千倍も一万倍も不幸な私とあの男。なぜ腹が立たないのだろう。私は今、侮辱も感じない。見物人を超えて、もはや私は死体となってしまったのだろうか)

容夏との結婚について思う。ぐずぐずしているうちに決まってしまった。彼が貴族でも、資産家でも、教養のある紳士でもなかったら、果たして結婚していたかどうかは疑問だ。冷たい目と蒼白に見える知的な顔に、明姫の心が少し引かれたことは否定できないだろう。快適な所で穏やかに、自分をなだめすかしながら生きていけるだろうという確信が全くなかったわけでもないだろう。あの時の状況は花とは関係なく、あの青い空とも関係なく、音楽会のあの雰囲気と関係があったのかもしれないし、高級レストランの白くて糊の利いたテーブルクロスと関係があったかもしれない。ああと言いながら明姫は、自分自身が恥ずかしくて初めて唇をかむ。

「任明彬《ミョンビン》が瓦工場を始めるだと? 瓦工場を? 愛国、愛族、あの空虚な思想をかなぐり捨てるほど差し迫っているのか」

「……」

「考えに考え抜いて、滅びる方法を思いついたわけだな」

「あなたには関係ないでしょう」

顔をぱっと容夏の方に向けた。目が血走り、初めて明姫に激しいものが現れた。

「関係なくはない。俺の小指一本でそんな瓦工場なんか、ははははっ……かつては俺の下で働いていた人ではないか」

「吐き気がします」

「それに、まだ俺の義兄だ」

「どうしてそれほど厚顔無恥でいられるのですか。でなければ、ひどい健忘症ですか。あの時、兄の前で宣言した人はどこかへ行ってしまったのですか」

「今まで一番機転の利いた言葉だな」

皮肉ったが、容夏の表情はゆがんでいた。自分の口からあふれ出る侮辱的な言葉は棚に上げて、明姫の応酬が許せないのだ。

「幼稚なのも程度の問題です。あなたたちが見下している任訳官の娘に対してきまりわるいと感じるなら、その立派な家柄を忘れてはどうですか」

「卑しい者たちは、飼っている時は犬のように尻尾を振るが、ひとたび首輪が外されると、言葉遣いから対等にしようとする。だから、奴隷は奴隷、犬は犬、扱いはそれ以上でも以下でも駄目なんだ」

とかみつく。核心を突かれ、明姫の顔は真っ青になる。

「どちらが犬なのか、それは趙容夏一人が決める問題ではありません」

明姫は、徐々に、徐々に感情を高ぶらせ、勢いよく殴りつけるように言った。

「何だと！　この卑しい奴め！　ダイヤモンドにキツネの襟巻きを身に着けたからといって、善徳《ソンドク》女王*気取りか。卑しい女め！」

明姫はがばっと立ち上がった。言葉が喉に引っかかって出てこないのが歯がゆかった。反射的に容夏もばねのように立ち上がった。

「私の父と兄は大日本帝国の爵位など受けはしなかったけれど、女性に向かって悪態をつくのを私は一度も見たことがありません、趙容夏さん」

手首ではなかった。容夏は明姫の髪をつかんだ。そして、後ろにぐっとのけぞらせた。

「今日のことをよく覚えておくんだな！」

「離して！」

だが、容夏は明姫の髪をつかんだまま、居間の隣にある寝室のドアを足で蹴飛ばした。ベッドの上に明姫を投げ飛ばした容夏は、ドアのカギを掛け、仁王立ちした。

「ははははっ、はははは……」

何かに取りつかれたように笑う。勝利の笑いのようでもあった。この瞬間を、息を殺して待っていたようでもあった。しかし、自暴自棄の悲痛な響きも混じっているみたいだった。明姫はベッドから転がり落ちた。同時に容夏は突進した。床で二人の体が絡まり、凄まじい格闘が繰り広げられる。うめき、あえぐ声だけが聞こえ、二人はあらん限りの力を振り絞って攻撃し、防御する。容夏のあごを手のひらで押さえ、突き放そうとしていた明姫は、飛びかかるようにして容夏の顔に爪を立てる。

「あっ！」

容夏が衝撃を受けた隙に明姫はすり抜ける。だが、明姫より先に容夏がドアの前に立って行く道を塞いだ。目の下から口元まで三本の爪跡が残り、赤い血がにじみ出ていた。それは壊れた顔で、冷たく、恐ろしかった。悪魔の顔だった。正気を失い、喜悦に震えているようでもあった。再び彼は突進してきた。陵辱。自ら命を絶つ力さえ奪う陵辱だった。徹底的に無慈悲で、か弱い獣を仕留めるような、明らかにそれは肉体を通して魂を殺す行為だった。

(私は生きられない。到底、生きていく力がない。力が……)

明姫は身の毛がよだつような記憶に近づくまいと、足の向きを変えようともがくが、いくら足の向きを変えても元の場所のままで、真っ暗な奈落がすぐ隣で口を開いている。

(私には子供もいない。夫もいない。行く所もなく、するべきこともない!)

明姫の意識の中で容夏は、過去においても夫ではなかった。ずたずたに引き裂かれたぼろきれ、粉々に砕けて捨てたもの、明姫はこの肉体を引きずってどこへ行くべきなのか、行く所はなかった。明姫にとってはもう、懐かしさなど一粒の飴玉ほどの意味もなかった。容夏の元を去り実家に帰った時にはまだ、手のひらほどの小さな土地に種をまく覚悟と希望があった。振り返りたくない過去、忌まわしい状況から抜け出した安心感と解放感もあった。どこか田舎の学校に行って、石塀のある農家の一部屋を借りて暮らすことも夢見た。やっとつかんだ小さな夢はもう、壊れてしまってひとかけらも残っていない。化石とでも言うべきか。正気を失わなかったのが不思議なくらいだ。ずっと続いていた吐き気がしないのも不思議だ。

(行く所もやるべきこともない!)

三章　退役軍人

着物と羽織は高級な結城紬《ゆうきつむぎ》だった。黒い足袋に下駄をはき、緒方次郎は静かな住宅街の緩やかな坂道を上っていた。帽子をかぶっていないせいか、ひげを剃って髪を洗ったせいか、彼はとても若く見えた。三十一歳だからもちろん若いには違いない。春の風が吹く。花は散っていたが、オルガンの音が風に乗って聞こえてくる。どの家の鳥かごからか、美しいカナリアの鳴き声も時々聞こえてきた。

「いい世の中だ」

緒方は独りつぶやいた。

「いい世の中ですって？　あらまあ！」

洗練された洋装に断髪が躍動感を与える女と、現代的な和服姿で束髪に花飾りの付いた櫛を挿し、切れ長の目をした女。彼女たちは上流階級特有の言葉遣いで談笑しながら、緒方の脇を通り過ぎる。彼女たちの香りが鼻先をかすめて消え、軽やかな足音も遠ざかった。

「ほんとにかぐわしい世の中だな。ふふふふっ……」

春はただ明るいというだけでなく、民家の塀から飛び出した樹木の緑が鮮やかに萌え立つようだった。昨夜は音もなく雨が降った。風はきれいに洗った木綿の服の匂いがし、世の中はすべて自然と共にあり、杞憂や焦りはないみたいにのんびりしている。まるで祝福を受けているように美しい。飢えや貧しい身なりとも無関係のように思える。

抑圧と抵抗は植民地朝鮮にあるものだった。農民が借金の山の上でうめき声を上げているという話は時々、新聞で見かける。小作料の減免を求める農民と、小作権を剥奪しようとする地主が対立する闘いにおいて、地主は短銃、長銃を振り回し、警察を動員し、暴力団を投入しなければならない。農民は農民で木刀、竹槍、あるいは投石で対抗し、腹をすかせた子供たちは土のついた大根をかじる。差し押さえに行った税務署員は、米を作る農家に米はなく、鋤《すき》や鍬に差し押さえの紙を貼るわけにもいかずに困り果てる。しかし、そうした事情は、静かなこの住宅街とはまるで関係ないようだ。

都市の近郊は日ごとに騒がしく倒産の知らせが入ってくるが、「大変だ」と言って新聞を投げるように配ればそれまでだ。失業者が百万人だろうが二百万人だろうが活字として流れていくだけのもので、工場の煙突によじ登って喉がかれるほど要求事項を叫ぶ男が苦笑を誘う。廃業する店、倒産する銀行はかなり前からあったし、中小企業は次から次へと潰れ、大企業も揺らいでいるにもかかわらず、新宿と小田原を結ぶ鉄道は休む間もなく人々を箱根温泉へと乗せていく。喫茶店やバーは盛況で、エロとグロは社会全般に勢いよく広がり、その点においては先を行く国々も顔負けだ。

大衆誌は百万部、百五十万部を売り上げ、大衆作家は名声と金を得て絶大な影響力を持つようになった。文化の心臓部としての役割を果たすようになった文学は、軍の力が強まるにつれて大衆を掌握していったと言うと大げさだろうか。明治後期から大正前期までの日本の文学は目を見張るほどの水準に達し、それこそ百家争鳴、新鮮さと力強さをもって大衆の文学的意識を引き上げたのは事実だ。しかし最近、文学が弱体化し、大衆化したことでかえって多くの読者層を獲得したのには、安逸を求める人間の一面だけを対象にして出版が企業化され、大型化されたことに原因がある。植民地朝鮮でも、中学はもちろん普通学校を出ただけでも『金色夜叉』や『真珠夫人』などを愛読するというありさまで、剣と筆が共に肥大化し、植民地を抑え込むその力は強大だと言えるだろう。昔から、東西を問わず剣には剣にふさわしい文化が伴う。そもそも強者は、肉体を惨殺する剣と精神を惨殺する筆を同時に必要とするものだ。

一方、時流を追いかけて階級意識を少しずつ取り入れる作家や農村の指導者、あるいは労働運動の先鋒隊長は別として、思想の研修生みたいなプロレタリア文学の作家たちが大衆受けするものを書いたところで、内容は都市的で矮小で、甘ったるいものに浮かれ、飼い慣らされた大衆たちにそっぽを向かれているのも事実だ。当局の監視のせいもあって彼らは不遇で赤貧で、取るに足らない影響力しか持てないまま、しおれてしまったり、犠牲者になったりするのだ。

いずれにせよ、緒方が歩いていく住宅街の住民たちは、ちょうどいい気温と湿度を維持し、病虫害もなく快適に育っている植物のようであり、戦争や近代化のおかげで財閥にまで成り上がった層とは事情が違う。ほとんどは皇族や華族ではないものの、由緒ある家柄の子孫、高級官吏、著名な学者の家庭で、邸宅と言っていいほどの住居を維持しており、経済的に中流の上に属している。精神的には当然、上流だ。精神的貴族である彼らは、農民たちの闘争や都市労働者のストライキ、企業の倒産とは縁がなく、低俗な文化とも関係がない。

あきれたように苦笑いを浮かべ、教養人のたしなみを失うことなく、日本文学の頂点ともいえる森鴎外の真価を認め、シニシズムの作家、夏目漱石を読み、永井荷風の退廃美を別の次元で理解し、彼の反俗に敬意を表す。日本的なものや淡白で直線的なものを最も的確に描いた志賀直哉や芥川龍之介、有島武郎を愛している。そして、理想主義で民衆派詩人の高村光太郎、神秘的で衒学的な日夏耿之介《こうのすけ》、幻想的で病的で孤独な詩人、萩原朔太郎、貴族出身だが庶民的な詩風でこのうえない純粋さを歌った千家元麿。そんなユニークな詩人たちが詩を読み、コーヒーと紅茶を飲んで、音楽会や画廊に時々姿を現し、新劇も見て、ゴルフをする姿は欧米人のように洗練されている。

緒方は、まさにこの地域の階層に属していることを久しぶりに自覚する。同時にこの無風地帯の池から飛び出して、走り、熱くなり、もがき、疲労困憊《こんぱい》していたこの間の自分自身をしみじみと振り返る。だが、緒方は自分がこの地域に帰ってきたとは思わなかった。第三者が持つある種の冷酷さと、別れが持つ哀傷のようなものを感じていた。別れを告げるために今日ここを訪ねてきたわけではなかったが、この地域の運命のようなもののせいかもしれない。包囲されているという感覚のせいかもしれない。ごく少数に属するこの地域は、いつまで安穏だろうか。いつか、低俗な文化に侵食されて消えてしまうかもしれない。でなければ、太陽のない村の住民たちに侵食されて崩壊するだろうか。もしかすると彼らは、弱々しい野の花なのかもしれない。暴風が吹き荒れないことだけを願う平和愛好者たち。

日本も暗黒の戦国時代だけが続いてきたわけではない。平安朝や仏教を崇拝していた奈良時代の平和があった。良き時代に花開いた文化の伝統を受け継いだのも、多分この階層ではないだろうか。早くから国費、または私費で外国に出て、少なくとも外国の文物を持ち込んだ層もそうだし、底辺からはい上がって頂点に立てなかった急進的な理論家たちも大抵はここの出身だ。もっとも、昔から理論と行動は別物だった。立派な家柄で、東大を出た理論家のほとんどがそうであるように、水飲み百姓出身の大学教授はもちろん、大学生も珍しかったから、社会主義の理論は彼らの独占物になるしかなかった。最も縁の薄い所から芽が出るというのは皮肉なことだ。しかし、人間が集団を形成してから既に、易しい言葉で、単純な感覚で、そういう社会の不条理を論じてきたという事実を忘れてはならない。

緒方は足を止めた。白壁の塀を巡らせた、純日本風の建物の前だった。規模も相当だったが、それよりも年輪を感じさせる、暗い灰褐色の木造だった。松の木と手入れの行き届いたビャクシンが塀の上から緒方を見下ろしている。塀と塀の間の木造の門の向こうに玄関がある。百万石の大名の家臣で勤皇派だった祖父が暮らした家だ。今は、日清戦争、日露戦争に従軍し、功績も少なくなかった伯父が陸軍少将として退役した後、ここに住んでいる。緒方は、呼び鈴を押してから門を開けて中に入る。砂利が敷き詰められた通路を歩き、玄関の戸を開けた。下女のお藤が膝をついて出迎えた。

「ようこそ、いらっしゃいました」

「久しぶりだな」

「はい」

お藤はお辞儀をした。

「千恵ちゃんは？」

「茶の間にいらっしゃいます。朝からお待ちですよ」

お藤の後をついて廊下を歩きながら、

「お藤は嫁に行かないのか」

と緒方が聞いた。

「誰も私みたいな不細工をもらってはくれません。ここに置いてもらえるだけでもありがたいと思っています」

「感心だな」

部屋の前に来ると、お藤はまたひざまずいた。

「お嬢様」

と言うと、千恵子が答える。

「お兄様が来られたの？」

「はい、お嬢様」

「どうぞ入って下さい」

緒方は部屋の戸を開けて入った。

「千恵ちゃん、久しぶりだな」

「そうですね。ほんとにお久しぶりです」

従妹の千恵子は花を生ける手を止め、緒方を見上げて笑った。

「しばらく見ない間にきれいになったな」

緒方は座布団の上に座る。

「そんなお世辞は言わなくてもいいわ」

実際、明るい色味のツキミソウ柄の着物を着て髪を束ねた千恵子は、以前に比べてひときわ美しかった。あどけなさがなくなり、成熟したとも感じられた。緒方の伯父は前妻に先立たれていて、前妻との間には子供がなく、再婚後、四十近くになってやっと娘が一人できた。つまり千恵子は一人娘だ。女学校を出た後、家で花嫁修業をしていて、年は二十六。婚期は既に遅れていた。家の事情からいうと婿養子をもらう、いや、養子をもらうべきところだが、人を探すことはせず、時が来るのを、緒方次郎が養子に入るのを待っている状態だった。お世辞を言わなくてもいいという千恵子の言葉には怨みがこもっていた。生け花を終えて懐からハンカチを取り出し、手を拭いた千恵子は、

「お兄様、私たちが会うのは何年ぶりかしら」

「何年ぶりだなんて。そんな大げさな言い方は千恵ちゃんらしくないな」

「ものすごく久しぶりのような気がするから」

と言って千恵子はしょげ返る。その瞬間、緒方の顔は暗くなった。たばこをくわえて火をつける。

「伯母さんは？」

「ちょっと出かけたけど、じきに帰ってこられるでしょう」

「伯父さんは、なぜ僕に来るように言ったんだろうか」

「さあ……」

「二階にいらっしゃるのか」

「はい」

「お元気なのかい」

「ええ。元々、丈夫な方ですから。どうして？　怖いんですか？」

「ああ、怖いさ。日本刀を振り回されたらどうする？」

千恵子は声を上げて笑う。大蔵省の要職にあった緒方の父は、四歳上の兄をひどく怖がっていた。何年か前に亡くなってしまったが。

「子供の時に、叔父様の前に日本刀を突き出したお父様を見て、とても驚いたのを覚えていますか」

「もちろんだ。二人で道場に逃げたよな」

「私が七歳の時です」

「なぜあんなことをされたのか」

「さあ」

緒方の心を黒い雲がよぎった。なぜあんなことをしたのだろう。なかなか忘れられなかった。そのことがあってから兄弟は、十年近く顔を合わせず、両家の往来もなかった。たばこの火を消し、紅茶を飲む緒方をぼんやり見つめる千恵子もカップを手に取った。

「千恵ちゃん」

喉に異物が引っかかっているような声だった。

「はい」

「すまない」

「それは、どういう意味ですか」

「わからないのか」

千恵子は苦笑いを浮かべた。

「お兄様、私に謝ることはありません。その……少し違うかもしれないけど、私もお兄様と似た境遇です。両親の言うことに従うしかありません。それに……ええ、自尊心も少しは傷つきました。だけど、他人でもないお兄様だから仕方ありません」

千恵子は偽りなく、正直に話しているようだった。緒方はしげしげと千恵子を見つめる。真っすぐ伸びた草みたいに柔らかく、みずみずしく見えた。かつて、とても可愛がっていた従妹。

「じゃあ、千恵ちゃん、お前が積極的に、例えばお前が自ら選択する……」

「恋愛をしろとおっしゃるのですか」

「そ、そうだ。昔とは違って、結婚問題だけでなく女も自分の世界を持つ、そんな意味からもだ」

「そうすれば、お兄様が安心できるということですか」

「それぐらいお前に誠実だったらよかったが、僕は僕たちの問題をほとんど忘れて生きている」

「それはひど過ぎます」

「そうか？　ははは……ははっ、無風地帯でのわずかな葛藤なんて、ままごと遊びみたいなもんだ。心から苦しんでいる人はほんとに多い」

「貧しい人のことですか」

「もちろん、そうだが、それよりも踏みにじられる人が……」

「今までどこへ行ってらしたんですか」

「地方の新聞社を転々としていた。小さな島国なのに、見捨てられた地方があまりにも多い。そうやって見捨てた人たちに対して、なぜ要求ばかりするんだろうか。戦争になったら真っ先に、捨てられた人々をかき集めて、天皇陛下と国家のために命を捧げる栄光を与えると言うくせに。ほんとに恥知らずだ」

「では、私たちは罪人なのですか」

緒方は慌てる。

「こんな話はやめておこう。自分で考えることだ。僕はクリスチャンではないが、お前は罪人だ！　と自信を持って言える人がどれだけいるかわからない」

沈黙が流れた。しばらくして、千恵子が言う。

「お父様にお会いにならないと」

「もう少ししてから……」

緒方はたばこに火をつけ、少しいら立たし気に手を振った。

「千恵ちゃん」

「はい」

「恋をしたことはあるか」

「それは、ありますよ。二十六ですから」

「思春期から十年にもなるのに、聞いたのが馬鹿だった」

「どうしてそんなことを？」

「さあ。生きている気がしないからかもしれない。残忍で、卑しくて、強欲で、享楽的で、恋とか愛みたいなものがその中でどれほど重みのあるものなのか、全くわからない。僕自身も自分は何者なのか、適当な所であいまいに生きているのが恥ずかしい」

「だけど時には、愛が命まで投げ出させることもあります」

「日の丸を掲げて死んでいく兵士たちは皆、愛国心のためにそうしていると言うのか」

「個人の話です」

「個人？　新聞紙上をにぎわせている、あの心中のことか」

「言葉そのものは低俗ですが」

「内容も低俗だ。愛欲のためだとか言って、明敏な頭脳の持ち主がある日壁にぶち当たると、すべてが馬鹿らしく思えて怖くなり、罪のない女を道連れに死んでしまうんだ」

「すっかり変わりましたね、お兄様は。どうしてそんなに悪い方にばかりに考えるのですか。他人の真実を推測で語るものではありません。いくらそうだとしても、死ぬのはそんなに簡単なことではないでしょう？」

「お前の言うとおりだ」

緒方が大声を上げて笑う。

「お兄様ったら」

千恵子もつられて笑う。いつもそうだったが、緒方は千恵子に会うと、結婚問題があるにもかかわらず、気楽で楽しかった。むしろ、伯父夫婦に会うのが気まずく、なかなか足が向かなかった。仁実《インシル》に出会っていなければ、震災を機に朝鮮人学生と親交を結んでいなければ、緒方と千恵子は多分、結婚していただろう。本家に養子に入る人は一族の中で緒方次郎しかおらず、いとこ同士が結婚するのはよくあることだったからだ。しかし、緒方は仁実を忘れられず、千恵子との結婚を拒否しているのではなかった。もちろん、仁実を愛する気持ちに変わりはなく、時には、矢のごとく朝鮮に駆け付けたくなる衝動にかられた。恋しさというのは、本当に幸せで苦しいものだった。恋しさとは、成就することのない仁実との愛そのものだった。

だがそれが、緒方を不幸にしたのではない。仁実は一生結婚しないと誓った。緒方は結婚しないと誓いはしなかったが、代わりに彼は自分の一生がさすらいの旅になったことを意識した。火花と忍耐の女、仁実。熱さと肺腑を突くような、冷ややかに突きつけられる刃のような女。火花も忍耐も彼女の真実だ。仁実は偉大ではなく、緒方の進む道を照らしてくれる明かりでもなかった。むしろ、険しい道、苦しい道へと自分を追い立てる女かもしれない。骨を刺すような冷酷な風が吹く道へ、走り、跳びはね、身もだえする道へとだ。しかし緒方は、無風地帯の生ぬるい空気の中で過ごす船酔いみたいな人生の虚実を、仁実を通して知った。まさに、そのせいで、千恵子との結婚を拒否したのだ。決してこの無風地帯に根を下ろすことはできないという理由のために。それは千恵子のためでもあった。

「何か食べるものをお持ちしましょうか」

　千恵子が聞いた。

「いや、熱いお茶をもう一杯飲みたいな」

　千恵子はお藤を呼んで、お茶を入れてくるように言った。しばらくしてお藤が持ってきたお茶を飲みながら緒方が言う。

「朝鮮の人たちの言葉の中に、駅馬《ヨンマ》*のような厄運というのがある。猟師とか行商人とか、年中家にいられず、他郷や山中を歩き回らなければならない人の運命のことを指す言葉だ。どこにも根を下ろせない人、放浪者という意味でもあるが……僕は物乞いについて考えてみた。結局、貧しいから物乞いになるんだろうけど、寝食を保障される代わりに自由を抵当に入れなければならないとなると、彼らはどちらを選ぶだろうか。一見、寝食の保障が一番大事に思えるし、物乞いにとっても寝食の保障こそがずっと熱望してきたことだろう。だが、彼らは結局、自由を選んで放浪の人生を送る」

「いくら貧しくても、食べることがすべてではないという意味ですね」

「ああ、極端にいえば、千恵子が今暮らしていて、僕もその一員だったこの地域の人たちは捕らわれた状態だ。捕らわれた状態に飼い慣らされた人だ」

「それは、多少の違いはあるでしょうけど、人が生きていくうえでどうしようもないことではありませんか」

「そうだ。どうしようもないことだろう。だから、義務だとか権利だとかいう言葉が生まれる。だが、捕らわれている、飼い慣らされているとはなかなか思わないみたいで、むしろ、与えられた状態を守るために義務だとか権利だとか言ってるんじゃないかと思える。捕らわれている、飼い慣らされていることに気づく、つまり、朝鮮人たちが言う駅馬のような厄運が巡ってきたということじゃないだろうか」

千恵子の表情は深刻だった。

「お兄様がなぜそんなことを言うのか、わかりました」

「ああ、理解できなくても仕方ないが」

「理解できます」

「伯父さん、伯母さんにどう思われようと怖くも何ともないが……お前とは昔みたいにいとこの関係でいたい。今日、伯父さんは間違いなく、お前との結婚問題を持ち出すだろう」

千恵子はうなずいた。

「さあ、それでは」

緒方は立ち上がった。

「二階の書斎にいらっしゃるんだな」

「ええ。私と一緒に行きましょう」

「いや。僕一人で行く」

階段の踏み板は滑るほど磨かれていたが、古い家なので少しきしんだ。

「伯父さん、次郎です。入ってもよろしいですか」

「入れ」

落ち着いた声だ。障子戸を開けて入った部屋の中は南向きで明るかった。老眼鏡をかけた緒方健作は甥を見上げた。強烈な目つきだったが、見た目は学者タイプとでもいおうか。体は小さくて軍人らしくなく、とても繊細な印象を与える。緒方は伯父に挨拶をし、座布団の上に正座した。

「ご無沙汰してしまい、申し訳ありません」

伯父は何も言わなかった。緒方も沈黙する。二、三分ほど過ぎただろうか。伯父は読んでいた本をぱらぱらとめくる。

「この頃、アカに加担していると聞いたが、本当か」

「事実無根です」

「山本宣治について回っていたというのも事実無根か」

「山本先生の生前に、何度かお目にかかったことがあります」

「それでも、アカに加担していないと言うのか」

「山本先生はアカではありません。農村指導者です」

山本宣治は緒方の言うとおり農村指導者で、労農党代議員として第一回普通選挙に当選し、結核を患いながら当局と闘ってきた闘士だ。彼は昨春、右翼の青年たちに暗殺された。

「あんなアカに会うのには、理由や目的があるはずだ」

「尊敬しているから会ったのであり、新聞記者として会ったこともあります」

「お前が関わっていたあの新聞自体がアカの新聞じゃないか。それに、お前は急進的な思想を持った教授たちとも頻繁に接触しているとうわさになっている。馬鹿な奴らだ。国費で海外留学をして帰ってきたと思ったら、反国家的思想を学生の頭の中に押し込む恩知らずだ。国から高給をもらって教壇でそんなでたらめを教えるために、我々軍隊が血を流してきたのではないぞ。幾度もの戦争で得た勝利なくして、彼らは存在しない。腹と背中がくっつきそうな貧乏人たちは何も言わないのに、ぜいたくな暮らしをしている名家の息子が暴れ回って、あきれたものだ。若気の至りとはいえ、両親から譲り受けた財産を無駄に使う馬鹿者どもの肩を持つつもりはこれっぽっちもない。それに、国家の将来のためにも、そんな方向に走るのは間違っている。俺にも目と耳はある。見るべきものは見て、聞くべきことは聞いている。正義や平等を悪いという人がどこにいる。だが、言葉だけで済むことではない。満州、中国に勢力を伸ばせなければ、朝鮮を失えば、日本は自滅だ。厳然たる現実なのだ。

お前たちは、ネズミを一匹捕まえるためにかめを割るような愚挙を犯している。小さな島国が世界の強国の一つとして浮上したのは、偶然でも神の加護でもない。血を流して得たものだ。それなのに何を勝手なまねを！　反戦を叫ぶあの口に入る米が朝鮮から来たものであることを知らないと言うのか。現実はいつも残酷で厳しいものだ。俺も社会問題に全く関心がないわけではない。時代に従って、社会の変遷に従って、必要な改革は当然すべきだということぐらいはわかっている。しかし、急いだからといってうまくいくものでもないし、すぐには満足のいく成果も得られないだろう。漸進的にやれば副作用も少ないし、お前が朝鮮でつまらない事件にかかわっていた時、俺はお前のことを笑っていた。緒方家から初めて馬鹿が一人誕生したとな。腹を立てる価値すらなかった。中国共産党に加担したならまだしも。どうせ逆賊になるなら大物になれ。その程度の雑魚でいて恥ずかしいとは思わなかったのか」

緒方は歯向かおうと思わなかった。千恵子との結婚を決めるための前提ではないかと思えたからだ。

「ひとことで言って、間抜けだ。お前の父親もそうだった。あいつも間抜けだった」

一瞬、伯父の顔がゆがんだ。二十年前のことを思い出したのだ。緒方は注意深く彼の表情を見つめる。

(何があったんだろう。父を軍刀で切り付けようとした。それから十年近く勘当した理由は何だったのか)

父、隆は文官だったが、軍人だった兄より体格が良く、線の太い人だった。性格もそうだった。だから、人々は兄弟が反対ならよかったのにと言っていた。

「過ぎたことはすべて忘れよう。考えたところで仕方ない」

ため息交じりに言った。甥にというより、地下に眠る弟に向けた言葉のようだった。緒方は伯父から目をそらした。本棚には軍事関係の本がぎっしり詰まっている。祖父は、長男だからという理由で伯父を軍人にしたのだろう。陸軍少将なら、軍人として出世した方だ。彼は勇将よりも知将として自分の道を切り開いていったらしい。後悔しているのかしていないのか心中はわからないが、常識的なことを言う時も、なぜか伯父の顔には憂いのようなものがあった。

亡き妻との仲はどうだったのかはよく知らないけれど、十五、六歳も年の離れた後妻である千恵子の母との関係は、いつも冷ややかなものを感じさせた。千恵子の母の新子は、かなりの美人だった。緒方は伯父を嫌いではなかった。伯父は実のところ、軟弱で傷つきやすい性格を内に秘めていた。だから緒方は、伯父がさっきのように機関銃みたいにまくしたてる時は、大抵沈黙で応酬した。もしかするとそれは、自分自身に向けた意地みたいなものだったかもしれないし、千恵子との結婚問題も当然だと思っているくせに、甥に自分の気持ちを強く示すことはせずに、往々にしてあいまいな態度を取ってきた。

「それで、お前はこの先、風来坊のように生きていくつもりか」

「お恥ずかしい限りですが、まだ目標は定まっていません」

「情けない奴だ」

「今は、中国に行こうかと考えています。実現させたいですが」

「まさか、アヘンでも売って一獲千金を狙うつもりじゃないだろう」

腕組みをほどき、片手であごを触りながら上の空で言った。答える必要を感じないというように、緒方は口をつぐんだ。

「ごろつきみたいに上海の裏通りをさまよえば、人間の純粋さがどれだけ空しいものか、わかるはずだ。理性の力、ずる賢い妥協がなければ、皆アヘン中毒になるか、頭がおかしくなって死ぬかのどちらかだ。まさにそういうことのために軍隊が作られたと言ったところで、お前には到底信じられんだろうがな」

「いいえ、理解できます」

「理解できる……」

伯父は初めて冷笑を浮かべた。

「結局、その空しさのために軍隊が作られ、空しさを緊張に変える。そんな意味もあるのではないですか」

「俺は軍隊を神聖視してはいないが、だからといって、その犠牲を過小評価する気もない。個人も集団も、力が強いということは多少の野蛮性を伴うもので、俺が思うに、征服にも二つの形がある。利害関係は大同小異だが、強大国による征服には君臨と理想が伴い、また欲深くもなるものだ。しかし、我が国の場合、征服は生き残るための唯一の方法と見るべきだ。だから、動員できる武器は何でも利用し、ここまで来た。アリのように一糸乱れず、奪ったものを運び込んだのだ。この先、蜜を守るためにミツバチにならなければならないだろう。後退の可能性はなく、後退することもできない所まで来てしまった。我々は今まで、貧しいから戦ってきたのだ。悲劇は我々にもある。強大国を相手に、それこそ刻苦の月日だったと言えるだろう。これからその重みにどうやって耐えられるか……」

「もちろん、戦争には反対なさらないですよね」

「当然じゃないか」

気を引き締めるように、真っすぐ甥を凝視した。

「いつまでそんなことを続けるのです。地の果てまでですか。最後の一人になるまでですか」

「その限界が政治ではないか。理想やヒューマニズムなど、言うに及ばん！」

彼は広げていた本を、音を立てて閉じた。

「次郎」

「はい」

「単刀直入に言う。お前、千恵子と結婚して就職しろ」

「……」

「お前のしていることは青臭い。年内に結婚するんだ」

「千恵子には千恵子にふさわしい人がいるでしょうし、この家にもふさわしい人がいるはずです」

「それについては、俺も考えてみた。だが、血縁者がいない」

「千恵子が血縁者ではありませんか」

「ううむ」

健作はたばこをくわえて火をつけた。高く伸びた松の木の枝が、二階の窓ガラスの外に見えていた。空気の澄んだ室内に青いたばこの煙が広がる。

「松の木はいつ見ても美しい。飽きない」

たった今、重大な家の問題、千恵子との結婚問題を持ち出し、それを断られたというのに、健作は何事もなかったかのように、窓の外の松の木を眺めながら一人つぶやいた。

「松の木は東洋的で、非常に日本的な木だ。真っすぐ上に伸びるかと思えば、曲がって伸びたりもして、それこそ枝は千差万別だ。そうだろう？」

「日本的ではありますが、より朝鮮的な木ではないでしょうか」

緒方も何事もなかったかのように答えた。

「なぜだ？」

「これは感覚的なものですが、松の木は痩せた土地で曲がり、ねじれながら育つのではないかと思います。真っすぐ伸びた松の木より、曲がって伸びた松の木の方がはるかに趣があるのはそのせいとは言えないでしょうけれど、忍苦の姿とでも言いましょうか。真っ赤な大地に、あるいは岩壁の間でねじれて曲がって耐えている松の木、それはまさに植民地朝鮮の姿ではありませんか」

「なぜお前は朝鮮で生まれなかったんだろうな。おかしなことだ」

健作は軽蔑するように言った。

「忍苦の姿が美しいものなら、人間として不名誉に思う理由はありません」

「頭が悪いんだな。馬鹿な奴め。忍苦だと？　そんなに意識の高い民族なら、自分の国をなぜ奪われるのだ。希望のない人種だ。ねじれて曲がって、そんな松の木を放置しておいて生き残れるとでも思うのか。オンドルとか何とかいう野蛮なもののために、山の木を伐採して毎年洪水を起こし、自滅するしかない民だ」

感情的に罵倒する。

「偏見です。大した偏見です。日本が支配する前から朝鮮は、数千年の間自滅することなく、特有の文化を形成しながら存在してきました。それに、早くから木を燃料としてこなかった民族はありません。野蛮なオンドルとおっしゃいましたが、僕は日本の畳こそ野蛮だと思います。干し草の山で寝ていた習慣が、若干整えられただけではありませんか。あらゆるほこりを吸収してノミのわく畳は、一年に一、二度まくって日光に当てて、たたいてほこりを払わなければならないし、雨の降る日には膝がべたべたするほど湿気を含み、毎日ぞうきんがけをすれば腐ります。僕はオンドル部屋こそ最も清潔な居室だと思います。椅子やベッドのようなものも、毎日毎日ぞうきんがけできないではありませんか。たとえ、カバーやシーツを掛けても、中にはほこりがたまります。経験からわかるのですが、オンドルというのは、裸足で歩くと砂粒まで足の裏に感じます。鏡のように滑らかで硬いから冷たく見えるかもしれませんが、夏の間だけ気持ちのいい冷たさを感じるだけで、座れば暖かく、雨の日はむしろ快適です。彼らはすばらしい文化的な民族で、オンドルは暖房としては非常に優秀なもので、とやかく言う……」

「お前、そんなことを言ってもいいのか」

だが、緒方は続けた。

「優越感そのものが劣等感だと考えたことはありませんか。実際、日本がすべて良いわけでも、朝鮮がすべて悪いわけでもありません。反対に、朝鮮がすべて良いわけでも、日本がすべて悪いわけでもありません。一等国民だ、一等国民だと口先だけで実行が伴わないことからして、一等国民ではない証拠です。個人にも品位があるように、民族や国家にも品位がなくてはなりません。とても立派な紳士が、民族や国家に関しては道理に反することを言い、こじつけ、偏見を持ち、しまいには人殺しにまでなるのをどう説明するのですか。自分自身をわかっているというのは、自負心ではないのですか。自己の尊厳と優越感は明らかに違います。あまりにもひど過ぎる！　関東大震災の時、血に飢え、オオカミの群れのように朝鮮人虐殺に熱中し、暴れていた日本の民衆を覚えているはずです。民衆をそっちの方向に駆り立てた為政者たちの悪知恵を、僕ははっきり覚えています。それでも一等国民で、優越感を持たなければならないのですか」

「この反逆者め」

健作の声は力強くはなかった。かすかな葛藤のようなものがあった。

「結構です。天の法と日本の法は違うのですから、反逆者とおっしゃっても、軍刀で僕を切っても構いません」

健作の顔色がさっと変わった。緒方の表情も変化した。互いににらみ合う。緒方は耳が塞がってよく聞こえないような気がする。しばらくして、健作は腕組みをした。かすかに、唇をかむようにして笑う。

「お前、さっき中国に行くと言ったか」

「はい。そう言いました」

「中国ではなく、満州へ行け」

緒方の肩から力が抜けた。健作の答えだった。千恵子との結婚は白紙に戻そうということだ。

「夕飯を食べていくか」

「いいえ。姉の家に行かなければなりません」

緒方の姉、雪子の家は、ここからそう遠くない所にあった。

二階から階段を下りてくる時、緒方はまた耳が聞こえにくくなるのを感じた。なぜあんなに興奮したのだろう。心配になったのか、千恵子が階段の下でうろうろしていた。

「お兄様、大丈夫でしたか」

「ああ」

と言うと、緒方は千恵子がいじらしく、いとおしくて胸がじんとした。

「千恵ちゃん」

肩に両手を置いて、

「伯父さんは暴君ではない。軍刀にはさびがついている。千恵ちゃんも僕も運命に対して積極的でなくてはならない」

「わかったか」

千恵子は澄んだ瞳を大きく開いて緒方を見つめる。

うなずく。

「伯母さんはまだなのか」

「ええ、どうして遅いのかしら」

「じゃあ、僕は帰る。また会いに来るから。遠くに行っている時は手紙を書こう」

「私も、そうします。手紙を書きます」

「元気でな」

緒方は手を振って家を出た。そして、坂道を下ろうとしたまさにその時、向こうからうつむいて上がってくる伯母の姿が見えた。ほとんど目の前に来るまで、新子は緒方が立ち止まって待っていることに気づかなかったようだ。

「あらまあ」

「お元気でしたか」

緒方は笑いながら挨拶をする。

「まあまあ、次郎さん、久しぶりですね」

新子はとても喜んだ。ちょうど五十歳だろうか、服装のせいもあるが、年より若く見え、ぱっと目に付く美人だ。六十代半ばに差しかかった夫の健作も、年の割に若く見える方だったが。

「お目にかかってから帰ろうと、待っていたのですが」

「私も、次郎さんが来るって聞いて、急いで帰ってきたんです。なのに、もう帰るだなんて」

ものすごく丁寧というわけではなかったが、新子は甥に敬語を使った。上流社会では息子に敬語を使う母親も多い。

「姉の家に寄ろうと思って。しばらく行ってないものですから」

「夕飯も一緒に食べないで……」

残念そうな表情だったが、夫がなぜ緒方を呼んだのか、どんな話をしたのかは聞かなかった。明るい灰色の帯を締め、帯留めは鮮やかな赤のサンゴだった。指には二カラットほどのダイヤの指輪をはめていた。

家柄は劣るが、新子の家は元々金持ちだった。

「また来ます。その時は……」

「仕方ありませんね。必ず来て下さい」

四章　進歩的な母

久しぶりに緒方は、姉の雪子の家族と夕食を共にした。四人きょうだいの母である雪子は三十九歳だったが、五十歳の新子と同じぐらいに見えた。元々新子が若く見えるうえに、早婚で十九の時に最初の子を産んだ後、続けて出産した雪子は年齢より老けて見えた。そのうえ、内向的な性格で、家事と育児に専念し、外の世界とはほとんど断絶された状態で生きてきたので、着飾ったりすることに特に関心もなく、とにかく地味な印象だ。乳母と下女がいたが、全体的に家のことは雪子が切り盛りしてきた。長男の繁はいつも、母さんは博識だ、知らないことがないと言った。

その言葉は、雪子が読書家であることを証明している。会社の重役である夫の吉江は外出中で、長男の繁はまだ帰ってきておらず、食卓には下の子供三人と雪子、緒方の五人だった。

「繁は遅くまでどこをほっつき歩いているんですか」

緒方が聞いた。遅くまで出歩いていることを非難するために言ったのではなかった。彼は繁に会いたかったのだ。

「友達と遊んでいるみたいね」

「予科の二年生ですか」

「うん」

「義兄さんは緻密な性格だけど、あの子はちょっとそそっかしいでしょう」

「どちらかというとそうみたい。意外に敏感で繊細な所もあるけど」

「最近、難しいんじゃないですか」

「そうなのよ」

「義兄さんはうまくやっていくと思いますよ」

「そうでもないわ。これ、ちょっと食べてみて」

「何ですか」

「ハリハリって言ったかしら……」

「お母さん、カリカリじゃないの？」

末娘が言った。

「大根じゃないですか」

「実は酒の肴なんだけど、珍しいものだっていうから出してみたの。いただきものよ」

「たかだか大根が」

と言って食べてから、緒方は言う。

「うん、おいしいですね」

「地方から送ってきたとかで、町中で売ってるものじゃないらしいわ。ものすごく高いんだって。作っている産地でも」

「いくら高いっていったって、大根でしょう。でも、おいしいです。ほんとにおいしい」

「私も聞いた話だけど、これを作るのにはまず大根を選ぶんだけど、たくさんある中から何本かを選び抜くんだって。しょうゆに長く漬けて、みりんにまたしばらく漬けておいて、時間もかかるけど、ものすごく丹精込めて作っているみたいよ」

「姉さん」

「うん」

「これがまさに文化ですよね。そうでしょう？」

雪子は笑う。

「叔父さん、これが文化だなんて。食べ物なのに」

尋常小学校五年生の次男が言った。

「ラジオとか電話みたいなものでもないし」

「淳ちゃん、それは叔父さんの言うことが正しいわ。よくよく考えてみることね」

雪子は静かに言った。子供は首をかしげる。

食事が終わると、子供たちは、ごちそうさまでしたと言ってそれぞれの勉強部屋に散らばっていった。

緒方と雪子は、十二畳の部屋を改造した応接室に移った。

「コーヒーにしましょうか？」

「はい」

しばらくすると、下女がコーヒーを運んできた。息子は母のことを博識だと言ったが、雪子は元々、口数の少ない女だった。

「最近もお母様はぜんそくで苦しんでいるの？」

「そうみたいです。だいぶ年を取られました」

「一郎夫婦がよくしてくれるから、私は安心だわ」

「そうですね。義姉さんがいい人でよかった」

「そうね。ところで、伯父さんの家には……結婚のことでしょう？」

慎重に聞いた。

「まあ、そんなところです」

「千恵ちゃんが気に入らないの？　いい子なのに」

「いい子です。姉さんに似た所があって、僕はあの子が好きです」

「だったら……伯父さんのせいなの？」

「僕もなぜかわからないけど、伯父さんが気の毒で、何て言ったらいいか……」

雪子の表情が少し揺れた。

「とても寂しい人みたいです。人生に対する懐疑に満ちている、そんな感じでした。いくら退役したとはいえ、大日本帝国の陸軍少将だったのに」

「私も、伯父さんは軍人というよりも、そうね……学者とか芸術家気質だと……」

「繊細で弱い面をやすりで削って今日まで耐えてきた、そんな感じでした」

雪子は驚いたように弟を見つめる。

「結婚は強要しませんでした。口論はしました。互いによくわからない興奮に襲われてです。伯父さんは国に対する忠誠と日本第一主義を主張しているけれど、心の奥底にある懐疑を抑えつけようとするために、いっそう頑なになっているようです。反論する僕自身も、そうです。強い信念があったわけでもない。だから結局お互い様で、どっちも知識に汚染されて弱くなって……僕は若いから不安でもどかしいのです。でも、この状態は決して絶望的ではありません。僕は今、混乱に陥っています。自分は何者で、僕の実力は岩の下に転がっている一粒の種みたいなものだという意識に絶えず苦しめられるけれど、おかしなことに、また風に乗って飛べると思ったりするんです。落ちた所が肥沃な土地ではなく、荒れ地であれ砂漠であれ、僕は伯父さんみたいに知性を隠して生きたくはありません。兄さんみたいに、十年も同じ生活を繰り返したくもありません。どれだけ真実に近づけるか、文学や思想を通してではなく、体で知りたいのです。姉さんはわかってくれると思います」

「……」

「僕は頑固な伝統主義者も嫌いですが、似合わないドレスを着て踊るのも、画家だと言って裸体を描いて展覧会を開くのも見たくない。人間や民族が自分たちなりに生きてきた真実の表現が文化なら、真実のうわべだけしか見ずにじたばたしている伝統主義者も、はなからそれを捨てて人が使ってごみ箱に捨てたものを漁る反伝統主義者も、みんな嫌いです。西行と小林一茶を合わせたような精神が突き進んでいく世界を見たいのです。僕に言わせれば、真の苦行者はほとんどいない。僕を含めてみんな甘い。僕は甘いのでもしょっぱいのでもなく、強いものを目指したいんです。姉さんはわかってくれるはずです。僕が言えないこと、うまく表現できないことまで」

「あなたは子供の頃も変わった子だった。飼っていた子犬が死んで、三日三晩泣き続けたことがあった。私は、あなたは大きくなったら僧侶になるんじゃないかと思っていたけれど」

緒方はしばらくうなだれてから聞く。

「僕が千恵子と結婚できない理由はもう、説明しなくてもいいですよね？」

雪子はうなずいた。緒方は、だから僕は柳仁実《ユインシル》という朝鮮の女を愛しているとは言えない。たばこをくわえて火をつける。仁実のことを思う。苦しみだった。恋しさでもあった。火柱のように熱く、強い感情を抑制するあの女の忍苦の姿、朝鮮のねじれて曲がった松の木とは違う、何か別の仁実の姿だ。それは堂々としていた。びくともしない強固さだった。決して、ただ忍苦する姿ではなかった。明日に向かって羽ばたこうとする意志と希望と誇りに満ちた姿。緒方は一瞬、羨望のような、疑念のようなものを感じる。

「姉さん」

「何？」

「昔、伯父さんが父さんに軍刀を抜いて突き付けたことを覚えてますか」

雪子は顔色を変えた。

「なぜあんなことをしたのか、僕は今も事情を知らないけど、今日、ちょっと奇妙な感じを受けました」

「どんな？」

雪子は、息を殺すようにして弟を見つめる。

「僕がちょっとひどいことを言ったんです。大日本帝国に対する非難は、もしかすると大日本帝国の陸軍少将、緒方健作に対する非難でもあったでしょう。伯父さんは僕を反逆者だと言い、僕は天の法と日本の法は違うから、反逆者だと言われても軍刀で切り付けられてもいいと言ったら」

「何ですって？」

「伯父さんが表情を変えたんです」

「……」

「そんなにその言葉が衝撃だったんでしょうか。僕は、反射的に子供の時のそのことを思い出しました。耳鳴りがするようでした。まるで、横っ面を引っぱたかれたみたいに」

「……」

「姉さんは、伯父さんがなぜそんなことをしたのか、知っていますね」

「大人の問題なんか、知らないわ」

雪子は目を伏せた。

「だけど、姉さんはあの時、もう大きかった」

「兄弟げんかがこじれたんでしょう。もう過ぎたことなのに、無理に大事件に仕立てあげることはないんじゃないの。あなたも物好きね」

雪子の声は落ち着いていた。

「それはそうですが、ちょっと変だから」

と言うと、甥の繁が入ってきた。

「お、叔父さん」

図体が大きくなり、丈夫な木のようで、若き猛獣みたいに精悍な青年。二十一歳。髪は短かった。

「おい、これは見違えたな。学生じゃなくて、力士みたいだ」

繁は緒方の向かいに座りながら、頭をかいた。

「何か運動をしてるのか」

「柔道です」

「何段だ」

「まだ二段だけど……」

「大したもんだ」

「繁」

「はい、お母さん」

「夕飯は食べたの？」

「食べてきました。友達と」

「叔父さんがお前のことを、首を長くして待ってたのよ」

「僕も、どうしても叔父さんに会いたかったけど、どこにいるかわからなくて」

「どうしても会わなきゃならない理由でもあったのか？」

緒方は両膝の上にそろえた繁の拳を見ながら微笑む。

「世の中は広いようで狭いって、陳腐な言い回しだけど、会わせたい人がいるんです」

「……」

「僕の友達に朝鮮の奴が一人います」

「朝鮮の奴だなんて、口が悪い」

雪子がたしなめる。

「友達なんだから、別にいいじゃないですか」

緒方が言った。

「学校も同じだけど、親しくなったのは柔道のおかげで……」

「その人も柔道をしてるの？」

「はい、お母さん。僕と互角で力も強い。李舜徹《イスンチョル》って言います」

「李舜徹？　初めて聞く名前だが、なぜ僕に会わせたいんだ？」

「会わせたいのは舜徹の奴じゃありません」

「また。友達同士でそう呼ぶのは構わないけど、お母さんの前ではやめなさい」

「はい。その友達の友達です。朝鮮人です。崔還国《チェファングク》っていう」

「……」

「もっとわかりやすく言うと、叔父さんが巻き添えになって、朝鮮で検挙されたことがありましたよね？」

「それで？」

緒方は少し緊張気味に問い返した。

「あの時、満州から捕まえられてきた人、あの人の息子です」

「それは変だな。あの人の姓は金《キム》だが」

「仮名ということもあり得ます」

「まあ、そうだが」

「次郎さん、この子ったらこんなに向こう見ずで大丈夫かしら」

雪子は不安そうに聞いた。

「姉さん、それを僕に聞くんですか？　僕こそ向こう見ずなのに。はははは っ……」

「お母さん、心配しないで下さい。観音菩薩だから」

「観音菩薩？　それはどういう意味なの？」

「崔還国のことです。天下無比の美男で、日本の貴族たちも顔負けです。それに、飢えた虎に自分の体を差し出してやりそうなほど慈悲深いんです」

「大げさな」

「お母さん、少しも大げさではありません。僕は完全にほれてしまいました」

「その人のお父さんも男前だった」

「もちろん叔父さんは、彼のお父さんをよく知ってるんでしょう？」

「いいや。あの事件があるまで、見たことも聞いたこともない人だった。取り調べを受けた時に、少し目が合った程度だ」

「だったらどうして、同じ事件で検挙されたんですか」

「徐《ソ》という事件の首謀者だった人と関係があったんだ。だけど、姉さん、総督府の建物を爆破しようとしたとか、そんな事件ではないから心配しないで下さい」

「それは私も知ってるわ。秘密結社、秘密集会、それに、不穏文書。最近、日本ではよくあることだというぐらいは知ってる。問題は、あなたが朝鮮人と付き合っているということで……」

「姉さんも、伯父さんみたいな偏見を持っているのですか」

「そうじゃないけど、人がやらないことをしたら目立つでしょう。一歩間違えれば、密偵に見えるかもしれないし」

雪子は静かに、しかし、核心を突くように言った。

「それが偏見です。事実や真実だけを論じればいいのではありませんか」

「あなたはそう言うかもしれないけど、姉や母親の立場からしたら、客観的に見ないといけない」

「それはそのとおりです」

「私は……時流に乗る軽薄さを警戒するけれど、若い人や自分の子供に、真実から目をそむけろなんて言いたくはない。もちろん、積極的に勧めはしないけれど、視野を広げなければならないと思う。そういう意味において、当局や右翼団体は多少、神経質で感情的になってるみたいだけどね。指揮官と兵士だけで世の中が成り立ってるわけではないから」

「うちのお母さんは進歩的でしょう、叔父さん」

「進歩的というより、客観的だ。そうですよね、姉さん」

「からかわないでよ。静かに座って考える時間があれば、誰だってそのぐらいの意見は持ってるものじゃないの。子育ても経験してるし」

雪子はほほ笑んだ。そして立ち上がると、

「久しぶりに会ったんだから、思う存分話しなさい。何か飲み物でも持ってこさせる?」

「心配しないで下さい。必要ならお房に言いますから」

雪子がいなくなると、たばこをくわえて火をつけ、しばらく黙っていた緒方は、

「お前は朝鮮人をどう思う?」

と聞いた。

「どう思うって……ちょっと漠然とし過ぎです」

「彼らに対する感情とか、民族に対する評価とか」

繁は緒方の次の言葉を待たずに答える。

「それは全くありません。特定の人について言うならまだしも。ひとことで言うと、僕は朝鮮や朝鮮人について何も知らないんです。知っているとしたら、地図上の事実、日本の植民地ということだけです」

「白紙状態だと言うんだな。それもそうだろう」

繁は、今さらながら考えてみたかのように言う。

「そうです、白紙。何の先入観もなく朝鮮人二人と偶然知り合った。ごく自然にです。白人みたいな違和感もないし、日本語も上手だし」

「抵抗を感じなかったということのようだが、相手はそうではなかっただろう。お前を友達として、一人の個人として好きでも嫌いでも、彼らの胸の中には日本人に対するわだかまりがある。僕は、いやというほどそれを経験した。抗議もし、理解することを望みもしたが、民族意識、民族的怨恨は堅固だった」

「全員がそうでしょうか。もしそうなら、なぜ国が崩壊したんだろう」

ぼそりと言った。

「もちろん、全員がそうではない。だが、朝鮮が崩壊したのは裏切り者がいたせいではない。物量だ。力に負けたのだ」

「つまり、朝鮮人全員の意識が堅固ではないと言うのですか」

「民族を裏切った人は、誰とも本当の友達にはなれない」

「叔父さんは民族を否定したではありませんか」

「どうしようもない愚問だな。人間の総体は人類だ。民族は部分だ。人間の悲劇は人類の悲劇であり、民族の悲劇は人類の悲劇だ。個人であれ民族であれ、生存を阻害し、圧迫するものは罪悪で、根本的に不条理だ。こんなことを言う僕は理想主義者だと人々はあざ笑うが、身勝手な利己主義が正しいなんて言えないだろう。愛国、民族を掲げさえすれば犯罪も解消されるというごまかしには納得できない。それに僕は、民族を否定してはいない。弱肉強食の民族主義を否定しただけだ」

「だけど、現実はいつも強者で、理想は敗北者です。現実は数字ですが、理想はいつも煙でした」

「何を言う。お前はまだ若いのにそんなことを言うのか。それに、図式的な思考は大いに警戒しなければならない。一に一を足せば二だ。もちろんそのとおりだ。だが、いくら引いても、いくら足しても、命のことに対する答えは出ない。人間の尊厳もそうだ。人間の命と尊厳は本質的で、侵害したり抑圧したりする権利は誰にもない。唯物論を目の敵にする日本の保守派たちこそ、実は徹底した唯物論者ではないか。神道も皇道も皆、見かけ倒しだ」

「……」

「愛国心や国粋主義は、出発点は美しく道徳的だ。だが、それが強くなればなるほど、醜悪になり、非道徳的になるということを肝に銘じておくべきだ。奪った者も失った者も、怨み、憎むのは当然で、民族主義は悲壮な美しさとして受け入れられるが、斧を持って強奪した者の愛国心や民族主義は一種のごまかしや合理化に過ぎず、真実とは関係がない。よく国家間、民族間には人間性が存在しないと言われる。その言葉は、国家や民族を背負って犯した盗みや殺人は、犯罪ではないということにも通じる。だから、人々は顔のない下手人になり、動物的な狂乱にも羞恥心や罪の意識を感じなくなる。群衆は強力だが、群衆の中の個人は無責任で自堕落だ。権力がそれを操ると、権力は人間の否定的な面や凶暴な属性を食指が動く所で解放させ、仕留めた水牛の肉を一切れ投げ与えて国粋主義の、愛国、愛族のオオカミを作るのだ。博愛主義だの平等だのといった数多くのスローガンは、一週間に一度ずつ掛け変えられる映画の看板みたいなものさ。実際、僕たちは朝鮮に同情する前に僕たち自身に同情し、弱者に暴力を振るう自由だけが許容される現実を直視しなければならない」

「叔父さんの言うことはすべて正しい。だけど、僕たちは生存を放棄できません。僕も軍国主義には反対です」

繁は国粋主義、民族主義の代わりに軍国主義と言った。

緒方の顔がゆがみ、そして、寂しく笑った。

「途方もない問題です。徐々に考えていきます。ぶつかりながら。今、僕が知るべきこと、学ばなければならないことは山ほどあるから」

「だが、知識はあまり役に立たないだろう。実は僕も絶望しているが、限界を知るにはまだ若過ぎる。さっき、伯父さんに会ってきた。もちろんこれから起きる戦争は日本の侵略戦争だが、伯父さんは軍人だから、反戦論者には絶対なれない。それで僕が、その戦争をいつまで続けるのですか、地の果てまでですか、最後の一人になるまでですかと聞いたら、伯父さんはこう答えた。その限界が政治ではないか、理想やヒューマニズムなど言うに及ばない、そう言ったんだ」

五章　愛は創造の力

消えていく夜明けの星のように、かすかに聞こえてくる声だった。遠い、遠い所から、夏の夜に鳴き立てるカエルの声のようでもあった。水色と藍色、灰色と黒が行き交う未明、数百、数千もの梅のつぼみ。だがそれは、数百、数千の民衆であり、空間を、暗闇を裂くホタルだった。

「あー」

明姫《ミョンヒ》は何でもいいから叫びたかった。しかし、口は縫い付けたように開かず、体を動かそうとしたが鉛のように重い。泥沼の中に、果てしなくはまっていった。

「うー」

体を揺らした。巨大な岩を持ち上げるように両腕に力を込めた。だがそれは、ほんの少し動いただけだった。

「ちょっと若奥さん、しっかりしなさい」

「そろそろ気が付きそうだ。心臓の鼓動がだんだん大きくなってきた」

「ああ、体が少し動いてるから、大丈夫みたいですよ」

明姫は目を開けた。男と女の顔がぼんやり見えた。

「生き返った！　気が付きましたか」

女の唇は分厚くて大きかった。真っ黒な顔だ。にっこり笑う。歯は白くて、並びがきれいだ。明姫は起き上がろうとする。

「横になってて下さい。何か食べないと。おかゆを作ってきますから」

女は竹格子の戸を開け、急いで部屋から出ていく。

「ここはどこですか」

一瞬、明姫は、小説や映画によく出てくる言葉を口にしている自分がおかしくて、かすかな笑みを口元に浮かべる。

「俺の家です」

男が言った。彼もまた顔が真っ黒で、目だけがきらきら輝いていた。

「私はどうして、ここにいるのですか」

明姫は、ああ、また映画みたいな台詞を言っていると思いながら、垂木があらわになった天井に視線を向けた。

「全く覚えていないんですか」

「ええ……多分、あなたが私を助けて下さったんでしょうね」

「話はおいおいするとして、とにかく体を治しましょう」

明姫はうなずいた。そして、目を閉じる。全く覚えていないわけではなかった。もちろん、この男が私を助けてくれたんだなと思ったが、思い出すのに少し時間がかかっただけだ。昨夜……それなら、今は昼なのか夜なのか。遠くから鶏の羽ばたく音が聞こえてくる。明け方のようだ。明姫は目を開けた。向かいの壁にランプの明かりがあるのに初めて気づく。昨夜十二時を過ぎていただろうか。防波堤の端から身を投げた瞬間まではっきりと覚えている。塩辛い海の匂いと湿っぽい海風も、感覚の中によみがえる。夜は、漆黒の闇だった。天気は荒々しく、暗闇は底知れぬ海よりもっと陰気で、残虐な運命の怪物のようだった。

明姫は、運命を信じてはいなかったが、夜でも昼でもない、ひょっとすると時間もない所に放り出されたのが自分の運命なのだと考えてみた。いっそ激しい憎しみでもあればよかったのに、ただ生きていたくなかった。それも痛みではなく、時々めまいのようなものに襲われるだけだ。かすかな希望は夜空の星ではなかった。むしろ、海の方できらめくいさり火に希望のようなものがわずかに揺れている、そう思った瞬間、明姫は投身自殺を図った。義姉には麗水《ヨス》にいる吉麗玉《キルヨオク》に会いに行くと言って家を出てきた。自殺を心に決めていたわけではなかった。計画もしていなかった。実際、明姫はこれといった目的や理由もなく、麗玉に会おうと釜山《プサン》行きの汽車に乗ったのだ。

「どうぞゆっくり横になっていて下さい」

男は後ずさるように部屋を出た。人の命を助けたのに得意げな様子はなく、むしろ当惑しているようだった。目を閉じたまま明姫は、切実にありがたいとも恨めしいとも思うことなく、なぜか、何の煩わしさもない穏やかさを感じる。他人の世話になることに対して神経質なまでに負担を感じていた明姫が、それをどこかに置いてきたかのように。

ソウルから釜山に到着した明姫は一晩旅館に泊まり、翌朝、麗水行きの汽船に乗った。なぜ麗玉に会いに行くのか、相変わらず漠然としていたが、自殺など具体的に考えてはいなかった。船は波をかき分け、汽笛を鳴らしながら影島《ヨンド》を抜けたが、明姫は船室に入らず、甲板の欄干にもたれて立っていた。波の高い加徳島《カドクト》沖の激しい揺れに備えて大部分の客は船室に入り、何人かだけが明姫のように甲板に残って海を眺めていた。言葉や動きの荒っぽい船員たちが忙しそうに行き来するのが見える。

「あの金持ちの家の息子が、あそこの防波堤から身を投げて心中したそうだ」

白い帽子をかぶった中年の紳士が言った。

「その話は俺も聞いた。あそこから飛び込んだら一発だ。助けようもなかっただろう」

連れと思われる、たばこを吸っていた太った男が言った。長い防波堤だった。白い波が激しくぶつかっていた。

「あんなふうに死ぬとわかっていたら、女給だろうが飲み屋の女だろうが、一緒にさせてやればよかったのに。まあ、後悔しても遅いが」

「正気を失ってたんだな。死なずに逃げればよかったのに。死ぬ気があればできないことはない」

「逃げたのを連れ戻したって話も聞いた。若いもんときたらまったく、近頃はそういうご時世らしい。天国で結ばれる愛と言ったかかな、そんなのがはやっているそうだ」

「死体は見つかったのか」

「見つかるには見つかったが、二人ともとても見ていられないほどひどかったらしい」

「あの家もおしまいだな。一人息子があんなことになって」

「おしまいなのは世の中だ。昔とは違う。親が子供をなだめていた時代は終わった。親は子供に負けろ、そうすれば後腐れないいってな。ははは……」

「中に入って、船室で焼酎でも飲もう」

「そうしよう」

二人の男は明姫を横目で見ながら船室の方に消えた。船は大きく揺れ始めた。それでも明姫は船室に入らなかった。欄干にしっかりつかまっていないと体を支えるのが難しいほど船は揺れ、めまいもしたが、めまいがするのはいつものことだった。明姫はいつも、めまいのような、吐き気のようなものを感じながら過ごしてきた。船に乗ったせいで吐き気がしても、今さらどうということもない。薄いブラウスがじっとりぬれるほど湿気と塩分を含んだ風は、明姫の髪の毛を乱しながらしきりに吹き付けた。船首にぶつかる波のように、うんざりするほど何度も何度も吹き付ける。

島影一つない水平線がはるか遠くに見える。そのはるかな水平線に向かって進んでいた関釜連絡船。明姫が朝鮮から日本に、日本から朝鮮に行き来していた頃からいつの間にか十年以上が過ぎていた。明姫は、船の後ろの方に押しやられてちり紙のように散らばり、子供のように泣きながら飛んでいくカモメを見つめる。ふと目の前が暗くなり、カモメの鋭いくちばしで胸を突かれるような気がした。あのカモメが捕まえてのみ込んだ魚の味や、遠くに浮かんだ帆掛け船に注ぐ日差しは一瞬のものなのに、本当にそれは生なのだろうか。生が一瞬のものなら、人生に何の意味があるのか。意味などなくてもいい。いっそ、ない方がいいかもしれない。なのにどうして月日は、おりのように心にたまっていくのか。

汽船は大海原を抜け、島々が点在する多島海に入った。竜の胴体のようにくねくねしていた波は鱗のように小さくなり、汽船の揺れもずいぶん収まった。客が船室から甲板に出てきて、周りが騒がしくなった。明姫はようやく欄干から離れ、船尾の方に移動する。そこではみすぼらしい男がたばこをくわえ、飛び散る白い波しぶきをぼんやり眺めていたが、人の気配を感じたのか、ちらりと振り向く。目は小さく、四十を超えていると思われる男だった。服装からは、労働者にも行商人にも見えた。明姫は訳もなく慌てる。男の目つきが、服装とは全く違って大胆に見えたからかもしれない。それだけでなく、相手を突き放すように冷淡で深い考えが隠されているようなその目には見覚えがあった。だがそれは一瞬だった。男はその場を譲るように、甲板の方へそっと消えた。

十二時を過ぎた頃、麗水行きの汽船は統営《トンヨン》に寄港した。活気にあふれた船員たちの叫び声と、到着を知らせる汽笛の音、そして、下船する人、乗船する人、独特の方言の行商人、荷物を運ぶ人、駅とは全く違う生活の現場で釜山の埠頭とも違う雰囲気だ。新鮮な海の匂い、埠頭の端に並べてつないだ小舟、帆船、斜めに積まれた波除《なみよけ》にはアオノリが生えていて、驚いたカニが岩の隙間に隠れる。ぴちぴちはねる魚みたいな港だ。明姫は無意識にかばんを持って下船し、通い船に乗る人たちの列に押し出されていった。

「これは麗水行きじゃないですか」

切符を回収していた青年が明姫を見つめた。

「ええ、あの」

「まあ、構いませんよ。お客さんが損するだけですから」

明姫は通りに出た。本当に不思議だった。船の騒がしさと活気が嘘のように、通りはまるで昼寝をしているように静かだった。行き交う人たちでさえ、影のようだった。時々、自転車や荷車も通り過ぎたが、ゆっくり歩いている人がほとんどだった。旅館はすぐに見つかった。旅館の人たちは明姫の美貌に緊張するほど驚いた。自分で縫ったブラウスを適当に着て、髪はきゅっと結んで巻き上げ、化粧はおろか、最近はクリームも塗っていない顔はかさかさしていたが、生まれ持った美貌と知的な気品は隠しようがなかった。明姫は顔を洗う水をもらい、塩っぽい海風にさらされた顔を洗う。

「お客さん、うちの旅館は朝と夜の二食だけお出ししてるんですが、お昼はどうしますか」

おかみが聞いてきた。

「お昼は結構です。それより、どこか見物する所はありますか」

「見物にいらしたんですか」

「いいえ、麗水へ行くのにちょっと立ち寄ったんです」

「言葉からすると、ソウルからいらしたみたいですね」

おかみは、明姫をまじまじ見ようと言葉を切ったらしい。従業員たちも口を大きく開けたまま、明姫を見つめて立っていた。

「そうですね、見物する所なら明井里《ミョンジョンリ》に統営忠烈祠《チュンニョルサ》＊がありますし、洗兵館《セビョングァン》＊は学校になっています。南望山《ナムマンサン》に行けば、海が見えて景色がいいですよ。それから、あそこに見える閑山島《ハンサンド》は、少し船に乗らないと行けないけど、鶴がものすごくたくさん集まってきてなかなかの見物です。でも、何といっても統営ではパンデ窟《クル》＊が一番です。よそからそれを見ようと大勢来るんですよ」

「パンデ窟？」

「はい、海の底にトンネルがあるんです。海の底に」

小間使いの少年が、うれしそうに大きな声で言った。明姫は旅館の部屋にかばんを置き、財布とハンカチだけを持って出た。旅館の女主人が説明してくれたとおりに道路に出た明姫は、真っすぐ歩いていく。その海の底にあるトンネルを見に来たかのように、目的地があって幸いだとでもいうように、一生懸命脇目もふらず、初夏の日差しに顔をさらしたまま、明姫は歩く。海の底にあるというトンネルには関心も何もなかったが、目的地という理由だけで明姫は意欲を示した。海辺には引っ張り上げた船があり、漁師たちは網を手入れしながら歌を歌っていた。へそを出した子供たちは、針金にシャコを刺して走っていく。女たちは、干潟で貝を掘っていた。日差しも紺青の海もまぶしい。白い帆掛け船と白いカモメは清らかで美しい。

（ここだわ）

遠くからでも、口を大きく開けたようなトンネルの入り口が見える。そして、トンネルの両側には飲食店のようなものが何軒かあった。明姫は坂道になったトンネルに入った。ひんやりとする冷気が顔を打つ。

ひたすら下っていくと日差しは完全に遮断され、電灯がかすかに辺りを照らす。トンネル内はコンクリートで覆われ、辺りに鳴り響く音は明姫の足音だけだった。足音は壁にぶつかって遠くへ行き、また壁にぶつかって返ってくる。天国でも地獄でもなかった。極楽でないのはなおさらだった。ただ、ひたすらあの世みたいだった。あの世！　明姫は多少キリスト教を学んでいたけれど、海底トンネルの中はあの世という言葉でしか表せないように思われた。

　トンネルを抜け出ると、世の中は日差しにあふれているというより、まぶしいほどに白く、それも透明なカラムシ*の布に囲まれているような印象を受けた。明姫はその場で足を止めた。目的地を失ったのだ。新しい目的地を探さねばならない。トンネルの前では老婆が一人、ゆでたジャガイモを売っていた。日差しに溶けた飴がいくつか、木製の盆の上にあった。明日この世に別れを告げ、あの世に旅立つかもしれない白髪の老婆。明姫は引き返して突堤のある海辺の道に沿って歩き始める。統営の港は見えなかったが、港に入る船は見えた。明姫の足取りはのろのろしている。防波堤の下の海は、海というより水路で、海の向こう側を行き来する人々をはっきり見ることができた。向こう側にはいくつか家があったが、こちら側は家がないどころか、無人だった。向こう側は、山の中腹まで麦畑だった。肥おけを背負った農夫が杖を突きながら坂道をつらそうに上っていく姿、洋傘を差した女と包みを持った男が並んで海辺の道を歩いていくのも見えた。

「ここにも防波堤があるわ」

　明姫は大きな発見でもしたようにひるみ、立ち止まる。釜山の港のあの長い防波堤に比べれば何十分の一にもならない。防波堤というより干潮の時に船を待機させておく所みたいで、岸から約三十メートル先の所まで築かれた突堤だった。突堤には、満潮の時に引かれた目盛りがあった。だから、短いとはいえ、三十メートル先の海の深さは満潮の時には相当なものになるのだろうと、明姫は考える。なぜそんなことを考えるのか、ほとんど無意識だった。麗水の方に向かう水路を帆船が行き過ぎ、エンジン音と拍子を合わせるように煙を吐きながらポンポン船が行き過ぎる。そうしてまた、海は静かになった。明姫は、船をつなぐロープが結ばれた所に長い間腰かけてぼんやりしていたが、遠くの峠道から人が下りてくるのを見て立ち上がった。

この日の夜、つまり昨夜、明姫は旅館を抜け出し、再びその突堤を訪れた。あの世への道のような、海の底のトンネルを過ぎて突堤にたどり着いた時は、午前零時近かった。目的もなく、理由もなかった彼女の旅路のように、そして錯覚のように、明姫は波の音を聞きながら海に飛び込んだ。

（あの男の人が私を助けてくれなかったら、私は今頃、海の中で……魚のえさになっていただろう。ここにこうして横たわっている私と、海の中で肉を突かれている私は何が違うのか。命があるかないかの違いだろう。命は、だったら命は、肉体さえあれば命なのか。突堤にへばりついたアオノリも命は命だ。私には創造の能力もない。人間の命が命であるためには、創造の能力がなければならないのではないか。創造の能力……）

明姫は創造の能力という言葉にとてつもない意味があることに気づく。それは、狭義でいう芸術に関して使われる言葉ではなかった。明姫にとってそれは、宇宙からアリまですべてのものに関わる言葉だった。

宇宙から微小なものまですべてが創造の一員であることに気づいたのだ。その気づきは、希望よりずっと大きい絶望がどんなものであるか、その姿をはっきりと明姫の前にさらけ出した。

（私は何をしただろう。一株の白菜をきれいに洗い、家族のために喜んでキムチを漬けて、命がみずみずしい木のように伸びていくように……そんなふう生きたことが一度でもあっただろうか。冬の北風に指先がしびれないように、手袋を一組編んであげたことがあっただろうか。喜んで、あるいは喜ばせるために、つらい思いをしながら仕事をしたことがあっただろうか。怠けはしなかったが、私は喜んで仕事をしたことも、つらい思いをしながら仕事をしたこともない。猫も子供を産んで育て、鶏も卵を胸に抱いて命を育み、あらん限りの力で、すべてを捧げて……私には愛情がないのね。あると思っていたのは錯覚で、誤解だった。創造の能力がないということは、愛情がないということなんだわ。私に愛情を抱かせて下さい。欲望でも構いません。執着でも構いませんから与えて下さい。主よ）

「あらあら、生木を燃やしておかゆを炊いたらすっかり遅くなってしまって」

女が、おかゆを載せた安物の食膳を持って入ってきた。

「あの、若奥さん……何と呼べばいいのかな。田舎者だからよくわからなくて。とにかく、おかゆを少し食べて、元気を出して下さい」

明姫は起き上がる。

「ありがとうございます」

「とんでもない。困った時はお互い様です。さあ、ひと口食べて」

明姫は食膳の前に座る。さじでおかゆをすくう。舌先でおかゆの味を感じた。おかしなことだった。

「どうしてそんなに手が白くてきれいなんですか。白雪みたいな絹織物みたいな、きれいな手」

「可哀想な手なんです。あなたにはわからないでしょうけど」

「なんでそんなことを言うんです」

明姫は笑う。

「手だけじゃありません。あたしは、若奥さんみたいな人を見たのは生まれて初めてです。一日しか生きられなくても、そんなふうにきれいに生まれていたら、思い残すことはありませんよ」

女は、羨ましいだけでなく、つらさまで感じたようだ。明姫はおかゆを半分ほど食べて、食膳から離れる。

「もっと食べたらどうですか」

「たくさんいただきました」

「学もあるみたいだし、お金持ちの家の人のようだけど、何であんなまねをしたんですか。あたしたちみたいな人間だって必死に生きてるのに、ほんとに不思議なことです。どんな事情があるのかわかりませんけど」

「特に事情はありません。ただ、やるべき仕事のない人間、農夫が汗を流して育てた米を無駄に食べてるだけです」

明姫は自分でも驚くほど抵抗なく、気兼ねもせずに言った。

「結婚してるみたいだけど……」

「……」

「子供はいないんですか」

女は返事がないので結婚していると断定し、子供のことを聞いたのだろう。

「いません」

「あら、子供を産めないのはあたしだけだと思ってたのに、可哀想な人がここにもいるんですね。わかります。あたしたちみたいな貧しい者は、子供のことより食べていくのに精一杯だから余計なことを考える暇もないけど、米俵を積んで暮らしている人はそうはいかないだろうに。子供が欲しくて苦しむのは当然です。それで、旦那様は妾を置こうとしたんですね。だから、死のうとしたんですか」

「そういうことではないんです」

「仲のいい夫婦なら、つらいでしょうね。だけど、あたしだったら、それだけ美人でお金の心配なく暮らしていけるなら、妾が十人いても気にしないけど」

明姫は仕方なく笑う。

「人の命は、人の力ではどうにもなりません。昨日の夜だって、うちの人は、煮干しを作りに作業小屋へ行ってたんですが、無性に家に帰りたくなったらしいんです。そう遠くはないんですけど、服でも着替えようと思って舟に乗って帰ってくる途中で若奥さんが……」

若奥さんと呼ばれる年は過ぎていたが、女の目には美しく映り、ほかに適当な呼び方がなかったようだ。

「うちの人は人を一人助けたって、ずいぶんご機嫌です。これからは、気をしっかり持って、悪い考えはすっかり捨ててしまうことです。昔から、死んであの世に行くより生きている方がましだって言うじゃありませんか。あたしたちみたいな人間でも生きているのに。うちにないのは子供だけじゃありません。食糧の備えは一升もないし、年中魚が捕れるわけじゃないし、煮干しの市もたまにしかありません。干潟で貝を掘って売ったり、手間仕事もしたり」

「ゆっくり休まないといけないのに、何をべちゃくちゃしゃべってるんだ」

部屋の外から男の声が聞こえてきた。

「わ、わかりましたよ」

女は慌てて食膳を手に立ち上がった。

「あたしったら、余計なことを言ってしまって」

部屋の戸を開けて外に出た女が言う。

「あらいやだ、もう夜が明けちまったね。あたしは、天から下りてきた仙女みたいな顔を見ていたかったんですよ」

「女ってのは、これだからいやなんだ。人が死ぬの生きるのって時に、どういうつもりなんだか……」

「男はもっとそうですよ。きれいな人を見たら、一度どころか二度も見て」

「ごちゃごちゃ言ってないで、部屋でちょっと横になれ」

外で夫婦が話していた。

「あんたはどうするんですか」

「何をだ」

「煮干しを作りに行かないと」

「今、行こうと思ってたところだ。どうだ？　もうあんなまねはしそうにないか？」

声を低くして聞く。

「もう大丈夫そうだけど、人の気持ちはわかりませんからね。一見、あんなことをした人とは思えないくらい平然としてます」

男は出かけるようだった。

半日過ぎた頃、明姫は、しわくちゃで半乾きの服に火のしをかけて着た。

「もうあんなまねはしませんから、心配しないで下さい。私は死にません」

「ええ、そうでないとね。それより、もう起き上がって大丈夫なんですか」

「けがもしてないですし、大丈夫です」

「おかゆしか食べてないのに……」

明姫は腕時計を外した。何と言おうかためらってから、

「記念に受け取っていただけますか」

と言った。女は驚いて手を横に振った。

「い、いいえ。うちにはこんなもの、持ってたって仕方ありません」

女は頑として受け取ろうとしなかったが、明姫は板の間の端に時計を置き、逃げるようにして人里離れたあばら屋を、垣根もない家を出た。そして、旅館に立ち寄って支払いを済ませ、かばんを持って埠頭に向かった。麗水に到着したのは日が暮れる頃で、海の上を西日に照らされたカモメの群れが物寂しげに乱舞していた。麗水の市内からだいぶ離れた町はずれにある麗玉の住まいを聞いて訪ねていくと、辺りはすっかり暗くなっていた。

「明姫！　どうしてここに？」

麗玉は驚いた。横には女が一人いた。

「座って。ほんとに驚いたわ」

明姫は見知らぬ女のことは特に気にしなかった。

「ここに来るのがどれだけ大変だったか。あやうく溺れ死ぬところだったわ」

そう言う明姫の態度が以前と違って気さくなので、麗玉は戸惑った。

「ああ、わかった。あんた、解放されたのね。そうでしょう」

その言葉に明姫は声を上げて笑う。

「この子ったら、笑い方まで変わって。ポクスンの母ちゃん」

「はい」

「私の友達です。それからこちらは、ご近所の方」

女は、ありふれた挨拶の言葉を口にしなかった。目だけで挨拶をして、麗玉を訪ねてきた客のために席を立つ考えは全くないようだ。

「伝道師様、一つ困ったことがあるんです」

「困ったことですか?」

「牧師様が、今度の誕生日に信者をたくさん家に招待するって話、お聞きになったでしょう?」

「聞いてませんけど」

「あたしは、てっきりご存じだと思ってたんですが、奥様があたしに食事の準備をしろっておっしゃるんです」

「それは、ポクスンの母ちゃんが、料理が上手だからでしょう」

「料理の腕なら、シルの母ちゃんの方が上ですよ。去年はシルの母ちゃんが指名されたのに、困ったことになりました」

「そういうこともあるんじゃないですか。シルの母ちゃんに何か事情があるんでしょう」

「そうじゃなくて、奥様が呼ばなかったんです」

「どうしてですか」

「それが……シルの母ちゃんにも気まずいけど、あたしが、あの神経質な奥様の気に入るようにやり遂げられるかどうか心配で。伝道師様、ちょっと助けて下さいな」

「ああ、とんでもない。男みたいに出歩いている私が台所に入ったところで、器を割るだけだわ。畑に行って草取りしろって言われたらいくらでもやるけど。去年もやったんだったら、シルの母ちゃんを呼んで一緒にやったらどうですか」

「奥様に黙って、そんなことはできません。シルの母ちゃんを呼ばないためにあたしに言いつけたのに。奥様もちょっと心が狭いけど、シルの母ちゃんもよくない所があるんです。料理がうまいから誕生日や還暦に何度も呼ばれてたけど、最近はのけ者にされていて」

「どうしてかしら」

「子供をみんな連れてくるんです。犬まで連れてきて、遠慮なく食べさせるんですよ。おいしい物ばかり選んで。止めても無駄です。癖になってしまって、自分でもどうしようもないみたいです。誰かが言ってました。バッタの群れが押し寄せたみたいだって」

「見た目はおとなしそうなのに」

女の表情からして、こき下ろすために言っているのではなさそうだった。

「明姫、あんた夕飯は食べたの？」

「食べてきたわ」

女はなかなか立ち上がらなかった。あれこれ話をしながら一時間ほどぐずぐずしたかと思うと、ようやく帰った。女が帰るとすぐに明姫が言う。

「あたし、おなかがすいて倒れそう。冷やご飯でもあったら、早く食べさせて」

「だったら、さっきはどうして食べてきたって言ったの？」

「あまりにも露骨にあの人を追い出すみたいで」

麗玉が答える。

「急いでご飯を炊いてくるから、ちょっと我慢してちょうだい。あんた、人に甘えるのをどこで習ったの？　学生の時だって、そんなじゃなかったのに」

「海の中で習ったみたい」

麗玉は急いでご飯を炊いてきた。明姫は夕飯をおいしそうに食べた。麗玉は明姫の変化が信じられないみたいで、戸惑いながら聞いた。

「あんた、離婚したの？」

「うん」

「簡単なのね」

「今思えば、簡単なことだったみたい」

「困惑してるのね。あんた、どうしちゃったの？　百八十度変わったんじゃない？」

「私が今日望むのは、夢を見ないでぐっすり眠ることよ」

「どういう意味？」

「何カ月も夢にうなされてたのよ」

「どんな夢？　ひどい夢なの？」

「吐き気のする、汚らわしい夢よ。毎晩、汚らわしい夢を見るの。そうすると、一日中吐き気を感じるのよ」

「何か原因があるのね」

「あるわ。離婚は簡単だったけど、汚らわしい夢、吐き気から抜け出すのは簡単じゃなかった。私はぼろきれよ。汚物にまみれた豚なのよ。私は霊魂を信じることができない」

「何があったのか話して。あんた、とんでもないことを経験したみたいね。あたしと同じぐらいひどい目に遭ったの？」

明姫は隠すことなく趙容夏《チョヨンハ》に拉致され、別荘で起きたことを話した。何の感情の起伏もなく、落ち着いた声で話した。麗玉の顔色が変わった。事実もおぞましかったが、その事実をただ淡々と話す明姫に驚くばかりだった。

「悪魔ね」

「けだものよ」

明姫は低い声で笑った。任《イム》明姫は昔から、強い個性はなかったけれど、けがれなく清らかな容姿は神からの祝福のようで、結婚後もその容姿だけは変わりなかった。

「うーん……それなら、あんたは一人前の人間になったのね」

と言いながらも麗玉は、明姫の吐き気が自分にうつってくるのを感じる。

「もう一つあるの」

「まだあるの！」

麗玉は跳ね上がるように驚き、恐怖の色まで顔に浮かべる。

「それはめまいよ。吐き気とはちょっと違う。一日中くらくらするの。何一つ創造する能力がない、それは愛がないってことにもなるわよね。私、前に自殺に似たことをしたことがあった。結婚前、教師をしてた頃よ。私は、ある男を愛していると思ってたけど、その人は私に無関心だった。雨の降る日、いいえ、帰りに雨が降ったんだったわ。曇りの日に私は、その男の下宿を訪ねていった。そして、昨日の夜には、統営の海に飛び込んで、漁師に助けられた」

「何ですって？　あんた何言ってるの？」

「麗玉、私、正気よ。自殺しようとしたのは事実だけど。男の下宿を訪ねていったのは自殺行為だった。死ぬほど愛していたからじゃないわ。愛していたでしょう。愛していたに違いない。だけど、死ぬほどではなかった。死ぬほど愛していたなら、私はどうにかしていたはず。でも何もできなかった。教師もやって、結婚生活もして、だけどそれは、実感がなくてただめまいがしているみたいだった。私、実はこうして話しながらも、今の自分をはっきり感じることができないし、過去も未来もよくわからない。一つはっきりしているのは、創造の能力がない、愛がない、愛がなければ何も創造できないってことよ。意識してもしなくても、生活それ自体は創造でなくてはならない。かつて、私がその男を訪ねていったのは、もしかすると、私には生きる可能性があるのかを確かめるために一度死んでみようと思ったからなんだと思う。趙容夏との結婚は……そう、あなたは私を誤解してた。私自身が自分を誤解してたから無理もないけど。そうよ、そのとおり。私は中途半端な状態でもそのレールの上を走れるだろうと思ってた」

明姫の目は、はっきりしていた。

「めまいを感じながら、どうせお飾りなんだから、愛がなくても生活を創造していかなくても、くらくらするのは私の持病だからって……」

麗玉は膝をついて祈っていた。

「私は漠然と家を出た。自殺する考えもなかったし、あなたにこんな話をしようとも思わなかった。でも、考えてみたら昨日の夜、私は体を清めたのかもしれないわ。どうして今そんなことを思うのかっていうと、明け方、私を救ってくれた漁師の奥さんがおかゆを炊いてくれたんだけど、その味が今も舌先に残っているみたいなの。おいしかった。気分がすがすがしくなるような味だったわ。それに、釜山から統営まで来る間にめまいを感じなかった。それはどういう意味かっていうと、今さら船酔いする必要がなかったってことよ。くらくらするのはいつものことだったから。だけど、統営から麗水に来る間、船酔いしたのよ。まだあるわ。さっき、あんたは一人前の人間になったって言ったでしょ。そうかもしれない。隠すことも何もないっていうのは、ほんとにすっきりするものね。どこへでも行けて、誰とでも話ができて、何でもできる気がするわ」

麗玉と明姫は夜通し話をした。明姫が話をしながら自分自身を理解していくのと同様に、麗玉は話を聞きながら明姫の変化を理解していった。

「あんたは、閉じ込められていた壁を突き破った。もうあんたは自由よ」

明姫の目は輝いていた。

「そうよ、自由よ！」

「話を聞きながら考えてたんだけど、あんたがここであたしと一緒に仕事をしてくれたらって思う。だけど、あんたは晋州《チンジュ》に行きなさい」

「うん、考えてるところ」

「崔家《チェ》に行って頼んでごらん。今なら、あんたは落ち着いて助けを請うことができると思う。晋州の女学校に就職して、まずあんた自身の居場所を作るの」

「そろそろ疲れてきたわ」

「そうね。あんたは今、大きな山を乗り越えたのよ。ゆっくり寝なさい」

麗玉は布団を敷いた。

「あたしは敷布団をかぶって床で寝るから、あんたは掛け布団を二つ折りにして寝なさい。そうだ、座布団を枕にするといい」

明姫と麗玉は横になったが、いざそうすると、二人とも寝付けなかった。

「明姫、あんたは醜悪なことを経験してきたから自分自身を克服できたけど、あたしはまだ憎しみを克服できていない。一度、彼らが暮らす所を訪ねていって、棒でも振り回してやろうかしら」

冗談だったが、麗玉は、自分よりも明姫の方が先に閉じ込められた所から飛び出してきたことがどう考えても不思議で、羨ましいとさえ感じた。

「さあ、もうほんとに寝るわよ。明日の朝ご飯は、麦飯と大根の若菜のキムチでおいしく食べよう」

「うん、寝ましょう」

二人ともしばらく眠っているふりをしていたが、麗玉が先に口を開いた。

「ねえ、あたしたちほんとに三十半ばの女なの？」

「少なくとも男ではない」

けらけら笑う。

「最近あったことなんだけどね。ああ、これじゃあいつまで経っても寝られない。明日、草取りの途中で眠くなったら、木陰でひと眠りすればいいか」

「どんな話なの？」

「人生はあちこちに散らばっているけど、ほんとにそうよ、あちこちに散らばっている。ちょっと前に、ここからだいぶ離れた山奥まで教会仲間のお見舞いに行った帰りに、白髪のお婆さんが一人、畑で草刈りをしてたの。あたし、物乞い以外であんなみすぼらしい格好のお年寄りは初めて見たわ。汚れているわけじゃないけど、あちこち穴だらけですっかり肌がのぞいて見えてた。その日は初夏で、蒸し風呂みたいに暑かった。雨が降る前だったみたい。あたしは、お婆さん、暑いですねって言ったの。そしたらお婆さんが、風があるから暑くないって言うのね。実際は風なんか全然ないのに。それで、若い人はいないんですか。お年寄りが草刈りをしてって聞いたの。そしたら、可愛い息子が一人いるけど、足が不自由になって仕事ができないって言うじゃない。あたしは大変ですねって返したんだけど、その言葉が自分の耳にも空々しく響いてね。そしたら、お婆さんが、千石の長者は千の心配、一万石の長者は一万の心配があるけど、あたしには一つの心配しかないから苦労を楽しみに生きてるって。しかもそれが、口先だけじゃないの。汗が流れるお婆さんの顔が穏やかに見えてね。その一つの心配って何ですかって聞いたら、足の悪い息子だって言って。涙があふれそうになって大変だった。それで、昨日行ってトウガラシ畑の草を刈ってあげたんだけど、まだ全部終わってなくて。明日行って終わらせてこないとね」

「私はそういうことに疎いわ」

「あんたは田舎に来たことないじゃない。当然よ。明日、あたしについてこないでね」

「ついていかないわよ。鎌の持ち方も知らないんだから」

「あんたのためじゃないわよ。お婆さんが気まずい思いをしたり、馬鹿にされたと思わないように言ってるの」

「昨日、統営の部屋も居心地よくなかった。だけど、初めてだからどうしていいかわからなくて困ったわ」

「それがどうかしたの？　農村の指導者になるつもり？　あたしみたいに伝道師になるわけでもないんだし、あんたはあんたの道を行けばいい。とにかく今はただ、神様に感謝したい気分よ」

「ありがとう」

「もう夢は見ないはずよ」

（十四巻に続く）

訳注

第四部　第一篇

＊序

【儒者《ソンビ》】学識はあるが官職についていない人。

【燕山君《ヨンサングン》】朝鮮王朝の第十代国王。朝鮮王朝史上、例のない暴君とされる。

【間島《カンド》】現在の中国・吉林省延辺朝鮮族自治州に当たる地域。「墾島《カンド》」などとも書かれる。

【東拓】一九〇八年に設立された、朝鮮における植民地経営のための半官半民の国策会社・東洋拓殖株式会社の略称。日本人農民の朝鮮移住を促進し、土地の買収、収奪、地主的農業経営をしたほか、鉄道、鉱山など広範囲にわたる事業によって朝鮮経済を支配した。また満州、南洋などにも進出した。日本の敗戦によって一九四五年に解体された時は、朝鮮最大の地主だった。

【三綱五倫】儒教道徳の基本となる三つの綱領（君臣、父子、夫婦の道）と守るべき五つの道（君臣の義、父子の親、夫婦の別、長幼の序、朋友の信）。

【網巾《マンゴン》】髪が乱れないように額に巻く、網状で幅広の鉢巻きのようなもの。馬の尻尾の毛で作る。

【金巾《かなきん》】細い木綿糸で織った、目の細かい薄い布。

＊一章

【タンクズボン】膝部分がゆったりしていて裾がすぼまった作業用ズボン。

【白丁《ペクチョン》】牛、豚を解体し、食肉処理や皮革加工などをする人々。朝鮮時代は賤民階級に属し、苛烈な差別の対象だった。

【両班《ヤンバン》】高麗《コリョ》および朝鮮王朝時代の文官と武官の総称であるが、後には特に文官の身分とそれを輩出した階級を指すようになった。両班の特権は、法律上は一八九四年に廃止された。

【ソウル】一九一〇年の韓国併合以後、首都の名は「漢城《ハンソン》府」から「京城《キョンソン》（日本語読みは「けいじょう」）府」と改められるが、一般的には首都という意味の「ソウル」という呼称もずっと使われた。

【三・一《サミル》運動】一九一九（大正八）年三月一日から約三ヵ月間にわたって朝鮮各地で発生した抗日・独立運動で、民衆が太極旗を振りながら「独立万歳」を叫んでデモ行進をした。朝鮮のキリスト教、仏教、東学の流れをくむ天道教の指導者ら三十三人の民族代表が計画し、独立宣言書を発表した。デモはソウルで始まり朝鮮全土に波及したが、日本軍の過酷な弾圧によって多数の死者、負傷者を出して終わった。三・一独立運動、万歳《マンセ》運動とも呼ばれる。当時の日本では「万歳騒擾《そうじょう》事件」などと報じられた。

【斧を持っている者は針を持っている者にかなわない】自分の能力を過信し、相手を見くびると痛い目に遭う。

【都執《トジブ》】東学（次項参照）の下部組織である包《ポ》に置かれた六つの役職のうちの一つ。

【東学】一八六〇年に崔済愚《チェジェウ》が創始した新興宗教で、民間信仰、儒教、仏教、道教などの要素を採り入れている。西学と呼ばれたカトリックに対抗する意味で東学と名づけられた。東学の信者（東学教徒）の団体は、東学党と呼ばれた。

【元山《ウォンサン》】咸鏡南道《ハムギョンナムド》の南に位置する市。

【光州《クァンジュ》学生事件】一九二九年十一月三日、光州の通学列車内で朝鮮人女学生をからかった日本人中学生と朝鮮人男子学生が衝突した際、警察が朝鮮人学生だけを検挙したことに憤った学生たちが起こした反日運動。デモや同盟休校は全国に拡大し、数カ月続いた。

【土亭秘訣《トジョンビギョル》】朝鮮中期の学者、李之菡《イジハム》（一五一七～一五七八）が書いた一種の占い本。陰陽説に基づいて、一年の吉凶禍福を占う。

【関釜連絡船】一九〇五年から第二次世界大戦の終戦直前まで、山口県の下関と朝鮮の釜山《プサン》の間を就航していた船。日露戦争後、日本の朝鮮半島支配と中国進出のために開設され、多くの貨物や旅客を運んだ。

＊二章

【祭祀《チェサ》】先祖を祭る法事のような儀式。

【広大《クァンデ》】人形劇や仮面劇などの芝居や綱渡り、軽業などをする芸人。

【五百年生きよう】江原道《カンウォンド》民謡をもとに作られた『ハン五百年』という歌のリフレイン「ああそうだよ　そうですとも　五百年生きようというのに　何をそんなに急いだの」の一部。男に先立たれた女の心情を歌っている。ハンは「約」五百年という意味にも解釈できるが、「恨」という字を当てる場合も多い。

【三千甲子東方朔】長生きした人の例え。三千甲子は、六十年ごとに巡ってくる甲子年が三千回あるという意味で、十八万年を指す。東方朔は中国・前漢時代の文人。三千年に一度しかならない桃を食べて長生きしたとされている。

【恨《ハン》】 無念な思い、もどかしく悲しい気持ちなどが心にわだかまっている状態。

【智異山《チリサン》】 全羅道《チョルラド》と慶尚南道《キョンサン》にまたがる連山。西姫《ソヒ》たちの故郷である平沙里《ピョンサリ》に程近い所に位置する。

＊三章

【ムーダン】 民間信仰の神霊に仕え、吉凶を占ったり、クッ（神に供え物をし、歌や踊りを通して祈る儀式）を執り行ったりする巫女。

【舎廊《サラン》】 舎廊房《サランバン》は主人の居室兼応接間を指す。大きな家には独立した建物（舎廊棟《サランチェ》）が設けられた。

【斧折樺《おのおれかんば》】 カバノキ科の落葉高木。斧が折れるほど硬いことからこう呼ばれている。

【火田民】 山間部などで焼き畑農業を行う農民。

【心火病《シムファビョン》】 不平、怒り、悩みなどのため高熱が出る病気。

【千字文】 中国で六世紀に作られた漢字習得のための初級教科書。四文字でできた句が二百五十収録されており、書道の手本にもなった。日本でも奈良時代には既に導入されていたと考えられる。

＊四章

【秋夕《チュソク》】 陰暦八月十五日。新米の餅や果物を供えて先祖の祭祀を行い、墓参りなどをする伝統的な祝日。

【参判家《チャムパン》】 過去に参判を務めた先祖がいる家であることを表す。参判は朝鮮時代の高級官吏の役職名。

【常民《サンミン》】 両班階級よりも低い身分に属する平民階級。

【高普】 高等普通学校。朝鮮人を対象にした学校で、普通学校を終えた後に進む中等教育機関。一九三八年に高等普通学校は中学校に改められた。

【牛黄《ごおう》】 牛の胆のうにできる結石。不老長寿の薬として古くから珍重されてきた。

【中人《チュンイン》】 両班と常民の間に位置する階級。

【洪吉童《ホンギルトン》】 朝鮮時代のハングル小説『洪吉童伝』の主人公。大臣の息子として生まれたものの、母が正妻ではないために幼い時から冷遇されて育った。不公正な社会に憤慨した洪吉童は、道術を身につけて神出鬼没の義賊となり、悪い役人や地主から奪った財産を貧しい人々に分け与える。その後、新天地を求めて海の向こうの栗島国《ユルドグク》に渡り、身分差別のない理想郷をつくり上げた。

【四溟堂《サミョンダン》】 朝鮮中期の高僧、惟政《ユジョン》（一五四四～一六一〇）のこと。四溟大師、松雲《ソンウン》大師とも呼ばれた。壬辰倭乱《イムジンウェラン》（文禄・慶長の役）で義僧兵を指揮して日本軍と戦い、また加藤清正や徳川家康と会って講和交渉を行った。

【**郡守**】地方行政区画の一つである郡の首長。

【**李舜臣《イスンシン》**】一五四五〜一五九八。朝鮮時代の武官。一五九二年、壬辰倭乱の時に朝鮮水軍を率い、自ら改良した亀甲船で戦って日本水軍を撃破した。

【**明堂《ミョンダン》**】風水で墓地として最適とされる場所。

【**龍井《ヨンジョン》**】現在の中国・吉林省龍井市。豆満江《トゥマンガン》（中国名は図們江《ともんこう》。白頭山《ペクトゥサン》〈中国名：長白山〉に源を発し、現在の中国東北部、ロシア沿海地方との国境地帯を流れる大河。長さ五二一キロメートル）を挟んで朝鮮と接し、多くの朝鮮人が流入していた。

【**府使《プサ》家**】府使は大都護府の長官と都護府の長官の総称。府使家は、過去に府使を輩出した家。

＊五章

【**五広大《オグァンデ》**】慶尚南道で陰暦の正月十五日に行われる仮面劇。

【**ヨム**】死者の身を清め、寿衣（死に装束）を着せた後、全身を布で包んで縛る儀式。

【**大鵬《たいほう》**】一日に九万里もの距離を飛べるという想像上の鳥。

【**鳥打令《セタリョン》**】全羅道でパンソリ（日本の浪曲のように一人で話したり歌ったりしながら物語を伝える伝統芸能）歌手によって歌われた民謡。

【**煙秋《ヨンチュ》**】沿海州地域最大の朝鮮人村で、抗日運動の拠点として知られた。三巻訳者解説参照。

＊六章

【**醒進会《ソンジンフェ》**】一九二六年十一月三日、全羅南道の光州高等普通学校に通っていた学生が組織した抗日秘密結社。光州学生事件が起きるとデモを主導し、大勢が逮捕された。

【**新幹会《シンガンフェ》**】一九二七年に、社会主義と民族主義の両陣営が連帯して結成された朝鮮の民族統一戦線。元山《ウォンサン》のストライキ（11巻訳者解説参照）や光州学生事件支援活動の過程で多数の幹部が検挙された。

【**南江《ナムガン》**】慶尚南道咸陽郡《ハミャングン》西上面《ソサンミョン》から、山清《サンチョン》、宜寧《ウィリョン》などを経て洛《ナク》東江《トンガン》に流れ込む川。下流には晋州《チンジュ》平野などが広がっている。

【**蟾津江《ソムジンガン》**】平沙里、河東《ハドン》を流れる川の名。全羅北道《プクト》の八公山《パルゴンサン》に源を発し、慶尚南道と全羅南道の境界を流れて海に注ぐ。

【**ソクパジ**】パジ〈民族服のズボン〉やチマの下にはく、ゆったりとしたズボンのような下着。

＊七章

【喪輿《サンヨ》】 遺体を載せて墓まで運ぶ輿《こし》。
【書房《ソバン》】 官職のない男性を呼ぶ時に、姓の後につける敬称。
【火のし】 金属製の器具に炭火を入れ、布のしわを伸ばすアイロンのような道具。
【参領《チャムニョン》】 正領《チョンニョン》、副領《プリョン》に次ぐ大韓帝国時代の将校階級の一つ。大隊長級。

＊八章

【訳官】 高麗時代と朝鮮時代に通訳や翻訳などに携わった役職で、両班と常民の中間に当たる中人が務めた。
【麻浦《マポ》】 現在のソウル市麻浦区桃花洞《トファドン》一帯。
【百結《ペッキョル》先生】 新羅《シルラ》時代のコムンゴ（琴の一種）の名人。芸術に専念したため貧しく、隣家の餅米をひく臼の音を羨んだ妻のために、臼の音を真似た曲を作って聞かせ、悲しみを慰めた。
【大豆を植えた所には大豆が生え、小豆を植えた所には小豆が生える】 物事は原因によって結果が生じる。

＊九章

【腕は内側に曲がる】 人は自然に、近しい者の味方をするようになる。
【三国遺事《サムグクユサ》】 高麗の高僧、一然《イリョン》（一二〇六～一二八九）が書いた古代朝鮮の歴史書。全五巻。新羅、百済、高句麗の遺聞が九編に分けてまとめられている。

＊十章

【松毛虫は落ち葉を食べると死ぬ】 身の丈に合わないことをすると痛い目に遭う。
【やっていたことも、むしろを敷いてやるとやらなくなる】 自ら進んでやっていたことも、強要されたり、改めてやれと言われるとやる気を失う。
【参奉《チャムボン》】 朝鮮時代に各宮家や役所に属していた従九品（最下級）の官職。
【訓長《フンジャン》】 書堂《ソダン》で初歩的な漢文を教える先生。
【則天去私】 夏目漱石が晩年にたどり着いた文学・人生観で、小さな私事にとらわれず、自らを天にゆだねて生きていくこと。
【半回装《パンフェジャン》チョゴリ】 袖先や襟を紫または藍色の布で飾った女性

用チョゴリ。

【笠《カツ》】馬のたてがみや尾で作った帽子のようなもので、成人男性がかぶる。

【ヨンマルム】わらをへの字形に編んだもので、屋根や土塀の上部を覆う。

【献花歌《ホンファガ》】新羅の第三十三代聖徳王《ソンドク》の時に、ある老人が作ったと言われる歌。江陵郡《カンヌン》の長官に任命された純貞公《スンジョンゴン》が赴任先に向かう途中、高い岩山の上に咲く美しいツツジを見た妻の水路《スロ》は、従者に採ってくるよう命じた。従者がとても不可能だと答えたのを偶然通りかかった老人が聞き、代わりにツツジを手折り、さらには歌を作って捧げたというエピソードが『三国遺事』に収録されている。

＊十一章

【花煎《ファジョン》】餅米などの粉をこねて平たくし、ツツジなどの花びらを載せて油で焼いた菓子。

【ヘジャンクク】酒を飲んだ翌朝に食べる辛いスープ。

【別堂《ピョルタン》】母屋の横または裏に造られた別棟。

【スズメは米つき小屋を素通りできない】好きなものや楽しいこと、興味のあることを目の前にしてそのまま通り過ぎることはできない。

＊十二章

【校理《キョリ》】正五品、または、従五品に当たる朝鮮時代の文官。

【府尹《プユン》】朝鮮時代の地方行政区画である府の首長で、従二品の文官。植民地時代には現在の市長に当たる職位を意味した。

【湯気の立たないお湯の方が熱い】やたらと大げさに言う人より、沈黙を守っている人の方がかえって怖い。

【大庁《テチョン》】小さな農家などの庶民住宅の場合、板の間《マル》は部屋の前に造られた生活空間だが、比較的大きな屋敷の中央にある広い板の間は大庁とも呼ばれ、部屋と部屋をつなぐ廊下のような役割を果たすとともに、応接間、祭祀のための空間としても使われる。

＊十三章

【金剛山《クムガンサン》】江原道東部（現在の北朝鮮側）にある標高千六百三十八メートルの山。仏教が盛んだった新羅時代から寺が多く建立された。

【アレンモク】オンドルのたき口に近い、暖かい所。

【生きたまま捕まえて、腐った熊を探して放してやれ】前世から人の運命や因縁は定められているということの例え話。第一巻六章（百二十〜百二十一頁）参照。

＊十四章

【丹青《タンチョン》】寺院などの建物に描かれる色とりどりの模様。

【瑤石公主《ヨソクコンジュ》】新羅の第二十九代王武烈《ムヨル》の娘。僧侶の元暁《ウォンヒョ》（次項参照）と結婚した。

【元暁《ウォンヒョ》】六一七〜六八六。新羅の華厳《ファオム》宗の僧侶。瑤石公主と結婚することで破戒した。

【義湘《ウイサン》】六二五〜七〇二。新羅の僧侶。唐に留学して華厳宗を学び、帰国後、浮石寺《プソクサ》を建立し、朝鮮の華厳宗の開祖となった。

【寺が重くて動かせないなら、軽い僧侶が去るしかない】相手が自分の思い通りにならないなら、自分の考えを変えて行動する方が早い。

＊十五章

【三嘉《サムガ》】慶尚南道陜川郡《キョンサンナムドハプチョン》三嘉面。

【地官】風水論をもとに、家や墓の場所を決めたり、吉凶を占う人。高麗と朝鮮時代には科挙によって登用され、朝鮮時代には地理学教授（従六品）、地理学訓導（従九品）などの下位官職にあった。

【崔済愚《チェジェウ》】一八二四〜一八六四。東学の創始者。東学は儒教を脅かす危険な思想であるとして、朝鮮王朝に処刑された。

【鄭鑑録秘訣《チョンガムノクピギョル》】朝鮮中期に出された予言の書。李氏の王朝が五百年で滅びた後、鶏龍山《ケリョンサン》を本拠地とする鄭《チョン》氏の王朝が八百年続くと予言した。李氏王朝によって禁書とされたが、三・一運動を機に再び注目され、朝鮮の独立運動に影響を与えた。

【上海臨時政府】三・一運動の後に中国・上海で独立運動家たちによって樹立された亡命政府。国民の代表が政治を行う民主共和制を標榜し、一九四五年十一月に主席の金九《キムグ》らが帰国するまで続いた。大韓民国臨時政府ともいう。

【目の見えないロバが鈴の音を聞いてついてくる】無学な人が、他人から聞いた話をうのみにすること。

【神仙の遊びに斧が折れるのも知らない】遊びに夢中になって時間を忘れる。

＊十六章

【水鬼神】人や舟を水中に引きずりこむ鬼神。

【奴婢《ぬひ》】朝鮮王朝の身分制度において賤民階級に属する下男と下女のこと。

【ジョン】肉、魚、野菜などに小麦粉の衣をつけ、油をひいた鉄板で焼いた料理。

【スンニュン】ご飯を炊いた後、釜の底に残ったお焦げに水を注いで煮立てた、お茶の代わりの飲み物。

【高城《コソン》】江原道東部（現在の北朝鮮側）の沿岸部にある郡。

＊十七章

【衡平社《ヒョンピョンサ》運動】一九二三年四月に晋州《チンジュ》で始まった、白丁に対する差別の撤廃運動。

【農庁《ノンチョン》】村の農民が共同で農作業を行うための組織。一九二三年四月、晋州で白丁が衡平社を発足させた時、同地の農庁はこれに対し激しい反対運動を繰り広げた。

第四部　第二篇

＊一章

【堯舜】中国古代の伝説上の帝王で、徳をもって天下を治めた理想的な帝王とされる。

【民族改造論】朝鮮の作家、思想家である李光洙《イグァンス》（一八九二～一九五〇）が、一九二二年五月に朝鮮語の雑誌『開闢《ケビョク》』に発表した、朝鮮の独立のためには民族性を変えることが必要だとする論文。朝鮮民族の劣等性を強調しているとして、世論の激しい反発を受けた。

【李賀】七九一～八一七。中唐の鬼才と言われた中国の詩人。

【黄真伊《ファンジニ》】生没年不詳。朝鮮王朝十一代王、中宗《チュンジョン》の頃に活躍した名妓。才色兼備で、朝鮮の伝統的定型詩である時調《シジョ》の名人としても知られる。

【忌服】近親者が死亡した後、一定期間喪に服すこと。

【満州を掌握した張作霖の乗った列車を爆破】馬賊出身で、中華民国の建国期における軍閥の一つ、奉天派の指導者である張作霖（一八七五～一九二八）が北京進出を図って失敗、一九二八年六月四日に本拠地である中国東北部の奉天（現在の瀋陽）に戻る途中、日本軍に列車ごと爆破されて死亡した。長男の張学良（一九〇一～二〇〇一）は、父の死後、その後を継いで東三省（遼寧、吉林、黒龍江）の実権を握り、蒋介石と手を組むなどして中国統一に努めた。

【長い髪してマルクスボーイ　今日も抱える『赤い恋』】映画『東京行進曲』の主題歌として西條八十が書いた歌詞の一節。政治色が強過ぎるという理由で別の歌詞に書き換えられたとされる。

【全琫準《チョンボンジュン》】一八五四～一八九五。東学の指導者の一人。体が小さかったことから、緑豆《ノクトゥ》将軍と呼ばれた。

＊二章

【善徳女王《ソンドク》】?～六四七。新羅の二十七代王。朝鮮初の女帝。二十五代王の長男・龍樹《ヨンス》、次男・龍春《ヨンチュン》と三度にわたって結婚したとされるが、『三国遺事』など兄弟が同一人物のように描かれているものもある。

＊三章

【駅馬《ヨンマ》】朝鮮時代、宿場ごとに備えられていた馬のことで、重要な情報を伝達する官吏のための交通、通信手段として使われていた。

＊五章

【統営忠烈祠《トンヨンチュンニョルサ》】壬辰倭乱で活躍した李舜臣を祀った祠。一六〇六年建立。

【洗兵館《セビョングァン》】李舜臣の功績を称えて一六〇三年に建設された木造建築。当初は、慶尚道、全羅道、忠清道《チュンチョンド》の水軍を指揮する三道水軍統制営が置かれていたが、植民地時代は、朝鮮人の小学校の校舎として使われていた。

【パンデ窟《クル》】一九三二年に完成した東洋初の海底トンネル。長さ四百八十三メートル。統営《トンヨン》と、当時、日本の漁民が多く移り住んでいた弥勒島《ミルクト》をつなぐために建設された。

【カラムシ】イラクサ科の多年草。茎の皮から繊維が採れ、織物にする。

訳者解説

十三巻からいよいよ第四部に入った。これまでは、第一部から第二部、第二部から第三部へと進むたびに物語の舞台ががらりと変わり、時間も大きく進んだが、第三部と第四部の時間差はほとんどなく、一九三〇年代初めごろの話が続けて描かれている。舞台となっているのは、釜山《プサン》、智異山《チリサン》、平沙里《ピョンサリ》、晋州《チンジュ》、河東《ハドン》、ソウル、東京、統営《トンヨン》、麗水《ヨス》だ。

環《ファン》の死からまだ立ち直っていないカンセは母と娘を相次いで亡くし、悲しみに打ちひしがれる。西姫《ソヒ》は、成長して自分の懐を離れていく還国《ファングク》と允国《ユングク》に対する寂しさと、過ぎ去った月日の空しさを感じている。「人殺しの子」というレッテルを貼られたままひっそりと生きてきた漢福《ハンボク》は、長男の永鎬《ヨンホ》が学生運動に参加したことで村人との関係性が一変し、平沙里は和やかな雰囲気に包まれる。しかし、それも束の間、西姫の父・崔致修《チェチス》殺害から三十余年を経て大きな事件が発生し、満州に行く決意を固めて着々と準備を進めていた弘《ホン》もそれに巻き込まれる。

一九三〇年代の朝鮮は、経済面での近代化が進んだ時期だ。当時は、朝鮮総督府専売局によって巻きたばこが製造されていて、本文に出てくるピジョン（鳩）、マコー（コンゴウインコ）以外にも、ピオニー（シャクヤク、十本入り、八銭）、メープル（カエデ、十五本入り、五銭）、メロン（二十本入り、十銭）などの銘柄があった。カイダ（海駝）は、ハングル読みで「ヘチ」「ヘテ」と呼ばれる中国の伝説上の生き物で、朝鮮では魔除けの神獣とされ、現在、光化門《クァンファムン》の両側に石像が設置されている。

一九一八年にミルクチョコレートを発売した森永製菓は、一九二〇年代に朝鮮へと販路を拡大した。一九三〇年前後の現地の新聞広告では栄養価の高い菓子として紹介されていて、「ポケットに収まる豪華な食卓」というコピーもあった。

味の素株式会社の前身である鈴木商店が朝鮮に進出し、「味の素」が朝鮮の人々に浸透し始めたのもこの頃だ。ソウル新聞（ウェブ版、二〇二〇年七月十二日付）によると、味の素は、現地の食文化に合わせて開発を重ねたことで一九二〇年代から飛ぶように売れ、植民地時代最大の広告主となった。多くの飲食店と取引しながら急成長したという。

デパートの出店も相次いだ。一九一六年に京城出張所として開業していた三越は、一九三〇年に本町一丁目（現在のソウル市中区《チュング》忠武路一街《チュンムロイルガ》）に移転し、地上五階、地下一階のルネサンス様式のビルが新築され、朝鮮総督府や京城府の御用商人として発展した。現在は新世界《シンセゲ》百貨店となっていて、クラシックな外観は当時の面影を残している。大邱《テグ》で創業した三中井商店が京城府本町一丁目に「三中井百貨店本店」を完成させたのは一九三三年で、そのほかに丁子屋百貨店、平田百貨店、和信百貨店があった。これらは京城五大百貨店と呼ばれ、唯一、朝鮮人の経営だった和信百貨店だけが朝鮮人の多く住む鍾路《チョンノ》にあった。「京城の5大百貨店の隆盛と、それを支えた大衆消費社会の検証―主として昭和初期から同15年前後まで―」（林廣茂、「日韓歴史共同研究報告書 第3分科篇 上巻」収録、日韓歴史共同研究委員会、二〇〇五）によると、丁子屋や三越の客の六～七割が朝鮮人で、富裕層には三越が人気だったという。

当時は、朝鮮総督府が工業化に力を入れた時代でもあった。ゴム靴が日本から朝鮮に入ってきたのは一九一〇年代後半で、当初は靴底だけがゴム製であとは布や革でできていた。第一篇二章で、カンセが死んだ娘を思い出してぼんやり眺めていた女の子用の靴は、そういう類いのものだったと思われる。一九二〇年には、平壌《ピョンヤン》にあった日本人雑貨商の小間使いで、ゴム靴がよく売れるのを目の当たりにした李丙斗《イビョンドゥ》が日本に渡って技術を学んだ後、朝鮮に戻って工場を始めている。そして、後に朝鮮伝統のわらじや革靴の形をまねた総ゴム製の「コムシン」を作り、大ヒットさせたと言われている。

これによって、コムシンの工場が増えたことは想像に難くない。余談になるが、長編小説『滞空女《たいくうじょ》　屋根の上のモダンガール』（パク・ソリョン著、萩原恵美訳、三一書房、二〇二〇）は、平壌のコムシン工場で働き、賃金削減の撤回を要求して朝鮮の労働史上初めて高所（屋根の上）での占拠闘争を繰り広げた女性労働者、姜周龍《カンジュリョン》（一九〇一～一九三二）をモデルにした物語だ。

一方、工業化の基盤づくりとして鉄道網の拡張が必要とされ、朝鮮総督府は「国有鉄道十二箇年計画」に基づいて一九二七年から五つの新路線建設を進めた。「植民地期朝鮮における『国有鉄道十二箇年計画』」（矢島桂、『歴史と経済』第二〇六号、二〇一〇年一月）によると、朝鮮北部の満浦線、恵山線、図們線は国防と警備、鉱物資源・木材・農産物の開発と搬出、日本人の移住促進が目的で、南部の東海線と慶全線は農産物・水産物・木材・鉱物の増産が期待されていた。第一篇七章に麗水と光州《クァンジュ》を結ぶ路線ができるという話が出てくるが、これは、「鉄道王」と言われた甲州の財閥、根津嘉一郎が経営していた私鉄・南朝鮮鉄道が一九三〇年末に開通させた光麗線のことと思われる。

朝鮮の人々の抗日運動は、元山《ウォンサン》ストライキ（十一巻「訳者解説」参照）の失敗により労働運動から学生運動へと変化していく。光州学生事件については、第一篇六章で詳しく描写されているが、背景を少し補足すると、三・一運動を機に教育熱が高まり、一九二二年に施行された第二次朝鮮教育令によって初等教育の機会が拡充されて学校数や生徒数が増えていたことなどが、同盟休校の規模が拡大した原因の一つと考えられる。『近代朝鮮の中等教育──１９２０～30年代の高等普通学校・女子高等普通学校を中心に──』（崔誠《チェソン》姫《ヒ》著、晃洋書房、二〇一九）によると、一九二六年には全州《チョンジュ》高普で、一九二七年には淑《スン》明《ミョン》女子高普で教員の排斥や生徒の待遇改善などを求めて同盟休校が行われている。

これらの同盟休校を陰で支えていた新幹会《シンガンフェ》は社会主義と民族主義の両陣営が連帯し、一九二七年に組織された抗日運動団体だ。初代会長には朝鮮日報社長の李商在《イサンジェ》（一八五〇～一九二七）が就任し、一九二八年末には会員数約二万人の全国組織となっていた。報道規制されていた光州学生事件の真相を明らかにし、その報告会を開催すべく準備していたが、事前に計画が発覚し、主要会員の多くが検挙された。その後、両陣営の足並みがそろわず、新幹会は一九三一年に解散している。

本巻では、朴景利《パクキョンニ》の日本文学観が垣間見えて興味深い。また、第二篇三章で描かれている住宅街は、明治末期から昭和初期にかけて東京に存在した田端文士村（現・東京都北区）、馬込文士村（現・東京都大田区）、落合文士村（現・東京都新宿区）などを思わせる。『田端文士村』（近藤富枝著、中公文庫、二〇〇三）などによると、東京美術学校に近い田端文士村には元々、美術人が多く住んでいたが、一九一四年に芥川龍之介が移り住んだのをきっかけに、室生犀星、萩原朔太郎、堀辰雄、中野重治といった文人が集まるようになった。住民の中には、芸術家たちのパトロンであった鹿島組の鹿島龍蔵、芥川龍之介の主治医で文人の下島勲などもいた。ホタルやキジが飛び交う自然豊かな村である一方で、女給のいるカフェやモダンなパン屋もあったという。しかし、一九二七年に芥川龍之介が自死すると田端文士村を離れる人が増え、同村は衰退していった。

　馬込文士村は、明治初期に大森駅が開業したことによって東京郊外の別荘地として開発が進んだ場所で、田端から移り住んだ萩原朔太郎や室生犀星のほか、尾崎士郎、山本周五郎、三好達治、日夏耿之介らがいた。定期的にダンス会が開かれてにぎわい、麻雀が流行していて、緒方次郎がすれ違った女性たちのように、断髪した宇野千代をはじめ、萩原朔太郎の妻、稲子らが洋装で闊歩していたという。

　容夏《ヨンハ》から逃れるのは到底不可能だと思っていた明姫《ミョンヒ》の人生は新たな局面を迎えている。緒方次郎と柳仁実《ユインシル》の関係、河起犀《ハギソ》（一塵《イルチン》）と閔知娟《ミンチヨン》のその後も気がかりだ。

　不穏な空気に包まれた平沙里は平穏を取り戻せるのだろうか。弘は無事に満州へ渡ることができるのか。独立運動への思いを強くしていく允国はどうなるのか。物語は十四巻へと続く。

二〇二〇年十一月

清水知佐子

◉監修

金正出（きむ　じょんちゅる）

1946年青森県生まれ。1970年北海道大学医学部卒業。
現在、美野里病院（茨城県小美玉市）院長。医療法人社団「正信会」理事長、社会福祉法人「青丘」理事長、青丘学院つくば中学校・高等学校理事長も務める。訳書に『夢と挑戦』（彩流社）などがある。

◉翻訳

清水知佐子（しみず　ちさこ）

和歌山生まれ。大阪外国語大学（現・大阪大学外国語学部）朝鮮語学科卒業。在学中に延世大学韓国語学堂に留学。読売新聞記者などを経て翻訳に携わる。訳書に『原州通信』（イ・ギホ著）、『クモンカゲ　韓国の小さなよろず屋』、『つかう？　やめる？　かんがえよう　プラスチック』、『9歳のこころのじてん』。共訳に『朝鮮の女性（1392-1945）―身体、言語、心性』、『韓国の小説家たち　Ⅰ』など。

完全版 土地　十三巻

2021年2月28日　初版第1刷発行

著者……………… 朴景利
監修……………… 金正出
訳者……………… 清水知佐子
編集……………… 藤井久子
ブックデザイン…… 桂川潤
DTP ……………… 有限会社アロンデザイン
印刷……………… 中央精版印刷株式会社

発行人 ………… 永田金司　金承福
発行所 ………… 株式会社 クオン
〒101-0051　東京都千代田区神田神保町1-7-3　三光堂ビル3階
電話　03-5244-5426 ／ FAX　03-5244-5428
URL　http://www.cuon.jp/

ISBN　978-4-904855-53-9 C0097

ソウルの地図

絵：キム・ボミン